The Years

吴尔夫
作品集

岁月

［英］弗吉尼亚·吴尔夫 著
蒲隆 译

人民文学出版社

Virginia Woolf
THE YEARS

图书在版编目（CIP）数据

岁月／（英）弗吉尼亚·吴尔夫著；蒲隆译.—北京：人民文学出版社，2022
（吴尔夫作品集）
ISBN 978-7-02-014774-8

Ⅰ.①岁… Ⅱ.①弗… ②蒲… Ⅲ.①长篇小说—英国—现代 Ⅳ.①I561.45

中国版本图书馆 CIP 数据核字（2018）第 294987 号

责任编辑　马爱农
装帧设计　李思安
责任印制　王重艺

出版发行　人民文学出版社
社　　址　北京市朝内大街 166 号
邮政编码　100705

印　　刷　河北鹏润印刷有限公司
经　　销　全国新华书店等

字　　数　287 千字
开　　本　880 毫米×1230 毫米　1/32
印　　张　12.875　插页 2
印　　数　1—3000
版　　次　2003 年 4 月北京第 1 版
印　　次　2022 年 1 月第 1 次印刷

书　　号　978-7-02-014774-8
定　　价　75.00 元

如有印装质量问题，请与本社图书销售中心调换。电话:010-65233595

弗吉尼亚·吴尔夫肖像（1912 年）
凡妮莎·贝尔 绘

吴尔夫作品集

远航　　The Voyage Out

夜与日　　Night and Day

雅各的房间　　Jacob's Room

达洛维太太　　Mrs. Dalloway

到灯塔去　　To the Lighthouse

奥兰多　　Orlando: A Biography

海浪　　The Waves

岁月　　The Years

幕间　　Between the Acts

一间自己的房间　　A Room of One's Own

普通读者 I　　The Common Reader: First Series

普通读者 II　　The Common Reader: Second Series

前　言

　　《岁月》是弗吉尼亚·吴尔夫于一九三七年完成的一部编年史小说。一九三一年一月，吴尔夫曾给妇女服务协会做过一次演讲，这次演讲使她情绪激动，随后她决定写一系列探讨社会问题的随笔。于是，从一九三二年起，她开始写一部"随笔小说"，决定让随笔中的论辩性文字和小说中的场景性描述相互阐发。但是随笔部分后来被放弃了，小说部分则继续写下去，就成了现在的这部《岁月》。小说写成之前，吴尔夫曾担心它会失败，这一度几乎使她的精神陷于崩溃。但是等到该书出版以后，人们给予了它较高的评价，才让她感到担心纯属多余。

　　《岁月》是吴尔夫的第八部长篇小说，也是她的倒数第二部小说。实际上，她的最后一部小说《幕间》写成后还没修改完，她就投水自尽了。因此，《岁月》这部经过她反复修改的作品，在她的长篇小说创作中便具有了非同一般的地位；它不仅体现了吴尔夫后期在小说理念上的成熟，也是她在长篇小说写作上不断创新、不断突破的成功实践之一。以时间为背景，来捕捉人的瞬时经验和表现人的心理状态，一直是她所苦苦追求的。吴尔夫在阐述她的创作观点的重要论文《现代小说》中这样说："任何方法，只要表达了我们想要表达的东西（如果我们是作者),或使我们更加接近小说家的意图(如果我们是读者),它就是正确的。"而在小说中采取编年史的形式,对她来说正是为了接近她心目中"生活的本来面目"。吴尔夫从很早的时候就对历史产生了兴趣,并且形成了自己对历史的一种独特的理解。对她来说,历史并不仅仅是由重大的事件(如战争、灾难和特殊的庆典等)构成的,人们对历史的关注不应该只集中在一些重要的人物和他们的活动方面,相反,为数众多的普通人的日常生活和他们的所思所想,同样是构成历史必不可少的一部分。基于这样的认识,她更强调关注历史本身的连续性,而主张将突发性事件置于历史记录的边缘。但是毫无疑问,构成这种连续性的必然是具有建设性的家庭生活和通常不为人们所注意的普通人的日常生活。同样是在《现代小说》中,吴尔夫又说:"看看一个普通的心灵在一个普通日子里的经验。心灵接受无数的印象——琐碎的、奇妙的、易逝的,或是刻骨铭心的。它们来自各个方面,像无数原子不断地洒落;当它们降落下来,形成星期一或星期二的生活时,重点与过去有所不同;重要时刻来自这里而不是那里;因此如果一个作家是自由人而不是奴隶,如果他能写自己选择的东西,而不是他必须写的东西,如果他能依据自己的感觉而不是常规来写作,那就会没有情节、没有喜剧、没有悲剧、没有常规形式的爱情、利益或灾难,也许没有一颗纽扣是照邦德街的裁缝的习惯缝上的。生活不是一系列对称的车灯,而是一圈光晕,一个半透明的罩子,它包围着我们,从意识开始直到意识终结。表达这种变化多端的、未知的、不受限制的精神(无论它表现出何种反常或复杂性),尽可能少混杂外部的东西,这难道不是小说家的任务吗?"所以打破传统的框架,避开习惯性的概念,顺着意识的层面去捕捉构成人们日常生活的重要的瞬间,就成了吴尔夫后期创作所极力追求的东西。正是这种追求赋予了她这些作品一种现代特征，同时也成就了她的意识流小说大师的地位。

在《岁月》中，吴尔夫没有像过去的作家那样以某个人物或事件作为叙述的中心。编年史的结构形式决定了时间是小说的基本主题，它不但把帕吉特家族的三代人串联了起来，又通过家族的连续性把维多利亚时代和现代英国生活联系了起来，充分反映了作者对历史连续性的理解。这样既避免了传统叙事中中心人物和中心事件过分挤占篇幅，影响作家对生活细节的展现和人物内在精神的捕捉；同时真实的时间场景（小说中的时间跨度近五十年），又可以免去对历史背景做过多的交代，使注意力充分放在对众多的人物（而非某一个中心人物）生命瞬间的把握上。在自我角色的定位上，吴尔夫拒绝做道德准则的代言人，也不愿意充当精神的向导。作为一个作家，她更愿意与作品中的人物一起对话，一起思考。这样，当生命的瞬间不断闪现的时候，作品背后的意义却变得模糊了。所以作为读者，我们就不能期待按某种固定的模式去理解它。

一

如果说生命就是每个人在现实世界中所拥有的一段时间的话，那么吴尔夫在《岁月》中想引起我们思考的主要问题就是：生命的历程应该有怎样的形态？

小说的故事开始于一八八〇年春天的一日，它从埃布尔·帕吉特上校的家庭写起，一直写到二十世纪三十年代，最后通过一场家族晚会给故事画上了句号。作者从一开始就把时间的概

3

念提到了一个高度上,在对变化莫测的天气和匆促奔忙的人群做了概括性的描写以后,她用对时光流逝的感慨拉开了故事的序幕:"日轮月转,岁岁年年,犹如探照灯的光,连连掠过天空。"类似的慨叹在后面的叙述中还会反复出现,特别是当故事中的时间出现了跳跃的时候,这样的表述几乎成为一种提示时间连续的语言标记。比如一九一〇年的开头几句就是这样写的:"在乡下,这是极其平常的一天,流年似水,日月如梭,把翠绿变成橙黄,把青草变为收获,这就是悠悠岁月中的一天。"而与时光的持续形成对比的则是人的变化。埃布尔家的七个孩子纷纷长大,各自都选择了截然不同的生活方式。他们的叔叔和姨妈家的孩子们也各自走着和他们不同的道路。小说精心地描绘了一系列场景,在其中人们你来我往,会面聊天,思考梦想,并在岁月的磨砺中日渐衰老。他们各自都确定了自己的角色,都形成了自己固定的姿态。爱德华成了教授,当上了学院院长,功成名就,但终生未婚;莫里斯如愿以偿,当了律师,并有两个孩子(佩吉和诺思);马丁本来一心想当建筑师,但却被送去当了兵;埃莉诺为了照顾年迈的父亲和年幼的弟弟妹妹,牺牲了自己的青春和幸福,但却从未放弃对幸福生活的追求;吉蒂曾经对农业感兴趣,但最终在父母关于上流社会妇女的虚假观念的禁锢下,还是违背自己的天性和爱好,做了贵夫人;米莉和玛吉均结婚生子,沉溺在家庭生活中;迪莉娅和萝丝最具反抗精神,前者倾向于支持爱尔兰的民族运动,后者曾因参与政治暴动而进过监狱。对此,吴尔夫并没有做任何评判,她只是利用小说中的人物,让他们站在各自的立场上来相互质疑,相互否定,以充分地展示各人的心态,从而勾画出一个特定阶级的青年在特定时代中对生命形态的选择过程。但是,吴尔夫并不满足于一味的冷眼旁观。

在小说结尾的时候,她借曾在战场上经受过死亡的考验,并在非洲经营过农场的诺思的视角,最终对这个伦敦上层社会家庭圈子里的生活观提出了质疑。在这里,人们谈论的不是金钱就是政治,要不就是不切实际的空话,或者是无聊的奉承和挖苦。在觉得"礼仪可疑,宗教死亡"的诺思的心目中,伦敦的生活与他格格不入。他一心想弄明白在自己的生活中,"在别人的生活中,什么是坚固的,什么是真实的"?在经历了战场上的厮杀和农场生活的艰苦以后,他觉得听晚会上的年轻人谈政治,"就像听一所私立小学的小孩子乱弹琴"。他对他们所谓的正义与自由的含义也表示怀疑,"如果他们想改造世界,他想,干吗不从原处,从中心,从自身做起"?在这里,两代人的观念出现了裂痕。甚至也可以说,历史在认识的层面上发生了断裂。这在一定程度上表明维多利亚时代已成为过去,从维多利亚时代以来所形成的中产阶级的价值观开始变得靠不住了。在诺思的眼里,晚会上的"埃莉诺和爱德华都自得其所,手下有果实,显得宽容、自信"。他觉得对他的长辈们来说,这是没有问题的,因为"他们已经辉煌过一时;但对他来说,对他这一代人来说",则需要过"另一种生活,一种截然不同的生活。不是歌舞杂耍场,不是震天响的传声筒;不是成群结伙、穿戴整齐、跟在领导屁股后面亦步亦趋,循规蹈矩。不是,从内心做起,让外表形式见鬼去吧"。从这里,我们看到了另一种生命形态的影子。它关注的不再是自我的家庭生活和不切实际的幻想,它把注意力放到了公众生活和社会问题上。这从诺思对晚会气氛的反抗(在晚会上,他觉得压抑、沉闷),对这种家族聚会的质疑("这里只有'大学学人'和'公爵夫人',还有什么'人'字号的名堂呢?"),以及对两位姑姑(米莉和玛吉)谈话内容的否定(他们"感兴趣的只是她们自己的孩子;自己的财产;自己的血肉,她们需要用原始泥沼裸露的爪子加以保护……那我们怎么能变文明呢"?)中,就可以反映出来。当然,人们对事物的看法也并非完全绝对,过去的生活在佩吉的眼里就显得"是那么有趣,那么安全,那么虚幻——八十年代的过去;对她来说,它的虚幻美妙无比"。但埃莉诺则对她说:"你们的生活比我们有趣得多。"这同样暗示着两个时代的距离。

生活本来就是一条没有航标的河流,每个人的生命历程都是无规则可言的。所以,在小说中,埃莉诺就曾自思:"事物不可能勇往直前……事物一晃而过,事物千变万化……而我欲往何方?何方?何方?"而在战争的夜晚,在玛吉家的地下室里,她又再一次向尼古拉斯问道:"我们怎样才能改进自己……生活得更加……生活得更自然……更美满……"这里所涉及的问题就是,人们从生活中所能期望得到的最大限度的东西是什么?对于此类问题,吴尔夫似乎只是设法提出,她并没有打算做出具体的回答。她在《现代小说》中有一段分析俄国小说的文字,能充分地说明这种态度:"俄国人的心灵如此博大,悲天悯人,它得出的结论也许不可避免地会是极度的悲哀。更准确地讲,我们应该说是它没有得出结论。没有答案,只看到如果诚实地考察,生活提出一个又一个问题,它们只能留到故事结束,一遍遍地回响,无望地追问,这种感觉让我们感到一种深深的绝望,最终也许还夹杂着一丝怨恨。他们也许是正确的,他们无疑比我们看得更深远,没有我们这种严重的视力障碍。"这种态度决定了她在小说中采取了一种隐匿的立场,造成人物的言行举止和思绪常常出乎我们的意料之外,不受任何控制。人物的意识和思维完全是呈散射状发展的。这就允许他们对生命问题展开多角度的思考。

二

吴尔夫虽然不愿意对一些问题做出正面回答,但这并不意味着她放弃了批判的立场。在小说中,她对维多利亚时代妇女的美德和精神气质表示了肯定,但同时又对这一时期的妇女观进行了深刻的批评。这可以以埃莉诺为例加以说明。吴尔夫对她做了最为详细的描写。在小说中,她精明能干,多才多艺,喜欢冒险,有同情心和奉献精神,具备维多利亚时代贵族妇女的诸多优点。一八八〇年埃莉诺第一次出场的时候,我们就知道她是帕吉特家的长女,"二十二岁左右,不是大美人,但长得健康,尽管这会儿很累,却生性快乐"。这时她的母亲即将死亡,父亲已经年迈,弟弟妹妹们大都年幼,所以她主动承担起了照顾父亲、管理家庭的责任。然后随着岁月的推移,我们只见证了她日渐衰老的过程。而时间回报她的却不仅仅是衰老,还有那种被历史所抛弃,因错失了人生车程所引起的迷惘感。一九一七年,在一个有空袭发生的夜晚,她去看望堂妹玛吉,因感受了玛吉的家庭生活,在回家的路上,"她怨恨起时光的流逝和人生的无常,因为它们把她扫地出门了——从这种种机遇中清除了"。多年以后,在回顾自己的一生时,这种感觉得到了加强:"我的生活一直就是别人的生活……我父亲的生活,莫里斯的生活;朋友的生活;尼古拉斯的生活……"从这儿开始,吴尔夫对维多利亚时代对于妇女的这种理想化要求提出了批评。埃莉诺给我们展现的是一个缺乏自我和没有真实生命的女性形象。虽然她一直试图从维多利亚时代的起居室中挣脱出来,并不断地在寻求生活的意义,但也没能挽救自己的生命被虚耗。除了对这种理想化的虚幻生命进行否定外,小说中还揭示了维多利亚时代上层社会的姑娘们所受的禁锢之深度。这种禁锢既源自家庭生活的沉闷,也因为女孩子们被剥夺了接受教育的机会,而缺乏正式的职业,从而更加深了这种灾难。小说透过埃布尔家的几个女儿,揭示了缺少职业使这一阶层的女孩子们变得琐碎浅薄,而封闭的家庭生活又使她们陷于狭隘和嫉妒。在小说中,吴尔夫还揭示了封闭的生活怎样使女孩子被诱导着放弃了自己的立场(比如吉蒂),或者变得愚昧无知(比如米莉和玛吉),或者习惯性地隐匿自己的真实情感(比如埃莉诺和萝丝)。

除了对维多利亚时代妇女生活的关注外,吴尔夫还对这一时期的男性价值观进行了批评。这种批评主要集中在男性的自我中心主义、自命不凡和夸夸其谈等方面。小说塑造了在牛津大学读书的性格受到扭曲的青年男子爱德华的形象。他所受的教育,使他把对表妹吉蒂·马隆的自然感情强压在心中,并试图通过顽强的工作和学习来转移它,这样发展的结果,最终使他变成了一个对女人缺乏吸引力的感伤的理想主义者。当爱德华在读书的时候,眼前浮现出的表妹的形象中,甚至都羼和着书本中的安提戈涅的影子,而不是一个真正有血有肉的女人。他这种因训练而形成的感情特征在本质上是自我反射、自我崇拜的。所以,若干年以后,当他功成名就地出现在迪莉娅主办的家族晚会上时,侄子诺思却觉得"他有副身子已被吃掉、只剩下翅膀和外壳的甲虫的神情"。他的表情,他说话的语气,他的每一个动作,都是经过训练形成的,没有一样代表着他自己。"他把头一扬,活像一匹马在咬马嚼子;但他是一匹老马,一匹蓝眼睛的马,他的嚼子不再给他带来苦恼了。他的动作是习惯使然,并非由感情左右。"他虽然和晚会上的其他人不同,不谈政治和金钱,但他"身上有种终极性的东西……有种密封起来、确定了的东西",这使他的生命不再具有活力。同时他所受的教育和所获得的成就感,把他变成了"一个有了固定态势的人,他再也不能从中脱身,放松放松"了。这种生活使他变得虚荣、敏感,只要有别人的赞扬、教授的头衔和院长的职位,就足以补偿他长期单调乏味的辛苦劳作了。

除此之外,吴尔夫还对维多利亚时代的社会生活仪式进行了批评。小说对生活仪式的描写态度十分暧昧,在吴尔夫看来,它既是生活的内容,又是生活的表象,带有一种不真实的感觉,真实的似乎只是人们的感受。所以小说中经常会出现人们对岁月艰难的感叹:在一九〇八年,当成年后的萝丝向她的哥哥马丁回忆起自己少年时期一次割腕的经历以后,马丁便感慨道:"孩子们过的生活多么可怕!"同样,在一八九一年,当他们的父亲埃布尔探望他们的婶婶欧仁妮时,欧仁妮也曾对他说:"人们好苦啊!"这才是生活本身的滋味。在小说结尾的时候,佩吉在晚会上的一段心理活动很有深意:"她听到伦敦的夜声从远处传来;一个喇叭在嘟嘟地叫,一声汽笛在河上哀鸣,那些遥远的声音,它们引起的对这个世界漠然置之的其他世界的暗示,对黑夜里在黑暗的中心劳苦的人们的暗示,使她把埃莉诺的话重复了一遍,在这个世界上很快乐,与活人在一起很快乐。但在一个充满苦难的世界上,她问自己,一个人怎么能'快乐'呢?每个街头的每一张海报上都是死亡,或者更有甚者——专制;残暴;折磨;文明的没落;自由的终结。我们在这里,她想,只不过靠一片叶子庇护,它也难逃毁灭的厄运。"这多少动摇了我们对生活仪式的看法。

9

那么,在分析了上面的这些质疑和批评以后,我们不禁要问,生活本身到底有没有一个理想的模式呢?小说中尼古拉斯的几句话也许就是我们惟一的答案:"各人就是各人的蜗居,各人有各人的十字架或《圣经》;各人有各人的炉火,各人的老婆……"这使我们不由得联想起了《红楼梦》中贾宝玉对袭人说过的一句话:"从此以后,各人各得眼泪。"所以人生是没有固定的套路的,我们只能像吉蒂一样,抓住一些实在的东西。这也许是我们从《岁月》应该读到的内容。

周绚隆
二〇〇二年六月

一八八〇年

那是一个变幻莫测的春天。天气乍暖犹寒，阴晴不定，大地上空总有蓝云紫雯飘荡。在乡下，农民瞅着田野，忧心忡忡；在伦敦，人们望着天空，雨伞时而撑开，时而合上。然而，四月份，这种天气倒是在意料之中的。在惠得利商行，陆军商行，海军商行，成千上万的店员这么说着，便把包得整整齐齐的商品递给站在柜台那边、穿着荷叶边衣裙的太太小姐们。西区是无穷无尽的购物大军，东区是络绎不绝的办事人员，他们在人行道上招摇而过，宛如行进不止的旅行团——对那些有理由驻足，比方说，寄一封信，或者在皮卡迪利大街上一家俱乐部窗前盘桓一阵的人来说，情况似乎就是这样。车水马龙，川流不息，有活顶四轮马车，有维多利亚马车，有双轮双座出租马车，因为春季才刚刚开始。在僻静一点的街道上，乐师施舍一点微弱的、多半是忧伤的曲子，于是在海德公园、圣詹姆斯公园的树林里应和或滑稽模仿之声随处可闻：麻雀喊喊喳喳，画眉突然啼啭，脉脉含情但又时断时续。广场上的鸽子在树梢上扑腾，碰落了一两根细枝，反反复复哼着那支总被打断的摇篮曲。下午，身穿五彩缤纷的带裙撑的衣裙的淑女们，身着礼服、挂着手杖、别着康乃馨的绅士们，把大理石拱门和阿普斯利宫的大门堵得水泄不通。公主来了,她经过时人们纷纷举帽致敬。住宅区长街两边的地下室里,头戴便帽、腰系围裙的女仆们在准备茶点。银茶壶从地下室曲里拐弯爬上来,搁在桌子上,童贞女和老处女用自己曾经消除过伯蒙德西和霍克斯顿广场的伤痛的手小心翼翼地往出量茶,一匙,两匙,三匙,四匙。太阳一落,千千万万的小煤气灯,样子宛如孔雀的翎斑,在玻璃罩里打开了,但人行道上却留下大片大片的黑暗。灯光与霞光融为一体,同样都辉映在圆形池与蛇形池平静的池水里。出门用餐的人们,坐着双轮双座出租马车,趁车小跑过桥的当儿,把那迷人的夜景尽收眼底。月亮终于升起来了,它那锃亮的银轮尽管不时地被一丝丝云彩遮暗,但依然宁静地、严厉地、甚至冷漠地闪现出来。日轮月转,岁岁年年,犹如探照灯的光,连连掠过天空。

午餐过后,埃布尔·帕吉特上校坐在他的俱乐部里聊天。既然坐在皮扶手椅里的同伴都是他的同道,也就是当过兵、当过文职公务员、现已退休的一些人,于是他们便说起昔日的笑话,说起从前的故事,回味他们在印度、非洲、埃及的过去,随后,便自然而然地过渡到现在。那就是有关某项任命,有关某项可能的任命的问题。

突然间,三个人当中最年轻漂亮的一个俯身向前。昨天和他一起吃午饭的是……这时说话者的声音变小了。其余的人都向他凑过来;埃布尔上校随便挥了一下手,把正在撤咖啡杯的仆人打发走了。有几分钟光景,这三个有点歇顶、有点灰白的脑袋一直凑在一起,后来埃布尔上校把身子往椅背上一靠。埃尔金少校开始讲他的故事时,那股曾经闪现在他们三个人眼睛里的好奇的光,已经完全从帕吉特上校的脸上消失了。他坐着,凝视前方,那双明亮的蓝眼睛似乎有点儿迷糊,仿佛东方的光辉犹在其中;眼角皱着,仿佛那里的灰尘仍未消失。突然有个想法袭上心头,使他对别人的话兴趣全无;说真的,他都有点讨厌这些絮叨了。他站起身来,向外望着窗子下面的皮卡迪利大街,他把雪茄悬在手里,俯视着形形色色的车顶,有公共马车的,有双轮双座出租马车的,有维多利亚马车的,有货车的,有活顶四轮马车的。他完全是个局外人了,他的态度似乎在说:他再也不会染指那些事务了。他站着凝神注视,阴云开始笼罩他那红润英俊的面庞。突然,他想起了什么。他有个问题要问;他转过身去问;但他的朋友已经走了。这一小撮人已经散开了。埃尔金正从门里急匆匆地出去;布兰德过去跟另一个人攀谈。帕吉特上校闭上了嘴,对他要说的事儿只字不提,又转向窗口俯视皮卡迪利大街。街上熙熙攘攘,似乎人人都有个目标。个个都急匆匆地前去践约。甚至坐在小跑过皮卡迪利大街的维多利亚马车和布鲁厄姆轿车里的太太小姐们,也有什么事干。人们正在返回伦敦;他们正要安顿下来,安度这个季节。但对他来说,没有什么季节可言;因为他无所事事。他妻子快死了;但还没有死。她今天好一点;明天坏一点,新来了一名保姆;情况一直就这样。他顺手拿起一份报纸,一页一页翻了个遍。他瞅着科隆大教堂西边正面的一幅图画。他又把这份报纸扔到别的报纸中间。过些日子——这是对他妻子死亡时间的委婉说法——他就要扔下伦敦,他想,住到乡下去了。但这里有房子;这里有孩子,这里还有……他的脸色变了;不满情绪少了点;但还是有点儿诡秘和不安。

他毕竟还有地方可去。就在他们闲聊的当儿,他对这种想法一直耿耿于怀。他转过身来,发现他们走了,这想法就成了他拍在自己伤口上的镇痛膏。他想去看看米拉;至少米拉会高兴

3

见他。所以离开俱乐部以后,他没有朝东拐,因为那是忙人去的地方;也没有朝西拐,因为那是他在阿伯康街的住宅的所在地;而是抄那几条硬道穿过格林公园朝威斯敏斯特走去。绿草如茵,树叶抽芽;小小的绿瓜,酷似鸟爪,从树枝上冒出来;处处亮光闪闪,在在生机勃勃;空气清爽,沁人心脾。然而帕吉特上校对青草树木却视而不见。他大步流星,穿过公园,衣服扣得严严实实,双眼直视着前方。不过,当他来到威斯敏斯特时,他停下了脚步。他一点也不喜欢这块地方。教堂这个庞然大物,把小小的街道压在身下,沿街的房屋又小又脏,窗户上挂着黄唧唧的窗帘,里面摆着各式各样的卡片,街道上,卖酥饼的似乎总在摇铃,小孩子尖声怪叫,在人行道上跳粉笔画的房子。他每次走到这里,总要停下来左顾右盼一番。然后突然直奔三十号,按响门铃。他耷拉着脑袋等人开门,眼睛直勾勾地盯着门。他不想让人看见他在门前台阶上站着。他不喜欢等着叫人请进门。当西姆斯太太请他进去时,他并不喜欢。房子里总有一股味儿;后花园的一根绳子上总是挂着脏衣服。他走上楼梯,闷闷不乐,脚步沉重,进了起居室。

那里没有人;他来得太早了。他把房间扫视了一圈,心里十分反感。鸡零狗碎的小玩意儿太多。他觉得格格不入,一面屏风上画着一只翠鸟正往一些香蒲上面落,他伫立在屏风前的罩着的壁炉前。觉得自己太高大了。楼上的脚步急匆匆地走来走去。是不是有人在她那儿?他一边听一边心犯嘀咕。外面,孩子们在街上尖叫着。脏乱;差劲;诡秘;过些日子,他自忖道……但门开了,他的情人米拉走了进来。

"哟,老鬼!"她惊叫一声。她的头发乱糟糟的;她毛头毛脑的;但她比他年轻得多,确实很高兴见到他,他想。小狗冲着她蹦跳起来。

"露露,露露,"她喊着,一只手抓住小狗,另一只手拢着头发,"来让老鬼叔叔瞧瞧你。"

上校坐到那把嘎吱作响的藤椅上。她把狗放在他膝盖上。狗耳朵后面有一块红斑——可能是湿疹。上校戴上眼镜,弯下身子去察看狗的耳朵。米拉在他的衣领贴着脖子的地方亲了一下。于是他的眼镜掉了。她顺手抓起眼镜给狗戴上。老顽童今天没精打采的,她觉得。在那个他从来没有给她讲过的俱乐部和家庭生活的神秘世界里,有点不对劲儿,她还没做好头发,他就来了,真讨厌。但她的任务就是替他分心。于是她轻轻地走来走去——她的身段儿尽管在发胖,但仍然允许她在桌椅之间窜来窜去;他还没来得及阻止,她已经拿掉了挡火隔板,把那小气的公寓炉火燃着了。然后,她高高地坐到他的椅子扶手上。

"哟,米拉!"她说着,把镜子里自己的形象瞥了一眼,并把发卡取下,"你是多么可怕的邋遢包!"她把一绺长长的发卷松开,让它披到肩头。仍然是一头金灿灿的秀发,尽管她已年近四十,而且,要是了解真情,还有一个八岁的女儿寄养在贝德福的朋友们那里。头发由于有自己的重量,便开始垂落下来,老鬼见它落下来,便弯下腰亲了亲她的头发。一架手摇风琴开始在街头演奏起来,孩子们全朝那个地方跑去,留下了一阵突然的寂静。上校开始抚摸她的脖子。他开始用他那只失去了两根指头的手,往下摸弄,一直摸到脖子和肩膀连接的地方。米拉溜到地板上,把脊背靠在他的膝盖上。

这时楼梯咯吱一响;有人在敲门,仿佛要向他们警告她的仪态。米拉立马把头发拢了拢,站起来把门关上。

上校又开始有条不紊地察看狗的耳朵。是湿疹呢?还是不是湿疹?他看着那片红斑,然后让狗站在篮子里,等着。他不喜欢人们在外面的歇脚台上没完没了地叽叽咕咕。米拉终于回来了;她愁云满面;一旦她愁云满面,就很显老。她开始在垫子、套子底下四处翻寻。她要找她的包,她说;她把包搁到哪里去了?东西那么乱,上校想,哪里都有可能。她在沙发角儿上的垫子底下找到了,原来是一只瘦瘦的穷相毕露的包。她把包翻过来。她抖搂了几下,手绢儿、纸团儿、银币、铜板,全都掉了出来。不过应当有枚金币的,她说。"我肯定昨天还有一枚呢。"她喃声说。

"多少?"上校问。

总共一英镑——不对,总共一英镑八先令六便士,她说,絮叨了几句洗涤之类的话。上校从自己的小金匣里弄出两枚金币,给了她。她把金币收下,歇脚台上又是一阵絮叨。

"洗……?"上校想,环视着房间。这是一个小鸡毛洞;由于年龄比她大这么多,问一些洗涤之类的问题不合适。她又回来了。她轻快地走进屋子,坐在地板上,把头靠在他的膝盖上。那小气的火,本来就气息奄奄,现在干脆灭了。"随它去。"她拿起拨火棍时他不耐烦地说,"让它灭去吧。"她又把拨火棍放下。狗在打呼噜;手摇风琴在演奏。他的手开始在她的脖子上上下跋涉,在她浓密的长发里出进游历。这间小屋,由于太靠近别的房屋,所以暮色来得特快;窗帘拉了一半。他把她拉过来,吻了吻她的颈背;然后那只失去两根指头的手开始往下摸索,一直摸到脖子和肩膀连接的地方。

突然一阵狂风骤雨吹打着人行道,孩子们本来在跳粉笔房子,这时便一溜烟跑回家去。年长的街头歌手,一直在路边晃荡，后脑勺上扬扬得意地挑着一顶渔夫帽，放声歌唱："算算你的福气——"这时翻起衣领，到一家酒馆的门廊下避雨，在那里他结束了他的命令："算算你的福气。各位。"然后又是红日高照；把人行道晒干了。

"还没开。"米莉·帕吉特望着茶壶说。她坐在阿伯康街住宅的前客厅里的一张圆桌旁。"离开还远着呢。"她重复了一句。茶壶是一把老式铜壶，镌刻着一种玫瑰图案，几乎磨得看不见了。一股又弱又小的火苗在铜壶下上下忽闪着。她妹妹迪莉娅歪在她身边的一把椅子上，也瞅着壶。"壶一定要开吗？"过了一会儿，她随便问道，仿佛并不指望回答，所以米莉并不作答。她们默默地坐着瞅那簇黄炉芯上的小小的火苗。杯盘很多，看样子还要来人；但这会儿只有她们姐妹俩。屋里摆满了家具。她们对面立着一个荷兰橱柜，搁架上摆着蓝色的瓷器；四月的夕阳在玻璃镜上随处制造出一块亮斑来。壁炉上方有一幅肖像，画的是一位红发少妇，穿着细白布衣裙，腿上放着一篮鲜花，冲着她们微笑。

米莉从头上拔下一枚发卡，开始把炉芯拨开，分成几股好增大火势。

"可这么做不管用。"迪莉娅瞅着她忿忿地说。她如坐针毡。凡事似乎都要耗费时间，叫人难以忍受。后来克罗斯比进来，说她应该不应该把壶拿到厨房里烧开？米莉说不必。她用一把餐刀敲着桌子，瞅着她姐姐用一枚发卡拨弄的微弱的火苗，心想，我怎样才能制止这种无聊做法呢。壶底下开始有了蚊子那样哼哼的声音；但这时门又被冲开了，走进来一个身穿一件挺刮的粉红色外衣的小姑娘。

"我想着阿姨应当给你换一件干净的围嘴儿。"米莉严肃地说,模仿着大人的派头。她的围嘴儿上有一大块绿点子,仿佛她爬过树似的。

"送去洗了,还没有取回来呢。"小姑娘萝丝说,犯了小性儿。

米莉又用她的发卡去拨炉芯。迪莉娅歪过身子回头向窗外张望。从她坐的地方,她可以望见前门台阶。

"马丁来了。"她闷闷不乐地说。门砰的一声开了;书噼里啪啦扔在门厅桌子上,一个十二岁的男孩马丁走了进来。他长着一头画像上的女子那样的红发,但弄得乱糟糟的。

"去把嘴脸收拾收拾。"迪莉娅严厉地说。"你有的是时间,"她补充说。"壶还没有开呢。"

他们大家都瞅着壶。它还是坚持着它那忧伤的低吟浅唱,而小火苗在大铜壶下忽闪明灭。

"这壶真该死。"马丁说,忽的一下,转过身走了。

"妈妈不喜欢你用这样的语言。"米莉责备他,仿佛在学长者的样子;因为他们的母亲长期以来久卧病榻,所以姐妹俩已经习惯使用母亲对待孩子的态度。门又开了。

"茶盘,小姐……"克罗斯比用脚顶住门说。她双手端着病人的茶盘。

"茶盘,"米莉说,"现在谁去端茶盘?"她又在模仿一个希望对孩子十分老练的长者的口气。

"你不行,萝丝。它太重了。让马丁端吧;你可以跟着他去。但别在那儿呆。只跟妈妈讲一讲你在做什么;那么这壶……这壶……"

说到这里她又用发卡去拨炉芯。一股细细的蒸气从蛇形壶嘴里冒出来。起初时断时续,逐渐在增大势头,最后,就在她们听见楼梯上响起了脚步声时,一股强大的气流从壶嘴里喷了出来。

"开了!"米莉惊呼道,"开了!"

他们默不作声地吃着。从荷兰橱柜的镜子上变化多端的光线判断,太阳似乎在忽隐忽现。时而一只碗闪着湛蓝的光;时而又变成青灰。阳光悄悄地照在另一间屋子的家具上。这里有一幅图案;那里又光秃秃的一片。有的地方美丽如画,迪莉娅想,有的地方自由奔放,而有的地方呢,她想,他——戴着白花⋯⋯但手杖在门厅里咚地一响。

"爸爸!"米莉惊叫一声,以示警告。

马丁顿时从他父亲的扶手椅里扭了出来;迪莉娅坐得笔直。米莉马上把一只大玫瑰花茶杯推向前去,因为它跟别的杯子不配套。上校站在门口,恶狠狠地审视这群孩子。他的小小的蓝眼睛把他们一一打量了一番,仿佛要找茬子;但这会儿却没有什么茬子可找,但他还是发火了;他还没开口,他们立即知道他发火了。

"小邋遢包。"他从萝丝身边走过时,揪住她的耳朵说,她立马用手捂住了围嘴儿上边的那块污斑。

"妈妈没事儿吧?"他说着,就一屁股栽进那把大扶手椅里。他讨厌茶;但总是用他父亲的那只特大的老茶杯抿上两口。他把杯子拿起来,敷衍了几口。

"你们都干什么来着?"他问。

他环视了一圈,目光迷蒙却又精明,它可以做到和蔼可亲,但现在却显得粗暴乖张。

"迪莉娅上音乐课,我去惠得利——"米莉开口回答,倒是

9

像一个背书的小孩。

"扔钱去了,嗯?"她父亲单刀直入地问道,但并不失和蔼。

"没有,爸爸;我给你说过了。他们送来的被单不对——"

"你呢,马丁?"帕吉特上校问道,打断了女儿的声明,"还是班上的底名?"

"头名!"马丁喊道,仿佛他费尽九牛二虎之力把这个词儿憋在心里,这会儿总算一吐为快了。

"嗯。——不会吧。"他父亲说。他的阴云散了一点儿。他把手伸进裤兜里,掏出一把银角子来。孩子们瞅着他,因为他试图从满把的两先令银币里挑出一枚六便士的小钱。他的右手在印度反英暴动中失去了两根指头、肌肉萎缩了,所以右手活像某种老鸟的爪子。他乱摸一气;但由于他总是不顾伤残,所以孩子们不敢帮忙。断指亮闪闪的疙瘩让萝丝看得入迷。

"给你,马丁。"他终于说,把那枚六便士的硬币交给儿子。然后他又呷了口茶,抹了抹小胡子。

"埃莉诺上哪儿去了?"他终于说,仿佛是有意打破沉默。

"今天是她走访林阴道的日子。"米莉提醒他。

"噢,她走访林阴道的日子。"上校喃喃地说。他把杯子里的方糖搅了一遍又一遍,仿佛要把它研碎似的。

"亲爱的老利维一家。"迪莉娅试探着说。她是父亲最宠爱的女儿;但眼下他这种心情,她也吃不准她能大胆到何种程度。

他没有吱声。

"伯蒂·利维一只脚上有六根趾头。"萝丝突然尖着嗓子说。大家笑了起来。但上校把他们打断了。

"你快去预习你的功课,儿子。"他说着瞟了马丁一眼,因为他还在吃。

"让他把茶点吃完,爸爸。"米莉说,又在模仿长者的口气。

"新保姆呢?"上校手指敲着桌沿问,"她来了吗?"

"来了……"米莉开始说。但门厅里一阵窸窣,埃莉诺进来了。他们松了一口气;尤其是米莉。谢天谢地,埃莉诺来了,她想,便抬眼一望——她是安慰神,她是和事佬,她是在她和家庭生活的紧张和争斗中起缓冲作用的人物。她崇拜她这个姐姐。如果她不是抱着一堆小花本本,戴着两只黑手套,米莉会管她叫女神,并赋予她一种不属于她的美,给她穿上不属于她的衣服。保护保护我,她想,便递给她一只茶杯,因为和迪莉娅相比,我是一个胆小如鼠、遭受压迫的,不中用的黄毛小丫头,迪莉娅却总是为所欲为,而我总是遭爸爸的白眼,他动不动无缘无故地发脾气。上校冲着埃莉诺微微一笑。炉前地毯上的红毛狗也抬眼望着,摇起了尾巴,仿佛认出她就是那种令人满意的女人,她们给你一根骨头,随后就去把手洗净。她是长女,二十二岁左右,不是大美人,但长得健康,尽管这会儿很累,却生性快乐。

"对不起,我来晚了,"她说,"我被缠住了。我没有想到——"她瞅着父亲。

"我却走得比我想的早,"他随随便便地说,"聚会——"他突然打住了。他又和米拉拌嘴了。

"你的林阴道之行怎么样,嗯?"他补充了一句。

"啊,我的林阴道之行——"她重复了一下;但米莉把那盘盖着的食物递给她。

"我给缠住了。"埃莉诺又说了一遍,自己动起手来。她开始吃起来;气氛便轻松了。

"现在给我们讲讲,爸爸,"迪莉娅大着胆子说——她是父亲最宠爱的女儿——"你自己干了些什么。有没有什么奇遇?"

11

这话说得不对劲儿。

"像我这样的老糊涂哪来的奇遇。"上校没有好气地说。他顶着杯帮研着糖粒。随后他似乎对自己的粗暴感到后悔;他沉吟了一会儿。

"我在俱乐部见着老伯克了;请我带你们哪一个去吃饭;罗宾回来了,休假。"他说。

他把茶一饮而尽。有几滴掉在他那尖尖的小胡子上。他把那块很大的丝绸手帕掏出来,怪不耐烦地擦了擦下巴。埃莉诺坐在她的矮椅上,先看到米莉脸上有种奇怪的神情,接着发现迪莉娅脸上也有。她的印象是她们两人有敌对情绪。但她们都不吱声。她们继续吃着,喝着,后来上校拿起杯子,发现里面没茶了,便丁当一声,把杯子使劲一放。饮茶仪式就此结束。

"喂,儿子,去预习功课去。"他对马丁说。

马丁把伸向盘子的手缩了回去。

"快走。"上校不容置喙地说。马丁起来走了,一只手恋恋不舍地把椅子桌子抹了一下,仿佛在拖延他的行程似的。他砰的一声把门猛地关上。上校站起身,直立在大家中间,礼服大衣扣得严严实实。

"我也得走了。"他说。但又停顿了片刻,仿佛没有什么特别的事要他去办。他笔直地站在大家中间,仿佛想发布什么命令,但一时又想不出任何命令发布。然后他想起来了。

"我希望你们哪一个记着,"他说,对几个女儿都一视同仁,"给爱德华写封信……告诉他给妈妈来信。"

"好的。"埃莉诺说。

他向门走去。但他又停住了。

"什么时候妈妈要见我,给我讲一声。"他说。然后他停住,揪住了小女儿的耳朵。

"小邋遢包。"他指着围嘴儿上的绿斑说。她用手捂住。在门口他又停下来。

"别忘了,"他摸着门把手说,"别忘了给爱德华写信。"最后他拧了一下门把手,走了。

大家都默默无言,气氛有点紧张,埃莉诺觉得。她拿起一本掉在桌子上的小本子,打开放在膝上。但她并不去看它。她心不在焉地盯着远处的那间屋子。后花园里的树木露出来;灌木丛上有些小小的叶芽——耳朵形的小叶芽。红日高照,一阵一阵地;忽进忽出,时而照亮了这个,时而——

"埃莉诺。"萝丝打断了沉默。说来奇怪,她的举止很像她父亲。

"埃莉诺。"她低声重复了一遍,因为她姐姐没有答理。

"嗯?"埃莉诺瞅着她说。

"我想到兰姆利商店去一下。"萝丝说。

她站在那里,双手背在身后,活脱儿像是她父亲。

"去兰姆利时间太晚了。"埃莉诺说。

"人家七点才关门。"萝丝说。

"那就叫马丁陪你去好了。"埃莉诺说。

小姑娘慢慢地朝门走去。埃莉诺又拿起了她的账本。

"你不能一个人去,萝丝;你不能一个人去。"萝丝走到门口时,埃莉诺抬起头来从大家头上望过去说。萝丝默默地点了点头,不见了。

她上楼去了。她停在她母亲卧室的外面,闻了闻那股似乎悬在门外桌子上的瓶瓶罐罐、盖着的碗盏周围的酸甜味儿。她又往上走,在学习室门口停下来。她不想进去,因为她和马丁吵过架。他们起先吵是为了埃里奇,为了显微镜,后来吵,是因为打了隔壁皮姆小姐的猫。但埃莉诺要她去叫马丁。她推开了门。

"嗨,马丁——"她开口说。

他坐在一张桌子前,面前撑起一本书,嘴里在念叨——也许在念希腊文,也许在念拉丁文。

"埃莉诺给我说——"她开口说,注意到他怎么脸红了,怎么他的手捏着一片纸头,仿佛要把它揉成团。"叫你……"她开口说,并严阵以待,背靠着门站着。

埃莉诺歪在椅子上,现在太阳照在后花园的树上。叶芽开始鼓起来。春光当然也把椅套子的破落相暴露无遗。大扶手椅有一块黑垢,她注意到那是父亲靠头的地方。但椅子何其多——在利维老太太的卧室呆过以后,这里显得多么宽敞,清爽——但是米莉和迪莉娅都不言语。那是宴会造成的问题,她想起来了。她们哪个该去?她们俩都想去。她希望人们不要说,"带上你的一个女儿"。她希望他们说,"带上埃莉诺",或者"带上米莉",或者"带上迪莉娅",而不是把她们搅在一起。那样一来就没问题了。

"好,"迪莉娅冷不丁地说,"我要……"

她站起来,仿佛要去哪儿。但她又停下来了。然后她信步走到朝街的窗前。对面的房屋都有千篇一律的小小的前花园;千篇一律的台阶;千篇一律的柱子;千篇一律的凸肚窗。但暮色已经降临,光线朦胧,它们看上去像幽灵似的虚幻。一盏盏灯亮起来;对面的客厅里的一盏灯灿烂夺目;然后窗帘拉上了,把屋子遮住了。迪莉娅站着俯视大街。一名下层阶级的妇女推着一辆婴儿车;一个老头背着双手蹒跚而去。然后街上便空无一人;出现了一阵停顿。有一辆双轮双座马车丁丁当当从马路上走来。迪莉娅一时来劲儿了。它会不会停在他们的门口?她更凝神注视起来。但是,叫她遗憾的是,车夫猛地扯了一下缰绳,马儿跌跌撞撞往前走去,车又走过两个门停住了。

"斯特普尔顿家来客人了。"她回头喊着,两手把细布窗帘分开。米莉过来,站在她妹妹身旁,姐妹俩一起透过开叉,瞅见一个戴高顶大礼帽的年轻男子从马车里出来。他伸出手给车夫付了钱。

"别让人家发现你们在看人。"埃莉诺在警告说。年轻人跑上台阶进了屋;门关上了,马车也走了。

但两个女孩站在窗前朝街上望了一会儿。前花园里的番红花有黄的,有紫的。扁桃树、女贞树梢头正在泛绿。突然一阵狂风扫过街头,吹着一张纸在人行道上飘飞;一小股打旋的灰尘紧随其后。屋顶上是伦敦火红多变的夕照,把一扇扇窗户照得金光灿烂。春天的黄昏有股野性;即便这里,阿伯康街上,光线一阵子由金色变成黑色,一阵子由黑色变成金色。迪莉娅把窗帘放下,一转身回到客厅,突然说:

"啊,天哪!"

埃莉诺本来又拿起了账本,这时抬眼一望,显得惴惴不安。

"八乘八……"她大声说,"八乘八是多少?"

她把指头按在那一页上,指出具体位置,眼睛盯着她妹妹。她妹妹仰着头站在那里,夕照把头发映得红腾腾的,有一阵子,她看上去盛气凌人,甚至很美。和她一比,米莉则显得灰溜溜的,难以形容。

"你看,迪莉娅,"埃莉诺说着合上了账本儿,"你只有等……"她的意思是"等到妈妈去世",但她不能说。

"不,不,不,"迪莉娅伸开双臂说,"没有一点希望……"她开始说。但她打住了,因为克罗斯比进来了。克罗斯比端着一只托盘。她把杯子,盘子,刀子,果酱瓶子,蛋糕碟子,黄油面包盘子,一一放到托盘上,丁丁当当,令人恼火。然后,她把托盘在身前小心翼翼地端平,才走了出去。一阵停顿。她又进来叠桌布,搬桌子。又是一阵停顿。过了一阵子,她又回来了,手里拿着两盏有绸灯罩的灯。她把一盏搁在前屋,把一盏搁在后屋。便宜鞋咯吱咯吱地响着,她走到窗前,拉上了窗帘。随着咔嚓一下熟悉的响声,窗帘从铜杆上滑过去,很快窗户就被雕出来似的一层层红长毛绒厚褶遮暗了。她把前后屋的窗帘拉上以后,一阵深沉的寂静似乎降临到客厅里。外面的世界严严实实、完完全全地隔绝了。远远地在下一条街上,她们听见有一个沿街叫卖的小贩瓮声瓮气地叫着;货车沉重的马蹄橐橐地、慢慢地从路上走去。一时间车轮隆隆地碾过大道;时而又销声匿迹,万籁俱寂。

两盏灯下面落下两个黄黄的光圈。埃莉诺把她的椅子拉到一个光圈下面,低下头,接着做她因为对它深恶痛绝总是留到最后才做的那部分工作——把数字加起来。当她把八和六,四和五相加时,她的嘴唇在翕动,铅笔在纸上点着小点子。

"好了!"她终于说,"完了。现在可以去陪妈妈坐一坐了。"她弯下腰去拿手套。

"不,"米莉说着把一本打开看着的杂志往旁边一扔,"我去……"迪莉娅突然从她踅来踅去的后屋出来了。

"我没有事干,"她毫不客气地说,"我去。"

她一个台阶、一个台阶、慢慢悠悠地上楼去。当她来到外面的桌子上摆满瓶瓶罐罐的卧室门口时,她停下了。疾病的那股酸甜味儿使她有点恶心。她无法强迫自己进去。通过过道顶头那扇小窗户,她可以看见淡蓝的天上散布着火红的卷云。从客厅的幽暗中出来,她的眼睛有些花。她似乎一时被光固定在那里。然后她听见楼上有小孩的声音——马丁和萝丝在吵架。

"那就算了!"她听见萝丝说。一扇门砰地关上了。她停下来。于是她深深地吸了一口气,再一次注视着火红的天空,敲了敲卧室门。

保姆悄悄地站起来,把一根指头贴到嘴上,离开了房间。帕吉特太太睡着了。帕吉特太太头枕在枕头窝里,一只手压在面颊下面,轻轻地呻吟着,仿佛她在漫游世界,哪怕睡着时,她在那里的路上也横着一些小小的障碍。她的脸松松垮垮;皮肤长满了褐斑;原来的红发现在变白了,只是里面还夹杂着一些古怪的黄片儿,仿佛一些头发卷儿在蛋黄里浸过似的。只戴着那枚婚戒的手指似乎表明她已经进入了疾病的隐逸世界。但她并没有那种奄奄一息的样子;看样子她会在生死之间的这个边地永远生存下去。迪莉娅看不出她有任何变化。坐下的时候似乎千头万绪一齐涌上心头。床边的一面狭长的镜子反映出一片天空;此时此刻红光耀眼。梳妆台也被照得亮晃晃的。红光照到银瓶上,玻璃瓶上,一切都按不用的东西那样摆得整整齐齐。在这夕阳西下的时刻,这间病房具有一种虚幻的干净、安静和秩序。床头的小桌上放着眼镜、祈祷书和一瓶铃兰。这些花儿也有一副虚幻的样子。无事可做,只有看看而已。

她盯着祖父的那张发黄的素描,亮点在鼻子上面;盯着霍勒斯叔叔穿制服的照片;盯着右边耶稣钉在十字架上的清瘦、扭曲的形象。

"可你并不相信它!"她望着沉睡的母亲恶狠狠地说,"你并不想死。"

她盼着母亲死。现在她头枕在枕头窝里——松软,衰朽,而永久,对于所有的生命来说,是个障碍,拦路虎,绊脚石。她试图激起某种爱心,怜情。譬如说,那年夏天,她对自己说,在西德茅思,当她喊我上花园台阶的时候……但当她细看这一幕的时候,它又消失了。当然还有另一幕——那个身穿礼服大衣,扣眼里别着花的男子。但她已经发誓,不到睡觉时间,不去想这事儿。那她应该想些什么呢?鼻子上有白光的爷爷?祈祷书?铃兰?还是镜子?太阳已经落了;玻璃镜一片昏暗,现在只能反映出一片苍黄的天。她再也抵挡不住了。

"扣眼里别一朵白花?"她开始想。这需要几分钟的准备。一定会有一个大厅;一排排棕榈;下面的地板上人头攒动。魅力开始发挥作用。她的心里充溢着阵阵讨人喜欢、令人兴奋的美妙情绪。她在台上;下面人山人海;人人在振臂高呼,挥舞手绢,嘘声、口哨此起彼伏。随后她站起来。在台中央站起来,一袭白衣;巴涅尔①先生就在她身边。

"我讲话为的是捍卫自由,"她手一甩,开始说,"为的是伸张正义……"他们肩并肩站着。他脸色苍白,但深色的眼睛却炯然放光。他转身面对着她,低声说……

突然这一切被打断了。帕吉特太太靠在枕头上坐起来了。

---

① 巴涅尔(1846—1891),爱尔兰自治运动领袖。

"我在哪儿呀?"她喊道。她感到害怕,困惑,她醒来时,往往都是这样,她举起一只手,她似乎在求助。"我在哪儿呀?"她重复着。一时间迪莉娅也十分困惑。她在哪儿?

"在这儿呢,妈妈!在这儿呢!"她乱说一通,"在这儿呢,就在你自己的房间里呢。"

她把手放到床罩上。帕吉特太太神经质地把它抓住。她环视了一下房间,仿佛在找什么人。她似乎认不得女儿了。

"怎么回事?"她说,"我在哪儿呀?"然后她瞅着迪莉娅,想起来了。

"啊,迪莉娅——我在做梦。"她喃喃地说,半含着歉意。她躺着,向窗外张望了片刻。灯亮了,突然一线柔光射进外面的街道。

"是个大晴天……"她嗫嚅着,"好……"看样子她记不起好干什么了。

"对,一个晴天,妈妈。"迪莉娅重复着,显出一副极不自然的欢快样子。

"……好……"她母亲又在努力。

今天是什么日子?迪莉娅想不起来。

"……好给你迪格比叔叔过生日。"帕吉特太太终于说出来了。

"把我的话告诉他——告诉他我多么高兴。"

"我会告诉他的。"迪莉娅说。她把叔叔的生日忘了;但她母亲对这种事总是毫不马虎。

"欧仁妮婶婶——"她开始说。

然而她母亲却瞪视着梳妆台。外面的灯照来的什么光,把那片白桌布照得雪白。

19

"又是一块干净桌布!"帕吉特太太忿忿地嘀咕着,"花销,迪莉娅,花销——我犯愁的就是这个——"

"不要紧的,妈妈。"迪莉娅闷声闷气地说。她的眼睛却死死地盯着祖父的肖像;为什么,她心里纳闷,画家在他的鼻尖用白粉笔点了一笔?

"欧仁妮婶婶给你送来了一些花。"她说。

不知怎么的,帕吉特太太似乎高兴了。她的眼睛盯着那块干净桌布出神,刚才它还让她想起了洗涤上的开销。

"欧仁妮婶婶……"她说。"我记得好清楚,"她的声音似乎变得浑厚、圆润了些,"宣布订婚的那一天。我们大家都聚在花园里;来了一封信。"她打住了。"来了一封信。"她重复道。然后她有一阵子再没说话。她似乎在回想什么。

"那可爱的小男孩死了,但撇开这一点……"她又停住了。她今晚似乎更虚弱了,迪莉娅想;一阵欢乐袭上心头。她比往常更语无伦次。哪个小男孩死了?在她等着母亲讲话的当儿,她开始数床罩上的弯弯。

"你知道从前一到夏天,所有的亲戚都聚到一起,"她母亲突然接上说,"有你的霍勒斯叔叔……"

"就是有一只玻璃眼睛的那个。"迪莉娅说。

"对。他骑木马时伤了眼睛。婶婶姨姨们都非常看得起他。她们常说……"说到这里,出现了一阵长时间的停顿。她似乎在搜寻准确的字眼儿。

"霍勒斯来了以后……记着问一下餐厅门的事。"

帕吉特太太似乎觉得出奇地好笑。其实她就是笑了。迪莉娅瞅着笑容忽闪一下又消失了,她准是想起了某个久远的家庭笑话,她想。一片岑寂。她母亲闭上眼睛躺着;她那只仅戴一枚戒指的手,那只惨白憔悴的手,搭在床罩上。寂静中,她们听见煤在炉栅里啪的一声,一个沿街叫卖的小贩一路瓮声瓮气地喊着。帕吉特太太再不说话。她纹丝不动地躺着。然后她发出一声深沉的叹息。

门开了,保姆走了进来。迪莉娅起来出去了。我这是在哪儿?她问自己,眼睛盯着被夕阳染成粉红的一只白罐子。一时间,她似乎置身于生死之间的某个边地。我在哪儿呀?她重复问道,一边望着那只粉红罐子,因为它看上去非常奇怪。她听见楼上的水在哗哗地流,脚在咚咚地响。

"你来了,萝茜。"萝丝进来时阿姨从缝纫机轮子上抬起头望了一眼,说道。

儿童室灯光通明;桌子上有一盏没有灯罩的灯。C太太每周来送洗好的衣物,现在正坐在扶手椅里,手里端着一杯茶。"去干你的针线活儿吧,乖孩子,"萝丝跟C太太握手时阿姨对她说,"要不爸爸生日前你就完不成了。"她补充了一句,连忙在儿童室的桌子上清出一块地方。

萝丝拉开抽屉,取出她给父亲过生日绣的靴袋,上面绣的是蓝红两色的花样。还有好几簇铅笔画的小玫瑰没有绣呢。她把靴袋铺到桌子上仔细察看,阿姨则接着对C太太讲柯尔比太太女儿的事儿。不过萝丝没有听。

那我就一个人去了,她把靴袋铺展,下定决心。如果马丁不肯跟我去,那我就一个人去。

"好吧,那你去取吧。"阿姨说,但她没有留心;她只是想继续跟C太太讲杂货店老板女儿的事儿。

现在历险开始了,萝丝心里说着,便踮起脚尖悄悄地溜进了夜间儿童室。现在她必须装备弹药给养;她必须偷来阿姨的钥匙;可钥匙在哪儿呢?由于怕贼偷,每夜它都换地方收藏。它不是在手帕盒下面,就是在她放妈妈的金表链的盒子里。果然在呢。现在她有了手枪和子弹,她想,便从她的抽屉里取出自己的钱包,给养可以维持两个星期,她想,同时把帽子和外衣搭到胳膊上。

她偷偷地走过儿童室,下了楼。经过学习室的门时,她侧耳倾听着。她必须小心翼翼,不要踩着干树枝,不能让细枝在脚下发出任何响声,她心里想着,踮起脚尖走着。她经过母亲的卧室门时又停下来,听着。一切静悄悄的。于是她在歇脚台上站了一会儿,望着下面的门厅。狗在垫子上睡着了;万事大吉;门厅里空无一人。她听见客厅里有低语声。

她轻轻地转了一下前门的门闩,然后把门关上,几乎连咯噔一下的响声也没有。她猫着腰贴墙根一直走到拐角处,谁也不会看见她的。等走到拐角上,她才在金链花树下站直了身子。

"吾乃帕吉特骑兵团的帕吉特,"她把手臂一挥,说道,"单骑救险去也!"

她骑马夜行,重任在身,前去解救一个被围的要塞,她心里说。她有秘密情报——她紧紧攥住钱包——要亲自交到将军手里。他们的性命就靠此一举。英国国旗仍然在中央要塞飘扬——兰姆利商店就是中央要塞;将军就站在兰姆利商店的屋顶上,用望远镜观望。他们的性命全靠她单骑越过敌境前去营救了。现在她正在沙漠上飞驰。她开始小跑,天色已晚。街灯初上。点灯人把杆子顶进小小的活板门;前花园的树木在人行道上形成一片摇曳的影子网络;人行道延伸在她的面前,又宽、又暗。然后是十字路口；然后就是兰姆利商店，位于对面孤立的一片商店中间。只消跨过沙漠、蹚过河流，她就平安无事了。她拿手枪的臂膀一挥，用马刺刺了一下坐骑，疾驰过梅尔罗斯大道。她跑过邮筒的时候，一个男人的身影儿突然从煤气灯下闪现出来。

"敌人！"萝丝心里喊道。"敌人！砰！"她喊着便扳动了手枪的扳机，走过他时，直愣愣地盯着他的脸。那是一张怪可怕的脸；苍白、脱了皮，满脸麻子；他不怀好意地斜眼瞟着她。他伸出一只胳膊仿佛要拦住她。他差点儿抓住了她。她一个箭步冲了过去。这场把戏就算完了。

她又恢复了常态，一个不听姐姐的话的小姑娘，穿着拖鞋，奔向兰姆利商店寻求安全。

满脸生辉的兰姆利太太站在柜台后面叠报纸。周围是两便士的手表——装在纸板上的工具，玩具船，盒装便宜文具，等等，她似乎正在琢磨什么开心的事儿；因为她面带微笑。随后萝丝冲了进去。她抬头望着，一脸的疑问。

"嗨，萝茜！"她惊呼道，"你要什么，宝贝？"

她把手按在那摞报纸上。萝丝站在那里直喘气。她忘了她是来干什么的了。

"我要橱窗里的那盒鸭子。"萝丝终于想起来了。

兰姆利太太蹒跚着过去去取。

"像你这样的小女孩一个人出门不是太晚了吗？"她瞅着她问，仿佛她知道她不听姐姐的话，穿着拖鞋跑了出来。

"晚安，宝贝，快回家去。"她说着把包递给了她。孩子似乎在门口台阶上迟疑不决：她站在悬着的油灯下，瞪着眼睛看着那些玩具;然后恋恋不舍地出去了。

我亲自把情报交给了将军,当她又站在外面的人行道上时,她心里说。这是胜利纪念品,她说,紧紧抓着腋下的盒子。我这里提着造反头目的首级凯旋,她心里说,一面放眼眺望延伸在前面的梅尔罗斯大道。我必须策马飞驰。但这篇故事不再奏效。梅尔罗斯大道依然是梅尔罗斯大道。她望过去。眼前只有一条光秃秃的长街。树木在人行道上空摇曳着自己的影子。每隔一大段距离才有一盏灯,中间地带是一片黑暗。她开始小跑。突然之间,跑过灯柱时,她又看见了那个男人。他背靠着灯柱,煤气灯的光在他脸上明灭忽闪。她跑过去时,他吧嗒了几下嘴。他发出一声喵喵的叫声。但他并没有向她伸手;因为他的手正在解衣服扣子。

她仓皇逃窜。她想她听见他从后面追过来了。她听见他的脚步在人行道上噔噔地跑来。她一路跑去,天旋地转;她跑上门前台阶把钥匙塞进锁孔,打开厅门时,眼前舞动着粉红、墨黑的点子。她顾不上发出了响动没有。她希望有人出来,跟她说话。但谁也没有听见她。门厅空空的。狗在垫子上睡觉。客厅里仍然有叽叽咕咕的声音。

"它真要是着了,"埃莉诺说,"那就太热了。"

克罗斯比把煤垒成了一个巨大的黑岬角。一股黄烟闷闷地缭绕着它;它开始燃烧了,真要燃烧起来,那就太热了。

"她能看见阿姨偷糖,她说。她能看见她墙上的影子。"米莉说。她们在议论母亲。

"还有爱德华呢,"她补充说,"忘了给写信了。"

"这倒把我提醒了。"埃莉诺说。她一定要记着给爱德华写信。但正餐后有的是时间。她不想写字,她不想说话;每当她从林荫道回来,她总感到仿佛有好几件事情同时涌现。话语在她心里不断重复——话语和景象。她想到利维老太太,把身子支撑起来坐在床上,一头白发厚厚地贴在脑袋上,活像假发,一脸的裂纹就像个上过釉的老罐子。

"人家一向待我很好,我记着人家……我是个可怜的寡妇给人洗洗涮涮时,人家就坐着自家的四轮马车——"说到这里她伸出一条胳膊,它扭曲,发白,活像一棵树的根,"人家一向待我很好,我记着人家……"埃莉诺望着火,重复着。后来女儿进来,她给一家裁缝干活。她戴的珍珠大得像鸡蛋;她喜欢描眉画眼;她倒是漂亮过人。不过米莉做了一个小动作。

"我在想,"埃莉诺不假思索地说道,"穷人日子比我们过得快活。"

"利维一家?"米莉心不在焉地说。于是她脸上露出了喜色。

"给我讲讲利维家的情况是。"她补充说。埃莉诺和"穷人"——利维家,格拉布家、帕拉维奇尼家、茨维格勒家、科布家——的关系,总是叫她开心。但埃莉诺不喜欢把"穷人"当成书里的人物那样议论。她对利维太太极其佩服,她身患癌症,不久于人世。

"啊,他们还不是跟平时一样。"她尖刻地说。米莉盯着她。埃莉诺"心事重重",她想。全家有这么一句玩笑,"当心!埃莉诺心事重重。今天是她走访林阴道的日子。"埃莉诺难为情了,但她每次从林阴道回来,不知为什么,她总是气呼呼的——五花八门的事情同时浮现在她的脑海里:坎宁路;阿伯康街;这间屋子;那间房子。那个犹太老妈妈端坐在她热烘烘的小屋子的床上;随后你回到这里,妈妈生病;爸爸生气;迪莉娅和米莉为参加一场宴会吵嘴……但她却进行着自责。她应当想办法说点什么,逗妹妹开心。

"利维太太已经把房租准备好了,真没想到,"她说,"莉莉帮了她一把。莉莉在岸沟街的一家裁缝店里找了份工作。她来时珠光宝气的。他们可爱漂亮——犹太人呀。"她加了一句。

"犹太人?"米莉说。她似乎在考虑犹太人的趣味;随后似乎又不去管它了。

"是的,"她说,"亮丽得很呢。"

"她不是一般的漂亮。"埃莉诺说,想起了那红艳艳的脸蛋白花花的珍珠。

米莉笑了;埃莉诺总喜欢帮助穷人。她认为埃莉诺是她所认识的最好、最聪明、最出色的人。

"我相信你最喜欢到那儿去了,"她说,"我相信,要是由着你的话,你都愿意去住在那里。"她补充说,发出一声轻叹。

埃莉诺在椅子上挪动了一下。当然,她有她的梦想,她的计划;不过她不想议论这些。

"也许结了婚以后你会的?"米莉说。她的声音有点儿乖张,也有点儿悲怆。宴会;伯克家的宴会,埃莉诺想。她希望米莉不要老是把谈话扯到结婚上去。况且她们对结婚有什么了解呢?她问自己。她们在家呆的时间太多,她想;她们从来没有看见自家圈子外面的任何人。她们囿于樊笼,日复一日……因此她说,"穷人日子过得比我们快活。"回到这样的客厅,有各式家具,有各色鲜花,有医院护理,使她感慨万端……她又制止住了自己。她必须等到她一个人的时候——等到夜里刷牙的时候。

当她与别人在一起的时候,她绝不让自己同时想到两件事情。她拿起火钳,把煤捅了一下。

"瞧!多美啊!"她惊叫起来,一股火苗在煤顶上舞动,一股利索而不相干的火苗。就是那种她们小时候往火里撒把盐激起的火苗。她又捅了一下,一串金眼火星连连冲向烟囱。"你可记得,"她说,"我们是怎么玩消防队员的,我和莫里斯是怎样把烟囱点着的?"

"皮佩便去向爸爸告状。"米莉说。她打住了。门厅里有响动。手杖咚的一下;有人在挂衣服。埃莉诺的眼睛一亮。是莫里斯——对;她熟悉他发出的响动。现在他就要进来了。门开了,她莞尔而笑,环顾四周。米莉跳了起来。

莫里斯企图拦住她。

"别去——"他开口说。

"不行!"她叫道。"我要去洗个澡。"她不假思索地加了一句。她撇下他们走了。

莫里斯在她腾出的那把空椅子上坐下。她很高兴看到埃莉诺一个人。他们一时谁都不吱声。他们瞅着那股黄烟和小小的火苗在黑煤岬上到处利索而不相干地跳动。然后他问起了那个老问题:

"妈妈怎么样?"

她给他讲了;没有一点变化:"就是觉睡得多了。"她说。他皱了皱眉头。他正在失去他的孩子气,埃莉诺想。这是律师行当最糟糕的表现,大家都说;你只好等着了。他正给桑德斯·柯里当助理;那是件乏味的差事,成天在法院里盘桓,等待。

"老柯里怎么样?"她问——老柯里爱发脾气。

"脾气有点不好。"莫里斯冷冰冰地说。

"你成天在干什么?"她问。

"没有什么特别的事。"他答。

"还是埃文斯与卡特的案子?"

"是的。"他简短地说。

"谁能赢?"她问。

"当然是卡特了。"他答。

为什么"当然"呢?她想问。但最近有一天她说过一些傻话——表明她没有用心听他的话。她张冠李戴了;比方说,普通法和其他种类的法律有何区别?她不吱声。她们默默地坐着,瞅着火苗在煤上游玩。那是一股绿色的火苗,利索,不相干。

"你是不是认为我一直是个大傻瓜?"他突然问,"家里有病人,要为爱德华和马丁缴学费——爸爸肯定觉得有点紧张。"他皱起眉头,那副样子使她心里说:他正在失去孩子气。

"哪儿的话。"她着重地说。当然,他要是去经商,那才荒唐呢;他爱的就是法律。

"有朝一日你会当上大法官的,"她说,"我有把握。"他摇了摇头,笑了。

"有很大的把握。"她瞅着他说,过去他放学回家,爱德华捧来了所有的奖品,莫里斯坐着默默无言——现在她可以看见他当时的样子——只顾吃东西,别人则对他不闻不问,当时她就是这么瞅他的。但即便在她瞅着的时候,也不禁心生疑窦。她说的是大法官。难道她不该说王座厅厅长?她从来也记不住哪个是哪个:正因为如此,他才不跟她议论埃文斯和卡特的案子。

她也从来不给他讲利维一家的事情,除非借此开开玩笑。这是长大以后最糟糕的一点,她想;他们再也不能像过去那样同声相应、同气相求了。他们见面以后,也从来没有工夫像过去一样无所不谈——他们谈论的总是事实——琐碎的事实。她捅了一下火。突然房间里咚的一声巨响。是克罗斯比在门厅里使劲按铃。她像个野蛮人对某个黄铜牺牲品肆意进行报复。粗重的声浪在房间里激荡。"天哪，这是穿衣铃！"莫里斯说。他站起来，伸了伸懒腰。他举起双臂在头上悬了一会儿。他做了一家之长之后，将会是这副模样，埃莉诺想。他放下双臂，离开了屋子。她坐着沉思了片刻；然后振作起来。我得记些什么？她问自己。给爱德华写信，她沉吟道，便向她母亲的写字台走去。这会儿它就成了我的桌子，她想，一边望着那银烛台，祖父的小像，商人的账本——有一本上面压印着一头烫金的母牛——还有背上插着一个刷子的花点海象，那是上回母亲过生日时马丁送给她的礼物。

克罗斯比让餐厅门开着，等他们下来。银器擦一下还是合算，她想。刀叉在桌子周围明光闪亮。整个房间，它那些精雕细刻的椅子、油画、壁炉台上的两把匕首和漂亮的餐具柜——凡此种种都是克罗斯比天天要掸、要擦的实实在在的东西——晚上看上去效果最好。白天有股肉味儿，又挂着哔叽窗帘，晚上灯火辉煌，一副半透明的景象。他们这一家人挺帅，他们鱼贯而入时，她想——小姐们穿着蓝白两色有枝状花纹的薄棉布的漂亮衣裙；先生们穿着小礼服，个个潇洒。她替上校把椅子拉出来。他总是晚上情绪最佳，他吃得津津有味；不知怎么回事，满脸的阴云一扫而光。他喜形于色。孩子们一看，个个都劲头十足。

"你穿的上衣很漂亮。"他落座时对迪莉娅说。

"这件旧衣服？"她拍一拍那件蓝细布衣服说。他脾气好的时候，身上有种富态，从容，魅力，她感到格外喜欢。人们总说她像父亲;有时候她对此感到高兴——譬如说,今晚。他穿着小礼服,显得红润,干净,和蔼可亲。只要他有这种心情,大家就又变成了孩子,一受激发,就说起笑话来,大家听了,便稀里糊涂哈哈大笑起来。

"埃利诺心事重重,"父亲边说边朝大家挤眉弄眼,"今天是她走访林阴道的日子。"

大家哈哈大笑起来,埃莉诺还以为他说的是小狗"流浪汉",其实他说的是女士埃杰顿太太。克罗斯比还在递汤,却把脸皱起来,因为她也想笑。有时候上校惹得克罗斯比笑得前仰后合,她只好转过身去,装作在餐具橱边做什么事情。

"啊,埃杰顿太太——"埃莉诺说,开始喝汤。

"对,埃杰顿太太,"父亲说,继续讲埃杰顿太太的故事,"她的一头金发按诽谤之说,不完全是她自己的。"

迪莉娅喜欢听他父亲讲印度的故事。这些故事挺新鲜,同时又很浪漫。它们传达了一种气氛:一个炎热的夜晚,军官们穿着晚礼服聚餐,餐桌中央摆着一只巨大的银子的胜利纪念品。

我们小的时候,他总是这个样子,她想。她过生日的时候,他常常跳篝火,她记得。她瞅着他的左手把肉排灵巧地放到一只只盘子上。她钦佩他的果断,他的常识。他一边把肉排往盘子上放,一边继续讲——

"谈起可爱的埃杰顿太太,便使我想起了——我给你们讲过老巴杰·帕克斯的故事吧,还有——"

"小姐——"克罗斯比把埃莉诺背后的门打开,悄悄地说。她咬着埃莉诺的耳朵窃窃私语了几句。

"我这就来。"埃莉诺说着就站了起来。

"什么事——什么事?"上校讲了半句话,就停下问。埃莉诺离开了屋子。

"阿姨捎话来了。"米莉说。

上校才开始自己吃肉排,这时手里拿着刀叉。大家都拿着刀子。谁也不想再往下吃。

"喂,继续吃饭吧。"上校说着,突然对肉排发起了攻击。他的和蔼一扫而光。莫里斯试探性地吃起了土豆。这时克罗斯比又出现了。她站在门口,淡蓝色的眼睛显得非常突出。

"怎么回事,克罗斯比?怎么回事?"上校说。

"先生,太太情况不好,我想,先生。"她带着一种奇怪的哭声说。大家不约而同地站了起来。

"你们等着。我去看看。"莫里斯说。大家都跟着他进了门厅。上校仍然拿着餐巾。莫里斯跑上楼去;一会儿又跑了下来。

"妈妈晕过去了,"他对上校说,"我去请普伦蒂斯。"他一把抓起帽子、外衣就跑下了前门的台阶。大家站在门厅里不知如何是好,只听见他打着口哨叫出租马车。

"先把饭吃完,女儿们。"上校专横地说。但他却手里拿着餐巾,在客厅里踱来踱去。

"时候到了,"迪莉娅心里说,"时候到了!"一种轻松、激动的特别感觉左右了她。她父亲从一个客厅踱到另一个客厅;她跟着他进去;但她躲着他。他们俩太像了;对于对方的感受彼此都了如指掌。她站在窗口向街上观望。下过一阵子雨。街道湿湿的;屋顶亮亮的。黑云掠过天空;树枝在街灯的光照下上下摇曳。她心里也有某种东西七上八下。某种未知的东西似乎正在逼近。后面嗝的一声,使她转过身来。原来是米莉。她正站在壁炉台边那个提花篮、穿白袍的女孩的画像下,眼泪潸潸滚下面颊。迪莉娅朝她走过去;她应当走上前去搂住她的肩膀;但她办不到。真情的眼泪滚下米莉的面颊。但她自己的眼睛却是干的。她又转向窗户。街上空无一人——只有树枝在灯光下上下摇曳。上校踱来踱去;有一次他碰到桌子上,说了声"该死!"他们听见楼上屋子里脚步走来走去。他们听见声音叽叽咕咕。迪莉娅转向窗户。

一辆双轮双座马车款款从街上跑来。马车一停,莫里斯立即跳了出来。普伦蒂斯医生跟着下了车。他径直上了楼,而莫里斯则来到了客厅,跟大家呆在一起。

"干吗不去吃完饭?"上校停下脚步,笔直地站在他们面前粗声粗气地说。

"啊,他走了再说。"莫里斯忿忿地说。

上校又踱起步来。

后来他停下来,双手背在身后站在炉火前。他摆出一副严阵以待的神气,仿佛随时准备应急。

我们俩都在演戏,迪莉娅暗自思忖,偷偷瞥了他一眼,但他演得比我好。

她又向窗外眺望。下雨了。雨穿过灯光时,把一长条一长条的银光闪进来。

"下雨了。"她低声说,但没人答理她。

他们终于听见楼梯上响起了脚步声,普伦蒂斯医生走了进来。他悄悄地把门关上,但一言未发。

"嗯?"上校面对着他说。

一阵长时间的停顿。

"你看她怎么样?"上校问。

普伦蒂斯医生轻轻地耸了耸肩。

32

"她缓过来了。"他说。"眼下。"他补充了一句。

迪莉娅觉得仿佛这几个字给了她当头一棒。她瘫下去坐在一把椅子的扶手上。

这么说你不会死了,她说,望着在树干上稳住身子的那个女孩;她似乎在对她的女儿傻笑,但笑里藏刀。你不会死——永远不会,永远不会!她在母亲的画像下双手捏在一起喊道。

"好,现在我们是不是继续吃饭?"上校说着,捡起了他扔在客厅桌子上的餐巾。

可惜——这顿饭给搅了,克罗斯比想,把肉排又从厨房里端了上来。肉干了,土豆顶上起了层黑皮。有一根蜡烛把灯罩烤焦了,把菜放到上校面前时她才注意到。然后她把门关上,他们开始吃饭。

房子里静悄悄的。狗在楼梯脚下的垫子上睡觉。病房门外鸦雀无声。马丁睡觉的卧室里传来一声轻微的鼾声。在白天儿童室里,C太太和保姆又开始吃晚饭,因为她们听见下面门厅里有响动,就把饭中断了。萝丝在夜晚儿童室里睡觉。有一段时间她睡得很沉,身子蜷起来,毯子紧紧裹在脑袋上。后来她动了一下,把双臂伸了出来。有个东西在一片漆黑的顶上浮起来。一个白色的椭圆形体悬在她面前晃来晃去,仿佛是从一根绳子上吊下来的。她眼睛半睁,盯着它。它冒着灰泡泡,出出进进。她完全清醒了。一张脸靠近她悬着,仿佛在一根绳子上晃悠着。她闭上眼睛;但那张脸还在,泡泡进进出出地冒,灰的,白的,紫微微的,有麻点的,她伸手去摸旁边的大床。但床上空着。她听着。她听见过道对面的白天儿童室里刀子丁丁当当,人声叽叽喳喳。可是她睡不着。

她强迫自己想田野围栏里圈的一群羊。她让一只跳围栏;然后又让一只跳。它们跳时,她就数。一,二,三,四——它们跳过了围栏。但第五只却不肯跳。它转过头来望着她。它那狭长的脸灰突突的;它的嘴唇翕动着;它就是邮筒旁的那个男人的脸,她一个人跟它在一起。如果她闭上眼睛,它还在;如果她睁开眼睛,它仍在。

她在床上坐起来,喊道,"阿姨!阿姨!"

到处一片死寂。隔壁屋子里刀叉的丁当已经停了。她一个人跟什么可怕的东西在一起。然后她听到过道里拖沓的脚步声。它越来越近。原来就是那个男人。他的手按在门上。门开了。一道光角落到脸盆架上。照亮了水壶和脸盆。那人实际上跟她单独呆在屋子里……但那是埃莉诺。

"你怎么还没睡着?"埃莉诺说。她把蜡烛放下,开始把床单、毯子拉直。它们全被拧成了麻花。她瞅着萝丝。萝丝眼睛明亮,满脸通红。怎么回事?莫非他们在楼下妈妈的房间里走动吵醒了她?

"你怎么一直醒着?"她问。萝丝又打了个呵欠;但这与其说是呵欠,不如说是叹息。她不能把看见的东西告诉埃莉诺。她深感内疚;不知怎么的,她必须就她看见的那张脸撒谎。

"我做了噩梦,"她说,"我害怕。"当她在床上坐起来时,她的全身奇怪地、神经质地猛抽了一下。怎么回事?埃莉诺再次心犯嘀咕。她跟马丁打架了?她又在皮姆小姐的花园里追猫了?

"你又追猫了?"她问。"可怜的猫,"她补充说,"它们就像你一样反对干这事。"她说。但她知道萝丝的恐惧与猫无关。她紧紧捏着她的一根指头;她双眼瞪视着前方,眼神非常古怪。

"你梦见什么了?"她问,同时在床沿上坐下。萝丝瞪着她;她不能给她讲;但无论如何,得让埃莉诺跟她在一起。

"我想我听见屋子里有个男人,"她终于说出来了,"一个强盗。"她补充说。

"一个强盗?在这儿?"埃莉诺说,"可是,萝丝,强盗怎么会进你的儿童室呢?有爸爸,有莫里斯——他们绝不能让强盗进你的房间的。"

"对,"萝丝说,"爸爸会杀了他的。"她又说。她抽搐的样子有点古怪。

"可我们在干什么呀?"埃莉诺说,"我们在客厅里坐着。时间不是太晚。"她正说着,房间里轻轻地噹的一声。风向顺的时候,他们能听见圣保罗大教堂的钟声。柔音缭绕在空中,铺展开来:一、二、三、四——埃莉诺数着,八、九、十。她感到惊讶的是钟声停得这么快。

"哎,才十点,你看。"她说。她却觉得晚得多了。但最后一响在空中消散了。"所以你现在就会睡着了。"她说。萝丝紧紧抓着她的一只手。

"别走,埃莉诺;最好别走。"她央求她了。

"不过,告诉我,你怕什么?"埃莉诺开口说。她有什么事瞒着她,她肯定。

"我看见……"萝丝开始说。她硬着头皮给她讲真话;告诉她邮筒旁边的那个男人的事。"我看见……"她重复了一遍。但说到这里门开了,阿姨走了进来。

"我不知道萝茜今晚怎么啦。"她说着便风风火火地走了进来。她感到有点儿愧疚;她一直在楼下和别的仆人闲扯女主人的事呢。

"一般她都睡得很沉。"她说着便走到床前。

"现在阿姨来了,"埃莉诺说,"她来睡觉了。所以你也不要再害怕了,好吗?"她把床单抹平,亲了亲她。她站起来,拿起蜡烛。

"晚安,阿姨。"她说着便转身离开了房间。

"晚安,埃莉诺小姐。"阿姨说,声音里含有某种同情;因为他们在楼下说太太拖不了多久了。

"转过去睡吧,乖孩子。"她说,在萝丝的脑门上亲了一下。因为她替这小姑娘难过;很快就成了一个没娘的孩子了。然后,她穿着衬裙站在黄色的五斗橱前,把袖口上的银链扣解开、开始把发卡从头发上往下取。

"我看见……"埃莉诺关上儿童室的门时,重复着,"我看见……"她看见什么了?可怕的事情,隐瞒着的事情。但是什么事情呢?事情就藏在她那双紧张的眼睛后面。她把手里的蜡烛稍稍举斜了一点。她还没注意到,三滴蜡油已经掉到锃亮的壁脚板上了。她把蜡烛举正,走下楼去。她边走边听。鸦雀无声。马丁睡着了。母亲睡着了。她经过那两扇门下楼去时,一块重荷似乎压到了她的身上。她停下来,低头望着门厅。脑海里出现了一片空白。我在哪里?她问自己,凝视着一个沉重的框架。那是什么?她似乎一个人置身于空无之中;但必须下去,必须扛起她的重负——她微微举起双臂,仿佛头上顶着一个罐子,一个陶罐。她又停下脚步。一只碗口的轮廓映入她的眼球;碗里有水;还有黄黄的什么东西。那是狗用的碗;她意识到;那是狗用的碗里的硫磺;狗蜷着身子卧在楼梯脚下。她小心翼翼地从熟睡的狗身上跨过去,进了客厅。

她进来时,大家都抬起头来看;莫里斯手里拿着一本书,但没有读;米莉手里拿着什么布料,但没有绣;迪莉娅歪在椅子里,什么也没干。她站在那里迟疑了片刻。然后她转向写字台。"我给爱德华写封信。"她喃喃地说。她拿起笔来,但她犹豫不决。她发现很难给爱德华写信,因为当她拿起笔时,当她抹平写字台上的信纸时,她看见他就在她面前。他的眼睛相距太近;他对着门厅的镜子把顶毛梳起来的那副样子,惹她恼火。她给他起了个绰号,叫"尼格斯"。"亲爱的爱德华。"她开始写道,在这种场合,用了"爱德华",而没用"尼格斯"。

莫里斯极力想看书,却把头抬了起来。埃莉诺钢笔的沙沙声让他恼火。她停了下来;然后又写;然后她把手按在脑袋上。当然,所有的烦恼都压在她身上。但她仍然让他恼火。她总是问问题;她从来不听回答。他又把书瞟了一眼。但何苦装模作样去看书呢?这种感情受压的气氛惹他讨厌。谁也无法可想,只有坐在那里,摆出一副感情受压的姿态。米莉穿针引线让他恼火,迪莉娅像平时一样歪在椅子里无所事事。他跟这些女人一起被禁锢在一种感情不真的氛围中。而埃莉诺一个劲儿地写呀,写呀,写呀。有什么好写的——但这时她舔湿了信封,轻轻一拍,把邮票贴上。

"我拿去发好吗?"他把书一放,说道。

他站起身来,仿佛他高兴有点事做。埃莉诺陪他走到前门,站在门口让门开着,等他去邮筒投信回来。雨轻轻地下着,她站在门口,呼吸着温和湿润的空气,她瞅着树下人行道上抖动的古怪的黑影。莫里斯消失在拐角的黑影下面了。她记得他小时候,手里拎着书包上日校去时,她总是站在门口。她总是向他挥挥手;当他走到拐角上时,他总要转过身来向她挥手。这是一种奇怪的小小的仪式,现在废弃了,因为他们都长大了。她站着等待时,影子晃悠着,不一会儿,他从影子里出来了。他从街上走来,上了台阶。

"明天他就能收到,"他说——"至少第二趟邮班会送到。"

他关上门,弯下腰把链子拴上。链子哒哒响,她觉得他们俩都接受了这样一个事实,那就是今晚再不会有什么事了。他们都避开对方的视线;今晚他们俩都不想再动情。他们回到了客厅。

"哎,"埃莉诺环顾了一下四周说,"我想我要去睡觉了。如果阿姨需要什么,"她说,"她会拉铃的。"

"我们都可以走了。"莫里斯说。米莉开始把她的刺绣往起卷。莫里斯开始封火。

"这火真岂有此理——"他恼怒地叫道。煤都结到一块儿了。火势熊熊。

突然一声铃响。

"阿姨!"埃莉诺惊叫一声。她看了莫里斯一眼。她匆匆离开了房间。莫里斯跟在她后面。

这何必呢?迪莉娅心想。无非又是虚惊一场。她站起身来。"只不过是阿姨而已。"她对米莉说,因为她正在站起身来,满脸的惊恐。她不能再哭了,她想,然后信步踱进了前屋。蜡烛在炉台上燃烧;照亮了她母亲的画像。她瞟了一眼母亲的画像。那位白衣姑娘似乎在主持着自己持久的弥留事务,面带一种冷漠的微笑,使她的女儿火冒三丈。

"你不想死——你不想死!"迪莉娅仰望着她说,一肚子的苦水。她父亲听见铃声,便大惊失色,已经来到了客厅。他戴着一顶穗子可笑的红吸烟帽。

全是无事自扰,迪莉娅望着父亲,默默地说。她觉得他们俩都得抑制不断高涨的激动。"不会出什么事——什么事都没有,"她望着父亲说,但就在这当口,埃莉诺来到客厅。她脸色极其苍白。

"爸爸在哪儿?"她朝四下里望着问道。她看见了他。"来呀,爸爸,来呀,"她说着,伸出一只手去,"妈妈要死了……而孩子们。"她扭过头对米莉说。

父亲耳朵上方出现了两个小白块,迪莉娅注意到。他眼神凝滞。他强打起精神。他大踏步地从他们身边走过,上了楼。大家排成队跟在后面。迪莉娅注意到,狗也企图随他们上楼去;但莫里斯把它拍回去了。上校首先走进卧室,然后是埃莉诺;然后是莫里斯,然后,马丁下来了,一边走一边穿晨衣;然后米莉领来了裹着一条披巾的萝丝。不过迪莉娅在最后面裹足不前。屋子里人已经太多,她挤不进去,就索性在门口呆着。她能看见两个保姆背靠着对面的墙站着。一个在哭——她注意到,就是那天下午刚来的那个。从她站的地方看不见床。但她能看见莫里斯跪下了,我该不该也跪下?她心犯嘀咕。过道里不行,她决心已定。她把目光移开;她看见过道顶头的小窗户。下着雨;什么地方有一道光把雨点照得闪闪发亮。一滴接一滴从窗玻璃上悄然滑下;雨滴滑滑停停,一滴一滴汇起来,然后又滑下去。卧室里阒然无声。

这就是死亡?迪莉娅问自己。一时间那里似乎有些情况。

一堵水墙似乎要裂开了;两堵墙把自己分开了。她听着。一片寂静。然后有了点动静,卧室里脚步拖沓,出来的是她父亲,跌跌撞撞地。

"萝丝!"他喊道,"萝丝! 萝丝!"他双臂伸向前面,紧握着拳头。

你这件事做得漂亮,他从身边走过时,迪莉娅对他说。那活像一幕戏。她不动声色地注意到雨点还在滴。一滴滑下来碰上另一滴,又合成一滴,向窗玻璃底上滚去。

在下雨。霏霏细雨,轻轻阵雨,洒在人行道上,把路淋得滑溜溜的。值不值撑开伞,有没有必要叫辆车,从剧院里出来的人们问自己,同时仰望着温和的白闲闲的天空,星光暗淡。雨无论落在地上,落到田野,落到花园,它都掀起了泥土的气息。这里有一滴平衡在草叶上;那里有一滴灌进了野花的花萼里,微风一动,雨滴就掉下来了。值不值在山楂树下躲一躲,在树篱底下避一避,羊儿似乎在问;母牛由于已经在灰闲闲的田野上、昏沉沉的树篱下放牧,所以一个劲儿咕吱咕吱地吃草,昏昏欲睡地咀嚼,皮上落满了雨点。雨落到屋顶上,落到这里的威斯敏斯特,落到那里的拉德布罗克林阴道上;在浩瀚的大海上,千千万万的雨尖儿戳着这头蓝色的怪物,好像一次随意喷洒的淋浴。在微睡的大学城的巨大的圆屋顶和高耸入云的尖塔上空,在窗玻璃用铅框固定,现在又用棕色亚麻布窗帘遮起来的图书馆和博物馆上空,细雨悄然滑下,一直落到那些怪诞的讪笑者,也就是多爪的怪兽状滴水嘴里,在成千上万偏僻的凹陷处摊开。一个醉汉在一家酒馆外面的窄道上脚一滑,便骂起来。产妇听见医生对助产士说,"在下雨。"轰鸣的牛津钟声,像一片油海里的缓慢的海豚,不断翻转着,以默祷的语气吟唱着音乐的咒语。这场细雨,这场微雨,落到冠冕巍峨的贵人头上,落到平头百姓头上,不偏不倚,一视同仁,表明雨神,如果有神的话,认为,不能把它局限在大智大贵者身上,而应当让所有的生灵,吃草的,愚昧的,不幸的,那些在窑里辛苦劳作、制造不可计数的、一模一样的盆盆罐罐的人,那些通过歪歪扭扭的字表达赤热的思想的人,还有陋巷深处的琼斯太太,个个都有一份我的赏赐。

牛津在下雨。雨轻轻地下,不断地下,使排水沟里流水潺潺。爱德华探出窗外,还能看见大学花园里的树木被下着的雨蒙上一层白色。只听见树声沙沙,雨声潺潺,除此以外,花园里阒然无声。湿漉漉的地上泛起一股潮湿的泥土味儿。漆黑一团的学院里,这里那里亮起一盏灯来;有一个角落,灯光照到一棵开花的树上,那里有一个灰黄的土丘。草变得看不见了,流动着,灰闷闷的,像水一样。

他满足地长吸了一口气。一天之中,他最喜欢这个时候,他可以站着眺望花园。他又吸了一口凉爽的湿气,然后挺直身子,回到屋里。他学习非常刻苦。他一天的时间按照导师的意见分割成一个小时、半个小时的块块;但需要开始学习之前,他仍然有五分钟时间。他打开台灯。灯光有几分泛绿,因此使他看上去有点儿苍白、消瘦,但他长得非常英俊。他五官端正,轮廓分明,一头金发用指头一掠,形成一个冠顶,看上去宛如檐口上的希腊男孩。他莞尔而笑。他一面看雨,一面在想,他父亲见过他的导师之后——当时老哈博特尔说,"你儿子有机会"——老头子怎么一定要上去看看他自己的父亲上大学时住过的房间。他们闯了进去,发现一个名叫汤普森的小伙跪在地上用风箱扇火。

41

"先生，我父亲住过这几间屋子。"上校说，就算在道歉。小伙子满脸通红，说道，"没有事儿。"爱德华笑了笑。"没有事儿。"他重复了一遍。该学习了。他把灯苗拧高一点。灯苗一拧高，他就看见他的作业从周围的昏暗中全堆到一圈刺目的亮光中了。他看着摆在面前的课本、字典。开始学习前，他总是满脑子的疑虑。要是他考不好，父亲就心如刀绞。他的心思全在这上面。他给他送来十多瓶陈年佳酿，"权当饯行酒吧。"他如是说。但毕竟马沙姆没有退路了；还有从伯明翰来的那个聪明的犹太小子——但该学习了。牛津的钟开始一个接一个地把自己徐缓的乐声推过天空。它们响得沉重，响得不十分匀称，仿佛它们一定要把空气从它们的路上滚出去，空气十分沉重。他喜爱钟声。他一直听到敲过最后一响；然后他把椅子拉到桌前；时间到了；现在他必须学习了。

他的眉宇间刻出一道小槽。他看书时眉头紧皱；他读一会儿书；做一点笔记；然后再读。一切声音都被抹掉了。他眼前看见的只有希腊文。但一读起书，大脑就逐渐热呼起来；他意识到脑门上有什么东西在加快，在收紧。由于在边页上做简短的注释，他准确、牢靠地领会了一个又一个短语，他注意到，比前一天夜里还要准确。一些不太重要的小词现在显露出细微的意思差别，这就改变了原来的含义。他又做了一条注释；这就是意义。他自己这种领会短语核心的技巧使他兴奋不已。关键在这里，完全彻底。但他必须做到一丝不苟；准确无误；就连草草写下的密密麻麻的注释也必须像印的一样清楚。他查阅不同的书进行参照。然后闭上眼睛，背靠在椅子上认真思考。他绝不让任何东西流于语焉不详。时钟响起来了。他听着。钟继续响着。刻在他脸上的那些线条松弛了；他身子往后一靠；肌肉疲沓了。他把眼睛从书本上抬起来,凝视着前面的昏暗。他的感觉是:仿佛跑了一场比赛后,扑倒在草地上。但有一会儿他觉得他还在跑;尽管不看书,他的思想还在进行。思想不受阻碍,自由畅游一个纯意义的世界;但慢慢地这个世界失去了它的意义。书在墙上非常显眼:他看见了奶油色的嵌板;一个蓝花瓶里插着一束罂粟花。最后一响已经敲过。他叹息一声,从桌边站起来。

他又站在窗前。在下雨,但那层白色已经消失了。有的地方有一片下湿的树叶在闪亮,除此之外,花园现在漆黑一片——那株开花的树形成的黄包不见了。花园周围的校舍矮矮地蹲伏成一团,灯在窗帘后面亮着,这里一个红点,那里一个黄点;那里是教堂,蜷着身子倚天而立,天空由于下雨,似乎在轻轻地颤动。但它不再沉默。他听着;没有特别的声音;但他站着向外眺望时,校舍里热闹非凡。突然一阵狂笑;然后一架钢琴丁丁咚咚;然后是难以形容的噼里啪啦——几分像瓷器的声音;然后又是淅淅沥沥的雨声,排水沟吸水时发出的潺潺声。他转身进了屋。

屋里变得冷飕飕的;火快灭了;白灰底下只有一点儿红光。恰好他想起了父亲的礼物——那天早上送来的葡萄酒。他走到了墙边桌前,给自己斟了一杯。当他对着灯把它举起时,他笑了。他又看见他父亲不是用手指而是用两个光滑的肉疙瘩握着酒杯,对着灯光一照再喝,他总是这个样子。

"你不能像冷血动物一样用刺刀捅穿一个人的身体。"他记得他说。

"你也不能不喝酒就去考试。"爱德华说。他举杯不定;他学着父亲的样子,把酒杯举向灯光。然后他抿了一口。他把杯子放到他前面的桌子上。他又回头看《安提戈涅》。他读一会儿;再抿一口酒;接着再读;过一会儿再抿。他的颈椎骨一带泛起一片柔和的红光。酒似乎压开了他大脑里小小的分隔门。不知是酒,还是话,或者二者兼而有之,形成了一个亮壳、一股紫气,从中走出一个希腊少女来;但她却是英国人。希腊少女站在大理石和常春花中间,但她却在莫里斯壁纸和橱柜中间——他的吉蒂表妹,他在学院院长住宅吃饭、最后一次见她时,她就是这样。她二者兼而有之——安提戈涅和吉蒂;一个是书上的,一个是屋里的;光彩照人,满面红光,活像一朵紫色花。不,他惊呼,压根儿就不像一朵花!因为如果有过一个少女昂首挺胸,生活,说笑,那就是吉蒂,穿着上次在学院院长住宅里吃饭时穿的蓝白相间的衣裙。他走到对面的窗户前。通过树木能看见一块块红色的方格。院长住宅里在举行晚会。她在跟谁说话?她在说些什么?他又回到桌旁。

"啊,该死!"他用铅笔把纸一戳,喊道。笔尖断了。这时有人敲了一下门,一声滑过去的轻敲,不是命令式的狠敲,是过路人随便敲的,不是要进来的人有意敲的。他走过去把门打开。上面的楼梯上隐现出一个高大的年轻人的身影,他正靠在栏杆上。"进来。"爱德华说。

高大的年轻人慢慢地走下楼梯。他极其高大。一双眼睛非常突出,看见桌子上的书,便充满了疑虑。他盯着桌子上的书。是些希腊文图书。但毕竟有酒啊。

爱德华把酒斟上。站在吉布斯旁边,他看上去就是埃莉诺说的"吹毛求疵"的那种人。他自己也感到了这种反差。跟吉布斯的大红爪子一比,他举酒杯的那只手就像女孩子的。吉布斯的手火红鲜亮;它活像一团生肉。

打猎是他们共有的话题。他们就谈打猎。爱德华歪在椅子上,让吉布斯一个人谈。听着吉布斯说话,骑马穿过这些英国小路,真是不亦乐乎。他说的是九月猎狐崽的事;还谈到一匹未经驯化但容易驾驭的出租马。他说,"你还记得你去斯特普利家时右边的那座农场吗?还记得那个漂亮姑娘吗?"——他在挤眉弄眼——"倒霉,她嫁给了一个管林人。"他说——爱德华瞅着他汩的一声,把他的红酒一饮而尽——他多么希望这该死的夏天过去。接着他又讲起了关于那只雌猊的陈年旧事。"九月你来跟我们呆着。"他正说着,门无声无息地开了,吉布斯压根儿就没有听见,悄然滑进另外一个人——一个全然不同的人。

进来的是阿什利。他和吉布斯有天渊之别。他个头不高不矮,肤色不黑不白。但他并不是个无关紧要的人——远远不是。这部分归因于他的行动方式,仿佛桌椅散发出某种影响,他像只猫一样,可以借助某种看不见的触角或胡须感觉得到。现在他坐了下来,小心翼翼,战战兢兢,盯着桌子,几乎是在看一本书上的一行字。吉布斯一句话说到半中间就打住了。

"嗨,阿什利。"他随便招呼了一声。他伸出手给自己又斟了一杯上校的红酒。现在瓶子空了。

"对不起。"他瞟了一眼阿什利,说道。

"再别为我开酒了。"阿什利赶忙说。他的声音听起来又尖又细,仿佛他感到很不自在。

"啊,我们也要喝。"爱德华大而化之地说。他走进餐室去取。

"尴尬死了。"他弯腰看酒时,寻思道。他一边挑酒,一边忿忿地寻思,这就意味着跟阿什利又要吵一架了,这一学期他跟阿什利为吉布斯已经吵过两次了。

他拿着那瓶酒回去,在他们中间的一条矮凳上坐下。他拔出瓶塞把酒斟上。当他坐到他们中间时,他们俩都看着他,心里十分羡慕。埃莉诺总是嘲笑他弟弟爱慕虚荣,这下他的虚荣心得到了满足。他喜欢他们的目光盯着他时的那种感觉。不过,他跟他们俩在一起时心里很自在,他想;这种想法让他喜滋滋的;他可以给吉布斯谈打猎,也可以跟阿什利论读书。不过阿什利只会谈书,而吉布斯——他不禁莞尔——只会谈姑娘。姑娘和马。他斟了三杯酒。

阿什利谨小慎微地抿了一口,吉布斯两只大红手抓住杯子,咕嘟一大口下了肚。他们先谈赛马;接着谈考试。然后阿什利瞟了一眼桌子上的书,说:

"那你呢?"

"我一点运气都没有。"爱德华说,他无所谓的态度是装出来的。他假装轻视考试;其实是装模作样。吉布斯上了他的当;可阿什利看透了他的心思。他往往发现爱德华具有这样的小小的虚荣;但这些虚荣心反而使他更加喜爱他。他坐在他们两个中间,灯光落到他的一头金发顶上,他看上去多帅气呀,他想;活像一个希腊少年;强壮,但在某一方面却显得软弱,需要他的保护。

他应当被人从吉布斯那样的畜牲那里解救出来,他气冲冲地想。因为爱德华怎么能容忍那个笨拙的畜牲呢,他想,眼睛盯着他,因为他似乎总有股啤酒和马的气味(他在听爱德华说话),阿什利无法想象。他进来的时候,他就抓住了那句气人的话的尾巴——那句话似乎表明他们一起订了个什么计划。

"那好,我找斯托里问问那匹出租马的情况。"这时吉布斯说,仿佛他要结束他进来之前他们一直进行的什么密谈。一阵妒忌情绪涌过阿什利全身。为了掩饰起见,他伸出手去拿了一本打开放在桌子上的书。他假装看书。

他这么做是存心侮辱他,吉布斯感觉到。他知道,阿什利认为他是一个又大又笨的畜牲;这头小骚猪一进来,就把谈话给搅了,然后就开始摆谱儿拿吉布斯开刀。好啊;他本来就要走;现在他偏要呆着;他倒要替他摸摸这家伙的屁股——他知道怎么办。他转向爱德华,接着往下说。

"你不反对像猪一样挤在一起吧。"他说,"我们家的人要上苏格兰去了。"

阿什利恶狠狠地翻了一页书。那么说,他们要单独在一起了。爱德华开始津津有味地欣赏起这种局面来;他便跟着阴阳怪气地敲起边鼓来。

"没问题。"他说,"但你得保证我可不能出洋相。"他补充了一句。

"嗨,只不过是打打狐崽而已。"吉布斯说。阿什利又翻了一页书。爱德华把那本书扫了一眼。书是倒拿着的。但当他扫视阿什利时,他却发现他的脑袋后面映衬着嵌板和罂粟花。跟吉布斯相比,他看上去多么文雅,他想;多么具有讽刺意味。他极其敬重他。吉布斯已经失去了魅力。他在那里,又把那关于雌猫的陈年旧事重复一遍。明天会吵个天翻地覆,他想,便偷偷地看了一下表。十一点过了;早饭前他还得做一个钟头的作业。他把最后几滴酒喝下去,伸了个懒腰,惹眼地打了个哈欠,便站起身来。

"我睡觉去了。"他说。阿什利眼巴巴地望着他。爱德华真能把他折磨个半死。爱德华开始解马甲的扣子;他身材好极了;阿什利想,注视着他,站在他们中间。

"不过你们先别急,"爱德华说,又打了个哈欠,"先把自己的酒喝完。"他想到阿什利和吉布斯一起把各自的酒喝完,不禁莞尔。

"要是你们想喝,还有的是。"他指了指隔壁房间,然后撇下他们走了。

"让他们一起决一雌雄吧。"他边关卧室门边想。他自己的决战很快就会到来;从阿什利脸上的表情就看得出来。他嫉妒得要命。他开始脱衣服。他把钱整整齐齐地分成两堆,镜子两边各放一堆;因为他花钱有点抠门儿;他在椅子上仔细叠好马甲;然后随便照了照镜子,把他的冠发梳起来,用的还是那种让他姐姐恼火的半有意半无意的姿势。然后他听着。

外面门砰的一声。一个已经走了——不是吉布斯就是阿什利。但还有一个,他想,仍然没走。他侧耳静听。他听见有人在起居室里走动。他非常迅速,非常坚决地把门上的钥匙一拧。过了片刻把手动了。

"爱德华!"阿什利说。他的声音很低,又有节制。

爱德华没有回答。

"爱德华!"阿什利说,把把手弄得嘎嘎直响。

声音尖,恳求式的。

"晚安。"爱德华尖声说道。他听着。一阵停顿。然后他听见门关上了。阿什利走了。

"天哪!明天会吵个昏天黑地。"爱德华说着,走到窗前,望着外面仍然在下着的雨。

学院院长住宅里的晚会结束了。女士们穿着飘逸的礼服站在门口,仰望着下着微雨的天空。

"那是只夜莺吗?"拉彭特太太问,因为听到有只鸟儿在灌木丛里鸣啭,这时老胖墩儿——了不起的安德鲁斯博士——稍稍站在她身后一点儿,穿顶似的脑袋暴露在细雨中,那张毛烘烘的,威武但并不动人的脸,仰天长笑了。那是画眉,他说。笑声在石墙上产生了回声,活像一只鬣狗在笑。然后,拉彭特太太仿佛侵犯了装饰学术过梁的一条粉笔印子一样,在几百年的传统授意下把手一挥,把一只脚收回来,示意神学教授的妻子拉瑟姆夫人应当先行,于是他们蜂拥而出,走进了雨地里。

在院长住宅的长客厅里,大家统统站着。

"我很高兴胖墩——安德鲁斯博士——赏光莅临。"马隆夫人彬彬有礼地说。作为本院住户,大家管这位大博士叫"胖墩";对美国客人来说,他则是安德鲁斯博士。

别的客人已经告退了。但美国客人霍华德·弗里普一家还在屋里。霍华德·弗里普太太说,她觉得安德鲁斯博士极具魅力。而她的教授丈夫给院长说着同样的客套话。女儿吉蒂站在不太引人注意的地方,一心希望他们送客睡觉。但她不得不在那里站到她母亲示意他们离开才行。

"是啊,我从来没见过胖墩气色这么好。"她父亲接着说,隐含着对那位使众人倾倒的矮小的美国女士的恭维。她短小活泼,而胖墩就喜欢女人短小活泼。

"我爱看他的书,"她用自己古怪的鼻音说,"但我从来不敢奢望有坐在他身边聚餐的荣幸。"

难道你真喜欢他说话时唾沫四溅的做派?吉蒂望着她,心里纳闷。她漂亮非凡,快乐无比。和她一比,别的女人都显得邋里邋遢,又矮又胖。只有她母亲除外。因为马隆太太站在壁炉旁,一只脚踩在围栏上,一头白鬈发卷得直撅撅的,看上去既不入时,也不过时。相反,弗里普太太却显得很入时。

但她们还是笑话她,吉蒂想。她已经看见这些牛津女士对弗里普太太的一些美国短语直皱眉头。但吉蒂喜欢她的美国短语。她们跟她习惯的东西大相径庭。她是美国人,一个真正的美国人;但谁也不会把她的丈夫当成美国人,吉蒂想,眼睛望着他。他可以毕业于任何一所大学,可以当任何一门学科的教授,她想,他满脸皱纹,但不与众不同,长一副山羊胡子,眼镜上的一条黑丝带从衬衣前胸上挎过去,仿佛是条洋勋带。他讲话不带任何口音——至少不带任何美国口音。但他还是与众不同。她不小心把手绢掉在地上。他立马弯下腰捡起来,给她时鞠了一躬,未免太讲究礼貌了——这搞得她挺难为情的。她低下头对教授笑了笑,相当腼腆地把手绢接了过去。

"多谢。"她说。他使她觉得非常尴尬。站在弗里普太太旁边,她觉得自己比平时更加高大。她的头发具有真正的里格比家的红色,从来没有梳得像应有的那么光滑;弗里普太太的头发看上去美丽,光亮,整洁。

但这时候马隆太太把弗里普太太瞟了一眼,说,"好啦,女士们——?"然后挥了挥手。

她的举动颇具权威——仿佛她一再这么做,而且一再得到服从。大家朝门走去。今晚门口有一个小小的仪式;弗里普教授腰弯得低低地吻马隆太太的手,但吻吉蒂的手时,就弯得不是那么低了,然后替大家把门敞开着。

"他做过了头。"大家往出走时,吉蒂心想。

女士们拿着蜡烛排成单行上了宽宽的矮楼梯。凯瑟琳学院历任院长的肖像俯视着她们爬楼。她们一级一级往上爬,烛光在金框框住的黑面孔上闪烁明灭。

现在她要停下来,吉蒂跟在后面想,还要问那是谁。

但弗里普太太并没有停下来。为此,吉蒂给她打了高分。她比他们的大多数来客稍胜一筹,吉蒂想。她从来没有像那天早晨那么快就参观完了牛津大学图书馆。确实,她感到十分内疚。可看的景点还多得很,如果他们想看的话。但还不到一个钟头,弗里普太太就转向吉蒂,用她尽管带点鼻音、但仍十分迷人的声音说:

"好啦,亲爱的,我想你观景有点儿腻味啦——到那有凸肚窗的老糕点铺来客冰淇淋,你意下如何?"

于是在应当参观图书馆的时候,她们却在吃冰淇淋。

队伍已到达第一个歇脚台,马隆太太在贵宾逗留院长住宅时总要下榻的那间有名的房间的门口停下来。她把门开着,环视了一圈。

"这张伊丽莎白女王没有睡过的床。"她说,当大家打量那张大四柱床时,她开了一个常开的小小的玩笑。火着着,水罐用布条扎住,活像个害牙疼的老太太;梳妆台上亮着蜡烛。但今晚这房间有点怪,吉蒂想,越过母亲肩头瞟了一眼;床上有件晨衣闪着绿银相间的光。梳妆台上有许多小小的瓶瓶罐罐和一个粘上粉红点子的大粉扑。弗里普太太看上去如此光彩照人,牛津女士们看上去如此黯然失色的原因,会不会,可能不可能是弗里普太太——但马隆太太说,"你们想看的都看到了吗?"语气极为客气,所以吉蒂猜想马隆太太也看到了梳妆台。吉蒂把手伸出来。使她惊讶的是,弗里普太太没有握手,却拉着她弯下腰来亲了她一下。

"太感谢了,你带领我们看了这么多景致,"她说,"记住,你要到美国来,就在我们家里住。"她补充说。因为她喜欢上了这个高大腼腆的姑娘。显然她喜欢吃冰淇淋胜过带领她参观牛津大学图书馆;但不知什么原因,她也替她感到惋惜。

"晚安,吉蒂。"她母亲关门时说,她们敷衍了事地相互碰了碰面颊。

吉蒂上楼回自己的房间。弗里普太太亲她的那个地方她仍然感觉得到;那一亲在她的脸上留下一块小小的红光。

她把门关上。房间里很闷。那是一个温暖的夜晚,但大家总是关着窗户,拉着窗帘。她打开窗户,拉上窗帘。像平时一样下着雨。银雨似箭,穿过花园里黑魆魆的树木。然后她把鞋踢掉。这是高个子最无奈的一点——鞋总是太紧;白缎子鞋尤其如此。然后她开始解衣裙上的搭扣。这件事挺麻烦;搭扣太多,而且都在背上;但白缎子衣服终于脱下来了,整整齐齐横放在椅子上;然后她开始梳头发。这是个最糟糕的星期四,她思量;早上看景致,中午请客吃饭;下午请大学生喝茶;晚上又是宴会。

然而,她用梳子使劲梳着头发,认定:总算过去了……总算过去了。

蜡烛明灭不定,接着,细布窗帘外面风一吹,鼓成了一个白气球,几乎碰上了烛苗。她惊了一下,睁开眼睛。她穿着衬裙正站在敞开的窗前,身边还有灯光。

"谁都可以看见里面。"她母亲前几天还责备过她。

好,她说,把蜡烛挪到右边的一张桌子上,谁也看不见里面了。

她又开始梳头了。但由于灯光在侧面,不在前面,她从不同的角度看见了自己的脸。

我漂亮吗?她问自己,同时把梳子放下照着镜子,她的颧骨太高;她的眼睛间距太大。她不漂亮;不,她的个头也于她不利。弗里普太太怎么看我呢?她心里纳闷。

她亲了我,她突然想起来,乐滋滋的,又感到了脸上的那块红光。她要我跟他们去美国。那多有意思!她想。离开牛津去美国,多有意思!她使劲梳着头发,头发像一丛毛烘烘的灌木。

但钟声照旧轰鸣起来。她憎恨钟声;她觉得那是一种丧气的声音;而且,一口停下来,另一口又开始了。它们此起彼伏,你追我赶,仿佛永远没完没了。她数过十一,十二,然后继续响十三,十四……时钟的响声彼此重复,穿过湿漉漉的、细雨霏霏的空气。时间很晚了。她开始刷牙。她瞟了一眼脸盆架上方的日历,把星期四撕掉,揉成一团,仿佛她在说,"总算过去了!总算过去了!"红色大字印的星期五赫然面对着她。星期五是个好日子;星期五她跟露西上课;她要去罗布森家喝茶。"找到事的人有福了。"她念着日历上的话。日历似乎总是对你含沙射影。她还没有做完她的事。她瞟了一眼安德鲁斯博士著的一排卷帙浩繁的蓝封面《英国宪政史》。第三卷里夹着一张纸条;她应该给露西把这一章看完;但今晚不行。她今晚太累了。她转向窗户。一阵狂笑从大学生宿舍里飘过来。他们笑什么呀,她站在窗前,心里纳闷。听声音,仿佛他们在寻欢作乐。他们到院长住宅喝茶时绝不会这样笑的,她想,这时笑声逐渐消失。从巴利奥尔来的那个小个子男生坐在那里拧指头,拧指头。他不肯说话;但他也不肯走。然后她把蜡烛吹灭,上床睡觉。我倒是喜欢他,她想,一边在凉凉的被单里伸展身子,尽管他拧指头。至于托尼·阿什顿嘛,她想,在枕头上把脸一转,我不喜欢他。他似乎总向她盘问爱德华的情况,她想,埃莉诺管爱德华叫"尼格斯"。他的眼睛离得太近。有点像理发师的模子,她想。最近有一天,他跟着她去野餐——就是一只蚂蚁钻进拉瑟姆太太裙子里的那次野餐。他总是坐在她身边。但她可不想嫁给他。她不想做大学老师的老婆,一辈子住在牛津。不,不,不!她打了个哈欠,又在枕头上转了个身,听着一声迟响的钟声,它像一只迟钝的海豚滚过细雨霏霏的浓浓的空气,她又打了个哈欠,便睡着了。

雨不紧不慢地下了整整一夜,田野罩上一层薄雾,排水沟里水声潺潺。花园里,雨在盛开的紫丁香和金链花花丛上空下着。雨在图书馆铅灰的圆屋顶上空悄然滑下,从怪兽状滴水的笑嘴里张扬开来。雨模糊了窗户,来自伯明翰的犹太小子坐在窗前,头上缠了一条湿毛巾,在猛攻希腊文;马隆博士坐在窗前开夜车撰写他的皇皇巨著学院史里的又一章。在院长住宅的花园里,吉蒂的窗户外面,雨浇灌着那棵古树,三百年前国王和诗人们坐在树下饮酒,但现在它快倒了,只好由一根桩子在中央顶住。

"小姐,伞?"希斯科克说着递给吉蒂一把伞,第二天她离家时比规定时间晚了许多。空气里有一丝寒意,这使她十分高兴,这时她看见一队穿着白、黄上衣、拿着垫子的人朝河走去,今天她不会坐在小船上了。今天没有聚会,她想,今天没有聚会。但她迟到了,时钟警告她。

她大步流星往前走,最后她来到那群廉价的红色别墅前,她父亲对这种东西深恶痛绝,所以总是兜个圈子避开它们。但由于克拉多克小姐就住在其中的一幢廉价红色别墅里,所以吉蒂就看见它们环绕着浪漫的光环。当她转过新教堂的拐角,看见克拉多克小姐居住的那幢房子的陡直的台阶时,她的心跳得更快了。露西每天都要上下这些台阶;那是她的窗户;这是她的门铃。她拉了一下,铃猛地一颠出来了;可它再回不去了,因为露西家的一切都摇摇欲坠;但一切都有浪漫情调。露西的伞就在架子上面;它也跟别人的伞大相径庭;伞柄是个鹦鹉头。但当她走上那陡直、闪亮的楼梯时,激动中夹杂着恐惧;她又把作业做得十分草率;这一周她还是没有"用心"。

"她来了!"克拉多克小姐想,把笔悬在手里。她的鼻尖红红的;眼睛有点儿猫头鹰的样子,被灰黄空洞的眼窝圈着。铃就在那里。笔已经蘸进红墨水里了;她在批改吉蒂的论文。现在她听见了她上楼的脚步声。"她来了!"她想,有点儿屏声息气,然后把笔搁下。

"十分抱歉,克拉多克小姐,"吉蒂说着脱去外衣,在桌子旁边坐下,"我们家来了客人。"

克拉多克小姐用手把嘴轻轻一抹,她感到失望时就做出这种举动。

"我明白了,"她说,"所以你这个星期什么作业也没做。"

克拉多克小姐拿起笔来,在红墨水里蘸了一下。然后她又回过头看论文。

"这就不值一改。"她说,把话打住,笔悬在空中。

"十岁的孩子也会为它害臊。"吉蒂的脸顿时红艳艳、亮光光的。

"奇怪,"克拉多克小姐说,训导一完,就把笔放下,"你的思想倒有独到之处。"

吉蒂的脸高兴得红艳艳、亮光光的。

"可你并不利用,"克拉多克小姐说,"你干吗不用呢?"她补充说,那双灰色的细眼睛盯着她。

"你看,克拉多克小姐,"吉蒂开始急切地说,"我母亲——"

"哼……哼……哼……"克拉多克小姐把她堵了回去。马

55

隆博士花钱雇她不是听知心话的。她站了起来。

"看看我的花。"她说,觉得把她呵斥得太严厉了。桌子上摆着一盆花;野花,蓝白两色,插在一层潮湿的青苔里。

"我妹妹从荒原上送来的。"她说。

"荒原?"吉蒂说,"哪个荒原?"她弯下腰,温情脉脉地拨弄着这些小花。她多可爱,克拉多克小姐想;因为她对吉蒂满怀柔情。但我可不能感情用事,她告诫自己。

"斯卡伯罗荒原,"她大声说,"要是你让青苔保持湿润,而又不要太湿,这些花可以开几个星期。"她看着花儿,补充说。

"湿润,而又不要太湿,"吉蒂不禁莞尔,"我认为这在牛津很容易做到。这里老下雨。"她望着窗户。下着微雨。

"要是我上那儿去住,克拉多克小姐——"她开始说,把伞拿上。她又打住了。训导完了。

"你会发现非常乏味。"克拉多克小姐瞅着她说。她正在穿披风。她穿上披风,肯定看上去十分可爱。

"我是你这个年龄的时候,"克拉多克小姐接着说,想起了她身为教师的职责,"我会不惜一切争取你有的机会,会见你会见的人,认识你认识的人。"

"老胖墩?"吉蒂说,想起了克拉多克小姐对那盏学灯崇拜得五体投地。

"你这不知深浅的毛丫头!"克拉多克小姐告诫道,"当代最伟大的历史学家!"

"哟,他可没给我谈过历史。"吉蒂说,想起了一只重手搭在她膝上的那种湿唧唧的感觉。

她踌躇不决;但训导完了;还要来一个学生。她扫视了一下房间。在一摞闪亮的练习本顶上摆着一盘橘子:一个看样子装着饼干的盒子。这是她惟一的房间?她心犯嘀咕。难道她就睡在上面扔着一条围巾、看上去疙里疙瘩的沙发上?没有镜子,所以她把帽子歪戴到一边了,她这么戴帽子时,心想,克拉多克小姐鄙薄衣着。

但克拉多克小姐却在想:年轻,可爱,会见聪明的男子,那多美妙啊。

"我要到罗布森家喝茶去。"吉蒂说着伸出手来。内莉·罗布森这个姑娘是克拉多克小姐的得意门生;她常说,她是惟一懂得作业的意义的姑娘。

"你走着去吗?"克拉多克小姐打量着她的衣着说,"有一段路呢,你知道。过了林默尔路,经过煤气厂。"

"对,我走着去。"吉蒂边说边握手。

"这个星期,我要用功。"她说,低下头望着她,眼睛里充满了爱慕之情。然后她走下那陡直的楼梯,上面的油布闪着浪漫的光彩;她还扫了一眼那把鹦鹉柄的伞。

教授的儿子,用马隆博士的话说,主动干了一件"光辉的业绩",他现在正在普雷斯特维奇街的后花园里——一块扒拉出来的小地方——修补鸡舍。咚咚咚,他敲个不停,要把一块板子钉到破屋顶上。他的手白生生的,跟他父亲的大不一样,而且指头也长。他自己并不爱干这种活计。但他父亲星期天修补靴子。锤子往下一砸。他干将起来,把亮晃晃的长钉子往里砸,钉子有时候会把木头钉劈了,或者钉到外面了。因为木头朽了。他也憎恶鸡,这是笨得要命的家禽,一团乱毛,眼睛红红的,亮亮的,瞅着他。它们把这条路刨得一塌糊涂;栖息的地方到处是一圈一圈的毛,这都超出了他的想象。但那里什么都没种。一个人一养鸡,怎么能像别人那样栽花呢?铃响了。

"该死!准是有老太婆喝茶来了。"他说,把锤子悬着;然后把它往钉子上一砸。

吉蒂站在台阶上,注视着廉价的网眼窗帘和蓝橙相间的玻璃时,她极力要回想起她父亲关于内莉的父亲说了些什么。但一个矮小的女仆把她领进了屋。我太高大了,吉蒂想,她在女仆领她进去的那间屋子里站了片刻。这间屋子很小,里面挤满了东西。我穿得太好了,她想,一边望着壁炉上方镜子里的自己的影像。但想到这里,她的朋友内莉进来了。她身材矮胖;一双灰色的大眼睛上戴着一副钢边眼镜,她那种棕色的荷兰亚麻布罩衫似乎增强了她那副寸土不让的实在派头。

"我们在后屋喝茶。"她说,把她上下打量了一番。她在干什么呀?干吗穿一件罩衫呢?吉蒂想,跟着她走进已经开始喝茶的房间。

"幸会。"罗布森太太回头一望,很正式地说。但大家好像没有一点幸会的意思。两个孩子已经吃起来了。黄油面包片已经上手了,不过吉蒂落座时,他们只是抓着黄油面包瞪着眼睛看她。

她似乎立刻把整个房间一览无余。它光秃秃的,没有什么摆设,但却十分拥挤。桌子太大;有几把绿长毛绒包的硬椅子;但桌布粗糙;中间织补过;瓷器是便宜货,上面有绚丽的红玫瑰图案。在她看来,灯光特别明亮。锤子丁丁当当的敲打声从外面的花园里传进来。她望着花园;那是一块刨出来的土园子,没有花坛;花园尽头有一个棚子,敲打声就是从那里传来的。

他们个个都是五短身材,吉蒂瞥了罗布森太太一眼,心想。

她的肩膀才刚刚露到茶具上面;但她的肩膀十分壮实。她有点儿像院长家的厨娘比格,但更令人望而生畏。她瞥了一眼罗布森太太,然后在桌布的掩护下悄悄地赶快把手套摘下来。但干吗没人说话呢?她忐忑不安地想。孩子们个个露出严肃惊奇的眼光,死死地盯着她。他们猫头鹰似的目光毫不妥协地上上下下打量着她。幸好,他们还没来得及表示不满,罗布森太太已经厉声告诉他们继续用茶点;于是黄油面包又慢慢地举到了嘴边。

他们干吗不说点什么?吉蒂又想,瞟了一眼内莉。她正要说话,这时候门厅里雨伞咯噔一声;罗布森太太抬眼一望,对女儿说:

"爸爸来了!"

话音未落,匆匆走进来一个小个子男人,他矮得不是一般,所以看上去仿佛他穿的外套是伊顿的学生服,领子也是圆领。他还戴着一条很粗的表链,银质的,活像学生娃娃的表链。但他的眼睛敏锐、凶狠,小胡子硬得像猪鬃一般,说起话来,带着一种古怪的口音。

"幸会。"他说,把她的手紧紧地捏了一下。他坐下来,把一块餐巾别到下巴底下,这样一来就把他那沉甸甸的银表链挡在这块坚挺的白色盾牌下面了。咚咚咚的敲打声不断从花园的棚子里传来。

"告诉乔茶摆好了。"罗布森太太对内莉说,内莉端进来一个有盖的盘子。盖子揭开了。原来,他们吃茶时要吃煎鱼和土豆,吉蒂注意到。

但罗布森先生把他那双叫人胆战心惊的蓝眼睛转向她。她等着他说,"你父亲好吗?马隆小姐?"

但他却说:

"你在跟露西·克拉多克学历史?"

"对。"她说。她喜欢他说露西·克拉多克的那副样子,仿佛他非常敬重她。这么多牛津大学教师都讥笑她,她也尤其喜欢她不是什么要人的女儿的这种感觉,这是他使她感觉到的。

"你对历史感兴趣?"他说着,一心一意地吃起鱼和土豆来。

"我喜爱历史。"她说。他那双明亮的蓝眼睛恶狠狠、直勾勾地盯着她,似乎逼着她扼要地讲一讲她话里的含义。

"不过我懒得要命。"她补充说。说到这里罗布森太太十分严厉地注视着她,用刀尖扎了一块厚厚的面包递给她。

不管怎么说,他们的趣味十分糟糕,她说,借此对她所感受到的那种有意的冷落进行报复。她定睛注视着对面的一幅画——一个笨重的镀金画框里的一幅油光光的风景画。一面有一块蓝红两色的日本版画。样样东西都很难看,尤其是那些图画。

"我们屋后的荒原。"罗布森先生说,因为看见她在看一幅画。

吉蒂的感觉是他说话的口音是约克郡口音。看画期间,他把口音又加重了。

"约克郡的?"她说,"我们也是那里来的。我指的是我母亲家。"她补充说。

"你母亲家?"罗布森先生。

"里格比。"她说,脸有点儿发红。

"里格比?"罗布森太太抬起头来说,"我结婚前就给一位里格比小姐干过活。"

罗布森太太干的是什么活呢?吉蒂心里纳闷。山姆解释说:

"我老婆原来是个厨娘,马隆小姐,我们还没结婚的时候。"他说。他又加重了他的口音,仿佛他为它感到骄傲似的。我有个舅爷在马戏团当骑师,她想说,还有个姨姨嫁给了……但这时罗布森太太打断了她的思绪。

"霍利一家,"她说,"两个很老的小姐。安小姐和玛蒂尔达小姐。"她说话更加文雅。

"不过她们肯定早就死了。"她断定。她头一回把背靠到椅子背上,搅起茶来,绝像农场里的老斯内普,吉蒂想,把茶搅了一圈又一圈。

"告诉乔我们把蛋糕快吃光了。"罗布森先生说着把那巉岩状的东西给自己切了一片;内尔再次走出房间。花园里的敲打声停了。门开了。吉蒂由于已经改变了自己的注意焦点,适应了罗布森一家人的矮小,所以大吃了一惊。在这间小屋子里,那小伙子似乎显得伟岸无比。他是个英俊的青年。他进来时,用手掠了一下头发,因为上面粘了一片刨花。

"我们的乔,"罗布森太太介绍他们说,"去把壶提来,乔。"她补充说;他立马就去,仿佛已经习以为常了似的。他把壶提进来后,山姆开始拿鸡舍来取笑他。

"儿子,修补鸡舍可花了你好长时间。"他说。关于修靴子,修鸡舍的一些家庭玩笑,吉蒂是听不明白的。她看他不管父亲的戏弄,只顾一个劲儿地吃东西。他不是伊顿、哈罗、拉格比、温切斯特这些名校的学生;不读书,不划船。他使她想起了卡特农场的农工阿尔夫。她十五岁时,阿尔夫趁着干草垛的黑影儿亲她,老卡特牵着一头戴鼻环的公牛赫然出现,说道,"行了!"她又低头一看。她倒想让乔亲亲她;而不是爱德华,她突然寻思。她想起了自己的容貌,因为她已经忘了。她喜欢他。对,她非常喜欢他们大家,她对自己说;确实非常喜欢。她觉得仿佛她已经把保姆甩开,自个儿跑了。

后来,孩子们开始从椅子上爬下来;饭吃完了。她开始在桌子下面摸她的手套。

"是这个吗?"乔说着就从地板上把手套捡起来。她接过手套,把它们团起来捏在手里。

她站在门口时,他气哼哼地瞅了她一眼。她是个大美人,他心里说,可是哎呀,她架子好大!

罗布森太太把她引进喝茶前她照过镜子的那间小屋。里面塞满了东西,有竹几;有绒面铜脊图书。壁炉台上是东倒西歪的大理石角斗士,还有数不清的图画……但罗布森太太在炫耀一只带有铭文的特大的银盘,姿势绝像马隆太太指着那幅可能是庚斯博罗的赝品的姿势。

"这盘子是我丈夫的学生们送给他的。"罗布森太太指着铭文开始说。吉蒂开始慢慢地辨认铭文。

"还有这个……"她一辨认完,罗布森太太就指着墙上像经文一样装在框子里的证件说。

山姆本来站在后面拨弄他的表链,这时却走上前来,用他那粗短的食指指着一位老太太的肖像,她坐在摄影师的椅子上,看上去比真人还要大。

"我母亲。"他说,随即打住了。他发出一声古怪的轻笑。

"你母亲。"吉蒂重复着,弯下腰去看。这位笨拙的老太太,尽管穿着她最好的衣裳,姿势笔挺,但相貌极其平常。不过吉蒂觉得理应表示一番赞赏。

"你非常像她,罗布森先生。"她发现只能这么说了。确实,他们的表情都同样坚定,眼睛都同样锐利;而且他们俩相貌都十分平常。他发出了一声古怪的轻笑。

"很高兴你这样想，"他说，"把我们都拉扯大了。可没有一个能跟她相比。"他又发出一声古怪的轻笑。

随后他转向女儿，她早已进来了，穿着罩衣站在那里。

"不能跟她相比。"他重复着，在内尔的肩上掐了一把。她站在祖母的肖像下面，父亲把手搭在她的肩头，这时一股自我怜悯的情绪涌上吉蒂的心头。如果她生在罗布森这样的人家，她想；如果她生活在北方——不过显而易见，他们想让她走。谁也不会在这间屋子里坐下。大家都站着，谁也不会硬要她呆着。她说她要走时，大家都到小小的门厅里送她。他们都要继续干他们正干的活儿了，她感觉到。内尔准备进厨房去洗茶具；乔准备回去修鸡舍；孩子们准备让母亲打发上床；山姆呢——他准备干吗呢？她瞅着他站在那里，挂着他那沉甸甸的像个学生娃娃的表链。你们是我见过的最好的人，她想，便把手伸了出来。

"很高兴认识你。"罗布森太太庄重地说。

"希望你不久再来。"罗布森先生紧紧捏着她的手说。

"啊，我会的！"她大声说，尽力紧握他们的手。他们可知道她是多么羡慕他们？她想说。他们肯不肯不管她的帽子和手套接纳她？她想问。但他们都去干活去了，而我要回家盛装赴宴，当她走下小小的门前台阶，戴上她的灰白的小山羊皮手套时，她想。

又是艳阳高照；潮湿的人行道闪闪发亮；一阵风摇晃着别墅花园扁桃树的湿漉漉的树枝；把细枝、花团卷到人行道上，粘在那里。她在交叉路口静静地站了秒把钟，她似乎也被高高刮起，脱离了她平时的环境。她忘记自己身在何方。天，被刮成一片开阔的蓝色长空,似乎俯视的并不是这里的街道房屋,而是空旷的乡村,因为那里风吹拂着荒原,羊群的白毛吹乱后,便躲在石墙下面。她简直可以看见云朵从荒原上空飘过时,荒原忽明忽暗的景象。

但两步跨过去,生街就变成了熟街。她又到这条铺砌整齐的小街上;沿街是些老古玩店,里面摆着蓝色瓷器和黄铜汤婆;再过一会儿,她就到了那条著名的弯街,两旁全是穹顶和尖塔。太阳在街上,横陈着一条又一条宽阔的带子。有马车、遮篷、书店;有穿着飘逸的黑色长袍的老头;有身着飘曳的粉红和蓝色衣裙的年轻妇女;有头上戴着草帽,腋下夹着垫子的青年男子。但一时间,她觉得一切都显得陈旧,轻浮,癫狂。那头戴方帽、身穿长袍、腋下夹着书本的寻常的大学生显得傻气十足。那些气质非凡的老人,嘴脸夸张,看上去像怪兽状滴水,经过精雕细刻,具有中世纪特征,虚幻、失真。他们都像精心装扮、扮演角色的人,她想。现在她已站在自己房间的门口,等着男管家希斯科克把脚从壁炉围栏上拿下来,一摇一摆上楼来。他把她的伞接过去,咕哝了一句关于天气的老话,她想,为什么你不能像一个人一样说话呢。

仿佛她的脚也加上了重物,她慢慢地走上楼去,通过敞开的门窗看见那块光滑的草坪,那棵倒伏的树木,那些褪了色的磨光印花布套。她颓然坐在床沿上。屋里很闷。一只绿头大苍蝇嗡嗡地兜着圈子;下面花园里的刈草机吱吱地响。远处鸽群咕咕地叫——咕两声。太妃。咕两声。咕……她半闭上眼睛。她觉得好像坐在一家意大利客栈的平台上。他父亲在那里把一些黄龙胆压到一张粗糙的吸墨纸上。下面湖水荡漾闪烁。她鼓起勇气对父亲说:"爸爸……"他抬起头来,从眼镜上方非常亲切地看着她。他用拇指和食指捻着那朵蓝色小花。"我要……"她开始说,便从她坐的栏杆上滑下来。但这时候铃响了。她站起来,走到洗脸盆前。对于这,内尔会怎么想,她想,把那只擦拭得很漂亮的铜壶斜起来,把双手浸到热水里。铃又响了一遍。她走到梳妆台前。从外面花园里吹来的风充满了喁喁哝哝、叽叽咕咕的声音。刨花,她拿起刷子和梳子时说——他头发里有刨花。一个仆人头上顶着一摞洋铁盘子走了过去。鸽群咕咕地叫,咕咕两声,太妃。咕两声……但开饭铃响了。她马上把头发卡好,把衣裙穿好,跑下光滑的楼梯,手掌贴着扶手往下滑,小时候,她总是这么急急忙忙往下跑的。人都到齐了。

她的父母站在门厅里。一起还有个高个子男人。他的长袍披在身后,最后的一线阳光照亮了他亲切、权威的面庞。他是谁?吉蒂记不得了。

"哟!"他惊叫一声,抬头一望,赞叹不已。

"这不就是吉蒂吗?"他说。然后他抓起她的手紧紧捏着。

"长成大姑娘了!"他惊叫道。他注视着她,仿佛他注视的不是她,而是他自己的过去。

"不记得我了?"他又说。

"钦加奇古克!"她惊叫一声,召回了某个儿时的记忆。

"人家现在是理查德·诺顿爵士了。"她母亲说,在他肩上骄傲地轻拍了一把;然后他们转过身去,因为男士们在正厅里用餐。

鱼索然无味,吉蒂想;菜半冷不热。面包有股子陈味,她想,切成了瘦小的方块;普雷斯特维奇街的色彩,仍然在她眼前晃动,那里的热闹,仍然在她耳际回响。她举目四顾,承认院长住宅里的瓷器银器皆属上乘;而那些日本印版画和那幅油画不堪入目;但这间餐厅,由于外面爬满藤蔓,里面挂满了皲裂的巨幅油画,显得异常昏暗。普雷斯特维奇街的那间屋子则光线充足;咚咚咚的锤子敲打声仍在她耳边回响。她向外眺望花园里正在衰微的绿意。她第一千次重复儿时的愿望,那棵树要么躺倒,要么站直,而不要这么两不沾。其实没有下雨,但风一把月桂树上的密叶吹动,花园里似乎就飘起了阵阵白雾。

"你没有注意到?"马隆太太突然征求她的意见。

"注意到什么,妈妈?"吉蒂问。她一直心不在焉。

"鱼里头有股怪味。"她母亲说。

"我想我没有注意到。"她说;于是马隆太太继续和男管家说话。菜换了;又端上来一盘。但吉蒂并不饿。专门给她上了一些绿点心,她只吃了一块,然后,这顿用昨夜宴会上的剩饭为女士们重做的简单的晚餐就结束了,她跟着她母亲进了客厅。

要是只有她们俩,客厅就显得太大,但她们还是老坐在那里。那些画似乎俯视着那些空椅子,那些空椅子似乎仰望着那些画。那位在一百多年前统治这所学院的老绅士似乎白天消失了,晚上灯一亮,他就回来了。那张脸沉静实在,笑容可掬,特像马隆博士,如果把他装在镜框里,他也会挂在壁炉上方的。

"间或有上一个安静的晚上倒惬意,"马隆太太说,"尽管弗里普夫妇……"当她戴上眼镜拿起《泰晤士报》时,她的声音逐渐飘逝。辛苦了一天之后,现在该轻松轻松、复原复原了。她上上下下浏览着报纸上各个栏目的内容时,强忍住了一个小小的呵欠。

"多么迷人的男子,"她看产讯讣闻时漫不经心地说了一句,"很难把他看做美国人。"

吉蒂专注于她的思想。她在回想罗布森一家。她母亲谈的是弗里普一家。

"我也喜欢她,"她贸然说道,"她不是挺可爱吗?"

"嗯——嗯。按我的情趣,她有点儿过于讲究衣着,"马隆太太冷冰冰地说,"而且那种口音——"她浏览着报纸继续说,"有时候我简直不明白她在说什么。"

吉蒂不吱声。这里她们说到两岔里去了;很多事情她们都是这样。

突然,马隆太太抬眼一望:

"对,正是今儿一早我给比格说的。"她说着把报纸放下了。

"你说什么,妈妈?"吉蒂说。

"这个人——在社论上。"马隆太太说。她用指头剟着报纸。

"'我们有世界上最好的肉,鱼,禽类,'"她读道,"'但我们却不能把它们派上用场,因为我们没有人会做'——正是今儿一早我给比格说的。"她发出她那又快又轻的叹息。正当你想给人们,比方说那些美国人,留下印象的时候,就出岔子了。这回出在鱼身上。她寻找做活的东西,吉蒂便把报纸拿起来。

"这才是社论。"马隆太太说。那个人几乎总是说出了她的心事;这使她欣慰,在一个每况愈下的世界上,这给了她一种安全感。

"'从前没有现在这样死板地要求人人上学……?'"吉蒂朗读道。

"对。就是它。"马隆太太说着打开了她的针线盒,找剪子。

"'……孩子们见识了不少烹饪技术,尽管它并不高明,但总可以使他们浅尝粗知,而现在他们既无所见,也无所为,所做的无非是读书、写字、算数、缝纫或编织。'"吉蒂朗读着。

"对,对。"马隆太太说。她把一条长刺绣展开,她正在上面绣一幅鸟儿啄果子的花样,这是从拉文纳的一座坟上临摹来的。准备往那间备用卧室里挂。

社论写得浮华流畅,让吉蒂感到腻味。她在报纸上找一点短小的新闻,也许会让她母亲发生兴趣。马隆太太干活的时候,喜欢有人跟她聊聊天或给她读点什么。一个夜晚又一个夜晚,她的刺绣都可以把茶余饭后的闲聊织成一种快乐和谐。一个人边说边绣;瞧瞧花样,再选一种颜色的丝线,再接着绣。有时候,马隆博士会朗读诗歌——读蒲柏,读丁尼生。今晚,她倒喜欢吉蒂跟她聊聊。但她越来越意识到跟吉蒂难以相处。为什么?她瞟了她一眼。出了什么岔子?她心里纳闷。她发出一声又快又轻的叹息。

吉蒂翻着一大张一大张的报纸。羊生了吸虫;土耳其人要求宗教自由;进行大选。

"格莱斯顿先生——"她开始说。

马隆太太把剪子丢了。这叫她生气。

"谁又把它拿走了?"她开口说。吉蒂弯下腰在地板上找。马隆太太在针线盒里翻寻;后来,她把手伸进坐垫和椅身之间的缝隙里,不仅把剪子摸了出来,而且还摸到了丢了很久很久的一把珍珠母柄的小裁纸刀。这一发现反而叫她生气。这证明埃伦就从来没有把坐垫认真抖过。

"找着了,吉蒂。"她说。她们都不吱声。现在,她们之间总是关系紧张。

"你在罗布森家的聚会上玩得开心吗？吉蒂？"她问,重新开始她的刺绣。吉蒂没有回答。她在翻阅报纸。

"一直进行着一项实验,"她说,"一项有关电灯的实验。'一种极亮的灯,'"她读道,"'人们看到突然射出一种深沉的光芒掠过水面照向直布罗陀。一切被照得亮如白昼。'"她停顿了一下。她坐在客厅椅子上看见了船上射出的亮光,但这时门开了,希斯科克走进来,手里端着一只托盘,上面放着一张短笺。

马隆太太把它拿起来,默默地看了一遍。

"不用回话了。"她说。从她母亲的语气上吉蒂知道出事了。她坐着,手里仍拿着短笺。希斯科克关上了门。

"罗丝死了!"马隆太太说,"罗丝妹妹。"

短笺在膝上摊开放着。

"信是爱德华写的。"她说。

"罗丝姨姨死了?"吉蒂说。刚才她还想到红岩上的一种亮光。现在一切都黯然失色了。一阵停顿。一阵静默。母亲泪水盈眶了。

"正是孩子们离不开她的时候。"她说着,把针扎在刺绣上。她开始把刺绣慢慢卷起来。吉蒂把《泰晤士报》折起来,放在小几上,动作很慢,以免发生哗啦哗啦的响声。她只见过罗丝姨姨一两次。她感到很窘。

"把我的记事本拿来。"她母亲终于说话了。吉蒂把它拿来了。

"星期一的宴会必须推迟了。"马隆太太翻着约会登记说。

"还有星期三拉瑟姆家的晚会。"吉蒂喃喃地说,扭头从她母亲的肩头望过去。

"不能事事都推迟。"她母亲厉声说,吉蒂觉得挨了排揎。

69

但得写几封短信。于是母亲口授,吉蒂笔录。

她干吗这么乐意推迟我们的所有约会呢?马隆太太眼睛瞅着她写信,心里这么想。干吗她再不喜欢跟我出去呢?她把女儿交给她的短信浏览了一遍。

"你干吗不对这里的事情多一点兴趣呢,吉蒂?"她生气地说,把信往旁边一推。

"妈妈,亲爱的——"吉蒂开始说,不想继续那种常有的争执。

"可你想干什么呢?"她母亲坚持要问。她已经把刺绣搁在一边了;她坐得笔直,一副气势汹汹的样子。

"我和你父亲只想你做你想做的事。"她继续说。

"妈妈,亲爱的——"吉蒂重复道。

"要是你帮我嫌烦,你可以帮你父亲嘛,"马隆太太说,"爸爸前几天还跟我讲,你现在从不上他那儿去。"吉蒂知道,她指的是他那部学院史。他曾经建议让她帮帮忙。她又看见墨水四溢——她笨拙地挥了一下手臂——淹没了五代牛津学子,抹杀了她父亲多少个钟头的精心创作;还能听见她父亲惯常的文雅的嘲讽,"你天生就不是个学者的料,亲爱的,"他连忙动用吸墨纸。

"我知道,"她愧疚地说,"我最近没有到爸爸那里去过,但总有些事情——"她踌躇不决。

"那很自然,"马隆太太说,"一个人到了你父亲这种地位……"吉蒂坐着,默不作声。她们俩都坐着默不作声。她们俩都讨厌这样拌嘴;她们俩都厌恶这种反反复复的场面;但似乎又不可避免。吉蒂站起来,把她写好的信拿上放到门厅里。

她想干什么?马隆太太问自己,抬头望着一幅画,但却视而不见。我是她这般年纪的时候……她想，不禁莞尔。她记得多么清楚，就像这样一个春天的晚上，她坐在约克郡家里与世隔绝。你可以听见一只马蹄在数英里之外的路上嘚嘚地响。她还记得她推起卧室窗户，俯视花园里的黑沉沉的花木，不禁喊出声来，"这就是生活？"冬天又是茫茫白雪。她还能听见积雪从花园的树木上哗啦一声掉下来。而吉蒂却在这里，生活在牛津，应有尽有。

吉蒂回到了客厅，轻轻地打了个哈欠。她举起手来托住脸，这种不经意地疲乏姿势触动了她母亲。

"累了，吉蒂？"她说，"一天好长啊；你脸色不好。"

"你也看上去累了。"吉蒂说。

钟接二连三地响起来，一声高过一声，划过潮湿滞重的空气。

"睡觉去，吉蒂，"马隆太太说，"哟！都十点了。"

"可你还不睡吗，妈妈？"吉蒂站在她的椅子旁说。

"你父亲一时还回不来。"马隆太太说着又把眼镜戴上。

吉蒂知道劝也白搭。这是她的父母生活的神秘仪式的一部分。她弯下腰给她母亲敷衍了事地轻轻一吻，这是母女俩流露出的惟一的热情迹象。然而她们彼此热爱；但她们又总是吵嘴。

"晚安，睡个好觉。"马隆太太说。

"我不喜欢看见你的玫瑰凋谢。"她补充说，把女儿搂抱了一下，不过这种情况只是偶尔才有。

吉蒂走后，她仍静静地坐着。罗丝死了，她想——罗丝和她年纪相仿。她又把短笺读了一遍。是爱德华写的。而爱德华呢，她寻思，爱上了吉蒂，但我想让她嫁给他吗？我不知道，她想,又拿起针来。不,不是爱德华……有个年轻的拉斯韦德勋爵……那倒是一门美满婚姻,她想。我并不是想让她富有,我也不在乎地位,她想,一边在穿针。不,不过他可以满足她的愿望……那是什么呢……机会,她认定,开始绣了。随后,她的思绪又转向罗丝。罗丝死了。罗丝和她年纪相仿。一定是我们在荒原上野餐的那天,她想,他第一次向她求婚。那是一个春日。他们坐在草地上。她可以看见罗丝红亮的头发上戴着一顶黑帽子,上面插着一根鸡毛。她仍然可以看见埃布尔骑马赶来,大家大为惊讶,她脸红了,看上去漂亮极了——他的驻地在斯卡伯罗——就是他们在荒原上野餐的那一天。

阿伯康街的那座房子非常昏暗。它散发出春天浓郁的花香。几天以来,花圈在阿伯康街住宅门厅的桌子上堆成了山。昏暗里——所有的窗帘都拉上了——鲜花在闪光;门厅里有一股暖房激发情爱的那种浓烈气息。花圈源源不断地送来。有里面带着宽阔的金条儿的百合花;有的则喉部斑斑点点,粘着蜜;有白郁金香,白丁香——各种各样的花,有的花瓣厚得像天鹅绒,有的则是透明的,薄得像纸,但都是白花,头挨头扎在一起,有圆形的,有椭圆形的,有十字形的,所以看上去不像花。上边系着黑边卡片,"深切悼念,布兰德少校暨夫人敬献";"至爱至怜,埃尔金将军暨夫人敬献";"献给最亲爱的罗丝,苏珊。"每张卡片上总有一两句题词。

现在灵车还在门口,钟声已经响了;一个投送东西的男孩又送来了百合花。他站在门厅里,举起了帽子,因为人们正抬着灵柩高一脚低一脚地下楼。萝丝穿着深黑的孝服,在保姆的鼓励下,走上前去,把她的一束小花放在灵柩上。但当灵柩在惠得利伙计们倾斜的肩膀上左摇右摆地抬下阳光灿烂的台阶时,花滑了下去。全家人跟在后面。

那是一个阴晴不定的日子,时而阴影掠过,时而艳阳四射。葬礼是以步行的速度开始的。迪莉娅和米莉、爱德华上了第二辆马车,她注意到对面的房子拉着窗帘以示哀悼,但有一个仆人在偷看。她注意到,别人似乎没有看见她;他们在思念母亲。到了大道上以后,车速加快了,因为到墓地的路很远。从车帘的缝隙望出去,迪莉娅注意到狗在戏耍;一名乞丐在唱歌;灵车经过时,人们举起帽子致意。但当他们乘的车经过时,帽子又戴上了。人们在人行道上步伐轻快、漫不经心地走着。春装已经上市,商店春意盎然;妇女驻足看着橱窗。但他们整个夏天只能穿黑衣了,迪莉娅想,眼睛瞅着爱德华煤黑的裤子。

他们很少吱声,要么只说几句套话,仿佛已经在参加仪式了,不知怎么回事,他们的关系已经变了。他们更体贴别人,也有点儿自命不凡,仿佛母亲一死就给他们加上了新的重担。但别人知道怎么做;只有她还得努点力才行。她依然置身事外,她父亲也是这样,她想。喝茶时,马丁突然纵声大笑起来,然后收住,一脸愧疚,她感到——爸爸倒会这么做的,我倒应该这么做的,如果我们诚实的话。

她又向窗外一望。又一个人举起帽子——一个彪形大汉,一个穿礼服大衣的男子,但葬礼不完,她是不允许自己想巴涅尔先生的。

他们终于到了公墓。当她在灵柩后面的那一小撮人中就位,走上教堂时,她发现自己被某种普遍、庄严的感情压倒了,从而深感宽慰。人们站在教堂的两边,她觉得人人的眼睛都盯着她。随后,仪式开始了。一位牧师,也是一位表兄,读祈祷文。头几句话使人觉得美不胜收。迪莉娅由于站在父亲后面,所以注意到他是如何打起精神,挺直肩膀的。

"复活在我,生命也在我。"

这些天来,由于一直禁锢在那花香袭人、半明半暗的房子里,所以这些直言不讳的话给她充满了荣耀。这一点她的感受十分真切;这有点她自己说的话的味道。但当詹姆斯表兄继续宣读时,有些东西变味了。感觉模糊了。她无法用她的理性去领会。然后在辩论中又迸发出熟悉的美。"而且像草一样突然消失、早晨又发青、生长;晚上割下来枯干。"她可以感受到其中的美。它又像音乐;但随后詹姆斯表兄似乎要匆匆读完,仿佛他并不全信他说的话。他似乎从已知进入了未知;从他相信的进入他不信的;甚至他的声音也变了。他看上去干净整洁,他看上去像他的长袍一样,上浆、熨烫过似的。但他说这些用意何在呢?她不去想它。要么就是人能懂,要么就是人不懂,她想。她驰心旁骛了。

看见一个高个子男子站在台上,就在她身边,举起帽子,仪式不完我是不会想他的,她想。她目不转睛地盯着她父亲。她瞅着他用一块大白手绢轻轻沾了沾眼睛,又装进口袋;然后又掏出来,又用它沾了沾眼睛,然后声音停了;他终于把手绢装进口袋;于是大家都排好队,这一小撮家属,跟在灵柩后面,于是两边黑糊糊的人涌动起来,注视着家属,让家属先行,他们跟在后面。

再次感到湿润的和风吹着树叶的气息扑面而来,真是一种安慰。然而既然她又来到户外,她便开始注意形形色色的事物。她注意到送葬的黑马如何刨着地面;它们怎样用蹄子在黄色的砾石路上刮出了小坑。她记得听人说这些送葬的马儿都来自比利时,性情暴烈。它们的样子就十分暴烈,她想;它们黑亮的脖子上沾满了斑斑点点的唾涎——但她又回过神儿来了。他们三三两两沿着一条小路走去,最后来到一个坑旁边新堆起来的一个黄土包前;在那里,她又注意到那几个掘墓人怎么靠后,站得远远的,手里拿着铁锨。

一阵停顿;人们络绎不绝地到来,站好位置,位置有高有低。她发现有一个外表寒酸的女人一直在外围踅摸,于是尽力去想她是不是一个老用人,但就是叫不出名字来。她的迪格比叔叔,也就是她父亲的弟弟,正好站在她对面,双手端着大礼帽,像捧着什么圣器一般,庄严得体得无以复加。女人中有的在哭,但男人没有;男人是一种姿势;女人又是一种姿势,她注意到。然后一切又从头开始。一阵庄严的音乐吹过——"人为妇人所生":仪式重新开始;他们又一次进行组合。家属更靠近墓边,目不转睛地盯着那具放在地里将要永远掩埋掉的棺材,它明光锃亮,还有黄铜把手。它面目太新,不会被永久掩埋掉。她向墓穴里张望。那里躺着她的母亲;就在那口棺材里——那个她曾经爱得深切、恨得强烈的女人。她眼花了。她担心自己会晕倒;但她必须观看;她必须感受;这是留给她的最后一次机会。土落到棺材上了;三块卵石掉到坚硬光亮的棺盖上;在土和石块落下的当儿,一种永久感,一种生死混同感,一种死而复生感,萦绕心间。因为在她观望的当儿,她听到麻雀啁啾得越来越快;她听见远处的车轮越来越响;生活越来越近了……

"我们对您表示衷心的感谢,"那个声音说,"因为您乐意把我们的这位姐妹从这个罪孽世界的苦难中解救出来——"

十足的谎言!她心里喊道。弥天大谎!他剥夺了她惟一真挚的感情;他糟蹋了她惟一理解的瞬间。

她抬头一望。她看见莫里斯和埃莉诺并排站着；他们脸面模糊；他们鼻子通红；他们泪流满面。至于她父亲，他显得如此僵硬，如此死板，她忍不住想大笑一场。谁也不会有那种感受的，她想。他是做过了头。我们大家什么感觉也没有，她想：我们都在装模作样。

然后，大家都动起来；不必努力集中了。人们信步走散；现在不必排队了；人们三个一群、五个一伙凑到一起；人们在墓坟间悄悄握手，甚至微笑。

"你能来真是太好了！"爱德华和老詹姆斯·格雷厄姆爵士握着手说。爵士轻轻拍了一下爱德华的肩膀。她应不应当也去感谢感谢他？坟墓让这件事作难。这正在变成一种遮遮掩掩、有所克制的墓间早晨聚会。她迟疑不决——她不知道下一步该怎么办。她父亲往前走。她在向后看。掘墓人走上前来；他们把花圈一个一个摞整齐；那个趄摸着的女人也走到他们一起，弯下腰看卡片上的姓名。仪式完了；下起雨了。

一八九一年

秋风吹遍英国大地。它扯下了树上的叶子,任其飘落,呈现出一片红黄斑斓的景象,或者先吹得树叶漫天飞舞,然后纷纷坠地。在城市,阵阵狂风卷过街头巷尾,这里刮掉一顶帽子;那里把一块女人的面纱高高掀过头顶。钱在快速周转。街上熙熙攘攘。圣保罗大教堂附近的办公室里,公务员伏在斜面桌上,笔搁在格子纸上。假日过后,很难工作。马加特,伊斯特本,布赖顿,把他们晒成了古铜色,棕褐色。麻雀和椋鸟,绕着圣马丁大教堂的屋檐聒噪,染白了议会广场上手持权杖或文卷的光滑的雕像的脑袋。风从接船火车后面刮过来,吹得海峡漪澜荡漾,吹得普罗旺斯的葡萄左摇右晃,吹得地中海上躺在渔船里的懒散的弄潮儿翻过身来,抓住一根绳子。

但在英国,在北方,天冷了。吉蒂,也就是拉斯韦德夫人,坐在平台上,身边是她丈夫和他的哈巴狗。她把披风一拉,裹住肩膀。她眺望着山顶,老伯爵在山顶上立起的那块熄烛器形的纪念碑给海上的船只提供了一个标识。树木上笼罩着薄雾。近在咫尺,平台上石女们的瓷罐里花儿嫣红。一座座长长的花坛伸向河边,细细的蓝烟从火红的大丽花上飘过。"烧野草呢。"她大声说。这时窗户上一声轻敲,她的小儿子穿着粉红外衣,跌跌撞撞地出来,拿着他的小花马。

在德文郡,浑圆的红山丘和陡峭的河谷贮藏着海上的空气,所以树木仍然枝繁叶茂——太茂密了,休·吉布斯吃早饭时说。太茂密了,不好打猎,他说,而他妻子米莉随他一个人去参加聚会。她胳膊上挎着篮子沿着那精心护养的弯弯曲曲的人行道走着,做出怀孩子的女人常有的摇摇晃晃的动作。果园墙上挂着黄澄澄的梨,一个个梨都圆鼓鼓的,把树叶都撑了起来。但黄蜂已经捷足先登——皮叮破了。她手抓着果子停下来。啪,啪,啪,远处的树林里枪声大作。有人在打猎。

轻烟像面纱一样缭绕在大学城的尖塔和穹顶上。在这里,它噎了怪兽状滴水的嘴;在那里,它依附着剥落成黄色的墙。正进行快速健身散步的爱德华,留意着气味、声音和色彩;这表明印象是多么的复杂;言简意赅的诗人寥寥无几;但希腊或拉丁诗歌中,肯定有一行能概括这种对比,他想——这时拉瑟姆太太从他身边经过,他把帽子举起来。

在法院里,石板路上铺满了尖角枯叶。莫里斯回想起童年,在落叶中拖沓着脚步向他的事务所走去,排水沟沿上,零零散散地尽是落叶。肯辛顿花园里的落叶尚未让人踩踏,孩子们嚼着果荚飞跑,抓起一把树叶,滚着铁环,穿过薄雾,在林阴大道上狂奔。

在乡村,风翻山越岭,把逐渐缩小的一大圈一大圈的黑影又吹绿了。但在伦敦,街道把云彩变成窄条儿;浓雾悬在河畔的东区;使"有废铁卖吗,有废铁吗"的吆喝声听起来十分遥远;在郊区,风琴声消沉了。家家的后花园里,依然庇护着最后几株天竺葵的、爬满常青藤的墙旮旯里,落叶成堆;火舌蹿动的烈焰吞噬着它们——风把烟吹进街道,吹进早上一直敞开着的客厅窗户。

时值十月,一年的萌动时期。

埃莉诺手握钢笔坐在写字台前。怪事,她想,用笔尖戳了戳马丁的海象背上墨水腐蚀过的那片刚毛,这东西竟然保存了这么多年。这个结实的东西也许比他们大家寿命都长。要是她给扔掉,它依然会在什么地方存在下去。但她没有扔,因为它另有所属——比如说,她母亲……她在吸墨纸上乱画;一个点,周围辐射出几条道道。然后她抬头一望。她们在后花园里烧野草;飘来一股青烟;有一股浓烈刺鼻的气味;落叶纷纷。一架手摇风琴在街上奏起来。"在阿维尼翁桥上"她合着拍子哼着。怎么唱来着?——皮佩用一块黏糊糊的法兰绒布擦你的耳朵时总唱这支歌。

"嗯,嗯,嗯,啊,啊,啊。"她哼着。然后曲子停了。风琴转移了。她把笔蘸到墨水里。

"三八,"她咕哝着,"二十四。"她明白无误地说;在纸的底边上把数字写下来,把那些红红蓝蓝的小本子往起一收,拿到父亲书房里去。

"女管家来了!"她一进来他就喜滋滋地说。他坐在那把皮扶手椅上读一份略带粉红色的金融报。

"女管家来了!"他重复了一遍,把头一抬,从眼镜上面瞅着。他越来越慢了,她想;而她却风风火火的。但他们相处得极好;他们简直就像兄妹。他把报纸一放,走到写字台前。

不过我倒希望你加紧一点,爸爸,她想,一边瞅着他开存放支票本的抽屉锁那副慢条斯理的样子,要不我可晚了。

"牛奶很贵,"他敲着有金牛图案的那个账本说,"对。这是十月份的鸡蛋。"她说。

趁他从容不迫地开支票的当儿,她把房间扫了一眼。房间像个办公室,一摞又一摞的文件,一个又一个的文契箱,只有壁炉旁边挂的几副马嚼子除外,还有那只他在马球比赛中赢的银杯。难道他一上午就坐在那儿看金融报纸,考虑投资?她心里纳闷。他不写了。

"你现在上哪儿去?"他问,面带狡黠的微笑。

"委员会。"她说。

"委员会,"他重复着,写下他那遒劲、粗重的签名,"对,要自强自立;别让别人骑在头上,内尔。"他在分类账上填上一个数字。

"你是不是下午跟我一起去,爸爸?"他把数字写完后,她说,"你知道,那是莫里斯的案子;开庭审判。"

他摇了摇头。

"不,三点我得进城去。"他说。

"那就午饭时见。"她说着做出了要走的动作。但他举了一下手。他有话要说,但他又犹豫不决。他的脸更加臃肿了,她注意到;鼻子上暴出细细的血丝;他变得血色太红,身体太重。

"我想着到迪格比家看看。"他终于说。他站起来,走到窗前。他向后花园眺望。她惴惴不安。

"落叶飘零啊!"他说。

"是啊,"她说,"他们在烧野草。"

他站着看了一会儿青烟。

"烧野草。"他重复着,又打住了。

"今天是玛吉的生日,"他终于说出来了,"我想我应当给她送点小礼物——"他打住了。他的意思是他希望她去买,她明白。

"你想给她送什么?"她问。

"呃,"他含糊地说,"漂亮一点的东西,你知道——她可以戴的什么东西。"

埃莉诺沉吟着——玛吉,她的小堂妹;她七岁还是八岁?

"一条项链?一枚胸针?类似的什么东西吧?"她急忙问道。

"对,类似的东西,"父亲说着,又坐到椅子上了,"漂亮点的东西,她可以戴的什么东西,你知道。"他翻开报纸,向她微微点了点头。"拜托你了,亲爱的。"她离开房间时,他说。

在门厅的桌子上,有一只银托盘上放满了名片——有的角已经折下来了,有大的,有小的——在托盘和上校用来擦帽子的一块紫长毛绒之间,摆着一个薄薄的外国信封,角儿上有"英国"两个大字。埃莉诺风风火火地跑下楼去,路过时顺手把信封往包里一塞。然后她一路小跑赶过大街,步态颇为特别。在拐角处她停下脚步,焦急地向路上张望。在车水马龙中,她挑了一辆形体庞大的;幸好,它是一辆黄车;幸好,她赶上了公共马车。她叫住车,爬上顶层。她把皮围单拉到膝盖上时,总算松了一口气。现在担子全压到车夫身上了。她轻松了;她呼吸着柔和的伦敦空气;她听见沉闷的伦敦喧嚣,感到由衷的高兴。她顺街望去,津津有味地看着出租马车、货车和四轮马车都小跑而过,奔向自己的目的地。夏天过后,她喜欢在十月回到热闹的生活中来。她在德文郡一直住在吉布斯家里。情况挺好,她想,想到了妹妹嫁给休·吉布斯,看见米莉已经有了宝宝。而休嘛——她笑了。他骑着大白马东游西逛,到处添乱。但树木太多,奶牛太多,小山丘太多,却一个大的都没有,她想。她不喜欢德文郡。她很高兴回伦敦,坐在黄车顶上,手袋里塞着文件,一切在十月重新开始了。他们离开了住宅区;房屋变了;它们正变成了商店。这是她的世界;在这里她如鱼得水。街道熙熙攘攘,女人挎着购物篮子从商店里进进出出。合乎习惯,节奏分明,她想,像田野上的乌鸦突升猛降一样。

她也要去做她的事情——她拧了拧手腕上的表,却没有看它。去过委员会之后,要见达弗斯;见过达弗斯之后,还有狄克森。然后吃午饭;还要去法院……然后吃午饭,还要在两点半去法院,她重复着。公共马车在湾水路滚动着。街道越来越寒酸。

也许我不该把这份工作交给达弗斯,她自忖道——她想到了彼得街,因为她在那里建了些房屋;屋顶又漏了;洗涤槽里有股子臭味。但这时候,车停了;乘客上上下下;车又走了——但最好把这项工作交给一个无名鼠辈,她想,望着一家大商店巨大的玻璃橱窗,不要进这些大公司。总有小商店和大商店比肩而立。这叫她困惑。小商店是怎么维持生计的呢?她心里纳闷。但要是达弗斯,她开始想——这时车停了;她抬头一望,她站了起来"——要是达弗斯认为他可以把我唬住,"她边下台阶边说,"他就发现他错了。"

她快步走上煤渣路,向镀锌的铁棚子走去,会议就在那里召开。她来迟了;与会者已经到齐了。放假后这是头一次开会,大家都冲着她笑了笑。贾德甚至把牙签从嘴里拿出来——这是一种认可的表示,让她高兴。我们大家又到一起了,她想,一边坐下来把文件摆到桌子上。

但她的意思是"他们"不是她。她并不存在;她什么都不是。但是他们都到了——布罗克特,卡夫内尔,西姆斯小姐,拉姆斯登,波特少校和拉曾比太太。少校鼓吹组织;西姆斯小姐(原来是工人)有委曲求全的意思;拉曾比太太提议给她的亲戚约翰爵士写封信,对此退休店主贾德断然反对。她笑着就了座,米莉安·帕里什在念信。但你干吗要饿肚子呢,埃莉诺边听边问。她比以前更瘦了。

念信的时候,她环顾了一下四壁。看样子举办过舞会。天花板上拉着红纸黄纸做的花彩。威尔士公主的彩照四角装饰着黄玫瑰花环;胸前斜挎着一条海绿色的绶带,膝上卧着一只圆圆的黄狗,肩头是成条成团的珍珠。她显出一副沉静、冷漠的神态;这是对他们分歧的一种古怪的批评,埃莉诺想;这正是拉曾比一家崇拜的对象;西姆斯小姐嘲弄的目标;贾德皱起眉头,剔着牙齿注目的东西。要是他有个儿子,他对她说过,他会送他上大学的。但她又回过神来。波特上校向她转过来。

"哎,帕吉特小姐。"他说;把她扯了过来,因为他们俩社会地位相同,"你还没有表态呢。"

她抖擞了一下精神,向他表了个态。她是有态度的——一种非常明确的态度。她清了一下嗓子,开始发言了。

烟吹过彼得大街,在房屋的窄道之间浓缩成一条灰蒙蒙的轻纱。但两边的房屋仍清晰可见。除了街道中间的两座,其余的都一模一样——黄灰色的盒子,石板盖顶。什么事都没有;几个小孩在街上玩耍,两只猫在排水沟里用爪子翻腾。但一个女人头探出窗外,向街道东张西望,上下打量,仿佛要把所有的旮旯翻遍,找点什么充饥的东西。她那双眼睛贪馋得像饿鹰的眼睛一般,又显出一副愤愤不平、昏昏欲睡的神态,仿佛没找到充饥的东西似的。什么事也没有——绝对没有。她仍然上上下下仔细端详,露出懒散不满的目光。这时一辆双轮轻便马车从拐角上拐过来。她目不转睛地瞅着。车在对面的房屋前面停下来,这几座房子既然门槛都是绿的,门上方有一块匾,上面印着一朵葵花,所以显得与众不同。一个戴花呢便帽的小个子男人从车上下来去敲门。开门的是一个快要生孩子的女人。她摇了摇头;向街张望了一番;然后把门关上。男的等着。马儿耐心地站着,缰绳掉了下来,脑袋耷拉着。窗口上又探出一个女人来,脸色苍白,有好几层下巴,下嘴唇突出来像个台子。于是两个女人探到窗外肩并着肩瞅着那男的。他是个罗圈腿;他在抽烟。那两个女的一齐议论了一下他。他走来走去,仿佛在等什么人。现在他把烟卷儿扔了。她们瞅着他。他下一步要怎么办?他是不是要喂马?但这时候一个身穿灰色花呢外套和裙子的高个子女人急匆匆地从拐角上走过来,那个小个子男人转过身,行了个触帽礼。

"对不起,我来迟了。"埃莉诺大声说,达弗斯亲切地微笑着行了个触帽礼,她一看见那笑容就十分高兴。

"没有关系,帕吉特小姐。"他说。她总是希望他不要有她是个普通雇主的感觉。

"那我们去看看。"她说。她讨厌那项工作,但又非做不可。

开门的是楼下的房客汤姆斯太太。

哎哟,天哪,埃莉诺想,一边注视着她的围裙的斜度,又要生孩子了,毕竟我给她说过了。

他们把这座小房子的所有房间都看了一遍,汤姆斯太太和格罗夫斯太太跟在后面。这里有一道缝;那里有一个疤。达弗斯手拿一把短尺,敲着墙上的灰泥。最糟糕不过的是,她一边让汤姆斯太太说话一边想,我身不由己地喜欢他。主要是他的威尔士口音;他是个迷人的坏蛋。他滑得像泥鳅,她明白;可是当他那个样子,用和尚念经似的声调说话时,就使她想起了威尔士的山谷……但他事事都骗她。灰泥上有个你能戳进去指头的窟窿。

"瞧那个,达弗斯先生,有——"她说,弯下腰把手指戳进去。他舔着铅笔。她喜欢和他一起到他的院子里去,看他量木板和砖头的尺寸;她喜欢他的专业术语,他的短小干脆的词语。

"现在我们上楼去。"她说。她觉得他就像一个挣扎着要从茶碟里脱身的苍蝇。像达弗斯这样的小雇主,什么都没有定准。他们可能飞黄腾达成为当代的贾德之流,送儿子上大学;话又说回来,也可能一落千丈,然后——他有老婆和五个孩子;她在商店后面的房间里看见他们在地板上玩线团儿。而她总是希望他们请她进去……但这是波特老太太缠绵病榻的顶楼。她敲了敲门;她用洪亮欢快的声音喊道,"我可以进来吗?"

没有回答。老太太是个十足的聋子;他们进去了。她一如既往无所事事,支起身子歪在床旮旯里。

"我领达弗斯先生来看看你的天花板。"埃莉诺喊道。

老太太抬头望着,开始用双手乱抓,活像一只毛发蓬乱的大猿猴。她野性十足,满腹狐疑地望着他们。

"天花板,达弗斯先生。"埃莉诺说。她指着天花板上的一块黄斑。这座房子建起才五年;可什么都需要修理。达弗斯把窗户推开,探出头去。波特太太紧紧抓住埃莉诺的手,仿佛她疑心他们会伤害她似的。

"我们是来看你的天花板的。"埃莉诺大声重复了一遍。但这话并没有传达任何信息。老太太就哀哀地抱怨起来;话连成了一支歌,半是哀怨,半是诅咒。要是上帝愿意把她带走就好了。每天夜里,她说,她恳求上帝让她走,她的孩子全死了。

"早上我一醒来……"她开始说。

"对,对,波特太太。"埃莉诺力图安慰她;但她的双手被紧紧地抓住了。

"我祈求上帝让我走。"波特太太接着说。

"那是檐槽里的树叶。"达弗斯说,又把头缩了进来。

"这疼痛——"波特太太伸出双手;手上满是疙瘩、沟槽,活像拧成疙瘩的树根。

"对,对,"埃莉诺说,"但有漏洞;那不仅仅是枯叶造成的。"她对达弗斯说。

达弗斯又把头探出去。

"我们要让你过舒服点。"埃莉诺对老太太嚷道。她现在表现出一副低声下气的样子,这时已经把一只手压到嘴唇上了。

达弗斯又把头缩了进来。

"你找出毛病了吗?"埃莉诺厉声对他说。他正在记事本上记什么。她想走。波特太太要埃莉诺摸摸她的肩膀。她摸了摸她的肩膀。她的一只手仍然被抓着。桌子上有药。米莉安·帕里什每星期都来。我们干吗做这种事呢?波特太太继续絮叨时,她问自己。我们干吗要强迫她活呢?她问,一边望着桌子上的药。她再也受不了了。她把手抽了回来。

"再见;波特太太。"她喊道。她是虚情假意的;她是热情友好的。"我们要修一修你的天花板。"她喊道。她把门关上。格罗夫斯太太在她前面蹒跚着领着她看看洗碗室里的洗涤槽。她那脏兮兮的耳朵后面吊着一缕黄发。如果我一辈子天天干这种事,跟着他们走进洗碗室时,埃莉诺想,我就像米莉安一样变成一把干骨头了;还戴着一串珠子……那有何用?她想,弯下腰去闻洗碗室里的洗涤槽。

"哎,达弗斯,"视察完了以后,她面对着他说,下水道里的臭气还滞留在她鼻子里,"你打算怎么办呢?"

她来气了;这主要是他的过错。他骗了她。但当她站着面对着他,看着他那营养不良的小身体,领子上怎么打成的蝴蝶结时,心里实在不是滋味。

他支支吾吾,局促不安;她觉得她就要发脾气了。

"要是你干得不像样,"她干脆地说,"我就另找人。"她用的是上校千金的口气;她讨厌这种上中产阶级的口气。她看见他在目光的逼视下,一脸愠色。但她还是要揭这块疮疤。

"你应当感到害臊才对。"她对他说。他有所触动,她看得出来。"再见。"她冷冷地说。

那副讨人喜欢的笑脸再没有为她显露出来,她注意到。但你非得把他们唬住不行,否则他们就把你不当回事,汤姆斯太太把她往出送时她想。她又一次注意到她围裙里的斜度。一群孩子站成一圈瞪大眼睛瞅着达弗斯的马驹。但他们都不敢摸马驹的鼻子,她注意到。

她来晚了。她瞅了一眼陶匦上的葵花。这个她童年时代感情的象征叫她哭笑不得。她本来让它表示花,表示伦敦中心的田野;但它现在开裂了。她突然像平时一样小跑起来。这种举动似乎可以打碎那令人不快的外壳;甩掉那老太太的手的捏抓,因为它现在仍然搭在她的肩头。她向前跑着,她左躲右闪。购物的妇女总是挡她的路。她冲到马路上,在车水马龙中一直挥手。票员看见了,胳膊一弯把她揽住,拉了上去。她总算上了公共马车。

在拐角处,她踩了一个男人的脚尖,在两个年长的女人中间打了个趔趄。她有点儿气喘吁吁;她的头发散落下来;她跑得面红耳赤。她瞟了一眼同车的乘客。他们都显得稳重,老成,仿佛决心已经下定了似的。不知是怎么回事,她总是觉得她是公共马车上年纪最轻的人,但是今天,既然和贾德争吵获胜,她觉得她长大了。马车在湾水路滚动,一溜灰房子在她的眼前颠上颠下。店铺变成了住宅;住宅有大有小;有公共建筑,有私人建筑。这里有一座教堂竖着它玲珑剔透的尖塔。下面是各种管线,排水沟……她的嘴唇翕动起来。她在自言自语。总是有一家酒店,一座图书馆和一座教堂,她在絮叨。

那个她踩了脚尖的男人,把她估量了一番;一种司空见惯的类型;拎着个手袋;乐善好施;营养很好;一名老小姐;一名处女;像她这个阶层的所有女人一样,冷冰冰的;她从来没有动过情;但并不是没有魅力。她大声笑着……这时她抬头一望,碰上了他的目光。她一直在公共马车上大声地自言自语。她必须改掉这种习惯。她必须等到刷牙的时候。但幸好马车停了。她跳下了车,她开始快步走上梅尔罗斯路。她觉得劲头足,年纪轻。从德文郡回来后,她用新的眼光关注着一切。她放眼眺望阿伯康街门柱林立的长长的街景。一座座房屋,都有门柱,都有前花园,样子十分气派;她似乎看见每一间前厅里,都有一个侍女的臂膀在桌子上挥动,把它摆好,准备午餐;好几个房间里,人们已经入座就餐了;从窗帘形成的帐篷形的开口中间,她可以看见他们。她自己吃午饭要迟到了,她想,一边跑上门前台阶把钥匙往门锁里插。随后,仿佛有人在说话似的,话在心头浮现出来。

"漂亮一点的东西,可以戴的东西。"她钥匙插在锁里停住了。玛吉的生日;她父亲的礼物;她给忘了。她停下来。她一转身,又跑下台阶。她得去一下兰姆利商店。

兰姆利太太近几年发胖了,她正在后屋嚼着一嘴的冷羊肉,这时从玻璃门里看见了埃莉诺小姐。

"早上好,埃莉诺小姐。"她说着走了出来。

"漂亮点的东西,可以戴的东西。"埃莉诺气喘吁吁。她气色不错——休假之后,脸黑多了,兰姆利太太注意到。

"给我妹妹——我是说堂妹,迪格比爵士的小女儿。"埃莉诺说得更明白一点。

兰姆利太太抱怨自己的商品价钱太贱。

有玩具船;玩具娃娃;两便士一块的金表——但没有什么好东西,可以送给迪格比爵士的小女儿。可是埃莉诺小姐要得急。

"那个,"她指着一板珠子项链说,"那就可以了。"

它的样子有点贱,兰姆利太太想;取下来一条带金点子的蓝项链,但埃莉诺小姐太匆忙,干脆不让用牛皮纸包了。

"我肯定要迟到了,兰姆利太太。"她说着,亲切地挥了一下手,就跑了。

兰姆利太太喜欢她。似乎她总是友好亲切。可惜的是她没有结婚——妹妹抢在姐姐前头出嫁,可是一大失误。不过她得照顾上校,他年纪越来越大,兰姆利太太断定,又回到铺子后面吃她的羊肉去了。

"埃莉诺小姐一会儿就来,"克罗斯比把菜端来时,上校说,"先不要揭盖子。"他背对着壁炉站着等她。是啊,他想,我不明白所以然。"我不明白所以然。"他望着菜碟盖子重复着。米拉又在场;事实证明,另一个家伙是个坏蛋,他早就知道他不会是个好东西。他会给米拉做些什么安排呢?他会有什么办法?他突然想到他要把全部情况端给埃莉诺。为什么不呢?她不再是个孩子了,他想;再说,他也不喜欢这种——这种——藏藏掖掖的做法。不过想到给自己的女儿讲这种事,他感到难以启齿。

"她来啦。"他突然对克罗斯比说,她站在他身后不声不响地等着。

不行,不行,埃莉诺进来时,他突然深信不疑地对自己说。他一看见她,不知道什么原因,他就意识到他不能告诉她。毕竟,看见她满面红光,无忧无虑的样子时,他想,她有自己的日子要过。一阵妒忌之情袭上心头。她有自己的事情要想,他们落座时,他想。

她把一条项链从桌子上推到他面前。

"嗨,这是什么呀?"他茫然地望着它说。

"给玛吉的礼物,爸爸,"她说,"我尽力而为了。……我担心贱了点。"

"不;这挺好,"他心不在焉地扫了一眼说,"她就喜欢这种东西。"他又加了一句,把它顺手推到一边。他开始切起鸡来。

她很饿;她仍然感到气短。她觉得有点儿"天旋地转",她就是这么对自己说的。你靠什么扭转乾坤呢?她心里纳闷,一边尝着牛奶调味汁——一个枢轴?今儿早上场面多变;每一个场面都需要不同的对策;把这个摆到前面,把那个塞到底下。现在她没有感觉;只觉得饿;只顾吃鸡;一片空白。但当她吃东西时,她父亲的感觉却突现出来。他坐在对面有条不紊地嚼鸡肉时,她喜欢他的稳健刚强。他一直在干什么,她心里纳闷。从一家公司里把股份抽出来,投到另一家公司去?他打起了精神。

"喂,委员会情况怎么样?"他问。她给他讲了,夸大了她对贾德的胜利。

"这就对了。顶住他们,内尔。不要让人骑在你的头上。"他说。他以自己的方式为她而骄傲;她也喜欢他为她骄傲。同时她没有提达弗斯和里格比住所的事。他对拙于钱财的人不表同情,她从未得到一分钱的利息:钱都花到维修上了。她把话题转到莫里斯和他在法院的案子上。她又看了一下表。她弟媳西莉娅给她讲两点半准时在法院见面。

"我得赶紧一点。"她说。

"啊,不过这些当律师的家伙总知道如何蘑菇,"上校说,"谁是法官?"

"桑德斯·柯里。"埃莉诺说。

"那就要拖到世界末日了?"上校说。

"他在哪个法院坐堂?"他问。

埃莉诺不知道。

"喂,克罗斯比——"上校说。他打发克罗斯比去拿《泰晤士报》。趁埃莉诺狼吞虎咽苹果馅饼的当儿,他开始用他那笨拙的指头翻腾起大张大张的报纸。等她倒好咖啡,他已经查到哪家法庭在审理这个案子。

"你要进城去吧,爸爸?"她放下杯子时说。

"对。参加一个会。"他说。他喜欢进城,不论在那里干什么。

"奇怪的是,审理这个案子的竟然是柯里。"她说着站了起来。不久前,他们在女王门附近的一座阴沉的大楼里跟他一起吃过饭。

"你还记得那次聚会吗?"她站起来说。"那些老橡木家具?"柯里在收集橱柜。

"我疑心统统是假货,"她父亲说,"别急,"他劝诫道,"叫辆车,内尔——要是你需要零钱——"他开始说,用他的断指摸着银币。埃莉诺瞅着他时,感受到了那种往昔儿时的感觉:他的口袋是个无底的银矿,从那里永远可以挖出面值半克郎的硬币来。

"那好,"她说着把硬币接了过来,"我们喝茶时见。"

"不行,"他提醒她,"我要到迪格比家转转。"

他那毛烘烘的大手拿着那条项链。它看上去有点贱,埃莉诺捏着一把汗。

"找个盒子怎么样?"他问。

"克罗斯比,找个装项链的盒子。"埃莉诺说。克罗斯比突然表现出一副举足轻重的样子,急匆匆去了地下室。

"那就晚饭时见。"她对父亲说。那就是说,她如释重负地想,我不必赶回来用茶了。

"好,晚饭时见。"他说。他手里拿着一个纸筒儿,正把它往雪茄头儿上接。他咂了咂。从雪茄上袅袅升起一股轻烟。她喜欢雪茄的气味。她站了片刻,吸了一口。

"代我向欧仁妮婶婶问好。"她说。他抽着雪茄点了点头。

坐一回双轮双座马车也算开一次荤——省十五分钟的时间。她歪在角落里,有点儿扬眉吐气的味道,车帘在膝盖上啪哒啪哒地响着。一时间她的脑海里空荡荡的。她坐在车旮旯儿里,摆脱了紧张情绪,尽情享受着和平、安静、休息。马车款款地跑着,她有一种超然物外、冷眼旁观的感觉。忙活了整整一个上午,事情纷至沓来。现在,在到达法院之前,她可以坐着什么也不干。路是一段长路;马是一匹慢马,一匹披着红马衣的毛烘烘的马。它一路不紧不慢地跑过湾水路。车马寥寥;人们正在吃午饭。远处弥漫着一片轻柔的灰雾;铃声丁当;一座座房屋一晃而过。她不再注意他们经过的是些什么房子。她半闭着眼睛,然后,她不经意地看见自己的手从门厅桌子上拿了一封信。什么时候?就是当天早上。她把信怎么处理了?放在手袋里了?对。在这儿呢,没有拆开;马丁从印度写来的。她想在车上看。马丁字写得很小,信纸很薄。信又比平时的长;写的是同一个名叫伦顿的人的一次历险;伦顿是何许人?她记不得了。"我们天一亮就动身。"她读道。

她向窗外一望。大理石拱门车水马龙,他们被堵住了。四轮马车从公园里蜂拥而出。一匹马跳腾起来;好在车夫驾驭有方。

她又来看信:"我发现自己一个人身陷莽林深处……"
可你在干什么呀?她问。

她看见了她弟弟;红头发;圆脸;还是那副好斗的样子,总让她担心他有朝一日会闯祸。显然,他这下闯了祸。

"我迷了路;太阳就要落了。"她读道。

"太阳就要落了……"埃莉诺重复了一遍,瞟了一眼前面的牛津大街。太阳照在一个橱窗里的服装上。莽林是一种非常密的林子,她想;长的是一些长势不好的小树;一片墨绿色。马丁一个人身陷莽林,太阳就要落了。后来怎么样了?"我想最好原地呆着。"身陷莽林,他一个人站在小树中间;太阳就要落了。她眼前的街道丧失了细节。太阳一落,肯定很冷,她想。她又读起信来。他只好点起火来。"我往口袋里一看,发现只有两根火柴……第一根火柴灭了。"她看见了一堆干柴火,马丁一个人眼睁睁地看着那根火柴灭了。"于是我划着了第二根,全靠运

93

气,它居然着了。"先把纸点着;再把柴引燃;一堆火熊熊燃烧起来。她心急火燎地跳过去先看结尾……"——有一回我想我听见有喊声,但又销声匿迹了。"

"销声匿迹了!"埃莉诺大声说。

他们在法官巷停了下来。一名警察扶着一个老婆婆过马路;但这路就是一座莽林。

"销声匿迹了,"她说,"然后呢?"

"……我爬上一棵树……我看见了路……太阳正在升起……他们认为我死了,把我放弃了。"

马车停了。埃莉诺一动不动地坐了片刻。她看见的只有长势不好的小树,只有她弟弟注视着太阳在莽林里升起。太阳正在升起。一时间,法院一大片黑沉沉的人群上火焰狂舞。那是第二根火柴建了功,她给车夫付费时对自己说,然后走了进去。

"啊,你总算来了!"一个身穿裘皮大衣的小个子女人嚷道,她正站在一个门口。

"我以为你不来了,所以正要进去呢。"她是个个头矮、满脸疤痕的女人,心有隐忧,但又为丈夫而自豪。

她们推开双开式弹簧门,走进法庭,里面正在审理案子。起初看似乎黑压压的一片。戴假发、穿长袍的男子起来坐下,进进出出,活像一群在田野上随处落下的鸟儿。他们看上去个个面生;她看不见莫里斯。她东张西望,想把他找见。

"他在那儿。"西莉娅悄声说。

前排的出庭律师中有一个转过头来。那就是莫里斯;可他戴着黄假发,样子多古怪! 他的目光从她们身上扫过,没有任何认出来的表示。她也没有向他微笑;庄严灰黄的氛围不允许个人存在;这里的一切都有点仪式色彩。从她坐的地方,她可以看见他的脸的侧面;假发使他的额头变得方方正正,使他有一副加了框的样子,酷似一幅图画。她从来没有看见他那么帅气;长着那样的脑门,那样的鼻子。她环顾了一圈。他们看上去都像画儿一样;出庭律师个个形容鲜明,像斧凿刀刻出的一般,宛如挂在墙上的十八世纪的画像。他们仍然起来的起来,坐下的坐下,说的说,笑的笑……突然一扇门开了。庭警要求保持肃静迎接法官大人。顿时鸦雀无声;全体起立;法官驾到。他鞠了一躬,然后在雄狮和独角兽下面就座。埃莉诺敬畏之情油然而生。那是老柯里。但变化好大呀! 上次她看见他时,他坐在餐桌的上首;一条长长的黄色刺绣带子在中间飘扬而下;他举着一根蜡烛;领着她在客厅里参观他的古老的橡木家具。可现在呢,他坐在那里,穿着法官长袍,八面威风。

一个出庭律师站起来了。她竭力要听清那个大鼻子男人在说些什么;可是现在很难把它连贯起来。但她还是仔细听着。随后又一个出庭律师站了起来——一个鸡胸脰子,戴着金边夹鼻眼镜。他在宣读什么文件;然后他也开始辩论。她能听懂他的部分发言;尽管它对该案有多大影响,她不得而知。莫里斯何时发言,她心里纳闷。显然现在不会。正如她父亲所言,这些当律师的家伙知道怎么蘑菇。其实没有必要赶着吃午饭;坐辆公共马车一样能行。她目不转睛地盯着莫里斯。他在跟紧挨着的那个浅棕色头发的男子开玩笑。这些就是他的哥儿们,她想,这就是他的生活。她记得小时候他就对律师这一行情有独钟。正是她把爸爸说转了的;一天早晨,她提着脑袋走进他的书房……可现在,莫里斯自己也春风得意,真使她兴奋不已。

她觉得她的弟媳紧张透了,紧紧地抓着她的小手袋。莫里斯看上去非常高大,开始讲话时黑白分明。一只手按在长袍边上。对莫里斯的这种姿势,她了如指掌,她想——抓住点什么,所以你就看见了他洗澡时磕下的那块白疤。但她认不出另一种姿势——他挥舞臂膀的样子。那属于他的公众生活,他在法庭里的生活。他的声音很是生疏。但每当他讲话的热劲儿上来,他的声音里时不时有种使她忍俊不禁的腔调;那是他私下的声音。她忍不住转向她的弟媳,仿佛在说,这是莫里斯的本色!但西莉娅正聚精会神、目不斜视地盯着前面的丈夫。埃莉诺也力图专心致志地听听辩论。他口齿极其清楚;他字正腔圆。突然法官把他的话打断:

"帕吉特先生,我是否认为你的观点是……?"他说,语气文雅,但令人敬畏;埃莉诺紧张地看到莫里斯如何戛然而止;法官讲话时,他又是怎样毕恭毕敬地低着头。

但他知道答辩吗?她想,仿佛他是一个小孩,她紧张地在座位上挪了挪身子,惟恐他一败涂地。但他胸有成竹。他不慌不忙地打开一本书;找到他找的地方,朗读了一段,老柯里听了连连点头,并在他面前摆的那个大本子上做了个笔记。她大大地松了一口气。

"他干的多棒!"她悄声说。她的弟媳点了点头;但她仍然紧紧地抓着她的手袋。埃莉诺觉得她可以放松放松了。她向四周扫了一眼。庄严与放任混成一片,令人称奇。出庭律师们不停地进进出出。他们靠着法庭墙站着。在顶灯苍白的灯光照耀下,他们的脸都呈现出羊皮纸的颜色;他们的五官似乎是斧凿刀刻出的一般。他们早把煤气灯点着了。她凝视着法官本人。这会儿他正靠在他那张置于雄狮和独角兽下面的大雕花椅里面,倾听着。他看上去一脸的悲伤和智慧,仿佛话语已经把他敲打了好几百年。这时他睁开了那双昏昏欲睡的眼睛,皱起了眉头,那只从硕大的袖口里虚弱地露出来的小手,在那个大本子上写了几个字。然后半闭上眼睛,又开始为这些不幸的人的争斗进行永久的监视。她走了神儿。她歪在那硬邦邦的木头座位上,让遗忘的大潮卷过她的心田。早晨的一幕幕场景开始自行浮现出来;开始硬闯进来。贾德在委员会上;他父亲在看报;老太太拽住她的手;客厅侍女把桌子上的银器撤走;马丁在莽林里划着了第二根火柴……

她如坐针毡。空气混浊;灯光昏暗;既然最初的魅力已经消退,法官看上去烦躁不安,再没有超尘拔俗的气度了,她想起在女王门的那座阴森森的房子里,他在那些老橡木家具上可是上了大当,不禁莞尔。"这是我在惠特比弄到的。"他说。可那是假货。她想笑;她想走。她站起来悄声说:

"我走了。"

她的弟媳小声咕哝了一句,也许是表示反对。但埃莉诺尽量不声不响地走出弹簧门,上了街。

滨河大道的喧嚣、混乱、开阔,扑面而来,顿时给她一阵轻松。她有种心旷神怡的感觉。这里还是大白天;一种五彩缤纷的生活奔流着,骚动着,向她汹涌卷来。在她心里,在世界上,仿佛有什么东西突然挣脱了似的。她的精力集中过后,现在似乎风流云散了。她沿着滨河大道溜达,看着这条奔腾的街道;望着商店里琳琅满目的项链、皮匣,望着脸面雪白的教堂;望着鳞次栉比的屋顶和纵横交错的线路,不由得心花怒放。上面是一片水汪汪又亮闪闪的天。秋风扑面。她尽情地呼吸着新鲜湿润的空气。而那个人却不得不一整天一整天地坐在那里,她想,又想起了那个阴暗的狭小的法庭和那些斧凿刀刻般的面庞。她又看见了桑德斯·柯里靠在他的大椅子里,沉着脸,皱纹像铁褶一般。整天整天地,她想,争论法律条款。莫里斯怎能忍受得了?不过他一直想干律师这一行。

出租马车,运货马车,公共马车,川流不息,从旁经过;它们似乎把空气涌上她的面庞,它们把泥浆溅到人行道上。人们熙熙攘攘,匆匆忙忙,她不由得加快了脚步,好跟他们齐头并进。一辆货车从一条通往河边的陡直的小街上拐下来,挡住了她的去路。她抬头一望,看见云团在屋顶之间飘动,黑沉沉的云团,满载着雨水;飘游不定、冷漠无情的云团。她接着往前走。

她又被堵在查林十字火车站的入口处了。在这个地段,天非常宽广。她看见一溜鸟儿在高高地一起飞翔;飞过天空。她注视着。她又向前走去。步行的人,坐车的人,统统像稻草一样被吸在桥墩周围;她只好等着。一辆辆驭者座高高在上的出租马车从她身旁经过。

她羡慕这些人。她希望她会出国;去意大利,去印度……然后她又隐隐约约地感到要出什么事了。大门外的报童的报纸出手快得异乎寻常。人们一把抓过来,立即翻开,边走边看。她注视着一份褶皱了横在一个孩子两腿间的海报。特大的黑体字写着"逝世"。

后来海报被风吹直了,她又看见几个字"巴涅尔"。

"逝世……"她重复道,"巴涅尔。"她一时给弄懵了。他怎么会逝世呢——巴涅尔?她买了一份报。他们就是这么说的……

"巴涅尔逝世!"她大声说。她抬头一望,看见的又是天空;乌云滚滚而过;她向街头眺望。一个人用食指指着那条新闻。

巴涅尔逝世,他在说。他幸灾乐祸地观望着。可他怎么会逝世呢?这就像什么东西在天空消逝了。

她手里拿着报纸慢慢地向特拉法加广场走去。突然,整个场景冻结了。一个人连在一根柱子上;一头狮子连在一个人身上;他们似乎静止了,相连着,仿佛再也不会动了。

她跨过去进了特拉法加广场。那里有鸟儿在尖声唧啾。她在喷泉边停下来,低头看着满满一大池子的水。风把水吹皱时,水色泛黑。水里倒影憧憧,有许多树枝和一条灰白的天。一场噩梦,她喃喃自语;一场噩梦……可是有人把她撞了一下。她转过身来。她必须去看迪莉娅。迪莉娅一直在操心。她操烂了心。她常常说什么来着——冲出这个家,扔下他们大家,献身于事业,献身于这个男人?正义,自由?她必须去看她。这就会结束她所有的梦。她转过身,叫了一辆马车。

她探出马车的护帘向外张望。他们正要经过的一些街道穷酸得可怕;不仅穷酸,她想,而且邪恶。这里有伦敦的邪恶、淫秽、现实。它在混杂的夕照中更显浓酽。灯光刚亮。报童在吆喝,巴涅尔……巴涅尔。他死了,她对自己说,仍然意识到两个世界;一个在头顶漫延,另一个仅在人行道上嘀嗒。但她到了……她举起手来。她让车对着一条巷子里的一排柱子停下。她下了车,直奔广场。

车马的喧嚣低沉下来。这里非常安静。十月的下午,枯叶飘零,这座古老衰败的广场显得脏乱,破落,烟雾弥漫。房屋出租给社团,出租给把姓名钉在门柱上的人,当办公室。她觉得整个街区充满异国情调,有不祥之兆。她来到了那个安女王时代的古老门口,上面有雕工粗重的眉形屋顶窗,她按了六七个门铃顶上那个铃。门铃上面都写着姓名,有时候仅仅写在名片上。

没有人来。她索性把门推开,走了进去;她登上有雕花栏杆的木楼梯,似乎昔日的尊严已经丧失殆尽。很深的窗台上立着一些奶罐,下面压着账单。有的窗玻璃已经破了。顶楼上,迪莉娅的门外面,也放着一个奶罐,但里面是空的。她的名片用图钉钉在一块镶板上。她敲了敲门,然后等着。没有动静。她把门把手一拧。门锁着。她站着听了一会儿。一扇小侧窗朝着广场。鸽子在树顶咕咕地叫。车辆在远方嗡嗡地响;她隐隐听见报童喊着逝世……逝世……逝世。叶飘零。她转过身下楼去。

她在街上溜达。孩子们用粉笔把人行道画成方格;妇女从上面的窗户上探出身来,瞪着贪馋、不满的眼睛扫视着街道。房间只向单身汉出租。房间的卡片上写着"出租房间,家具齐全"或者"管住宿,管早点"。她猜想着这些厚厚的黄窗帘后面的生活状况。这就是她妹妹生活的城郊;她想着,转过身来;她肯定常常夜里一个人从这条路上回来。随后,她返回广场,爬上楼梯,又咚咚地敲了几下门。但里面仍无动静。她站了片刻,望着枯叶飘落;她听见报童吆喝,鸽子在树顶上咕咕地叫。咕两声,太妃,咕两声,太妃,咕……这时飘下一片黄叶。

向晚时分,查林十字的车辆更加拥挤。步行的人,坐车的人都给吸到车站大门口。人们大步流星、大摇大摆地前进,仿佛车站里有个恶鬼,要是人们让他等久了,他就会大发雷霆。不过即便如此,他们还是在路过时要停下脚步,顺手抓一份报纸。云团时而分散,时而集结,所以一会儿阳光灿烂,一会儿阴云蔽日。泥浆时而泛黑,时而流金,被车轮马蹄搞得四处飞溅,在这总的骚乱与轰鸣之中,屋檐上鸟儿的尖叫消沉下来。双轮双座马车丁丁当当,疾驰而过;丁丁当当,疾驰而过。终于,在丁丁当当的车流中驶出来一辆,里面坐着一位粗壮的红脸汉子,拿着一支用棉纸包着的鲜花——他就是上校。

"嗨!"马车驶过大门时,他喊了一声;把一只手从车顶的活动天窗里伸出去。他探出身来,一份报纸向他塞了过来。

"巴涅尔!"他惊呼起来,同时在摸眼镜,"逝世了,天哪!"

马车继续跑着。他把这条消息读了两三遍。他死了,他说着,摘掉了眼镜。他往角落里一靠,不由得全身产生了一阵震动,它有点像如释重负,有点像如愿以偿。好啊,他自忖道,他死了——那个肆无忌惮的冒险家——那个作恶多端、煽风点火之徒,那个……这时跟他女儿相关的某种感情涌上心头;他说不准是什么感情,但却使他双眉紧蹙。不管咋的,现在他死了,他想。他怎么死的?难道说自寻短见?那也并不令人吃惊……不管咋的,他死了,一了百了。他坐着,一只手捏着报纸,一只手拿着包在棉纸里的花,马车沿着白厅大道驶去……人们可能尊敬他,他想,这时马车正从下院经过,对于别的有些人来说,这话是不能说的……关于那桩离婚案,废话可没有少说。他向外眺望。马车正驶近若干年前他常要驻足四顾的某一条街。他转过身来,向右边的一条街扫了一眼。但一个从事公务的人是花不起钱干这种事的,他想。马车继续前进,他微微颔了颔首。可现在她已经写信向我要钱了,他想。事实证明另一个家伙是个坏蛋,他知道他不会干什么好事的。她的姿色已经荡然无存,他在想;她发胖了。唉,他可没钱要大方了。他又戴上眼镜阅读本市新闻。

巴涅尔现在就是死了,那也无关大局。要是他活着,要是谣传平息下来——他抬头一望。马车照旧在往远绕。"向左拐!"他喊道,"向左拐!"因为车夫总是转错方向。

在布朗街相当昏暗的地下室里,意大利男仆只穿一件衬衣看报,这时候女仆拿着一顶礼帽翩然而至。

"瞧她给了我一个什么东西!"她喊道。为了弥补把客厅搞乱的过失,帕吉特夫人补偿给她一顶帽子。"我是不是很时髦?"她说着,就戴着那顶意大利款式大礼帽停在镜子前,那帽子歪戴在她脑袋上,仿佛是用玻璃纤维做的。安东尼奥只好把报纸放下,纯粹为了献献殷勤,搂住了她的腰肢,因为她并不是个美人儿,她的举动也仅仅是对他在托斯卡纳山城记得的东西的滑稽模仿。然而一辆出租马车停在栅栏前面;两条腿纹丝不动地站在那里,他必须先脱出身来,穿上外衣,上楼去应铃开门。

他倒能沉住气,上校一边想,一边站在台阶上等着。死亡的震动几乎都承受住了;但它仍然在肌体内周旋;但当他站在那里时,却不能阻止他这样想:他们把砖缝重新勾过了;但有三个男孩子要上学,还有两个女孩子,他们怎么把钱省出来呢?当然欧仁妮是个聪明女人;但他希望她雇一名客厅女仆,而不要用这些似乎总是在狼吞虎咽地吃通心面的意大利佬。这时门开了,上楼的时候,他想他听到后面什么地方有人大喊大笑。

他喜欢欧仁妮的客厅,他想,一边站在那里等着。它乱七八糟。地上有一堆刨花,那是从拆开的什么东西里抖搂出来的。他们曾去过意大利,他记得。桌子上摆着一面镜子。它可能就是她从那里弄来的东西之一;人们就是在意大利搞这类东西;一面旧镜子,上面斑斑点点的。他照着镜子把领带往直整了整。

不过我更喜欢一面一个人能看清自己的镜子,他想,同时转过身去。钢琴揭开了;还有茶——他笑了——杯子里照例有半杯;屋子里到处花枝招展,挂着日渐蔫萎的或红或黄的叶子。她喜欢花。他很高兴他记着给她带来了他常送的礼物。他把那朵包在棉纸里的花举在前面。可干吗屋子里浓烟弥漫?一股风吹了进来。后屋的两扇窗户都开着,烟是从花园里刮进来的。他们是不是在烧野草?他心里纳闷。他走到窗户前,向外张望。对,他们就在那里——欧仁妮和两个小姑娘。有一堆篝火。就在他看的当儿,他的心肝宝贝,小姑娘玛格达莱娜,抛起了一大抱枯叶。她竭尽全力把它抛得高高的,火势更猛了。一个红色的大火扇冲了出来。

"多危险!"他喊道。

欧仁妮把两个孩子往后一拽。她们兴高采烈,手舞足蹈。另一个小姑娘萨拉,躲到妈妈的腋下,又抱了一抱叶子、扔了过去。又冲出了一个红色的大火扇。这时候意大利男仆来了,提了一下他的名字。他敲了敲窗户。欧仁妮一转身,看见了他。她一只手把孩子堵回来,举起另一只手表示欢迎。

"别走!"她喊道,"我们就来!"

一团烟直向他吹来,熏得他泪水盈眶,他转过身坐在沙发旁边的椅子上。又过了秒把钟,她来了,伸出双手,急匆匆地冲着他走来。他站起来,握住她的双手。

"我们正点篝火呢。"她说。她的眼睛熠熠生辉;她的头发翻卷下来。"所以把我搞得披头散发。"她补充说,一只手按到头上。她不修边幅,但还是极其漂亮,埃布尔想。一个漂亮的女人,开始发福了,她握手时,他注意到了;不过,这反而与她相宜。比起白中透红的漂亮的英国女人,他更欣赏这种类型。她身上凝脂漫延,宛如暖融融的黄蜡;她的眼睛又大又黑,像个外国人,鼻子里有个波纹。他拿出他的山茶花;他常送的礼物。她从棉纸里把花拿出来时,轻轻地惊叫一声,然后坐下了。

"你真好!"她说,把花在前面举了一会儿,然后做出了他常常看见她用花做的举动——把花枝放在双唇之间。她的举动照例使他着迷。

"点篝火过生日?"他问……"不,不,不,"他表示反对,"我不要茶。"

她端起她的茶杯,抿了一口剩下的凉茶。他注视着她。某种关于东方的记忆回到心头;在炎热的地区,妇女就这样顶着日头坐在门口。但眼下窗子开着,烟吹进来,屋里很冷。他仍然手里拿着报纸;他把报纸放到桌子上。

"看过新闻了?"他问。

她把茶杯放下,把那双又大又黑的眼睛微微睁开。里面似乎储存着无限的深情。等着他说话时,她举起一只手,仿佛在期待着似的。

"巴涅尔,"埃布尔唐突地说,"他死了。"

"死了?"欧仁妮把他的话重复了一遍。她把手像做戏一样垂了下来。

"对。在布赖顿。昨天。"

"巴涅尔死了!"她重复着。

"他们是这么说的。"上校说。她的情绪总是使他有种更加就事论事的感觉;但他喜欢。她把报纸拿起来。

"可怜的东西!"她惊呼一声,把报纸扔下。

"可怜的东西?"他重复着。她珠泪盈眶了。他莫名其妙。她指的是吉蒂·奥谢?他就没有想到她。

"她毁了他的前程。"他说,把鼻子轻轻一哼。

"啊,可她准是多么爱他呀!"她喃喃地说。

她用手捂住眼睛。上校一时无言可对。他觉得她的感情过于小题大做；但它是真的。他喜欢。

"是的，"他说，语气相当生硬，"是的，我也这么想。"欧仁妮把花拿起来，捻着，捻着。奇怪，她时不时地心不在焉，但他在她跟前总感到轻松自在。他全身松弛下来。在她面前他觉得排除了某种障碍。

"人们好苦啊！……"她喃喃细语，观赏着那朵花。"人们好苦啊，埃布尔！"她说。她转过身来，直勾勾地盯着他。

一股浓烟从另一间屋子里吹了进来。

"你不怕风？"他望着窗户问。她没有立即回答；她在捻她的花儿。然后她回过神来，笑了笑。

"怕，怕。把窗子关上！"她挥了一下手说。他过去把窗子关上。等他转过身时，她已经起来，站着面对镜子整理头发呢。

"我们点篝火给玛吉过生日，"她喃喃地说，望着满是麻点子的威尼斯镜子里自己的形容，"所以，所以——"她抹了抹头发，把山茶花别到她的连衣裙上，"我非常抱歉——"

她把头稍稍一歪，仿佛在观察她别在衣服上的花的效果。上校坐下来等着。他把他那份报纸瞟了一眼。

"他们似乎不事张扬。"他说。

"你的意思该不是——"欧仁妮刚开始说话；但门开了，孩子们来了。大点的玛吉先进来，小姑娘萨拉缩头缩脑跟在后面。

"嗨！"上校叫道。"她们来啦！"他转过身来。他非常喜欢孩子。"祝你生日快乐，永远快乐，玛吉！"他在口袋里摸出克罗斯比装在一只纸盒里的项链。玛吉走上前来把它接住。她的头发梳过了，穿着一件挺刮、干净的外衣。她接过盒子，把它打开；她把那条蓝金相间的项链吊在一根指头上。一时间上校心生疑窦,不知她是不是喜欢。她把它悬在手上时,是有点花里胡哨的样子。她又不吱声儿。她妈妈立即替她说了她应当说的话。

"多可爱啊,玛吉!可爱极了!"玛吉把那串珠子拿在手里,一言不发。

"谢谢埃布尔伯伯给了你可爱的项链。"她妈妈鼓动她说。

"谢谢你的项链,埃布尔伯伯。"玛吉说。她说得直截了当,准确无误,但上校又觉得满腹疑团。一阵因小题大做而产生的失望袭上心头。然而,她妈妈把项链拴在她的脖子上。随后她转过身去找妹妹,妹妹正在一把椅子后面偷看着。

"过来,萨拉,"她妈妈说,"过来向伯伯说你好。"

她伸出手来,半是要哄一哄小姑娘,半是要埃布尔猜,遮掩遮掩那总叫他不舒服的轻微的畸形。她婴孩时跌过,所以落下了后遗症,一面肩高,一面肩低;这使他有种恶心的感觉;孩子哪怕有些微的畸形,他都吃不消。但这并不影响她的情绪。她蹦蹦跳跳跑上前来,脚尖一踮,身子一旋,在他的面颊上轻轻地吻了一下。然后她拽了拽姐姐的衣服,两个大声笑着,奔向后屋去了。

"她们去赞赏你那可爱的礼物去了,埃布尔,"欧仁妮说,"你可把她们宠坏了!——还有我。"她补充说,点了点胸前的山茶花。

"我希望她喜欢它?"他问。欧仁妮没有回答。她又把那杯凉茶端起来,以她那南方人的慵懒姿态抿着。

"现在,"她说着往后舒舒服服地一靠,"把你的新闻全讲给我听。"

上校也歪进椅子里。他沉思了片刻。他有什么新闻呢,一时半会儿似乎想不起什么来。对于欧仁妮,他也总想制造一点

轰动;她有让万事生辉的本领。就在他踟蹰不决的当儿,她先开口:

"我们在威尼斯玩得开心极了!我领着孩子们。所以我们大家都晒黑了。我们住的房间不在大运河旁边——我讨厌大运河——但离它不远。两个星期的骄阳;肤色,"——她啜嚅着——"棒极了!"她惊叹道,"棒极了!"她把手一扬。她有种种意味深长的姿势。她就是这样把场面撑起来的,他想。但他反而更喜欢她。

他好几年没去过威尼斯了。

"那里有什么讨人喜欢的人吗?"他问。

"连个鬼也没有,"她说,"连个鬼也没有。只有一个讨厌的什么小姐来着。就是那种叫人为自己祖国感到羞耻的女人。"她劲头十足地说。

"我知道这种女人。"他嘻嘻地笑了。

"但是晚上从利多海滩回来,"她接着说,"那地方可是上有云,下有水——我们有个阳台;我们常常坐在那儿。"她打住了。

"迪格比是不是跟你们在一起?"上校问。

"没有,可怜的迪格比。他休假早一点,八月。他到苏格兰和拉斯韦德一家打猎去了。这对他有好处,你知道。"看看看,她又撑场面了,他想。

但她接着讲了下去。

"现在给我们讲讲家里人。马丁和埃莉诺,休和米莉,莫里斯和……"她啜嚅着;他疑心她忘了莫里斯的妻子的名字。

"西莉娅。"他说。他停住了。他想给她讲讲米拉。但他还是说了家里人的情况:休和米莉;莫里斯和西莉娅。还有爱德华。

"他似乎在牛津很受器重。"他粗声粗气地说。他十分为爱德华骄傲。

"那迪莉娅呢?"欧仁妮说。她瞅了一眼报纸。上校顿时失去了他的亲切。他看上去忧郁可怕,活像一头耷拉着脑袋的老公牛,她想。

"或许这事会使她头脑清楚起来。"他严厉地说。他们一时默默无言。花园里传来阵阵欢笑。

"啊,这些孩子!"她惊呼道。她站起身来,走到窗前。上校跟着她。孩子们偷偷溜回花园去了。篝火熊熊。花园中央竖起一根明亮的火柱。小姑娘们围着火又跳,又笑,又喊。一个衣衫褴褛的老人,看上去有点像潦倒的王室侍从官,手里拿着一把耙子站在旁边。欧仁妮把窗户猛推开来,向外大喊。但她们继续跳她们的。上校也把身子探了出去;她们头发飞舞,样子活像野兽。他倒想下去跳跳篝火,不过他老不中用了。火焰蹿得老高——金灿灿,红艳艳的。

"好哇!"他拍着手喊道,"好哇!"

"小鬼们!"欧仁妮说。她像她们一样兴高采烈,他注意到。她身子探出窗外,冲着手拿耙子的老头儿喊道:

"把火耙旺! 把火耙旺!"

但老头儿却把火耙灭了。柴火耙散了。火焰消沉了。

老头儿把孩子们推开。

"好了,完了。"欧仁妮说,发出一声长叹。她转过身来。有人进了屋子。

"哟,迪格比,我压根儿没听见你的声音!"她惊呼道。迪格比站着,双手端着一个夹子。

"你好,迪格比!"埃布尔边说边握手。

"哪来的这么多烟?"迪格比说着往四下里看。

他老了一点,埃布尔想。他站在那里,身穿礼服大衣,上面的扣子开着。他的大衣有点儿脱毛绽线的样子;他头顶上的头发白了。但他还是帅气;和他一比,上校感到自己肥大粗鲁、饱经风霜。他有点儿难为情,因为他探出身子拍手时被人看见了。他们并排站在一起时,他肯定显老,他想,但他要比我小五岁呢。他是一个卓尔不群的人;在同行中处处拔尖;又是一位爵士,如此等等,不一而足。但他不如我有钱,他回想起来踌躇满志;因为他总是两个人中的落伍者。

"你看上去很累,迪格比!"欧仁妮惊叫着,坐下来。"他应当实实在在地休一次假,"她转身对埃布尔说,"我希望你劝劝他。"迪格比拂掉粘在裤子上的一根白线。他轻轻地咳了一声。屋子里烟雾弥漫。

"哪来的烟呢?"他问妻子。

"我们点篝火给玛吉过生日。"她说,仿佛在替自己开脱。

"噢,对了。"他说。埃布尔生气了;玛吉是他的心肝宝贝;她爸爸应该记住她的生日。

"对了,"欧仁妮又转身对埃布尔说,"他让大家都度假,可他自己从来不休假。他在办公室工作了整整一天,回来还装着满满一包文件——"她指了指包。

"你不应该在晚饭后工作,"埃布尔说,"这是个坏习惯。"迪格比确实看上去气色欠佳,他想。迪格比把这种婆婆妈妈的关心置之度外。

"看过新闻了吗?"他对哥哥说,指着报纸。

"啊,看过了!"埃布尔说。他喜欢跟弟弟谈政治,尽管他对那副官架子有所不满,仿佛他还有话可说,但就是不能说。结果第二天全见报了,他想。但他们还是总谈政治。欧仁妮总是歪在她的旮旯儿里让他们谈个够;她从不插嘴。但最后她还是站起身来,开始收拾包装箱里掉出来的杂物。迪格比把话打住,瞅着她。他注视着那面镜子。

"喜欢?"欧仁妮说,一只手搭在镜框上。

"对,"迪格比说;但声音里暗含着一种批评的味道,"挺漂亮。"

"专门给我的卧室里买的。"她赶紧说。迪格比瞅着她把纸屑塞进盒子里。

"记着,"他说,"今晚我们要跟查塔姆一家吃饭。"

"我知道,"她又抹了抹头发,"我得把自己收拾整洁一点。"她说。"查塔姆"是何许人?埃布尔心里纳闷。要员,高官,他想,有几分鄙夷之情。他们在这个世界上周游了一大圈。他认为这就暗示他该走了。他们彼此非说不可的已经说完了——他和迪格比。不过他仍然希望他跟欧仁妮单独谈谈。

"关于这桩非洲事务——"他开始说,又想起了一个问题——这时孩子们进来了;她们是来道晚安的。玛吉戴着她的项链,它看上去非常漂亮,他想,要么是她人长得漂亮?但她们的连衣裙,她们干干净净的蓝色粉红的连衣裙皱起来了;她们一抱一抱地抱着伦敦粘满煤烟的树叶,把衣服弄脏了。

"小邋遢包!"他冲着她们笑着说。"你们干吗不穿上最漂亮的衣服在花园里玩?"迪格比爵士一边说,一边亲了亲玛吉。他尽管是当玩笑说的,但语气中有一丝不以为然的味道。玛吉没有回答。她的眼睛盯着妈妈胸前戴的山茶花。她走上前来站住瞅着妈妈。

"而你——成了个小烟囱清扫工了!"迪格比爵士指着萨拉说。

"今天是玛吉的生日。"欧仁妮说,又伸出了手臂,仿佛是要保护小姑娘似的。

"正因为如此,我倒认为,"迪格比爵士打量着女儿说,"要——呃——要——呃——改变自己的习惯。"他磕磕绊绊的,极力要让话听起来像句玩笑;但事实证明,他跟孩子们说话时说出的一般都是蹩脚的大话。

萨拉瞅着爸爸,仿佛在打量他。

"要——呃——要——呃——改变自己的习惯。"她重复着。尽管失去了原话的意义,她却准确地掌握了它的节奏。反正效果具有喜剧色彩。上校大笑起来;但他感到迪格比生气了。萨拉前来道晚安时,他只是拍了拍她的脑袋;但玛吉从他身旁走过时,他却亲了亲她。

"生日过得快乐吗?"他说,把她拉到了身边,埃布尔就此作为借口要走。

"可你还没有必要走啊,埃布尔?"他伸出手来时,欧仁妮表示反对。

她把他的手握住不放,仿佛不让他走似的。她这是什么意思? 她要他留下,还是她要他走? 她的眼睛,她的那双又大又黑的眼睛,意思不明。

"可你们要出去吃饭呀?"他说。

"对。"她答道,放开了他的手,既然她再不说话,那就没有意思了,他想——他非走不可了。

"啊,我一个出去能行。"他说着就离开了房间。

他慢慢地走下楼梯。他觉得灰心丧气。他没有单独见到她;他没有给她说任何事。也许他永远不会给任何人讲任何事。毕竟,他一边想,一边缓慢沉重地往楼下走,这是他自己的事儿,跟别人没有关系。一个人必须自己想自己的办法,他拿帽子的时候,心里想。他扫视了一圈。

是啊……这座房子里全是漂亮东西,他茫然地望着门厅里摆的一把爪子镀金的大红椅子。他妒忌迪格比的房子,妻子,孩子。他觉得老之将至。孩子都长大成人;一个个人离他而去。他在台阶上站住,向大街望去。天很黑,灯亮着;秋天已经来临;街道昏暗,秋风萧瑟,现在又雨点斑驳,当他大步流星地走上街头时,一股烟扑面而来;黄叶在飘零。

一九〇七年

仲夏时节；夜里炎热。月光落到水上，把水照得白皑皑的，神秘莫测，不管水深还是水浅。但月光照到固体上时，就给它们抛了一层光，镀了一层银，所以，就连乡村道路上的树叶似乎也上过了漆。所有通往伦敦的寂寥的乡间大道上，大车轧轧。铁手攥着铁缰绳，蔬菜、水果、鲜花，信马闲行。装着白菜、樱桃、康乃馨的圆筐码得高高的，看上去活像撂着财物、迁徙寻找水源、受敌人驱赶另寻牧场的部落车队。它们轧轧的前进，有的走这条路，有的走那条路，都是贴近道牙走。就连马儿，哪怕是些瞎马，也能听见远处伦敦的喧嚣；车夫打着盹儿，通过半睁半闭的眼睛，也能看见这个永远燃烧的城市的火红的轻纱。黎明时分，在科文特花园，大车卸下了重负；台子上，支架上，甚至铺路石上，都装点着白菜、樱桃和康乃馨，仿佛天国的洗衣店在这里开了张。

所有的窗户都开着。音乐轰鸣。红窗帘变成了半透明，有时候吹得很开，从后面传出永不消逝的华尔兹乐曲的声音——在舞会结束、舞跳完了以后——像一条咬住自己尾巴的蛇，因为这个圈子从煅工路到岸沟街显得非常圆满。乐曲被酒馆外面的长号重复了一遍又一遍；跑腿的童仆用口哨吹着它；在有人跳舞的私人房间里乐队演奏着它。沃平有家富有浪漫情调的客栈，俯视着河面，两边是驳船停泊的木材堆栈；人们坐在那家客栈的小桌旁。在梅费尔，人们也是围桌而坐。每张桌子都有一盏灯；都有一顶绷得紧紧的红绸遮阳伞，都有那天中午从地里呃过湿气的花儿，在花瓶里舒展开自己的花瓣。每张桌子上都码着尖尖的一摞草莓，都有一个面色苍白、体态丰满的妞儿；在印度，在非洲呆过之后，马丁发现：跟一个袒肩露胸的姑娘，跟一个被头发上的绿甲虫翅翼装扮得艳丽夺目的女人，以一种华尔兹乐曲予以弥补并且半隐半露在它的喁喁情语下面的方式谈话，令人异常兴奋。一个人说什么要紧吗？因为当一位佩戴勋章的男子进来，一位身穿珠光宝气的黑衣的女郎招呼他到一个僻静的角落去时，她扭过头来张望，心不在焉地听着。

夜色阑珊，一线柔柔的蓝光照到仍贴近道牙缓缓行进的运货车上，它们经过威斯敏斯特，经过那一座座黄色的圆钟，经过咖啡亭，以及一尊尊迎着曙光站在那里、手里僵硬地握着权杖或文卷的雕像。清道夫随后赶来，冲洗人行道。香烟头，银纸屑，橘子皮——白天的垃圾统统从人行道上消除，而大车还在缓缓地行进，出租马车则在孜孜不倦地奔波，沿着肯辛顿又脏又乱的人行道，顶着梅费尔闪烁的灯光，载着头饰峨然的淑女和马甲雪白的绅士，沿着不断遭受敲打的干路。月光皎洁，路面仿佛镀了一层银。

"瞧！"马车披着夏天的暮色款款地跑过桥时，欧仁妮说，"那不是很漂亮吗？"

她朝水挥了一下手。他们正跨过蛇形池；但她的惊呼只不过是一句旁白；她在听她丈夫说话。女儿玛格达莱娜和他们在一起；她朝她母亲指的地方望去。那里是蛇形池，在落日下泛着红光;树木聚成丛,像雕刻过似的,失去了各自的细节;小桥那座鬼影般的建筑,顶头泛白,构成了一道风景。光——阳光和人造光——交相辉映,奇妙无比。

"……这当然使政府十分为难,"迪格比爵士在说,"但那又是他求之不得的。"

"是哪……他会一鸣惊人,那个年轻人。"帕吉特夫人说。

马车过了桥。它驶进了树阴。现在它离开了公园汇入涌向大理石拱门的马车的长河中,它们载着身穿晚礼服的人们去看戏,去赴宴。光,人造的成分越来越多;越来越黄。欧仁妮歪过身去,碰上了女儿衣服上的什么东西。玛吉抬头一望。她以为他们还在谈政治呢。

"喂。"她母亲一边说,一边整她胸前的花。她把头稍稍歪到一边,以赞许的目光端详着女儿。然后她突然大笑一声,把手一扬。"你知道什么事把我拖得这么晚吗?"她说,"那个淘气鬼,萨莉……"

但她丈夫打断了她的话,他看见一座照亮了的钟。

"我们要迟到了。"他说。

"可是八点一刻就意味着八点半。"他们拐进一条侧街时,欧仁妮说。

布朗街的那座房子静悄悄的。街灯上的一束光照进了扇形窗,颇为任性地照亮了门厅桌子上的一盘玻璃杯,一顶大礼帽,一把爪子镀金的椅子。椅子空着,仿佛在等什么人似的,所以具有一副威仪;仿佛它站在某个意大利前厅的有裂缝的地板上。但万籁无声。男仆安东尼奥睡着了;女佣莫莉,睡着了;楼下的地下室里,一扇门哗啦哗啦地前后晃动——除此之外,万籁俱寂。

萨莉在顶楼上的卧室里转过身来,侧耳倾听。她想她听见前门咯噔一声。一阵舞曲从敞开的窗户里涌进来,再不可能听见什么声音。

她从床上坐起来,透过窗帘的缝隙朝外望去。通过开口,她能看见一角天空;然后是屋顶;然后是花园里的树木;然后是对面排成一长溜儿的房屋的背面。其中有一幢灯火辉煌,舞曲就是从那几扇开着的长窗里传来的。他们在跳华尔兹。她看见黑影旋过了窗帘。读不成书,睡不成觉。起初是乐声轰鸣;接着是人声鼎沸;然后人们出来进了花园;声音叽叽喳喳,随后又开始乐声大作。

那是一个炎热的夏夜,尽管时辰已晚,整个世界似乎仍很活跃;车马的喧闹听起来远了,但仍不绝于耳。

她的床上放着一本褪色发黄了的书;仿佛她一直在读。但读不成书,睡不成觉。她又靠在枕头上,双手垫在脑袋后面。

"他说,"她喃喃地说,"世界无非是……"她打住了。他说什么来着?无非是思想,对吧?她问自己,仿佛她已经忘了。唉,既然读不成书,睡不成觉,她索性让自己当一当思想。表演容易,思想难。手、腿,身体,她的全身心都得服服帖帖,竭尽全力参与这个思想的普遍进程,那人说,这就是世界生活。她伸展全身。思想从何开始?

从脚上?她问。脚就伸在这条被单下面。双脚分开,离得很远。她闭上眼睛。随后有违初衷的是,她身上的什么东西变硬了。表演思想不可能。她变成了什么东西;一条根;深深扎在土里;血管似乎穿过冰冷的土块;树生枝,枝生叶。

"——太阳从叶间照进来。"她摇着指头说。她睁开眼睛,以便证实照在叶子上的阳光,看到的却是那棵挺立在外面花园里的真树。那棵树非但没有斑驳的阳光,而且连一片叶子都没有。一时间她觉得仿佛自己遭到了批驳。因为那棵树是黑的,一团漆黑。

她把胳膊肘搭在窗台上,向外望着那棵树。一阵混乱的掌声从正举办舞会的那间屋子里传出来。音乐停了;人们开始从铁楼梯上下来,走进花园,花园墙上点缀着或蓝或黄的灯。人声更加嘈杂。人来了一批又一批。那一方块斑斑驳驳的绿地上满是晚礼服飘逸的女士的灰白身影;满是穿着晚礼服的男士的笔直的黑白相间的身影。她瞅着他们进进出出。他们有说有笑;但因为离得太远,听不见他们说些什么。有时冒出一个字眼和一阵哄笑,压过了其余的声音,然后又是七嘴八舌一片嘈杂。他们自己的花园里则空荡荡,静悄悄的。一只猫在墙头上蹑步悄足而行,走走停停;停停走走,仿佛被拉来执行什么秘密任务。又一支舞曲奏响了。

"又来了,一个一个没个完!"她心里腻烦,大叫起来。轻风扑面而来,充满了奇异干燥的伦敦的泥土气息,把窗帘吹到外面。她四仰八叉躺在床上,望着月亮;月亮似乎格外高远。小小的雾气似乎从月亮表面掠过。此时此刻又雾消气散,她看见白盘上有雕出的花纹。这些花纹是什么呢,她心里纳闷——山脉?还是河谷?如果是河谷,她眯缝着眼睛对自己说,那就有白树;也就有冰洼,还有夜莺,两只夜莺,隔着河谷,彼此呼唤,相互应答。华尔兹舞曲便填上了"彼此呼唤,相互应答"这样的词,并把它放声高唱出来;但由于翻来覆去是同一种节奏,从而把词变粗俗了,最后也就糟蹋了。舞曲把什么都给搅了。起初还令人兴奋,随之就叫人心烦,最后就让人难以忍受。不过现在才一点差二十。

她的一片嘴唇噘了起来,像要咬东西时的马的嘴唇。那本发黄的小书真没劲。她把手伸到脑袋上面从满架的破书当中又瞎摸出一本来。她随手把书翻开;但她的眼睛却无意中看见了一双男女,别人都已进屋,还有几对在花园里坐着。他们在说什么?她心里纳闷,草地上有什么东西在闪闪发光,就她所见,一个黑白相间的人影儿弯下腰把它捡了起来。

"就在他把它捡起来的当儿,"她望着外面喃喃地说,"他对身边的那位小姐说:你瞧,史密斯小姐,我在草地上找到了什么——一片我的心;一片我的破碎的心,他说。我在草地上把它找着了;现在我把它戴到胸口。"——她和着那忧伤的华尔兹乐曲哼着这几句——"我的破碎的心,这块碎玻璃,因为爱情——"她打住了,把书扫了一眼。扉页上写着:

"萨拉·帕吉特受赠于堂兄爱德华·帕吉特。"

"……因为爱情,"她最后念道,"至高无上。"

她又翻到书名页。

"安提戈涅,原著:索福克勒斯,英译:爱德华·帕吉特。"她念道。

她再次向窗外张望。那双男女走了。他们正走上铁楼梯。她注视着他们。他们进了舞厅。"假如舞跳到半中间,"她喃喃地说,"她把它拿出来;瞅着它说,'这是什么呀?'而它只不过是一块碎玻璃——碎玻璃……"她又低下头来看书。

"安提戈涅,原著:索福克勒斯。"她读道。书新崭崭的;她打开时还发出嘎嘎的响声;这是她头一次打开这本书。

"安提戈涅,原著:索福克勒斯,英译:爱德华·帕吉特。"她再次读道。这本书是他在牛津时送给她的;一个炎热的下午,他们在各个教堂和图书馆里转悠。"转悠着,怨尤着,"她哼着翻动书页,"他从矮椅子上站起来,用手掠着头发对我说,"——她向窗外扫了一眼——"'蹉跎青春,蹉跎青春。'"这时华尔兹达到了紧张、忧伤的极致。"他手里拿着,"她跟着舞曲的节拍哼着,"这块碎玻璃,这颗颓唐的心,他对我说……"这时乐曲停了;传来一阵掌声;跳舞的再次出来,进了花园。

她眼睛一页一页地溜着。起初她胡乱看了一两行;然后在她溜的过程中,从杂乱无章、支离破碎的字词中迅速地、含糊地浮现出一幕幕景象来。一个被杀的男子尸身暴露,横陈着,像一棵倒下的树干,像一座雕像,一只光脚伸在空中。鹰鹫聚集过来。它们猛扑下来,落到银色的沙滩上。那些头重脚轻的飞鸟摇摇晃晃、踉踉跄跄、跌跌撞撞地围过来;那灰突突的喉咙一晃动,鹰鹫就跳起来——她一边读,一边用手拍打着床罩——跳向那里的那块东西。欸,欸,欸,它们连连向那堆臭肉发起攻击。是啊,她向外面花园里的那棵树扫了一眼。那个被杀的男子的暴露的尸身横陈在沙滩上。随后一朵黄云旋风似的卷进来——谁?她赶快把这一页翻过去。安提戈涅?她从那朵尘云里打个转身,来到鹰鹫正把白沙抛洒到那只发青的脚的地方。她站在那里任凭白尘落到那只发青的脚上。然后,看哪!又是朵朵云彩,朵朵黑云;骑手们跳下来;她被抓住了;她的手腕叫柳条绳捆住了;他们驮着她,奔向——何方?

花园里传来一阵哄笑。她举目观望。他们把她带往何方?她问。花园里挤满了人。他们说什么,她连一个字也听不见。只见人影儿进进出出。

"去那位德高望重的统治者值得称道的宫廷?"她喃喃自

语,偶尔听见一两个字,因为她仍向花园里张望。那人叫克瑞翁。他把她埋了。那是一个明月夜。仙人掌的叶子银光灿烂。那个挂着缠腰布的人用木槌在砖上猛敲了三下。她被活埋了。墓是一个砖墩。刚够她伸直身子躺下。直身躺在砖墓里,她说。这就完了,她打了个呵欠,合上了书。

她盖着凉飕飕、滑溜溜的被单,四仰八叉地躺着,把枕头拉到耳朵上面。那条单人被单,那条单人毛毯,刚好把她软软地裹严。床底下是一长条新的凉床垫。舞乐低沉了。她的身子突然掉下来;接着掉到地上。一只黑翅膀掠过她的心田,留下一阵停顿;一片空白。万事万物——乐声,人声——变得苍茫一片。书掉在地板上。她睡着了。

"真是一个可爱的夜晚。"那个姑娘说,她正和舞伴一起走上铁台阶。她手搭在栏杆上。栏杆冰凉。她抬眼一望;月亮周围有一圈黄光。它似乎围着月亮大笑。她的舞伴也抬眼观望,然后又上了一级台阶,一言未发,因为他很腼腆。

"明天去参加比赛吗?"他语气生硬地说,因为他们很不熟悉。

"要是我哥哥下班来得及接我去的话。"她说,也上了一级台阶。随后,就在他们走进舞厅的当儿,他向她微微鞠了一躬,就离开了她;因为他的舞伴在等他。

现在冲出云围的月亮悬在一片明净的长空,仿佛月光吞噬了浓重的阴云,留下了一条明净的人行道,一片欢狂的舞场。有一段时间,天空的斑斓景象纹丝未动。然后一阵风起;一片小云朵掠过了月亮。

卧室里有响动。萨拉翻过身来。

"谁?"她喃喃地说。她坐起来揉了揉眼睛。

原来是她姐姐。她站在门口,踌躇不决。"睡着了?"她低声问。

"没有。"萨拉说。她揉着眼睛。"我醒着呢。"她说,把眼睛睁了开来。

玛吉从屋子那边走过来,坐到床沿上,窗帘吹出去了;被单从床上滑了下来。她一时觉得头晕目眩。刚从舞厅里出来,这里显得凌乱不堪。脸盆架上有一只平底玻璃杯,里面放着一把牙刷;毛巾架上的毛巾褶痕累累;一本书掉在地板上。她弯下腰把书捡起来。正捡的当儿,街那边突然乐声大作。她把窗帘拉回来。穿浅色裙装的女人,穿黑礼服、白衬衣的男子,争先恐后挤上楼梯,涌进舞厅。从花园里吹来一言半语和断断续续的笑声。

"有舞会?"她问。

"对。街那边。"萨拉说。

玛吉向外一望。相距这么远,音乐听上去浪漫而神秘,而色彩纷呈,非白、非蓝,亦非粉红。

玛吉伸了个懒腰,取下她戴的那朵花。花儿蔫了;白色的花瓣染上了黑点。她朝窗外望去。彩灯交相辉映,光怪陆离;一片树叶绿莹莹的;另一片则是白亮亮的。树枝层叠交错。于是萨莉大笑起来。

"是不是有人给过你一块玻璃,"她说,"还跟你说,帕吉特小姐……我的破碎的心?"

"没有啊,"玛吉说,"怎么会呢?"那朵花从腿上掉到了地上。

"我在想,"萨拉说,"花园里的人……!"

她向窗外挥了一下手。一时她们默不作声,倾听着舞曲。

"那你坐在谁旁边呢?"过了一会儿萨拉问道。

"一个佩戴金饰带的男子。"玛吉说。

"佩戴金饰带?"萨拉重复了一遍。

玛吉默不作声。她正在适应这个房间;这里的零乱和舞厅的明亮之间的反差逐渐离她而去。她羡慕妹妹躺在床上,窗户开着,吹进习习微风。

"因为他要去参加晚会。"她说。她打住了。她忽然看见了什么。一根树枝在微风中上下摇摆。玛吉抓住窗帘,于是窗户就没有帘子遮挡了。现在她可以看见整个天空,一座座房屋,还有花园里的树枝。

"是月亮。"她说。是月亮把树叶照得白花花的。她们俩都举首望月,它亮堂堂的好像一枚银币,擦得雪亮,非常耀眼。

"假如他们不说,啊,我的破碎的心,"萨拉说,"他们在晚会上说什么呢?"

玛吉掸掉一粒白屑,那是她的手套粘到胳膊上的。

"有的人说这,"她说着站了起来,"有的人说那。"

她把那本发黄的小书从床罩上拿起来,把床单整平。萨拉把书从她手里接过来。

"这个人说,"她说着拍了一下那本难看的发黄的小书,"世界无非就是思想,玛吉。"

"是吗?"玛吉说,把书放到脸盆架上。她知道,这是一种让她站在那里谈话的花招。

"你认为这是真的吗?"萨拉问。

"也许吧。"玛吉不假思索地说。她伸手去拉窗帘。

"世界无非就是思想,他是这么说的?"她重复着,仍然把窗帘分开。

当马车跨过蛇形池的时候,她一直在想类似的问题;于是她母亲打断了她的思绪。她一直在想,我是此,还是彼!我们是一体,还是我们各自分离——诸如此类的问题。

"那树木和颜色又如何呢?"她说着,转过身来。

"树木和颜色?"萨拉重复着。

"假如我们看不见树木,还会有树木吗?"玛吉说。

"'我'是什么?……'我'……"她停住了。她不知道自己的用意。她在说胡话。

"对,"萨拉说,"'我'是什么?"她紧紧地抓住姐姐的裙子,她是不想叫她走呢,还是她想辩论这个问题。

"'我'是什么?"她重复道。

但门外一阵窸窣声,母亲进来了。

"哟,我的宝贝女儿!"她叫道,"还没睡觉?还在说话?"

她从房间那边走过来,光彩照人,仿佛她依然带着晚会的流风余韵。颈项、臂膀上珠光宝气,琳琅满目。她仪态万方。她顾盼嫣然。

"花也掉在地上,乱得一塌糊涂。"她说。她把玛吉掉下来的花捡起来,贴到嘴上。

"因为我在看书,妈妈,因为我在等你。"萨拉说。她抓住母亲的手,抹着她的光膀子。她把母亲的仪态模仿得惟妙惟肖,惹得玛吉不禁莞尔。她们俩可真是截然相反——帕吉特夫人雍容华贵;萨莉却瘦骨嶙峋。当帕吉特夫人听任自己被女儿拉到床上时,她心想,这下可真管用。模仿真是活灵活现。

"可你必须睡觉,萨尔,"她抗议说,"医生是怎么说的?直直地躺着,静静地躺着,他说。"她把女儿按到枕头上。

"我就是直直地、静静地躺着的呀,"萨拉说,"那好,"——她仰面望着她——"给我说说晚会的情况。"

玛吉伫立在窗口。她凝视着一双双男男女女走下铁楼梯。花园很快成了一片灰白与粉红的世界,进进出出地流动着。她隐约听见她们在她身后议论晚会。

"真是一个十分开心的晚会。"她母亲在说。

玛吉向窗外望去。花园的方场又变得五彩纷呈。各种颜色宛如微波荡漾,后浪压倒前浪,最后涌到房子里的灯光照射到的那个角落,颜色一下子变成了全身晚礼服的淑女、绅士。

"没有鱼刀?"她听见萨拉在说。

她转过身来。

"我挨着坐的那个男人是谁?"她问。

"马修·梅休爵士。"帕吉特夫人说。

"马修·梅休爵士又是谁?"玛吉问。

"一个出类拔萃的男子,玛吉!"她母亲说着,把手一扬。

"一个出类拔萃的男子。"萨拉附和着。

"可他的确是。"帕吉特夫人重复道,冲着女儿笑了,她之所以爱女儿,也许是因为她的肩膀。

"能坐在他身旁,可是莫大的荣幸啊,玛吉,"她继续说,"莫大的荣幸啊。"她语含责怪地说。她打住了,仿佛看见了小小的一幕。她抬眼一望。

"后来,"她接着说,"玛丽·帕默问我,哪一个是你女儿?我看见玛吉,老远老远,在屋子的另一头,跟马丁说话呢。这种人她一生天天都可以在公共马车上见得到的!"

她字字说得铿锵有力,似乎抑扬有致,很有气势。她还用手指敲打着萨莉的光膀子,进一步强化节奏。

"可马丁也不是天天都见得着的。"玛吉抗辩道。

"他从非洲回来后,我还没有见过他呢。"她母亲打断了她的话。

"我的玛吉宝贝,可你参加晚会,并不是为了跟自己的亲戚谈话。你参加晚会是要——"

这时舞曲轰然大作。头几声和弦似乎势大力狂,仿佛在不容置喙地召回跳舞的人。帕吉特夫人一句话说到半中间就停下了。她叹息一声;她的身体似乎变得慵懒、闲雅。重垂的眼皮轻轻降下来盖住了她那双又大又黑的眼睛。她和着乐拍慢慢地摆着头。

"他们奏的是什么曲子?"她喃喃地说。她哼着曲子,一只手打着拍子。"我过去常跟着跳舞的乐曲。"

"现在就跳吧,妈妈。"萨拉说。

"对,妈妈。让我们看看你往常是怎么跳的。"玛吉怂恿她说。

"可是没有舞伴——"帕吉特夫人抗辩说。

玛吉把一把椅子推开。

"想象有一个舞伴。"萨拉鼓动她。

"那好,"帕吉特夫人说,她站起来,"就像这个样子。"她说。她停下来。她一只手提起衣裙;另一只手里拿着花,轻轻一弯;她在玛吉腾出的空地上旋转着。她仪态万方地移动着舞步。她的四肢似乎随着音乐的旋律和婉曼,弯曲流动;她跳的过程中,乐声越来越大,越来越清楚。她绕着桌椅转进转出,音乐戛然而止,"好了!"她高呼一声。随着一声"好了!"的叹息,她一屁股坐到床沿上,她的身体似乎又收拢起来了。

"绝了!"玛吉惊呼起来。她的双眼无限艳羡地盯着母亲。

"胡说,"帕吉特夫人大声笑了,有点儿喘不过气来,"现在老了,跳不动了;但我年轻的时候;在你们这个年纪的时候——"她坐在那里气喘吁吁。

"你跳着舞从房子里出去跳到平台上,发现献给你的花束里夹着一个折起来的小字条——"萨拉说,一边摸着她母亲的膀子,"给我们讲讲那个故事,妈妈。"

"今晚不行,"帕吉特夫人说,"听着——钟响了!"

由于大教堂近在咫尺,所以报时的钟响彻整个房间;柔和,喧嚣,仿佛一阵轻柔的叹息,争先恐后,一声接一声,却把什么粗硬的东西隐藏了起来。帕吉特夫人数着。时间很晚了。

"过几天我把那个真实的故事讲给你们听。"她一边说,一边躬身亲吻女儿,道晚安。

"现在就讲! 现在就讲!"萨拉喊道,把她死死抓住。

"不行,现在不行——现在不行!"帕吉特夫人大声笑着,一把抽出手来,"爸爸在喊我!"

她们听见外面走道里有脚步声,紧接着听到迪格比爵士的说话声就在门口。

"欧仁妮! 很晚了,欧仁妮!"她们听见他说。

"来啦!"她喊道,"来啦!"

萨拉抓着她连衣裙后面的拖裙。"你还没有给我们讲那束花的故事呢,妈妈!"她喊道。

"欧仁妮!"迪格比爵士又喊了一遍,他的声音听起来咄咄逼人,"你是不是锁——"

"好,好,好,"欧仁妮说,"下次我一定给你们讲那个真实的故事。"她说,从她女儿的手里挣脱出来。她赶紧吻了一下两个女儿,走出了房间。

"她不会给我们讲的。"玛吉说着把手套捡了起来。她说话时语带苦涩。

她们听着过道里的说话声。她们能听见父亲的说话声。她在劝导。他的声音听起来牢骚满腹,脾气暴躁。

"剑夹在两腿间全身上下旋转,腋下夹着折叠式大礼帽,两腿间夹着剑。"萨拉说,一边用双拳恶狠狠地连击着枕头。

声音离开了,下了楼。

"你认为那条子是谁写的?"玛吉说。她打住了,看着她妹妹往枕头中间钻。

"条子?什么条子?"萨拉说,"噢,花束里的条子。我记不得了。"她说。她打了个呵欠。

玛吉关上窗户,拉上窗帘,但她留下了一道亮缝。

"把它拉严,玛吉,"萨拉恼火地说,"把嘈杂声挡在外面。"

她蜷起身子,背对着窗户。她竖起一个枕头,用脑袋顶住,仿佛要把还在轰鸣的舞曲挡在外面。她把脸埋在枕头窝里。她看上去像个用叠得有棱有角的、白被单裹住的虫茧。只有鼻子尖儿还看得见。她的屁股和脚从铺着一条单人床单的床顶头露出来。她发出一声深深的叹息,简直就像鼾声;她已经睡着了。

玛吉顺着过道走去。后来她看见下面的门厅里有灯光。她停下来,从栏杆往下望去。门厅里灯火辉煌。她可以看见立在门厅里的那把有镀金爪子的意大利大椅子。她母亲把她的夜礼服披风扔在上面。她能看见门厅桌子上放着一个放威士忌的托盘和一根汽水吸管。然后她听到了父母的声音,他们走上了厨房楼梯。他们原来在地下室里;街上曾发生过一起夜里盗窃案;她母亲答应给厨房门上换一把新锁,但是忘了。她可以听见她父亲说:

"……他们会把它熔化掉;我们是再也找不回来的。"

玛吉上了几个台阶。

"十分抱歉,迪格比,"他们走进门厅时欧仁妮说,"我一定在我的手帕上打个结;明儿早饭后我立即去……对,"她说,顺手把披风收进怀里,"我一定亲自去,而且我要说,'我已经听够了你那些借口,托伊先生。不行。托伊先生,你一而再,再而三地骗我。骗了这么多年!'"

然后一阵停顿。玛吉可以听见汽水喷进一只玻璃杯里;一只杯子丁当一声;然后灯熄了。

一九〇八年

三月里,风在吹。但它不是"吹"。它在刮,在抽。它是那么狠毒。那么失当。它不仅把脸吹得煞白,在鼻子上吹起了红点;而且还掀起了裙子;亮出了粗腿;撩起了裤子,露出了骨瘦如柴的小腿。风里面没有圆满,没有果实。它倒是像一把弯弯的镰刀,但不是收割庄稼,做有益的事情;而是进行破坏,醉心于绝对的贫瘠。它一刮,就刮走了颜色——就连国家美术馆的一幅伦勃朗的画,就连邦德街上一家橱窗里的真纯的红宝石:刮来一阵风,它们就不见踪影了。要是它有什么繁殖场,它就在狗岛上,在一座污染了的城市的河岸上,一个贫民习艺所邋遢女人身旁扔的罐头盒中间。风把腐烂的叶子扬起来,再给它们一段潦倒的生存时间;摈弃它们,愚弄它们,却拿不出有任何东西取代那些遭摈弃、受愚弄的。它们又落下来。风不会创造,不会生产,只是在破坏中欢呼雀跃,炫耀自己肃杀花木、展露枯骨的威力,它惨淡了每一扇窗户的容颜,把老年绅士一步一步逼进散发着皮革味的俱乐部幽深的角落,逼着老太太们坐在卧室和厨房里,周围是流苏,椅套,一个个眼神茫然,面如皮革,愁眉不展。它肆无忌惮,耀武扬威,扫空了街道;驱赶着行尸走肉,忽的一下冲到停在陆军和海军商店外面的垃圾车上,给人行道撒满了乱七八糟的旧信封,一团一团的乱头发;已经抹上血、染上黄、印上字的纸头,吹着它们向灰泥架、灯柱、邮筒飞奔,碰到采光井栏杆上,就纠缠到一起。

门房玛蒂·斯泰尔斯蜷缩在布朗街那幢房子的地下室里,抬头一望。人行道上有股尘土飞扬。它从门底下、窗缝里钻进来;落到柜子和衣橱上。但她并不在意。她是一个倒霉蛋。她总想这是一份保险差事,肯定能把这个夏天干出去。谁知道太太死了;老爷也去了。她还是通过当警察的儿子搞到这个差事的。这幢房子连带它的地下室,圣诞节前是绝对租不出去的——他们是这么给她讲的。她只不过是把拿着代理的看房许可证的人领着转一圈而已。她总是提到地下室——潮湿得不像样子。"看看天花板上的那块东西。"那是明摆着的,不用多说。但有个中国人却看中了它。这房子还行,他说。他在市里做生意。她是个倒霉蛋——三个月就走人,到皮姆利科路她儿子那里去住。

铃响了。让他一个劲儿地摁去吧,她咆哮起来。她可再也不想去开门了。他就站在门前的台阶上。她能看见两条腿靠在栏杆上。他想怎么摁,就让他摁去。房已售出。难道他就看不见木牌上的告示?难道他认不得?难道他没长眼睛?她朝火蜷得更近了些,火被一层白灰盖住了。她能看见他的腿站在门前的台阶上,夹在金丝雀笼子和她准备要洗的脏衣服中间,但风刮得她肩膀生疼。让他把房子摁塌算了,她才不管呢。

那里站的是马丁。

"售出"二字写在一条鲜红的纸上,贴在房产代理的告示牌上。

"已经卖了!"马丁说。他还转了一圈把布朗街的这幢房子好好看了一番呢。可它已经卖了。那条红纸令人震惊。已经卖了,迪格比死去才三个月——欧仁妮也一年多一点。他伫立了片刻,凝视着积满灰尘的黑窗户。这是一座独具特色的房子;十八世纪什么时候建的。欧仁妮还为它感到自豪,我过去喜欢到这里来,他想。可现在门前台阶上扔着一张旧报纸;几股稻草夹在栏杆里;他可以望到一间空屋里面,因为没有窗帘。地下室里,一个女人从一个鸟笼齿后面盯着他。摁铃也是白搭。他转身走了。他走在街上,心头袭来一种什么东西绝灭了的感觉。

这是一种肮脏的,这是一种惨痛的结局,他想;我一度还喜欢到那里去。但他不喜欢琢磨一些不愉快的思想。那有何用?他问自己。

"西班牙国王的女儿,"他哼着转过拐角,"前来看望我……"

"老克罗斯比还要让我等多久呢?"他问自己,一边站在阿伯康街住宅的门阶上摁着门铃。冷风飕飕。

他站在那里,打量着这座巨大的、从建筑学角度讲又不足挂齿,但无疑又非常方便的家宅暗黄色的正面,现在父亲和姐姐仍然住在那里。"如今她倒能沉得住气。"他想,风刮得他直哆嗦。但这时候门开了,克罗斯比露面了。

"你好,克罗斯比!"他说。

她冲着他粲然一笑,露出了她那颗金牙。他总是她的心肝宝贝,他们说,今天想起来,他还是由衷地高兴。

"情况怎么样?"他问,一边把帽子递给她。

她还是老样子——更加干瘪,更像只蚊子,蓝眼睛也更加突出。

"风湿病还犯吗?"她帮他脱大衣时,他问。她露齿一笑,默不作声。他有种亲切友好的感觉;他很高兴发现她跟往常大体一样。"埃莉诺小姐呢?"他开客厅门时,问道。客厅里空无一人。她不在那里。但她原先在那里,因为桌子上还有一本书。没有什么变化,他看了十分高兴。他站在炉火前,端详他母亲的肖像。在过去几年里,它不再是他的母亲了;它成了一件艺术品。但它脏兮兮的。

从前草里有朵花,他想,凝视着黑暗的一角:可现在只有脏兮兮的棕漆。她在读什么?他心里纳闷。他把靠在茶壶上的那本书拿起来,看了看。"勒南①,"他读道,"干吗读勒南呢?"他问自己,开始边等边读。

"小姐,马丁先生。"克罗斯比说着把书房门打开。埃莉诺回头一望。她正站在她父亲的椅子旁边,双手拿着一长条一长条剪报,仿佛她在高声朗读。他前面有一块棋盘;棋子摆成了棋局;但他歪在椅子里,他看上去慵倦无力,愁云满面。

"拿走吧……找个地方保存好。"他拇指一翘,指着报纸说。这是他见老的表现,埃莉诺想——要保存剪报。中风以后他变得迟钝、笨重;鼻子上、面颊上都有红红的血丝。她也觉得老了,笨重了,迟钝了。

"马丁先生探访。"克罗斯比重复了一遍。

"马丁来了。"埃莉诺说。她父亲似乎没听见。他静静地坐

---

① 勒南(1823—1892),法国哲学家,历史学家。

着,头垂在胸前。"马丁,"埃莉诺重复着,"马丁……"

他想见他还是不想见他?她等着,仿佛在等某种迂缓的思想浮现出来。最后,他发出一声轻轻的咕噜;但它用意何在,她没有把握。

"喝完茶我叫他来。"她说。她停顿了片刻。他打起精神开始摸弄他的棋子。他勇气仍在,她骄傲地发现。他仍然坚持自己做事。

她走进客厅,发现马丁站在母亲那幅平静的、面带笑容的画像前。他手里拿着一本书。

"干吗读勒南呢?"她进来时,他说。他合上书,吻了吻她。"干吗读勒南呢?"他重复道。她脸微微一红。他发现这本书在那里打开着,不知什么原因,这叫她很难为情。她坐下来,把剪报放到茶桌上。

"爸爸好吗?"他问。她已经失去某些原有的光彩,他想,瞟了她一眼,她的头发里有一绺发白了。

"情绪低沉。"她瞅了一眼剪报说。

"我不知道,"她补充说,"那种东西是谁写的?"

"哪种东西?"马丁说。他捡起一条褶皱了的剪报,读了起来:"'……一位极其干练的公仆……一位兴趣广泛的男子……'啊,迪格比,"他说,"讣闻。今儿下午我还到过那幢房子,"他补充说,"它给卖了。"

"已经?"埃莉诺说。

"看上去门窗紧闭,非常凄凉,"他补充说,"地下室里有一个脏老婆子。"

埃莉诺拔下一枚发卡,开始拨烧水壶的炉芯。马丁默默地瞅了她片刻。

"我过去喜欢到那里去,"他最后说,"我喜欢欧仁妮。"他补充说。

埃莉诺停下来。

"是啊……"她疑虑重重地说。跟欧仁妮在一起她从来没有轻松自在的感觉。"她说话夸张。"她补充说。

"嗯,当然。"马丁大笑起来。他回想起了什么,又莞尔而笑。"她少的是真实感,而多的是……那无济于事,内尔。"他突然打住,对她拨弄炉芯感到恼火。

"好了,好了,"她抗辩道,"到时候就开了。"

她停下来。她把手伸向茶罐,量起茶来。"一,二,三,四。"她数着。

她还用的是那个漂亮的旧银茶罐,他注意到,带个滑盖。他注视着她有条不紊地量着茶——一,二,三,四。他默不作声。

"我们不能为了拯救自己的灵魂而撒谎。"他冷不丁地说。

他为什么要说这种话?埃莉诺心里纳闷。

"当我跟他们在意大利的时候——"她大声说。但这时候,门开了,克罗斯比进来,端着一盘什么东西。她把门虚掩着,一只狗推开跟了进来。

"我的意思是——"埃莉诺补充说;但克罗斯比在屋子里惴惴不安,她就无法说她的意思是什么。

"埃莉诺小姐该换一个新壶了。"马丁说着指了一下那只旧铜壶,上面浅浅地镌刻着玫瑰花样,他一直就讨厌。

"克罗斯比受不了新发明,"埃莉诺说,依然用发卡戳捣着,"克罗斯比不敢乘地铁,对吧,克罗斯比?"

克罗斯比咧嘴一笑。他们跟她说话总是用第三人称,因为她从不回答,只是咧嘴一笑罢了。狗闻着她刚刚放下的盘子。

"克罗斯比把这畜牲养得太胖了。"马丁指着狗说。

"我也老跟她这么说。"埃莉诺说。

"我要是你,克罗斯比,"马丁说,"我就给它减食,每天早晨领着它绕着公园溜一圈。"克罗斯比把嘴张得很大。

"哟,马丁!"她抗议了,他的粗暴让她震惊,不由得说出话来。

狗跟着她离开了房间。

"克罗斯比还是老样子。"马丁说。

埃莉诺揭起了壶盖,正往壶里看。水还没有冒泡儿呢。

"这壶真该死。"马丁说。他拿起一条剪报,开始把它搓成个纸捻儿。

"别,别,爸爸要把它们保存起来,"埃莉诺说,"但他从前并不是这个样子,"她说着就把手按在剪报上,"绝对不是。"

"他是什么样子?"马丁问。

埃莉诺打住了。在她的心目中,她能清楚地看见她的叔叔;他手里拿着大礼帽;当他们在某一幅画前驻足的时候,他便把手搭在她的肩上。但她怎么能描述他呢?

"他经常带我去国家美术馆。"她说。

"很有修养,当然,"马丁说,"但势利得要命。"

"那只是表面现象。"埃莉诺说。

"可他总是在一些小事上对欧仁妮吹毛求疵。"马丁补充说。

"可想一想跟她一起生活。"埃莉诺说。

"那种作风——"她把手一扬;但不像欧仁妮扬手的样子,马丁想。

135

"我喜欢她,"他说,"我喜欢到那里去。"他看见了那零乱的客厅;钢琴开着;窗户开着;一股风吹拂着窗帘,他姗姗张开双臂迎上前来。"真叫人高兴,马丁!真叫人高兴!"她总会说。她的私生活如何,他心里纳闷——她的风流韵事呢?她肯定有过——明摆着的,明摆着的。

"关于一封信,"他开始说,"不是闹得沸沸扬扬吗?"他想说,难道她没有跟什么人有过艳遇?但跟他的姐姐直言比跟别的女人更难,因为她仍然把他当个小孩子对待。埃莉诺可曾谈过恋爱,他心里纳闷,眼睛盯着她。

"对,"她说,"有种说法——"

但这时候电铃厉声响了起来。她打住了。

"爸爸。"她说。她欠起身来。

"不,"马丁说,"我去。"他站起身来,"我答应过要和他下一盘棋。"

"谢谢,马丁。他会高兴的。"他离开房间时,埃莉诺松了一口气说,她发现只剩下她一个人。

她靠到椅子里。老年多么可怕,她想;人的种种官能一一丧失殆尽,中间还剩下一点东西活着——剩下——她把剪报收到一起——下下棋,坐车在公园里兜兜风,晚上阿巴思诺特老将军过来看望看望。

还不如像欧仁妮和迪格比那样,正当人生的壮年,全身的机能完好无损时死去。但他并不是那样,她想,扫了一眼剪报。"一位仪态不凡的男子……射猎,钓鱼,打高尔夫。"不,根本不是那么回事。他是一个怪人;软弱;敏感;喜欢头衔,喜欢绘画;经常情绪低落,她猜,是因为他妻子言行奔放所致。她把剪报推开,拿起她的书。说来奇怪,同一个人在两个不同的人的眼里就判若天渊,她想。马丁喜欢欧仁妮;而她,喜欢迪格比。她开始读书。

她总想了解一下基督教的来龙去脉——它是怎么开始的;开初它的用意何在。上帝就是爱。天国就在我们心里,都是这一类的箴言,她想,连连翻着书页,这些话用意何在呢?这些现存的话很美。但是谁说的呢——何时说的?这时壶嘴冲着她冒起气来,她把壶挪开。风把后屋的窗户吹得嘎嘎直响;风把小灌木丛刮弯了;上面依然没有叶子。那是一个人在一座小山上,在一棵无花果树下说的话,她想。然后另一个人把它写了下来。但假如那个人的话就像这个人——她用茶匙碰了一下剪报——说的迪格比的情况一样虚假,如何是好?现在我在这里,她想,看着荷兰橱柜里的瓷器,在这间客厅里,从某个人多少年前说过的话里获取一点火花——它来到这里(瓷器正由蓝变青),翻山越岭,漂洋过海。她找到地方,开始读起来。

但门厅里一声响动打断了她。难道有人来了?她注意听。不,是风声。风真厉害。它压迫着房子,紧紧地抓着,然后要让房子散架。楼上门砰的一声;准是上面卧室的一扇窗子开着。一块窗帘哗啦哗啦直响。很难定下心来读勒南。尽管她喜欢这本书。法文她读起来当然游刃有余;还有意大利文;德文也能读一点。但她的知识有多大的缺口,多大的空白,她想,便往椅子后面一靠,她对任何东西都知之甚少。就拿这只茶杯来说吧;她把它举在面前。它是什么制成的?原子?原子又是什么,怎么黏合到一起的?瓷器表面光滑坚硬,又有红花,这对她来说,一时间似乎深不可测。但门厅里又响了一声。是风声,但也是人声,说话声。一定是马丁。但他能跟谁说话呢?她心里纳闷。

137

她听着,但由于风声大作,她听不清他在说什么。为什么,她问自己,他说我们不能为了拯救灵魂而撒谎?他是在考虑他自己的问题;当人们考虑自己的问题时,人总能从他们的音调里听得出来。也许他认为自己离开陆军是正确的。那是勇敢的表现,她想,但他居然也成了花花公子,她听着人声,仔细思量,那不是件怪事吗?他穿一套崭新的蓝西服,上面还有白道道。他剃掉了那撇小胡子。他根本就不该去当兵,她想,他未免太好斗了……他们还在说话。她听不见他们在说什么,但从他的声音里她突然明白他一定在跟不少人谈情说爱。是啊——她觉得这是明摆着的,一边听他从门缝里传来的声音,他跟不少人谈情说爱。但跟谁呢?为什么男人把恋爱看得如此重要?她问道,这时门开了。

"你好,萝丝!"她惊呼道,看到她妹妹也走了进来,感到十分惊讶,"我还以为你在诺森伯兰呢!"

"你还以为我在诺森伯兰呢!"萝丝大声笑着亲了亲她,"可为什么?我说十八号嘛。"

"可今天不是十一号吗?"埃莉诺说。

"你落后时代一个星期,内尔。"马丁说。

"那我肯定把所有信件的日期都写错了!"埃莉诺惊叫起来。她忧心忡忡地往写字台上瞟了一眼。那头粗毛中间磨光了一块的海象,不在那里了。

"喝茶不,萝丝?"她问。

"不,我倒想洗个澡。"萝丝说。她把帽子一甩,用指头理了理头发。

"你看上去气色很好。"埃莉诺说,想着她看上去多么漂亮。

但她下巴上有个疤。

"一个大美人,对吧?"马丁冲着她大笑起来。

萝丝把头一扬,颇像一匹马。他们总是斗嘴,埃莉诺想——马丁和萝丝。萝丝人长得漂亮,但她希望她穿得更好一些。她穿着一身毛茸茸的绿套裙,皮纽扣,拎着一只亮闪闪的包。她一直在北方开会。

"我想洗个澡,"萝丝重复了一遍,"我身上有些脏。这是什么?"她指着桌子上的剪报说。"啊,迪格比叔叔。"她漫不经心地补充说,把剪报往旁边一堆。他已经死了好几个月了;剪报已经发黄,卷起来了。

"马丁说房子已经卖了。"埃莉诺说。

"是吗?"她冷冷地说。她掰了一块蛋糕大吃起来。"会搅了我的晚饭,"她说,"可是我没有时间吃午饭。"

"好一个女干将!"马丁跟她开了个玩笑。

"忙着开会?"埃莉诺问。

"对,北方如何?"马丁说。

他们开始谈论政治。她正在一次补缺选举中发表演说。一块石头向她扔过来;她用手捂住下巴。但她高兴。

"我想我们给他们提出了一些需要考虑的问题。"她说,又掰了一块蛋糕。

她倒是应该去当兵,埃莉诺想。她绝像帕吉特骑兵团的老帕吉特叔叔。马丁既然剃掉了他的小胡子,把两片嘴唇暴露出来,倒是应该当——当什么呢?也许当一名建筑师,她想。他是那样——她抬头一望。下冰雹了。白条划过后屋的窗户。风刮得很猛;小灌木白花花的,望风披靡。楼上她母亲的房间里一扇窗户乒乒乓乓响个不停。也许我应当上去把它关上,她想。雨肯定会随之而来。

"埃莉诺——"萝丝说。"埃莉诺。"——她重复了一遍。

埃莉诺一惊。

"埃莉诺心事重重。"马丁说。

"没有的事——没有的事,"她抗辩道,"你们在说什么呐?"

"我正要问你,"萝丝说,"你记不记得显微镜砸了以后的那场争吵?嗨,我碰见那小子——那个可憎的、白鼬脸的小子——埃里奇——在北方。"

"他并不可憎。"马丁说。

"他就是可憎,"萝丝一口咬定,"一个可憎的小奸贼。他扬言我把显微镜砸了,其实砸显微镜的是他……你还记得那场争吵吗?"她转向埃莉诺。

"我记不得那场争吵了,"埃莉诺说,"争吵太多了。"她补充了一句。

"那是吵得最凶的一次。"马丁说。

"确实是。"萝丝说。她把嘴唇噘到一起。她似乎又回想起了一件往事。"吵完以后,"她转向马丁说,"你来到儿童室,要我跟你到圆形池去玩甲虫。你记得吗?"

她打住了。这段回忆有点蹊跷,埃莉诺看得出来。她讲的时候,紧张得出奇。

"你还说,'我要问你三遍,如果第三遍你还不答应,我就一个人去。'我发誓说,'我就让他一个人去。'"她的蓝眼睛炯炯有神。

"我现在还能看见你,"马丁说,"穿一件粉红衣裙,手里拿着一把刀。"

"你走了,"萝丝说;她憋着满腔的激情说话,"我便冲进浴室,割了这道口子。"——她把手腕伸出来。埃莉诺一看。腕关节上面有一道细细的白痕。

她什么时候割的？埃莉诺想。她记不得了。萝丝曾把自己锁在澡室里,拿着一把刀,割了自己的手腕。她对此一无所知。她注视着那条白痕。肯定流过血。

"啊呀,萝丝总是一个捣蛋鬼!"马丁说。他站起身来。"她总有这种鬼脾气!"他补充说。他站着把客厅环视片刻,好几件可憎的家具乱挤在一起,他要是埃莉诺,要是非住在这里不可,他想,他早就把它们处理了。但也许她并不反对那样的东西。

"出去吃饭吗？"她说。他每天晚上都出去吃饭。她倒想问问他要在哪里吃饭。

他点了点头,不置一词。他和形形色色她不认识的人一起混,她暗自思量,他却不想说起他们。他已经转向壁炉了。

"那幅画需要洗刷一下。"他指着母亲的画像说。

"这是一幅好画,"他补充说,以评头论足的眼光端详着,"可草地上不是有朵花吗？"

埃莉诺仔细看着。多少年了,她从来没有仔细看过,所以就没有看出来。

"是吗？"她说。

"是的,一朵小蓝花,"马丁说,"我记得,我小的时候……"

他转过身来。他看到萝丝仍捏着拳头坐在茶桌旁,某个儿时的记忆便浮现在心头。他看见她背对着学习室的门站着;满脸通红,双唇紧闭,正是现在这副模样。她要他做什么事情。而他手里揉了个纸团,朝她扔了过去。

"孩子过的生活多么可怕!"他说,走过房间时,向她挥了一下手,"对吧,萝丝？"

"对,"萝丝说,"他们又不能给任何人讲。"她补充说。

又是一阵狂风,玻璃哗啦一声。

"皮姆小姐的暖室?"马丁说,手按在门上停下了。

"皮姆小姐?"埃莉诺说,"她已经死了二十年了。"

一九一〇年

在乡下,这是极其平常的一天;流年似水,日月如梭,把翠绿变成橙黄;把青草变为收获,这就是悠悠岁月中的一天。这是一个典型的英国春日,不热不冷,但春光明媚,小山后面的一块紫云也许预示着山雨欲来。春草青青,浮漾着阴影,拂荡着阳光。

然而,在伦敦,这个季节的约束和压力已经被感受到了,尤其在西区,那里旗帜招展;手杖敲击;衣裙飘逸;粉刷一新的房屋撑开了遮篷,晃悠着红天竺葵花篮。各家公园——圣詹姆斯公园,林格公园,海德公园——也在加紧准备。清晨不可能有行进的队列,但丰满的棕色花坛里栽满了拳曲的风信子,绿椅子摆在花坛中间,仿佛等着什么事情发生;等幕升起;等亚历山德拉女王光临,欠身穿过公园大门。她面如花瓣,总是戴着她那朵粉红康乃馨。

男人们平躺在草地上,看报,衬衣敞开;大理石拱门洗刷干净的光地上聚集着一伙演讲者;保姆们茫然注视着他们;母亲们蹲在草地上看着孩子玩耍。公园巷和皮卡迪利街上,货车、小汽车、公共汽车穿街过巷,仿佛街道就是沟槽;停一停又猛冲过去;仿佛在解一道谜,然后解破了,因为正值开春旺季,街上熙熙攘攘。公园巷和皮卡迪利街上空,云彩信天漫游,忽紧忽慢,忽而给窗户镀上金,忽而又给它们抹上黑,飘过去,消失了,尽管意大利的大理石,在采石场闪光,有黄色的纹路,看上去并不比公园巷上空的云彩坚固。

要是公共汽车在这里停下,萝丝想,俯视着那边,我就站起来。汽车停了,她站了起来。可惜啊,她往人行道上走,看见了一家裁缝铺橱窗里自己的身影儿,心想,不能穿得更好一点,长得更漂亮一点。总穿廉价成衣,总穿从惠得利买的套裙。但这种东西省时,毕竟这年头——她已年过四十——使人不大在意别人怎么想。他们过去总说,你干吗不结婚?你干吗不这样做,你干吗不那样做,横挑鼻子竖挑眼。但现在不兴这个了。

出于习惯,她停在桥上一个突在外侧的小平台上。人们总是驻足看河。河水奔流,今天早晨漂泥流金,浩浩荡荡,微波激滟,因为潮很高。依然是那些拖船、依然是那些驳船,盖着黑帆布,谷物露了出来。水绕着桥拱打旋。她站在那里,俯视流水,某种埋藏已久的感情开始把水流安排成一幅画面。这幅画面令人痛心疾首。她回想起她在一次约会的夜晚,站在那里痛哭流涕的情景;泪水流,她觉得,幸福也付诸东流。然后她转过身——这时她也转过身——看见了这座城市的教堂、桅杆、屋顶。好景致,她曾对自己说。确实,一派壮丽风光……她放眼四望,然后又转过身来。那里是议会大厦。一种古怪的表情,半颦半笑,浮现在她的脸上,她身子往后稍稍一仰,仿佛在指挥千军万马。

"该死的骗子!"她大声说,拳头砸在栏杆上。一名过路的职员,诧异地瞅了她一眼。她哈哈大笑起来。她常常大声说话。为什么呢?那也是一种安慰,就像她的套裙和她连镜子也不照一眼就扣到头上的帽子。如果人们想笑,就让他们笑去好了。她大步流星往前走。她要在海厄姆街和堂妹吃午饭。在一家商店碰到玛吉时,她一时心血来潮,提出来的。起先,她听到一个声音;然后,又看见一只手。说来奇怪,由于她对她们不太熟悉——她们一直住在国外——她坐在柜台前,玛吉还没有看见她,单凭她的声音,她就多么强烈地感受到——她想那是亲情?——某种共同的血肉之情。她站起身来说,我可以去看你们吗?尽管她很忙,又讨厌把一天劈为两半。她继续往前走。她们住在海厄姆街,河对面——海厄姆街,那条新月形的小街道,两边全是老房子,街名刻在半中间,从前她在这里住时,常常路过。往昔那些遥远的日子里,她常问自己,谁是海厄姆?但她从未得到一个满意的答复。她继续走,过了河。

河南岸的这条破街道十分吵闹。时不时地有一个声音从总的喧闹声中冒出来。一个女人向邻人大喊;一个孩子哭起来。一个男人推着手推车从窗户前经过,张开嘴巴大声吆喝。推车上有床架,有炉栅,有火钳,还有杂七杂八铁拧成的玩意儿。但他是卖废铁,还是收废铁,那就说不清了;节奏持续不断;但喊的词儿几乎都抹掉了。

乱哄哄的声音,车辆的奔驰声,小贩的吆喝声,单个儿的喊声,总体的叫声,都传到海厄姆街那幢房子的上面的房间里,萨拉·帕吉特在钢琴边坐着。她在唱歌。然后停下来;她看着姐姐摆桌子。

"去把山谷搜一下,"她喃喃地说着,瞅着姐姐,"摘下每朵玫瑰花。"她打住了。"挺好。"她补充说,像做梦似的。玛吉拿来了一束花;把扎花的那根拉得紧紧的小绳子剪断了,把花一枝挨一枝摆在了桌子上;这时正把它们往陶罐里插呢。花儿颜色各异,有蓝的,有白的,有紫的。萨拉瞅着姐姐插花。她咻哧一声笑了起来。

"你笑什么?"玛吉心不在焉地说。她给花束里又加了一朵紫色的,然后端详着。

"晕眩在观照的狂喜中,"萨拉说,"用沾着晨露的孔雀毛给眼睛遮光——"她指了一下桌子。"玛吉说过,"她跳起来,在屋子里跳起了单足旋转舞,"仨跟俩一样,仨跟俩一样。"她指着已经摆了三个座位的桌子。

"可我们是仨,"玛吉说,"萝丝要来。"萨拉停下来。她的脸沉了下来。

"萝丝要来?"她重复道。

"我告诉过你,"玛吉说,"我跟你说过,萝丝星期五要来吃午饭。今天是星期五。萝丝要来吃午饭。这会儿随时都会来。"她说。她站起来,开始把扔在地板上的什么东西叠起来。

"今天是星期五,萝丝要来吃午饭。"萨拉重复道。

"我跟你说过,"玛吉说,"我在一家商店里。我在买东西,有人——"她打住了,好把东西叠得更加准确无误——"从一个柜台后面出来说,'我是你的堂姐。我叫萝丝。'她说。'我可以去看你们吗?随便哪一天,什么时候都行。'她说。于是我说,"她把那东西放在椅子上,"来吃午饭。"

她环视了一下房间,以确保万事俱备。椅子不见了。萨拉拉过来一把椅子。

"萝丝要来,"她说,"这就是她坐的地方。"她把椅子摆在桌旁,对着窗户。"她会摘下手套的;她会把一只放到这边,一只放到那边。她还会说,'我先前从来没有到伦敦的这一带来过。'"

"然后呢?"玛吉望着桌子说。

"你会说,'这里看戏方便。'"

"然后呢?"玛吉说。

"然后她会微微一笑,脑袋一歪,若有所思地说,'你们常去看戏,玛吉?'"

"不会的,"玛吉说,"萝丝长的是红头发。"

"红头发?"萨拉惊叫起来,"我还以为是白头发呢——一小股头发从一顶黑帽子下面飘散出来。"她补充说。

"不对,"玛吉说,"她头发很多;而且是红色的。"

"红头发;红萝丝①。"萨拉喊道。她踮起脚尖旋转起来。

"红心似火的萝丝;心胸燃烧的萝丝;厌倦的世界的萝丝——红红的萝丝!"

下面门砰的一声;她们听见上楼的脚步声。"她来了。"玛吉说。

脚步声停了。她们听见一个声音说,"还在上面? 在顶楼? 谢谢。"然后脚步又开始上楼了。

"这是最惨的折磨……"萨拉开始说,把双手叉在一起,搂住姐姐,"这种生活……"

"别犯傻。"玛吉说,一把把她推开,门也开了。

萝丝走了进来。

"好久没有见面了。"她一边握手一边说。

---

① 原文 Rose,萝丝是音,玫瑰是义。现译为"萝丝"虽音义不可兼得,但至少"萝"字表示一种植物。

她心里纳闷,是什么风把她吹来的。一切都和她预料的大相径庭。房间一副穷酸相;地毯把地板盖不严。墙角里有一台缝纫机,玛吉的样子也和她在商店里时不大一样。但有一把红金椅子;她一眼认了出来,甚感欣慰。

"它过去立在门厅里,对吧?"她说着就把包搁到椅子上。

"对。"玛吉说。

"还有那面镜子——"萝丝说,同时望着挂在两扇窗户中间有麻点子的老意大利镜子,"它不是也在那里吗?"

"对,"玛吉说,"在我母亲的卧室里。"

一阵停顿。似乎已经无话可说了。

"你们找的房子多好呀!"萝丝继续说,在没话找话。这是一间大屋子,门柱上有些小雕刻。"不过你们不觉得环境太吵闹吗?"她继续说。

窗户下有个男人在吆喝。她向窗外一望。对面是一排石板瓦屋顶,绝像半开半合的伞;高耸于这些屋顶之上的是一座巨大的建筑物,除了那些又细又黑的横条,它似乎完全是玻璃建造的。那是一家工厂。那个男人在下面的街道上吆喝。

"是很吵闹,"玛吉说,"但又挺方便。"

"看戏很方便。"萨拉说着把肉放下。

"我想起来也有这种发现,"萝丝转过去看着她说,"我自己在这里住的时候。"

"你在这里住过?"玛吉说,开始吃肉排。

"不在这里,"她说,"拐角上,跟一个朋友。"

"我们以为你在阿伯康街住呢。"萨拉说。

"难道一个人不能在多处居住吗?"萝丝问,隐隐约约感到有些烦恼,因为她在很多地方住过;感受过多种激情,做过很多事情。

"我记得阿伯康街。"玛吉说。她打住了。"有一个长长的房间;顶头有一棵树;壁炉上方有一幅画,画的是一个红头发女孩?"

萝丝点了点头。"年轻时的妈妈。"她说。

"中间有一张圆桌?"玛吉继续说。

萝丝点了点头。

"你们还有一名蓝眼睛非常突出的客厅女仆?"

"克罗斯比。她还在我们家。"

她们默默地吃着。

"还有呢?"萨拉说,仿佛她是一个要人讲故事的小孩。

"还有呢?"萝丝说。"嗯,还有。"——她望着玛吉,把她想成一个前来喝茶的小姑娘。

她看见她们围坐在一张桌子旁;多年来她从未想到的一幕闪回到心头——米莉取下她的发卡,拨烧水壶的炉芯,她看见埃莉诺坐着看账本儿;她看见她自己走上前去对她说:"埃莉诺,我想去一下兰姆利商店。"

她的过去似乎不断涌现,压过了现在。不知为什么,她想谈谈自己的过去;想给她们讲一些她从来没有给任何人讲过的她自己的事情——一些秘而不宣的事情。她停顿了一下,凝视着桌子中央的花,却视而不见。黄釉上有一个蓝疙瘩,她注意到。

"我记得埃布尔伯伯,"玛吉说,"他给过我一条项链;一条有金点子的蓝色项链。"

"他还活着。"萝丝说。

她们说着,她想,仿佛阿伯康街是戏里的一幕。她们说着,仿佛她们说的是真人,但是又跟她们感觉自己是真人的那种情况不一样。这让她困惑;这使她觉得她同时是两个不同的人;她同时生活在两个不同的时代里。她是一个穿着粉红色衣裙的小姑娘;现在她又坐在这间屋子里。但窗户下面轰隆隆响声大作。一辆平板运货马车轧轧滚过。桌上的玻璃杯丁丁当当响起来。她微微一惊,从童年的回忆中回过神儿来,把杯子一一分开。

"你们不觉得这里太吵吗?"她说。

"吵是吵。但看戏方便。"萨拉说。

萝丝抬头一望。她又把说过的话重复了一遍。她把我想成个老傻瓜了,萝丝想,同一句话说两遍。她的脸微微一红。

何苦想方设法给别人讲自己的过去呢?她想。什么是一个人的过去。她盯着陶罐,黄釉上松松地扎了个黄疙瘩。我干吗跑来,她想,只是为了让她们取笑?萨拉站起来,把盘子撤走了。

"还有迪莉娅——"趁她们等的当儿,玛吉开口说。她把陶罐拉到自己跟前,整起花儿来。萝丝没有听;她在想自己的心事。萝丝瞅着她,想起了迪格比——她专心致志地整着一束花,仿佛整花儿,把白花插到蓝花旁边,就是天下的头等大事。

"她嫁给了一个爱尔兰人。"她大声说。

玛吉拿起一朵蓝花,把它插到一朵白花旁边。

"爱德华呢?"她问。

"爱德华……"萝丝正要往下说,萨拉端着布丁进来了。

"爱德华!"她听见这几个字就喊了一声。

"啊,我亡妻的妹妹的一双枯眼——我逝去的暮年的衰朽的支柱……"她把布丁放下。"那是爱德华,"她说,"从他送给我的一本书中引用的。'蹉跎青春——蹉跎青春'……"这声音是爱德华的;萝丝可以听见他说这句话。因为他有一种可以贬低自己的办法,其实他那时自视甚高。

但这并不是爱德华的全部。她不愿意他让别人取笑；因为她很喜欢哥哥,为他感到非常自豪。

"现在看,爱德华并没有怎么'蹉跎青春'。"她说。

"我本来就不以为然。"萨拉说,坐到对面自己的位置上。

大家默不作声。萝丝又看起花来。我来干什么？她不断问着自己。她们明明不想见她,她为什么要把一个上午打散,中断一天的工作？

"接着说,萝丝,"玛吉说着吃起布丁来,"接着给我们讲讲帕吉特家的情况。"

"帕吉特家的情况？"萝丝说。她看见自己在灯光下沿着那宽阔的马路奔跑。

"还有什么更平常的呢？"她说,"一个大家庭,住在一幢大房子里……"而她觉得她自己就很有意思。她打住了。萨拉望着她。

"不平常,"她说,"帕吉特家——"她手里拿着一把叉子,在桌布上画了一条线。"帕吉特家,"她重复着,"代代相传,"——说到这里,她的叉子碰了一下盐碟——"最后来到一块岩石前,"她说;"然后萝丝。"——她又看着她:萝丝微微坐直了一点,"萝丝策马扬鞭,径直向一个穿金外套的男人奔去,说,'瞎了你的狗眼！'那不是萝丝吗,玛吉？"她说着,一边望着姐姐,仿佛她一直在桌布上给她画像。

那是真的,萝丝边想边吃布丁。这就是我自己。她又一次有种同时是两个人的奇怪感觉。

"好了,完啦,"玛吉说着,把盘子往旁边一推,"过来坐到扶手椅上,萝丝。"她说。

她走到壁炉前,拉出一把扶手椅来,它的底座上的弹簧就像

151

铁环,萝丝注意到。

她们很穷,萝丝想,环视了一圈。正因为如此,她们才选这幢房子住——图个便宜。她们自己做饭——萨莉进厨房煮咖啡去了。她把椅子往前一拉,靠到玛吉的椅子旁边。

"你们自己做衣服?"她指着墙角的缝纫机说。上面叠着一块绸子。

"对。"玛吉望着缝纫机说。

"要参加晚会?"萝丝说。料子是绸子,绿颜色,上面有蓝色条纹。

"明晚。"玛吉说。她把手往脸上一抬,姿势非常古怪,仿佛要遮掩什么似的,她想瞒我,萝丝想,就像我想瞒她一样。她瞅着她;她已经站起身来,把绸子和缝纫机取了过来,正在穿针。她的一双手又大又瘦,还很结实,萝丝注意到。

"我从不会做自己的衣服。"她说,瞅着她把绸子平展地插在针下面。她开始觉得轻松自在起来。她把帽子一摘,扔到地板上。玛吉望了望她,表示赞许。她很漂亮,尽管有遭灾遭难的样子;倒像个男人,不像个女人。

"可是,"玛吉说,开始小心翼翼地转动起手柄来,"你做别的事情啊。"她用手里正在干活的人的那种专注的语气说话。

针从绸子上扎过去,缝纫机发出一种令人舒畅的嗡嗡的响声。

"对,我做别的事情,"萝丝说,一边摸着靠在她的膝头伸懒腰的猫,"我在这里住的时候。"

"可那是好多年前的事了,"她补充说,"我年轻的时候。我和一个朋友在这里住,"她叹息一声,"教小偷读书。"

玛吉没有吱声;她一个劲儿地踩得机器嗡嗡地转。

"我喜欢小偷总是胜过喜欢别人。"萝丝过了一会儿又补充说。

"嗯。"玛吉说。

"我一直不喜欢在家里呆,"萝丝说,"我更喜欢自立。"

"嗯。"玛吉说。

萝丝继续说着。

谈话倒挺自在,她发现;挺自在。没有必要说任何俏皮话;也不必谈自己的情况。她正在谈她记忆中的滑铁卢路的情况,这时萨拉端着咖啡进来了。

"在坎帕尼亚平原死抱住一个胖汉是怎么回事?"她边问,边把托盘放下。

"坎帕尼亚平原?"萝丝说,"压根儿就没有讲坎帕尼亚平原的事。"

"从门缝里听到的,"萨拉边说边倒咖啡,"谈话听起来挺怪。"她给萝丝递过一杯。

"我以为你们在谈意大利呢;谈坎帕尼亚平原,谈月光。"

萝丝摇了摇头。"我们在谈滑铁卢路。"她说。但她一直在谈什么呢?不光谈滑铁卢路,也许她在瞎扯淡。她想到什么就谈什么。

"谈话统统都是瞎扯淡,我想,如果写下来的话。"她边说,边搅咖啡。

玛吉把机器停了片刻,笑了笑。

"即便没有写下来,也是。"她说。

"但这是我们相互了解的惟一渠道。"萝丝抗辩道。她看了看表。时间比她想的要晚。她站起身来。

"我得走了,"她说,"可你们干吗不跟我一起去呢?"她心血来潮,又补充说。

玛吉抬起头来望着她。"去哪儿呀?"她说。

萝丝默不作声。"去参加一个会。"她最后说。她想把她最感兴趣的事情隐瞒下来;她感到极不好意思。但她还是想叫她们去。可是为什么?她说,尴尬地站在那里等待着。一阵停顿。

"你们可以在楼上等,"她冷不丁地说,"然后你们会见到埃莉诺;你们会见到马丁——活着的帕吉特一家,"她补充说,她想起了萨拉的话,"穿越沙漠的商队。"她说。

她看了看萨拉。她正担在一把椅子的扶手上,呷着咖啡,脚上下晃动着。

"我可以去吗?"她含糊地问,依然上下晃动着她的脚。

萝丝耸了耸肩。"只要你愿意。"她说。

"可是我该不该愿意?"萨拉接着说,仍然晃动着一只脚,"……这个会?你是怎么想的,玛吉?"她说,求助于她姐姐了。"我应该去还是不应该去?我应该去还是不应该去?"玛吉一言不发。

于是萨拉站起来,走到窗前,在那里站了片刻,哼着一支曲子。"去把山谷搜一下;摘下每朵玫瑰花。"她哼着。有个男人正从下面走过;他吆喝着,"有废铁吗?有废铁吗?"她突然一下转过身来。

"我去,"她说,仿佛已经下定了决心,"我穿件衣服就来。"

她一个蹦子跳进了卧室。她就像动物园里的一只鸟儿,萝丝想,不会飞,只会跳,蹦蹦跳跳穿过草地。

她转向窗户。这是一条令人丧气的小街,她想。拐角上有一家酒馆。对面的房屋样子非常脏乱,环境又嘈杂不堪。"有废铁卖吗?"那人正在窗户下吆喝,"有废铁吗?"孩子们在马路上尖叫;他们在人行道上跳用粉笔画的房子。她站在那里俯视着他们。

"小可怜们!"她说。她拿起帽子,把两枚帽针利索地别了进去。"你不觉得这令人不畅快吗?"她说着,边照镜子,边把帽子的一侧轻轻拍了一下,"有时回家很晚,拐角上还有个酒馆?"

"你是说醉汉?"玛吉说。

"对。"萝丝说。她把那身裁缝定做的套装的皮扣子扣上,这里拍拍,那里打打,仿佛她马上准备好了。

"这会儿你们在谈什么?"萨拉说,提着鞋走了进来,"又一次意大利之行?"

"不。"玛吉说。她说话的口齿不清,因为她衔了一嘴的别针。"醉汉缠人。"

"醉汉缠人。"萨拉说。她坐下来开始穿鞋。

"可他们并不缠我呀。"她说。萝丝不禁莞尔。那是不言自明的。她肤色焦黄,骨瘦如柴,相貌平常。"不管白天黑夜,什么时候我都敢在滑铁卢桥上行走,"她接着说,一边使劲拽鞋带,"没人注意呀。"鞋带打成了一个结;她笨手笨脚地往开解。"不过我还记得,"她接着说,"一个女人——一个非常漂亮的女人——告诉我——她好像——"

"快点,"玛吉打断了她的话,"萝丝等着呢。"

"……萝丝等着呢——好,那女人给我讲,当她走进摄政公园去吃冰淇淋时,"——她站起来给一只脚试着穿鞋——"去吃冰淇淋,坐在树下的一张小桌旁,树底下一张铺着桌布的小圆桌旁,"——她一只脚没穿鞋,一只脚穿着鞋,单足跳着——"她说,目光像太阳的光箭似的从每一片树叶中间射出来;她的冰淇淋化了……她的冰淇淋化了!"她重复着,一边踮着脚尖旋转,一边拍她姐姐的肩膀。

萝丝把手伸出来。"你想呆着把你的衣服做完?"她说,"你不想跟我们一起去?"她想让去的是玛吉。

"不,我不去,"玛吉边握手边说,"我讨厌。"她补充说,冲着萝丝笑了笑;那种坦率叫人难堪。

她指的是我? 萝丝下楼时,心里想。她的意思是她讨厌我? 在我如此喜欢她的时候?

霍尔本街附近有个老广场,在通向该广场的巷子里,一个上了年纪的男子在卖紫罗兰。他一副破落相,长着红鼻子,仿佛他多年来在街头风餐露宿似的。他把摊儿摆在一排邮筒旁边。花束扎得紧紧的,每一束都有一圈绿色的叶边,绕着有些蔫巴的花儿,在托盘上摆成一排;因为他卖出去的不多。

"美丽的紫罗兰,新鲜的紫罗兰。"人们走过时,他就自动重复起来。大多数人看都不看一眼就过去了。但他还是继续自动重弹他的老调。"美丽的紫罗兰,新鲜的紫罗兰。"仿佛他不大指望有什么人买似的。随后过来了两位女士;他便伸出他的紫罗兰,他又一次喊:"美丽的紫罗兰,新鲜的紫罗兰。"其中一个往托盘里扔了两块铜板;于是他抬头看了看。另一位女士停下来,把手放在邮筒上说,"我给你放在这儿。"那个个儿粗短的女士见状,便在她肩膀上拍了一把,说,"别犯傻啦!"那个高个子女士突然咯咯地笑了起来,便从托盘里拿起一束紫罗兰,仿佛已经付过钱似的;然后她们便扬长而去。她倒是个古怪的买主,他想——她不给钱就把紫罗兰拿走了。他瞅着她们绕着广场走去;然后他又絮叨开了,"美丽的紫罗兰,芳香的紫罗兰。"

"这就是你们开会的地方?"她们沿着广场走着时,萨拉说。

这里静悄悄的。车辆的喧嚣已经停了。树木的叶子尚未长满,鸽子在树梢上拍打,咕咕地叫着。鸟在树枝间躁动时,星星点点的细枝便掉到人行道上。和风扑面。她们绕着广场走着。

"就是那边的那座房子。"萝丝指着说。她走到一幢有雕花门道的房子前;停下来,门柱上有许多名字。一楼的窗户开着;窗帘被风吹进吹出,透过窗帘她们看见有一排脑袋,仿佛人们围着一张桌子坐着说话。

萝丝在门阶上停下来。

"你要进去,"她说,"还是不进去?"

萨拉迟疑不决。她往里面窥视着。然后她把她的那束紫罗兰挥到萝丝的脸上,喊道,"好啊!"她喊道,"前进!"

米莉安·帕里什在念信。埃莉诺正把吸墨纸上的道道涂黑。这一切我耳熟能详,这一切我做过多次,她在想。她把桌子扫视了一圈。就连人们的面孔也总在重复。有贾德型的,有拉曾比型的,还有米莉安,她想,一边在吸墨纸上画着。我知道他要说些什么,我知道她要说些什么,她想,同时在吸墨纸上挖着一个小洞。这时候萝丝走了进来。但和她一起来的是谁?埃莉诺问。她认不出来了。不管是谁,萝丝挥了一下手让她坐到墙角上,会议在进行。我们为什么要这么做?埃莉诺想,从中间的那个洞里画出一根辐条。她抬头一望。有人把一根棍子在栏杆上弄得嘎嘎直响,还吹着口哨;外面花园里一棵树上的枝杈上下摆动。树叶已经在绽开了……米莉安把文稿放下;斯派塞先生站了起来。

没有别的办法,我估计,她想,又把铅笔拿起来。斯派塞先生发言时,她做了一条笔记。她发现,当她想别的事情时,她的铅笔能够十分准确地做笔记。她似乎能把自己一分为二。一个人听辩论——而且他表达得非常好,她想;而另一个人,因为是一个晴朗的下午,由于她早就想去憩游植物园,所以走下一片绿色的林中空地,在一棵开花的树前停下来。这是棵木兰?她问自己。还是他们已经结束了?木兰,她记得,没有叶子,只有一簇簇的白花……她在吸墨纸上画了一条线。

现在是皮克福……她说,又抬头一望,皮克福先生发言。她又画了一些辐条;把它们涂黑。然后她又抬头一望,因为音调有了变化。

"我对威斯敏斯特了如指掌。"阿什福小姐说。

"我也一样!"皮克福先生说,"我在那里住了四十年。"

埃莉诺感到吃惊。她一直以为他住在伊林呢。他住在威斯敏斯特,是吗?他是个脸刮得净光、矮小潇洒的男子,在她的心目中,她总看见他腋下夹份报纸跑着去赶火车。但他住在威斯敏斯特,是吗?这就怪了,她想。

然后他们又继续辩论。鸽子的咕咕声,变得清晰可闻。咕两下,咕两下,咕……它们在低吟浅唱。马丁在发言。他讲得很动听,她想……但他不应该冷嘲热讽;那会叫人进行报复。她又画了一笔。

然后她听见一辆小汽车在外面奔驰;它在窗外停下来。马丁停止发言,出现了一种暂时的停顿。然后门开了,进来了一个高个子女人,穿着晚礼服。人人都抬起头来看。

"拉斯韦德夫人!"皮克福先生说着站起身来,把椅子往后一拖。

"吉蒂!"埃莉诺惊呼起来。她欠了欠身子,但又坐下了。

有一阵小小的轰动。有人给她找了一把椅子,拉斯韦德夫人在埃莉诺对面落座。

"十分抱歉,"她道歉说,"来得太晚了,而且还穿了这套可笑的衣服来。"她补充说,碰了碰披风。她大白天穿晚礼服,的确显得奇怪。她的头发里,有什么东西在放光。

"看歌剧?"她坐在身边时,马丁问道。

"对。"她简短地说。她郑重其事地把白手套放在桌子上。她的披风敞开着,露出下面一身闪光的银装。跟别人一比,她的确显得古怪;但考虑到她要听歌剧。能来就不错了,埃莉诺想,眼睛看着她。会议又开始了。

她结婚多久了?埃莉诺心里纳闷。我们一起在牛津弄坏秋千后又过了多久了?她又在吸墨纸上画了一个道道。现在那个点被道道围住了。

"……我们直言不讳地讨论了整个问题。"吉蒂在说。埃莉诺听着。这种风度我喜欢,她想。她一直在宴会上与爱德华爵士会面……这是贵夫人的风度,埃莉诺想……权威,自然。她又听起来。这种贵夫人的风度让皮克福先生着迷;但却惹恼了马丁,她知道。他对爱德华爵士和他的直言不讳嗤之以鼻。随后斯派塞先生又中断了;因为吉蒂插了进来。现在萝丝讲话了。他们全都争论不休。埃莉诺听着。她越来越恼火。全是殊途同归,我对,你错,她想。这种争吵纯粹是浪费时间。要是我们能触及什么深刻一点,深刻一点的问题就好了,她想;把铅笔在吸墨纸上使劲画着。突然,她发现了那个惟一具有重要意义的问题。话已经到了舌尖儿上。她张嘴准备发言。但就在她清嗓子的当儿,皮克福先生把文稿收到一起,站了起来。请大家原谅,好吗?他说。他必须到法院出庭。他起来走了。

会议往下拖着。桌子中央的烟灰缸堆满了烟头;空气里烟雾弥漫;然后斯派塞先生走了;博达姆小姐走了;阿什福小姐用一条围巾紧紧地缠住脖子,啪的一声合上公文包,大踏步地走出了房间。米莉安·帕里什摘下夹鼻眼镜,把它卡到缝在衣裙前一个钩子上。大家都要走了;会开完了。埃莉诺站起来。她想跟吉蒂说话。但米莉安把她截住了。

"准备星期三去看你。"她开始说。

"行。"埃莉诺说。

"我刚刚想起我答应带侄女去看牙。"米莉安说。

"星期六也行。"埃莉诺说。

米莉安不说话。她想了想。

"星期一行不行?"她说。

"我记下来。"埃莉诺说,带着一种她难以掩饰的气愤,尽管米莉安像个圣徒,于是米莉安忐忑不安地走了,带着一脸愧疚的神情,仿佛她是一只偷吃东西时被人抓住的小狗。

埃莉诺转过身来。别人还在争论。

"总有一天你会同意我们的观点的。"马丁在说。

"永远不会!永远不会!"吉蒂在桌子上拍着手套说。她看上去非常漂亮;同时由于穿着夜礼服,又显得十分荒唐。

"你干吗不说话呢,内尔?"她转向埃莉诺说。

"因为——"埃莉诺开始说,"我不知道。"她有气无力地补充说。吉蒂站在那里,穿着一身夜礼服,头发里又有什么东西闪闪发光,跟她一比,埃莉诺突然有种破烂寒酸的感觉。

"好了,"吉蒂说着转过身去,"我得走了。不过谁想搭个便车?"她指着窗子说。她的车停在那里。

"好气派的车!"马丁看着车说,声音里带着刺儿。

"那是查理的。"吉蒂尖刻地说。

"你怎么样,埃莉诺?"她转向埃莉诺说。

"多谢,"埃莉诺说;"——等等。"

她把东西乱扔着。她把手套搁到哪里去了。她带没带伞?她觉得又慌乱、又破烂,仿佛突然成了一名小学生。那辆豪华车在那儿等着,司机让车门开着,手里拿着一块毯子。

"上车。"吉蒂说。她上了车,司机把毯子盖到她的膝盖上。

"我们走,"吉蒂说,把手一挥,"让他们密谋策划去吧。"车开走了。

"真是一群猪脑瓜!"吉蒂转向埃莉诺说。

"武力总是错误的——你不同意我的观点?——总是错误的!"她重复了一遍,把毯子拉到她的膝盖上。她还处在会议的影响之下。但她想跟埃莉诺说话。她们很少见面;她又是那么喜欢她。但她穿着荒唐的衣服坐在那里很不好意思,她的思想也从还在进行的会议的车辙中甩不出来。

"真是一群猪脑瓜!"她重复道。然后她开始说:

"告诉我……"

她想问的事情很多;但车的引擎功率太大;车在车流中悄然出入;她还没来得及说任何她想说的话,埃莉诺已经把手伸了出来,她们已经到地铁站了。

"他能不能在这里停一下?"她说着就起来了。

"可你一定要下车?"吉蒂开始说。她本想跟她说说话。

"一定要下,一定要下,"埃莉诺说,"爸爸等着我呢。"在这位贵夫人和司机旁边她又一次感到像个孩子。司机替她把车门

161

开着。

"一定来看我——一定让我们很快见面,内尔。"吉蒂握着她的手说。

车又开始前进。拉斯韦德夫人歪在角落里。她希望她多见几次埃莉诺;她想;但她从未能把她请来吃过饭。总是"爸爸等着我呢"或别的什么借口,她苦涩地想。离开牛津以后,她们走的路大相径庭,她们过的日子也天差地远……车慢了下来。那一长串车蜗行牛步,它也不得不随大溜儿,去歌剧院的这条窄窄的街道,被运货的大车堵死了,车时而死停着,时而往前颠几步。全身夜礼服的男女在人行道上步行。女士们头发巍峨,披风飘逸,男士们纽扣别花,马甲雪白,顶着午后耀眼的阳光,在小贩的推车中间左躲右闪,举止不安,神态忸怩。女士们足蹬高跟鞋,踏着碎步,不是滋味;时不时地还抬起手来抓耳挠腮。男士们贴在她们身边,仿佛在保护她们。荒唐,吉蒂想;大白天这个时候穿着一身夜礼服出来,真是不伦不类。她靠在角落里。科文特公园的清洁工,身穿普通工作服的邋遢的小职员,围着围裙、形容粗鄙的女工们,瞪着眼睛向车里看她。空气里有浓烈的柑橙、香蕉味。但车就要停了。它在拱门下停住;她推开玻璃门,走了进去。

她顿时有种如释重负的感觉。既然日光绝迹,空中闪着黄光红光,她再也没有荒唐的感觉了。相反,她觉得如鱼得水。正在上楼的绅士淑女穿着打扮与她如出一辙。取代柑橙、香蕉味的是另一种气味——使她感到心旷神怡的衣服、手套和鲜花的微妙的混合气味。脚下的地毯厚厚的。她沿着走廊走去,最后来到她自己的包厢,上面贴着名片。她走进去,歌剧院的全景便展现在她的面前。她绝对没有迟到。管弦乐队还在调弦;乐师们一边忙忙碌碌地拨弄乐器,一边说说笑笑,在座位上转来转去。她站着俯视正厅前座区。观众席上乱哄哄的。人们纷纷入座;有的刚刚坐下,又站了起来;有的脱掉披风,向朋友打招呼。他们活像落在地上的小鸟。在包厢里,白色的身影处处可见;白臂膀依在包厢台上;旁边闪亮着白衬衣的前胸。整座剧院流光溢彩——红色,金色,奶油色,衣服的气味,花的气味,回响着乐器的咯吱咿呀,人声的嗡营喊喳。她扫了一眼放在包厢台上的节目单。是《齐格弗里德》——她最喜爱的剧目。节目单边缘装潢精美,里面有一点空间,印着演员表。她俯下身去看;于是突然闪现出一个念头,她向皇家包厢扫了一眼。空空如也。正在她观望的当儿,门开了,走进来两个男子:一个是她表兄爱德华;另一个是个男孩,她丈夫的堂弟。

"演出没有推迟?"他边握手边问,"我还担心可能推迟。"他是外交部的要员;头像罗马人,非常英俊。

大家都本能地朝皇家包厢望去。节目单摆在包厢台上;但没有一束粉红康乃馨。包厢空无一人。

"医生们已经对他不抱希望了。"年轻人说,一副自命不凡的样子。他们都以为自己无所不知,吉蒂想,看着他那副小道消息通的神态,不禁莞尔。

"但假如他死了呢?"她说,还望着皇家包厢,"你认为他们就会停演?"

年轻人耸了耸肩。对这一点,他显然不敢保险。剧院就要坐满了。女士们一转身,灯光就在她们的臂膀上眨眼;光波闪动,停止,她们转过头去时,又在对面闪动。

但这时候乐队指挥从乐队中挤出来,登上他的指挥台。突然掌声雷动;他转过身来,向观众鞠躬;又转过身去,灯光全暗下来;序曲开始了。

吉蒂歪在包厢壁上;她的脸被帘褶遮暗了。这倒让她高兴。演奏序曲时,她望着爱德华。在红光中,她只能看见他脸的轮廓;这轮廓比过去粗重了;但他听着序曲时,显出一脸的灵气,帅气,还有点超然物外的神气。那不行,她想;我太……她没有完成那句话。他一直没有结婚,她想;而她却结了。我有三个男孩。我去过澳大利亚,我去过印度……音乐使她想到了自己,想到了自己的生活,这是很难得的。这一想使她觉得有些飘飘然;给她自己,她的过去罩上一层惬意的光。我有辆汽车,马丁干吗因此笑话我呢?她想。笑人又何苦呢?她问。

这时候幕升起了。她身子探向前去,注视着舞台。侏儒在打剑。当,当,当,他与那短促、迅猛的击打配合得天衣无缝。她听着,音乐变了。他,她想,望着那个漂亮的男孩,完全懂得音乐的用意。他完全让音乐迷住了。她喜欢浮现在他的纯洁体面之上的那种全神贯注的神情,使他几乎显得严峻……但齐格弗里德上场了。她身子探向前去。穿着豹子皮,一个大胖子,深棕色的大腿,领着一只熊——他就在那里。她喜欢这个戴着亚麻色假发的健壮的胖小伙:他声音雄浑。当,当,当,他走着,她又靠回去。这勾起了她的什么联想?一个头上粘着刨花进屋来的年轻人……那时她非常年轻。在牛津?她去他家喝过茶;坐在一把硬椅子上;坐在一间非常明亮的屋子里;花园里有当当的敲击声。然后,一个男孩走进来,头发里粘着刨花。她都想让他吻她一下。要么那是卡特农场的农工,当时老卡特牵着一头带着鼻环的公牛突然出现?

"那就是我喜欢的生活,"她想,拿起了她的观剧镜,"我就是这种人……"她把那句话完成了。

于是她把观剧镜对到眼睛上。景观突然变得明亮、贴近；草地似乎是厚厚的绿羊毛铺成的；她能看见齐格弗里德肥胖的棕色膀子闪着油彩的光芒。他的脸亮晶晶的。她把观剧镜放下，又歪到角落里。

而老露西·克拉多克——她看见露西坐在桌子旁边；红红的鼻子，耐心亲切的眼睛。"这么说你这个礼拜又没做作业，吉蒂！"她以责备的口气说。我是多么爱她啊！吉蒂想。然后她回到院长住宅；那棵树还在，中间被柱子顶着；她母亲坐得笔直……我真希望没跟母亲吵过那么多架，她想，突然觉得流光易逝，悲剧难免，不能自持。然后音乐变了。

她又注视着舞台。流浪汉已经登场。他穿着一件灰色的长晨衣坐在河岸上；一只眼睛上面有个眼罩，很不服帖，摆来摆去。他走啊走；走啊走。她开始心不在焉了。她把那昏暗的红红的剧院环视了一圈；她只能看见支在包厢台上的白色的手肘；有些地方出现针尖似的光点，表明有人用手电筒看着总谱。爱德华优美的侧影又映入了她的眼帘。他在听，神情专注，具有行家风度。那不行，她想，那绝对不行。

流浪汉终于下场了。现在怎么办？她问自己，把身子探到前面。齐格弗里德冲上来。穿着豹子皮，狂笑，高歌，他又在那里。音乐使她激动不已。雄壮动听。齐格弗里德拿着几截断剑，吹着火，当当当地锤打。歌唱，锤打，火苗跳跃，在同时进行。他的锤打速度越来越快，节奏越来越强，越来越意气风发。到了最后，他的剑高高舞过头顶，再砍下来——咔嚓一声！铁砧裂开了。然后他在头上挥舞着宝剑，欢呼，高歌；音乐越来越激昂；然后幕落下来。

灯在剧院中央打开了。色彩又恢复了。整个歌剧院又一下子活跃起来,人头攒动,钻石闪光,男男女女熙熙攘攘。他们有的鼓掌,有的挥舞着节目单。整个剧院似乎飞扬着白色的纸块。幕开了,拉幕的是穿着齐膝短裤的高大的服务生。吉蒂站起来,鼓掌。幕又合上了;又拉开。服务生要把幕拉开,但幕褶沉重,险些把他们拉倒了;他们一再把幕拉开;即便他们让幕落下、歌唱家已经走了、乐队离开座位的时候,观众仍站着鼓掌,挥舞手里的节目单。

吉蒂转向她包厢里的年轻人。他正靠在厢台上。他还在鼓掌。他还在欢呼"棒极了!棒极了!"他把她忘在了脑后。他把自己也忘得一干二净。

"绝了!"他最后转过身来说。

他脸上有一种古怪的神情,仿佛他同时置身于两个世界,又不得不把它们拉到一起。

"绝了!"她表示赞同。她望着他,一阵揪心的妒意油然而生。

"好了,"她说,把东西收到一起,"咱们吃饭去。"

在海厄姆街,她们吃过了晚饭。桌子收拾过了;只剩下几粒面包屑,那瓶花立在桌子中央,活像个哨兵。屋子里惟一的响声就是针扎绸子的声音,因为玛吉在缝衣服。萨拉弓身坐在琴凳上,不过她并没有弹琴。

"唱点什么吧。"玛吉突然说。萨拉转过身敲着琴键。

"挥舞着,挥动着我手中的宝剑……"她唱着。歌词是一首豪迈的十八世纪的进行曲中的歌词,但她的声音又尖又细。她的声音变了。她索性不唱了。

她双手搭在琴键上默默地坐着。"一个人要是没有歌喉,唱又有什么用?"她喃喃地说。玛吉继续缝衣服。

"你今天干什么了?"她最后说,冷孤丁地把头一抬。

"跟萝丝出去了。"萨拉说。

"你跟萝丝干什么了?"玛吉说,她说话的口气漫不经心。萨拉转过身瞟了她一眼。然后她又弹起来。"伫立在桥头,凝望着河水。"她念叨着。

"伫立在桥头,凝望着河水,"她跟着音乐的节拍哼着,"奔腾的河水;流泻的河水。愿我的白骨化作珊瑚;群鱼把它们的灯笼点亮;群鱼在我的眼里把它们的灯笼点亮。"她半转过身,扫视了一下玛吉。但她并没有认真地听。萨拉沉默了。她又看了看琴键。但她看见的不是琴键,而是一个花园;鲜花和姐姐;和一个大鼻子年轻人,他弯下腰去摘一朵在黑暗中闪亮的花儿。他在月光下把那朵花举在手里……玛吉打断了她。

"你跟萝丝出去了,"她说,"去哪儿了?"

萨拉离开钢琴站到壁炉面前。

"我们坐公共汽车去霍尔本了,"她说,"后来我们走在一条街上,"她接着说;"突然,"她把手一扬,"我觉得有人在我的肩头拍了一把,'该死的撒谎者。'萝丝说,并且抓住我,把我推到一家酒馆墙上!"

玛吉默默地干着缝纫活儿。

"你坐公共汽车去霍尔本了,"过了一会儿她机械地重复着,"后来呢?"

"后来我们走进一间屋子,"萨拉接着说,"里面有人——很多很多人。我心想……"她打住了。

"在开会?"玛吉喃喃地说,"在哪儿呀?"

"在一间屋子里,"萨拉答道,"一盏浅绿色的灯。一个女人往后花园的一条绳子上挂衣服;有人走过去,用一根棍子把栏杆刮得嘎嘎直响。"

"我明白了。"玛吉说。她继续加紧干着缝纫活儿。

"我心想,"萨拉接上说,"那些是谁的脑袋……"她打住了。

"在开会,"玛吉打断她,"为什么开会?开什么会?"

"有些鸽子咕咕,"萨拉继续说,"'咕两声,太妃。咕两声……咕……'然后一只翅膀遮黑了天空,吉蒂走了进来,穿得星光灿烂;坐到一把椅子上。"

她打住了。玛吉默不作声。她继续做了一会儿缝纫活儿。

"谁进来了?"她最后问道。

"一个非常漂亮的人;穿得星光灿烂;头发里绿荧荧的,"萨拉说,"于是。"——说到这里她变了嗓音,模仿据认为一个中产阶级的男子欢迎时髦女郎的口气,"皮克福先生跳起来说,'啊,拉斯韦德夫人,你坐这把椅子行不行?'"

她把前面的一把椅子一推。

"于是,"她挥舞着双手继续说,"拉斯韦德夫人坐了下来;把她的手套放在桌子上,"——她把一个垫子拍了拍——"就这样。"

玛吉手里干着缝纫活儿,抬眼一望。她大体上有了一个印象:一间屋子里坐满了人;棍子把栏杆刮得嘎嘎地响;衣服挂到外面往干晾,有人走进来,头发上有甲虫翼装饰。

"后来又怎样了?"她问。

"然后,蔫巴的萝丝,尖尖的萝丝,茶色的萝丝,多刺的萝丝,"萨拉扑哧一声大笑起来,"流了一滴泪。"

"不,不。"玛吉说。这个故事有点不对劲儿,有点不可能。

她抬头一望。一辆驶过的汽车的灯光从天花板上悄然滑过。天已经很黑,看不清东西了。从对面酒馆照过来的灯光在屋子里投下一片黄色的强光;天花板随着水一样起伏的灯光的形态颤动着。外面街道上有打斗的声音;一阵扭打,踩踏,仿佛警察在街道上生拉硬拽一个执意不从的人。那人身后响起一片讥笑、叫喊声。

"又吵架了?"玛吉喃喃地说,把针扎进了衣料。

萨拉站起来走到窗前。酒馆外面聚了一群人。一个人正被人扔出来。他跌跌撞撞地过来。他撞到一根灯柱上,他连忙把它抱住。这一幕被酒馆门上的刺目的灯光照得通亮。萨拉在窗前伫立了片刻,瞅着他们。然后她转过身来;她的脸被杂光一照,显得惨白、憔悴,仿佛她不再是个女孩了,而是一个老太婆,一辈子受尽了生养、放荡、犯罪的折磨,已经不中用了。她站在那里弓起背,双手紧紧地捏在一起。

"将来,"她望着姐姐说,"人们考察这间屋子——这个小小的洞窟,把它从泥巴,粪便中掏出来,大家会用手捂着鼻子,"——她用手捂住鼻子——"说,'呸,臭死了!'"

她顺势倒进一把椅子里。

玛吉望着她。她身子蜷作一团,头发披在脸上,双手拧在一起,活像一只巨猿,蹲在一个小洞里,里面全是泥巴粪便,"呸!"玛吉心里重复着,"臭死了!"她感到一阵恶心,便让针穿透衣料。这倒是真话,她想;她们是些小脏猪,受着难以控制的欲望的驱赶。黑夜充满了咆哮和诅咒;充满了暴力和骚乱,也充满了美与乐。她站起身来,手里捏着衣裙。起褶的绸子掉到地板上,她用手去把褶子抹平。

"好了,完工了。"她说,把衣裙放到桌子上。再没有手能做的东西了。她把裙子叠起来放到一边。那只猫本来在睡觉,现在却慢慢起来,拱起背,再将全身伸展开。

"你想吃晚饭,对吧?"玛吉说。她走进厨房,回来时端了一碟牛奶。"给,小可怜儿。"她说,把碟子放到地板上。她站着看猫舔着牛奶,一口接一口;然后它又伸了伸懒腰,姿势极其优雅。

萨拉远远地站着,瞅着她。然后又学她的样子。

"给,小可怜儿,给,小可怜儿,"她重复着,"就像你摇摇篮一样,玛吉。"她补充说。

玛吉举起双臂,仿佛要挡开某种无情的命运;然后又放下来。萨拉看着她不禁莞尔;然后泪水盈眶,慢慢地滚下面颊。正当她举起手要擦眼泪时,响起了敲门声;有人在砸隔壁的门。砰砰的砸门声停了。然后又开始了——砰,砰,砰。

她们听着。

"厄普彻喝醉回家来了,想进去。"玛吉说。敲门声停了。过一阵又开始了。

萨拉使劲抹了两把,擦干了眼泪。

"在一座月圆时船才会来的荒岛上养育你的孩子!"她大声说。

"否则就别要?"玛吉说。一扇窗户突然推开了。听见一个女人的声音尖叫着骂那男人。他在门阶上用醉汉粗重的嗓门回骂着。然后门砰的一声关上了。

她们听着。

"他会站不稳撞到墙上,会生病的。"玛吉说。她们能听见邻屋沉重的脚步声蹒跚着上楼去。然后就是一片寂静。

玛吉走过屋子把窗子关上。对面工厂的大窗户灯光通明;看上去活像一座用细细的黑条箍住的玻璃宫。一层黄光照亮了对面的下半截房屋;石板瓦屋顶闪着蓝光,因为天幕像一顶黄光织成的沉重的华盖挂下来,人行道上脚步声橐橐,因为人们仍然在街上走动。远处有一个沙哑的声音喊叫。玛吉把身子探出去。夜里有风,却很温暖。

"他喊叫什么呀?"她说。

那声音越来越近。

"讣告……?"她说。

"讣告……?"萨拉说。她们探出头去。但她们听不见那句话的后半截,随后一个在街上推着推车的人抬头对她们喊道:

"国王晏驾了!"

一九一一年

　　太阳冉冉升起。它慢慢地爬上了地平线,抖出万道光芒。但长天无际,晴空万里,要光盈天庭,尚需时间。渐渐地云彩变蓝;林木的叶子闪闪烁烁;下面的一朵花光彩灼灼;飞禽走兽——老虎、猴子、小鸟——个个目光炯炯。慢慢地,世界脱离了黑暗。大海变得像一尾有无数鳞片的鱼的皮,闪着金光。在法国南部,沟槽纵横的葡萄园照到了阳光;小藤变紫变黄;阳光透过百叶窗,在白墙上画上了条条。玛吉站在窗前,俯视着院子,看见她丈夫的书由于落上上面葡萄藤的影子,好像裂了一道口子;而他旁边放的玻璃杯子闪着黄光。干活儿的农民的吆喝声从开着的窗户里传进来。
　　太阳越过海峡,金光射到那层覆盖海面的浓雾上,无法穿透。光慢慢地渗透了伦敦上空的烟霭;射到议会广场的雕像上,射到国旗飘扬的王宫上,尽管国王盖着蓝白图案的英国国旗,躺在弗罗格莫的墓穴里。天气比以往任何时候都热。马在水槽里饮水时,鼻子发着嘶声;马蹄把乡间道路上的土棱儿踩得又硬又脆,像灰泥做的一样。野火在荒原上肆虐过后,留下木炭一样的枝条。时值八月,度假的季节。大火车站的玻璃屋顶成了光芒四射的白炽球。游客牵着狗跟在推手提箱的搬运工后面,眼睛瞅着黄色圆钟的指针。所有的车站上,列车做好准备穿越英国,向北,向南,向西。现在举手站着的列车长放下了他的信号旗,茶炊徐徐滑了过去。列车晃荡着穿过有柏油路的公园;经过工厂;进入开阔的乡村。站在桥上垂钓的人抬头观望着;马儿慢慢地跑着;女人来到门口,手搭凉篷看着;烟影在庄稼上浮着,环绕下来,缠住了一棵树。列车继续前进。

在威特林车站的院子里,钦纳里太太的老维多利亚马车停着等候。火车晚点了;天气又炎热。园丁威廉坐在驭者座上赶苍蝇,他穿着暗黄外衣,上面钉着金属板扣。苍蝇真烦人。它们棕黑棕黑的,三五成群聚在马耳朵上。他甩着鞭子;老母马跺着蹄子;摆着耳朵,因为苍蝇又落上了。天气十分炎热。太阳火辣辣地照在车站院子里,照在等火车的大车上、单马出租马车和双轮轻便马车上。信号终于落下了;一股烟吹到树篱上空;一刹那工夫,人们涌进了院子,帕吉特小姐手里拎着包,还有一把白伞。威廉触帽致意。

"抱歉,晚了这么久。"埃莉诺说,冲着他笑了笑,因为她认识威廉;她每年都来。

她把包放到车座上,靠后坐到她的白伞的阴凉下。她背靠的车座皮子热烘烘的;天很热——甚至比托莱多还热。他们拐进了高街;炎热似乎把一切变得昏昏欲睡,默默无语。宽阔的街道上挤满了双轮轻便马车和大车,缰绳松垂,马头耷拉。但经历了外国市场的喧闹后,这里似乎显得那么清静!穿绑腿的男人靠墙站着;商店把遮篷撑出来;人行道上有一道一道的影子。他们有几个包裹要取。他们在鱼店门口停下;一个湿潮的白包给他们递过来。他们在铁器店门口停下;威廉回来时带着一把镰刀。然后他们在药店门口停下;但他们必须在那里等候,因为药剂还没备好。

埃莉诺靠到后面,坐在她的白伞的阴凉下。空气似乎热得哼哼。空气似乎有股子肥皂和化学药品味儿。在英国,人们洗得好彻底,她想,瞅着药店橱窗里的黄肥皂,绿肥皂和粉红肥皂。在西班牙,她几乎干脆没有洗过;她曾站在瓜达尔基维尔河的白色干石头中间用手帕把身子擦干。在西班牙,一切都被烘干了,枯萎了。但这里——她朝高街望去——家家商店充盈着蔬菜;充盈着闪光的银鱼,充盈着黄瓜、酥胸的鸡;充盈着桶、耙和推车。人们又是多么友好亲切!

她注意到人们多么频繁地触帽致意;相互握手,在马路中间站住交谈。可现在药店老板出来了,手里拿着一个用棉纸包着的大瓶子。瓶子被藏在镰刀下面了。

"今年蚊虫很凶吗,威廉?"她问,认出了那是药水。

"凶得很,小姐,凶得很。"他说着,触了一下帽檐。打维多利亚女王即位六十周年大庆以来,还没有出现过这样的大旱,她知道他是这么说的。但他的口音,那起伏单调的多塞特郡节奏,让人很难听明白他说了些什么。然后他把鞭子轻轻一甩,他们便向前走去;经过了市场十字;经过了下有拱门的红砖市政厅;走过一条街道,两面都是带凸肚窗的十八世纪房屋,医生和律师的住所;经过一个池塘,链子把白杆子链在一起,一匹马在那里饮水;然后出了城镇,进入乡村。路上铺着一层白色的轻尘;树篱上挂着旅行者作乐的花环,似乎也蒙上了厚厚的尘土。老马安下心按部就班慢跑起来,埃莉诺则歪到她的白伞下面。

每年夏天她都要探访居住在丈母娘家的莫里斯。她已经来了七八回了,她数着;但今年情况不同往年。今年一切都迥然不同。她父亲去世了;她的房子锁上了;眼下她哪里都没有了着落。当她在炎热的小道上颠簸时,她昏昏欲睡地想道,现在我怎么办呢?住在哪里?她问自己,这时她正从一条街道中央的一座非常体面的乔治王朝的别墅旁经过。不行,乡村里不行,她对自己说;他们颠簸着穿过了村庄。那座房子怎么样,她对自己说,眼睛盯着树林里一座有游廊的房子。要是那样,她想,我就会变成一个白发老太,用剪子剪花,敲各家农舍的门。她不想敲农舍的门。而那位牧师——一位牧师正推着自行车上山——会来跟她喝茶。这一切都是何等整洁,她想;因为他们正穿越该村。小小的花园,红花黄花争媚斗艳。随后他们开始见到村民了;一条长长的队伍。有的女人拿着小包;一辆婴儿车的被子上有个闪亮的银玩意儿;一个老头胸前抱着一棵毛头毛脑的椰子。刚开过义卖会,她想;这不,大家正往回走。当马车小跑而过时,他们退到路边上,好奇的目光直勾勾地盯着那位坐在白伞下面的女士。现在他们来到一座白色的大门前;在一条短短的林阴道上轻快地小跑着;鞭子一甩便在两根细柱子前面停下;门上的刮泥器就像竖着硬刺的刺猬;厅门大开着。

她在门厅里等了片刻。经过路上的强光刺激后,她的眼睛模糊起来。一切似乎苍白,脆弱,亲切。小地毯褪了色;图画褪了色。就连壁炉上方头戴三角帽的海军上将也带着一副褪了色的文雅的奇怪神情。在希腊,人们总是回溯两千年。在这里,总是十八世纪。像英国的一切一样,她想,把伞放在长餐桌上的瓷盆旁边,盆里有几片干玫瑰花瓣,过去显得贴近,充满家庭的温馨,友好亲切。

门开了。"哟,埃莉诺!"她的弟媳惊呼着,身穿宽松的夏衣奔进了门厅,"见到你真高兴!你皮肤晒得好黑呀!快进来凉快凉快!"

她把她领进了客厅。客厅的钢琴上扔着白色的婴儿内衣;红红绿绿的水果在玻璃瓶里闪亮。

"乱得不像样子,"西莉娅说着,一屁股坐到沙发上,"圣奥斯特尔夫人这会儿刚走,还有主教。"

她用一张纸给自己扇风。

"不过,非常成功。我们在花园里举行义卖。他们还搞了演出。"她用来给自己扇风的是一张节目单。

"演了戏?"埃莉诺说。

"对,莎士比亚的一幕戏,"西莉娅说,"《仲夏夜之梦》?《皆大欢喜》?我忘了是哪一个。格林小姐安排的。幸好天公作美。去年可是大雨倾盆啊。不过,我的脚好疼噢!"长窗向草坪开着。埃莉诺可以看见人们在拉桌子。

"一项大工程!"她说。

"可不是!"西莉娅气喘吁吁,"我们有圣奥斯特尔夫人和主教,投椰子,还有一只猪;不过我认为一切顺利。大家都玩得开心。"

"为教堂筹资?"埃莉诺问。

"对,修新尖塔。"西莉娅说。

"好大的贡献啊!"埃莉诺又说。她向草坪望去。草已经晒得干枯发黄了;桂树蔫了。桌子靠在桂树上。莫里斯拖着一张桌子走过去。

"西班牙天气可好?"西莉娅问,"你可见过奇观胜景?"

"噢,对!"埃莉诺惊呼,"我看见……"她停下来。她看见过奇观胜景——建筑,名山,平原上的一座红色城市。但她怎么能描述它呢？

"你以后必须把有关的情况告诉我，"西莉娅说着站了起来，"我们该做准备了。不过我担心，"她说，十分吃力地爬上那座宽敞的楼梯，"我得求你仔细一点，因为我们非常缺水。井……"她停了下来。那口井，埃莉诺想起来了，炎炎夏日总没有水。她们一起走过宽阔的走廊，经过那黄色的老地球仪，地球仪上面是那幅十八世纪的画，钦纳里家的全体小孩，有的穿着长裤衩，有的穿着南京棉布长裤，围着他们的父母站在花园里。西莉娅手搭在卧室门上停下来。鸽子咕咕的叫声从敞开的窗户里传进来。

"这回我们把你安顿在蓝屋里。"她说。埃莉诺通常住的是粉红屋。她往里瞟了一眼，"我希望你一切齐全了——"她开始说。

"对，我相信我一切齐全了。"埃莉诺说，西莉娅撇下她走了。

女仆已经把她的东西取出来了。东西都在那儿——摆在床上。埃莉诺脱掉连衣裙，穿着白衬裙站着擦身，有条不紊，但又小心翼翼，因为他们非常缺水。西班牙的太阳已经把她的脸晒黑了，英国的太阳仍然像针一样把它重扎了一遍。她在镜子前穿上夜礼服时，她的脖子和胸部截然分开了，仿佛脖子被漆成了棕色，她想。她一头浓发中间有一绺已经发白，她敏捷地把它挽成一个发髻；再把珠宝戴到脖子上，一个红点，宛如凝在一起的莓子酱，中间还有一粒金籽儿；然后瞟了一眼五十五年来熟悉得她再也看不见的那个女人——埃莉诺·帕吉特。她老了。这是一目了然的；额头上横着几道皱纹；原先有结实的肌肉的地方现在不是坑儿,就是褶儿。

我有何长项呢?她问自己,又用梳子梳了一遍头发。我的眼睛?她看着眼睛时,眼睛却回她一抹嘲笑。我的眼睛,不错,她想。有人曾夸过她的眼睛。她让自己把眼睛睁开,而不要眯到一起。每只眼睛周围都有好几条小白道儿,那是她在雅典卫城,在那不勒斯,在格拉纳达和托莱多皱起眼睛、避免强光时留下的。但人们夸我的眼睛,已成往事了,她想,于是结束了装束。

她伫立了片刻,凝视着干枯的草地。草几乎全黄了;榆树开始发黑;红白花奶牛在坍塌的树篱那边咕吱咕吱地吃草。但英国令人失望,她想;它幅员小;它景色美;她没有爱国热情——一点也没有。然后她下了楼,因为如有可能,她想单独见见莫里斯。

但他并不是一个人。她一进来,他就站起来把她介绍给一个穿小礼服的有点矮胖的白发老头儿。

"你们认识,对吧?"莫里斯说。

"埃莉诺——威廉·沃特尼爵士。"他语气诙谐,对"爵士"二字比较着力,一时把埃莉诺搞糊涂了。

"我们从前认识。"威廉爵士说,走上前来微笑着握了握她的手。

她盯着他。会不会是威廉·沃特尼——老杜宾——那个若干年前常来阿伯康街的?就是他。自他去印度之后,她再也没有见过他。

但难道我们都是这副模样?她问自己,目光从那张她曾熟知的那个男孩发皱的红黄脸——他几乎没有一根头发——转移到她弟弟莫里斯身上。他看上去又秃又瘦;但他肯定跟她自己一样,还在壮年时期?还是他们大家突然之间变成了威廉爵士那样的老朽?这时侄儿诺思和侄女佩吉跟她们的母亲一起进来,他们是进来吃晚饭的。钦纳里老太太在楼上用餐。

杜宾是怎么摇身一变,成了威廉·沃特尼爵士的?她感到纳闷,扫了他一眼,他们正在吃鱼,就是包在湿唧唧的包里带来的那些鱼。她上次见他——还是在河上的一只小船里的事。他们是去吃野餐的;他们在河心的一个岛上吃的晚饭。童女时期,对吧?

他们在议论那场义卖。克拉斯特赢得了那口猪,格赖斯太太赢得了那只镀银的浅盘。

"那就是我在婴儿车上看到的东西,"埃莉诺说,"义卖会上的人回来时我碰见了。"她解释说。她把那支队伍描述了一番。他们议论那场义卖。

"你不羡慕我的大姑子吗?"西莉娅转向威廉爵士说,"她刚从希腊旅游回来。"

"真的!"威廉爵士说,"希腊的什么地方?"

"我们先到雅典,然后去了奥林匹亚,然后去了特尔斐。"埃莉诺开始说,把老一套又背了一遍。显然他们纯属例行的交往——她和杜宾。

"我的大伯子,爱德华,"西莉娅解释说,"经常做这种愉快的旅游。"

"你记得爱德华吗?"莫里斯说,"你不是和他年龄相仿吗?"

"不,他比我小,"威廉爵士说,"不过,当然我听说过他。他是——让我想想——他是什么来着——一个大腕儿,是吧?"

"啊,他可是同行中拔尖儿的。"莫里斯说。

他并不嫉妒爱德华,埃莉诺想;但他的声音里有一种语气告

179

诉她,他在跟爱德华比事业。

"大家喜欢他。"她说。她笑了;她看见爱德华在雅典卫城上给一群敬业的女教师讲课。她们掏出笔记本,把他说的每个字记下来。但他为人大方;心地善良;他一直对她关爱有加。

"你在大使馆碰见什么人了吗?"威廉爵士问她。然后他又加以更正。"不一定是大使馆,对吧?"

"对了。雅典不是大使馆。"莫里斯说。说到这里话又岔开了;大使馆和公使馆有何区别? 然后他们又开始议论巴尔干局势。

"近期将会出现麻烦。"威廉爵士说。他转向莫里斯;他们探讨着巴尔干的局势。

埃莉诺的注意力游离开了。他这些年干什么? 她心里纳闷。某些言谈和举止让她回想起他三十年前的样子。如果一个人眯上眼睛,还有老杜宾的流风余韵。她眯上眼睛,突然间她想起来了——夸她的眼睛的正就是他。"我从来没有见过你姐姐那样明亮的眼睛。"他说过。莫里斯给她讲的。在回家的火车上,她用一张报纸把脸遮住,好遮掩心里的喜悦。她又看了看他。他在说话。她听着。他似乎伟大得这家安静的英国客厅装不下了;他的声音响如洪钟。他需要一群听众。

他在讲故事。他说话语句简洁干脆,仿佛一个环束住了它们——一种她欣赏的风格,但她把开头没有听上。他的杯子空了。

"再给威廉爵士斟酒。"西莉娅悄声对紧张的客厅女侍说。于是餐具柜上的酒瓶便丁当起来。西莉娅神经质地皱起了眉头。乡下姑娘不会干活,埃莉诺心里思量。故事就要到高潮了;但她已经把好几个环节错过了。

"……我发现自己穿着一条旧马裤站在一把大花伞下面;善男信女们蹲着;脑袋垂到地上。'上帝啊,'我心里说,'要是他们知道我是多笨的一头蠢驴,那如何是好!'"他把杯子举向前去把酒满上。"当年我们就是那样学着干活的。"他补充说。

当然他在吹牛;那也难怪。他统治过,就像人们常说的那样,"爱尔兰那么大"的一个地区,然后回到英国;可谁也没有听说过他。她有种感觉:周末,她还会听到一大堆故事,它们一个个波澜不惊,总一帆风顺驶向于他有利的彼岸。但他讲得非常动听。他是做过很多有意思的事情。她希望莫里斯也会讲故事。她希望他也会显显身手,而不是歪在椅子上,用手——上面有刀痕的手——抹一抹脑门。

我该不该鼓动他当律师?她想。她父亲表示反对。但一不做二不休;他结了婚;有了孩子;他得干下去,不管他愿意不愿意。泼水难收啊,她想。我们做我们的实验,他们做他们的。她望着侄儿诺思和侄女佩吉。他们坐在她的对面,阳光照在脸上。他们极其健康的鹅蛋脸显得格外年轻。佩吉的蓝连衣裙就像小孩的细平布衣裙一样挺刮。诺思还是个棕眼仁儿,打板球的小男孩。他聚精会神地听着;佩吉低着头瞅着盘子。她显出一副事不关己的神态,教养有素的孩子听大人谈话时都是这样。她要么感到有兴趣,要么觉得心烦?埃莉诺拿不准是哪种情绪。

"它飞了,"佩吉说,突然抬头一望,"猫头鹰……"她说,碰到了埃莉诺的目光。埃莉诺转过来从身后的窗户向外一望。她没有看见猫头鹰;她只看见茂密的树林,在落日下闪着金光;母牛一边吃草一边慢慢地走过草地。

"你可以估算它的活动时间,"佩吉说,"它极有规律。"然后,西莉娅动了一下。

"是不是让男士们讨论他们的政治,"她说,"咱们去平台上喝咖啡?"于是她们关上门,让男士们在里面谈政治去。

"我去拿我的望远镜。"埃莉诺说,她便上楼去了。

她想在天不太黑之前看一下猫头鹰。她对鸟儿的兴趣越来越大。这是年老的迹象,她想,走进了卧室。一个爱洗浴爱看鸟的老姑娘,她照着镜子对自己说。看她那双眼睛——现在仍然明亮,尽管周围有了皱纹——那双因为杜宾夸过,她在火车车厢里遮住的眼睛。可现在我有了一个名号,她想——一个爱洗浴爱看鸟的老姑娘。那就是他们对我的想法。但我不是——我根本不是那个样子,她说。她摇了摇头,从镜子前面转过去。一间挺好的屋子;外国旅馆的卧室,墙上有什么人抹过壁虱的印子,楼下有男人大吵大闹,有过这番经历后,这间屋子就显得格外阴凉雅致。但她的望远镜到哪里去了?放到哪个抽屉里了,她转过身去找。

"爸爸是不是说威廉爵士爱上了她?"他们在平台上等着时,佩吉问道。

"哟,这事儿我可不知道,"西莉娅说,"不过我倒希望他们能结婚。我希望他们有自己的孩子。然后他们能住在这儿,"她补充说,"他是个那么讨人喜欢的男人。"

佩吉默不吱声。出现了一阵停顿。

西莉娅接上说:

"我希望明儿下午你们对罗宾逊一家礼貌一点,尽管他们讨人嫌……"

"不管咋的,他们也举办忒棒的晚会。"佩吉说。

"'忒棒,忒棒,'"她母亲半嗔半笑地抱怨着,"我希望你不要学诺思的俚言俗语,宝贝儿……噢,埃莉诺来了。"她突然打住了。

埃莉诺拿着望远镜来到平台上,坐到西莉娅身旁。天仍然很暖和;仍然很亮,能看见远处的小山。

"它一会儿就回来,"佩吉说,顺手拉过来一把椅子,"它会沿着那道树篱过来。"

她指着横在草地上的那道黑沉沉的树篱。埃莉诺对好望远镜,等着。

"哎,"西莉娅说,一边在倒咖啡,"有很多事我想问问你。"她打住了。她总有一大堆问题要问;打四月以来,她再没见过埃莉诺。四个月问题就堆成了山。必须一点一点地来。

"首先,"她开始说,"不……"她把这个问题扔下,先问另一个。

"萝丝到底是怎么回事嘛?"她问。

"什么?"埃莉诺心不在焉地说,调着望远镜的焦距,"眼看天快黑了。"她说,田野一片苍茫。

"莫里斯说她被送到治安法庭了。"西莉娅说。她把声音稍稍压低了一点,尽管旁边没有人。

"她扔了一块砖头——"埃莉诺说。她又把望远镜对准了树篱。她把望远镜摆平,以防猫头鹰从那边飞过。

"她会不会被关进监狱?"佩吉赶忙问道。

"这次不会,"埃莉诺说,"下次——啊,它来了!"她突然打住。那只大头鸟儿沿着树篱摇摇晃晃地来了。在暮色中,它看上去几乎是白色的。埃莉诺在她的镜圈中看见了它。它前面抓着一个小黑点。

"它的爪子抓着一只老鼠!"她惊叫道。"它在尖塔上有个窝。"佩吉说。猫头鹰猝然下降,飞出了视野。

"我再也看不见它了。"埃莉诺说。她把望远镜放下来。她们一时呷着咖啡,默默无言。西莉娅在考虑她的下个问题;埃莉诺等着她发问。

"给我讲讲威廉·沃特尼,"她说,"上次我在一只小船上见他时,他还是个瘦长条的小伙子。"佩吉放声大笑起来。

"那一定是老八辈子的事了!"她说。

"没有那么长。"埃莉诺说。她感到颇为气恼。"呃——"她沉吟道,"二十年——也许二十五年。"

对她来说,这似乎是弹指一挥间;不过,她想,那时候佩吉还没有出生。她现在只不过十六七岁。

"他不是个挺讨人喜欢的男人吗?"西莉娅大声说,"他过去在印度,你知道。现在他退休了,我们倒希望他在这里搞一幢房子;但莫里斯认为他会觉得无聊的。"

她们一时都默默无语,向着草地那边眺望。母牛咕吱咕吱地吃草,过一会儿在草地上向前迈一步,时不时地还咳嗽两声。一股香甜的母牛和青草味向她们飘过来。

"明天又是一个大热天。"佩吉说。天空平滑如镜;它似乎是由无数的蓝灰色的原子构成的,那是意大利军官披风的颜色;最后它和有一长条纯绿色的地边相连。万物看上去安稳,平静,真纯。万里无云,星星尚未露脸。

到过西班牙之后,这里显得小巧玲珑,自满自足,但非常幽静,太阳已经西沉,树木浑然一片,看不见披散的叶子,自有其美丽之处,埃莉诺想。草丘变得更大,更简单;它们和天空融为一体。

"景色多迷人!"她大声说,仿佛她从西班牙回来后在向英国谢罪。

"要是罗宾逊先生不建房子就好了!"西莉娅喟叹道,埃莉诺想起来了——他们是当地的祸害;威胁要盖房子的有钱人。"今天的义卖会上,我极力礼貌对待他们,"西莉娅继续说,"有的人连个招呼也不肯向他们打;不过我说在乡下,对邻居要讲礼貌……"

然后她打住了。"我想问你的事情太多了。"她说。瓶子又倒斜过来。埃莉诺顺从地等着。

"你给阿伯康街的房子开价了没有?"西莉娅问道。她的问题一点,一点,一点地流出来了。

"还没有呢,"埃莉诺说,"代理想让我把它分割成套房。"
西莉娅沉吟着。然后她又跳出一个问题。
"现在说说玛吉——她的宝宝什么时候出生?"
"十一月,我想,"埃莉诺说,"在巴黎。"她补充说。
"我希望分娩顺利,"西莉娅说,"不过我倒希望孩子生在英国,"她又沉吟起来,"她的孩子就成了法国人了,我想?"她说。

"对;法国人,我估计。"埃莉诺说。她在凝望着那个绿条;颜色淡了;渐渐变成了蓝色。入夜了。

"人人都说他是个大好人,"西莉娅说,"可是勒内——勒内,"她的口音真要命,"——听起来不像个男人的名字。"

"你管他叫勒尼好了。"佩吉说,按英国读法念这个名字。

"不过那使我想起了罗尼;我不喜欢罗尼。我们从前有个马童就叫罗尼。"

"他偷了干草。"佩吉说。她们又默默无语了。"多可惜呀——"西莉娅开始说。然后她又停下来。女仆进来收拾咖啡。

"夜色太美了,对吧?"西莉娅说,改变了声音,以适应仆人在场。"看样子好像再永远不会下雨了。既然这样,我就不知道……"于是她一个劲儿地唠叨起旱情;唠叨起缺水的情况。井总是干着。埃莉诺望着远山,几乎没有听。"啊,眼下还有大家用的。"她听见西莉娅说。但不知什么缘故,她把这个句子悬在心里,不明其意。"……眼下还有大家用的。"她重复着。听过种种外国语之后,这话对她是纯粹的英语。多可爱的语言,她想,又把那些平常的言词对自己重复了一遍,西莉娅把它们说得非常简捷,但带着一种难以形容的卷舌颤音,因为自古以来,钦纳里家就生活在多塞特郡。

女仆已经走了。

"我说到哪儿了?"西莉娅重新开始。"我说多可惜啊。对……"但出现了七嘴八舌的声音;一阵雪茄烟味;男士们来到她们的身边。"哟,他们来啦!"她突然打住。于是拉过来几把椅子,重新摆了一下。

他们围成一个半圆坐着,隔着草地眺望黯然失色的小山。横在地平线上的宽阔的绿条已经消失。天上只剩下一种色调。天变得平静、凉爽;他们身上似乎也有什么东西被抹平了。没有必要说话了。猫头鹰又飞到了草地上;他们只能看见黑沉沉的树篱映衬着它白色的翅膀。

"它飞走了。"诺思说,抽着他的第一支雪茄,埃莉诺猜,是威廉爵士赠送的。榆树变得黑漆漆的,映在天幕上。树叶垂下来,形成一种回纹图案,宛如一种黑色的网眼花边。从一个网眼里,埃莉诺看见一颗星星的尖儿。她抬头一望。又有一颗。

"明天又是个大晴天。"莫里斯说,在鞋上磕着烟斗。远处的大道上,响起了隆隆的车轮声;接着有人齐声高歌——乡民们回家了。这就是英国,埃莉诺心想;她觉得仿佛自己慢慢地陷入某种细网里,网是由摇曳的树枝、昏暗的山丘和中间有星星、像黑色网眼花边一样悬垂的树叶织成的。然而一只蝙蝠突然低低地飞过他们的脑袋。

"我讨厌蝙蝠!"西莉娅惊呼道,神经质地把手往脑袋上一抬。

"是吗?"威廉爵士说,"我倒喜欢它们。"他声音平静,几乎带点儿忧伤。现在西莉娅要说,它们直往人的头发里钻,埃莉诺想。

"它们直往人的头发里钻。"西莉娅说。

"可我没有头发。"威廉爵士说。他的秃头,他的大脸,在黑暗中熠熠放光。

蝙蝠又突降下来,在他们的脚边擦地而过。一股凉风吹拂着他们的脚踝。树木已和天空融为一体。没有月亮。但星星正在露脸。又是一颗,埃莉诺想,注视着她眼前的一点闪光。但它太低;太黄;又是一座房子,她意识到,不是一颗星星。然后西莉娅开始和威廉爵士说话,她想让他在附近定居;圣奥斯特尔夫人给她讲过庄园要出租。那是庄园呢,埃莉诺心里纳闷,注视着一点幽光,还是一颗星星?他们继续谈话。

由于厌倦了她自己的同伴,钦纳里老太太早就下来了。她坐在客厅里等着。她非常正规地进入客厅,但那里却没有人。她坐着等候,身上穿着黑缎子的老夫人盛装,头上戴着一顶网眼无边帽。她的鹰钩鼻子在干瘪的面颊中弯下来,眼皮松垂,有一只还有一道小小的红边儿。

"他们干吗不进来呢?"她忿忿地对站在她身后的谨慎的黑

人女仆埃伦说。埃伦走到窗前敲了敲玻璃。

西莉娅停止了谈话,转过身来。"是妈妈,"她说,"我们得进去了。"她站起身来,把椅子往后一推。

天黑以后,客厅里灯火辉煌,具有一个舞台的效果。钦纳里老太太坐在轮椅上,戴着喇叭形助听器,似乎坐在那里等人膜拜。她看上去形容依旧;一点也没有老;还像往常一样精力充沛。当埃莉诺弯腰依照习惯吻她时,生活再一次显示出它熟悉的范畴。夜复一夜,她就这样弯腰服侍着她的父亲。她高兴弯下腰来;这样使她感到年轻了许多。她把这一过程烂熟于心。他们这些中年人顺从垂暮老人;垂暮老人对他们谦恭有礼;然后是那种常有的停顿。他们对她无话可说;她对他们无话可说。下一步怎么办?埃莉诺看见老太太的眼睛突然一亮。什么事让一个九十岁的老太太眼放蓝光?纸牌?对。西莉娅把绿台面呢桌子搬来了;钦纳里太太对惠斯特情有独钟。但她也有她的礼仪;她也有她的风格。

"今晚不行,"她说,做了一个小小的手势,仿佛要把桌子推开,"我相信这会让威廉爵士感到无聊?"她冲着那位魁梧的男子的方向点了一下头,他站在那里,似乎有点置身于这一家人之外。

"不会,不会,"他欣然说,"再没有比这更令我高兴的了。"他向她保证说。

你是个好人,杜宾,埃莉诺想。他们把椅子往一起拉了一下;发起牌来,莫里斯对着助听器逗他的丈母娘,而他们打了一盘又一盘。诺思在看一本书;佩吉随意地弹着钢琴;而西莉娅,对着她的刺绣打盹儿,时不时猛地一惊,用手捂住嘴。最后门悄悄地开了。谨小慎微的黑人女仆埃伦站在钦纳里太太的椅子背后,等着。钦纳里太太装作没有看见她,但别人都乐得停下来。埃伦走上前去,钦纳里太太顺从了,便被推向楼上那间极其古老的神秘的居室。她的娱乐就此结束了。

西莉娅公开打了个呵欠。

"义卖会,"她说着把刺绣卷了起来,"我要去睡了。走,佩吉。走,埃莉诺。"

诺思敏捷地跳过去把门打开。西莉娅点亮了铜烛台,开始步履沉重地爬楼梯。埃莉诺跟在后面。但佩吉落得老远,埃莉诺听见她跟弟弟在门厅里说悄悄话。

"快来,佩吉。"西莉娅一边吃力地爬着楼梯,一边从栏杆上面回头大喊。当她爬到顶层的歇脚台上时,她在那幅钦纳里家的小宝贝们的画像下面停下来,又回头厉声喊道:

"快来,佩吉。"一阵停顿。佩吉来了,心里很不情愿。她十分听话地亲了亲妈妈;但她没有一点瞌睡的样子。她看上去特别漂亮,满脸绯红。她没有一点睡觉的意思,埃莉诺相信。

她走进自己的房间,脱下衣服。窗户全部开着,她听见花园里树木飒飒。天依然很热,她穿着睡袍躺在床上,只盖一条被单。身边桌子上的蜡烛燃烧着它那梨形的小小灯苗。她躺着,朦朦胧胧地倾听着花园里的树声;看着一只在屋子里撞来撞去的飞蛾的影子。我要么得起来关上窗子,要么把蜡烛吹灭,她昏昏欲睡地想。她一件都不想干。她只想静静地躺着。谈过话,打过牌之后,在半明半暗中躺着真是一种解脱。她仍然能看见牌落下来;黑的,红的,黄的;王,后,杰克;落在一张绿色台面呢桌上。她昏昏沉沉地环顾四周。梳妆台上摆着一瓶美丽的花;床边是光亮的衣橱和一个瓷盒子。她揭开盖子。哟;四块饼干

189

和一块浅颜色的巧克力——怕她夜里挨饿。西莉娅还准备了一些书,《无名氏日记》,《拉夫的诺森伯兰旅行记》,还有但丁诗集的一本散卷,以防她夜里想读点什么。她拿过来一本,放到身边的床罩上。也许是因为她一直旅行,仿佛船还在海上轻轻地行驶;仿佛火车仍然在法国隆隆地晃动。她只盖一条被单,舒展身子躺在床上,她感到仿佛往事——从脑海里掠过。那不再是风景了,她想;那是人们的生活,人们千变万化的生活。

粉红卧室的门关着。威廉·沃特尼在隔壁咳嗽。她听见他走到房间对面。现在他站在窗前,抽着最后一支雪茄。他在想什么呢,她心里纳闷——想印度?——他怎么站在一把大花伞下面?然后他开始在房间里走动,脱衣服。她能听见他拿起一把刷子,然后又放到梳妆台上。还真亏了他,她想,回想起他那弯弯的宽下巴,以及下面浮动的粉黄色斑,我才有了那一瞬间:她坐在三等车厢的角落里把脸藏在报纸后面偷着乐,而且还不止一个乐字。

现在有三只飞蛾绕着天花板乱撞。它们向各个角落乱飞时,形成了啪啪的轻响。要是我让窗户再多开一会儿,那屋子里还不蛾满为患? 外面走道里,一块板子咯吱一声。她听着。是不是佩吉偷偷跑出来,去找她弟弟? 她确信有什么计划在行动。但她能听见花园里负载重物的树枝在上下摆动。一头牛哞哞地叫;一只鸟儿啾啾地鸣,随后使她大喜过望的是,一只猫头鹰发出清脆的呼叫,在树间飞旋,给树画了一个个银环。

她躺着,眼睛望着天花板。一团淡淡的水渍出现在那里。它像一座小山。这使她想起了希腊或西班牙的一座荒凉的大山;看上去开天辟地以来从未有人涉足。

她把放在床罩上的那本书打开。她希望那是《拉夫游记》

或者《无名氏日记》;但恰好是但丁,她懒得去换。她随便读了几行。但她的意大利文荒疏了;她好坏记不起意思来。但意思是有的;一只钩子似乎在划着她的心扉。

chè per quanti si dice più lì nostro

tanto possiede più dì ben ciascuno.

这是什么意思?她读了一下英译。

因为有多少说"我们的"人
每个人就具有多少的善。

她的心思正注视着天花板上的飞蛾,又在倾听猫头鹰在树间盘旋时清脆的呼叫,所以这些字只是被它轻轻地摸了一下,没有展现它们充分的含义,但似乎把什么东西在这古意大利文的硬壳中收拢起来了。哪一天,我要好好读读,她想,顺手把书合上。当我给克罗斯比发养老金让她退休的时候,当……她该不该另买一幢房子?她该不该去旅行?她该不该最后去印度?威廉爵士就要在隔壁床上睡觉了,他的生活结束了;她的却正要开始。不,我不想另买一幢房子,不另买房子,她想,望着天花板上的斑点。一只船轻轻地破浪前进、一列火车在铁路上晃荡的那种感觉又回到心头。事物不可能勇往直前,她想。事物一晃而过,事物千变万化,她想,抬眼望着天花板。而我欲往何方?何方?何方?……飞蛾绕着天花板乱撞;那本书滑到地板上。克拉斯特赢得了那口猪,但谁赢得了那只银盘呢?她沉思着;鼓足了劲儿;转了个身,吹灭了蜡烛。黑暗统御了四方。

191

一九一三年

　　一月天。在下雪;雪下了一整天。天空延展开来,像一只灰鹅的翅膀,羽毛纷纷扬扬落遍英国。万里长空只有漫天飘落的雪花。阡陌铺平了,洼地填满了;雪壅塞了河流,遮暗了窗子,楔入了门户。空中有种细微的淅沥声,一连串轻轻的爆裂声,仿佛空气本身也要化作飞雪;偶尔有一只羊咳嗽,雪从树枝上扑腾落下,或者从伦敦的一家屋顶上大片崩落下来,除此之外,万籁无声。时不时有一辆汽车驶过迷蒙的道路,便有一道光慢慢地掠过天空。但夜渐阑珊,雪盖住了车辙;把车辆的印记抹光,给纪念碑、宫殿、雕像披上一件厚厚的雪袍。

　　房产代理派来的年轻人察看阿伯康街的房子时,雪还在下。雪在浴室墙上投下一道刺目的白光,把瓷浴盆上的裂缝、墙上的斑点显露出来。埃莉诺站在窗前向外张望。后花园里的树木积满了厚重的雪;所有的屋顶轻轻地盖上了白雪;雪还在下。她转过身来。年轻人也转过身来。光对他们俩都不相宜,然而雪——她通过过道顶头的窗户里看——很美,还在下。

　　他们下楼时,格赖斯先生转向她。

　　"其实呀,当今我们的委托人希望有更好的卫生设施。"他说,在卧室门外停了下来。

他干吗就不能说"浴室"了事,她想。她慢慢地走下楼去。现在她透过厅门的窗玻璃,能看见雪还在下。他下楼时,她注意到了竖在他的高领子外面的红耳朵;还有在万兹沃思的某个水池里洗得不够彻底的脖子。她心里窝火;当他鼻子闻着,眼睛瞅着到处察看房子时,他已经指责过她们的清洁习惯,她们的仁道表现;而且他用的是些荒谬的大字眼儿。依靠一些大字眼儿,她估计,他在把自己硬往他上面的那个阶级里拉。这会儿他小心翼翼地从那只酣睡的狗的身上迈过去;从门厅桌子上拿起他的帽子,穿着生意人的扣扣的靴子走向前门台阶,在厚厚的、白皑皑的雪垫上留下黄唧唧的脚印。一辆四轮出租马车在等着。

埃莉诺转过身来。克罗斯比就在那里,她头上戴着她最漂亮的帽子,身上披着她最漂亮的披风,躲躲闪闪的。整整一个早晨她像一条狗似的,跟着埃莉诺在房子里转来转去;那可恨的时刻再也不能往后推了。接她的四轮儿就在门口停着;她们不得不说再见了。

"对了,克罗斯比,显得空荡荡的,是吧?"埃莉诺说,望着空荡荡的客厅。雪的白光射进来,照到墙上。它显露出放家具、挂画儿留在墙上的印子。

"就是,埃莉诺小姐。"克罗斯比说。她也站着往里看。埃莉诺知道她要哭了。她不想让她哭。她自己也不想哭。

"我还能看见你们大家围着桌子坐着,埃莉诺小姐。"克罗斯比说。但桌子已经不见了。莫里斯拿走了这个;迪莉娅带去了那个;什么都瓜分完了。

"那把烧不开的壶,"埃莉诺说,"你还记得吗?"她想办法要笑起来。

"啊,埃莉诺小姐,"克罗斯比说,摇了摇头,"我什么都记得!"珠泪盈眶了;埃莉诺扭开头看另一间房子。

墙上也有印子,因为那里曾立过书橱,摆过书桌。她想到自己坐在那里,在吸墨纸上画着一个图案;挖着一个洞,加着账项……然后她又转过来。克罗斯比在那里。克罗斯比哭了。百感交集格外令人痛苦;她倒高兴甩掉这个包袱,但对克罗斯比来说,这就意味着什么都完了。

她对那座大而无当、布局零乱的房子里的每一个小橱,每一块石板,每一把椅子,每一张桌子都了如指掌,但不是像他们那样是袖手旁观看熟的,而是跪在地上擦擦洗洗摸熟的;她对每一个沟槽,每一个斑点,每一把刀叉,每一块餐巾,每一个橱柜,莫不烂熟于心。它们和它们的作为构成了她的整个世界。而现在她要走了,独自一人去住里士满的一个单人房间。

"我倒认为走出那个地下室,你应当高兴才是,克罗斯比。"埃莉诺说,又转进了门厅。她从来没有意识到它是多么昏暗,多么低矮,直到同"我们的格赖斯先生"察看时,她才感到不好意思了。

"四十年来,这里就是我的家,小姐。"克罗斯比说。老泪纵横。四十年了! 埃莉诺想,突然一惊。克罗斯比进她们家时,还是一个十三四岁的小姑娘,显得拘谨,漂亮。现在她那双蚊子似的蓝眼睛突了出来,面颊却陷了进去。

克罗斯比弯下腰把"流浪汉"拴在链子上。

"你肯定你想要它?"埃莉诺说,望着那只臭烘烘、喘吁吁、其貌不扬的老狗,"我们在乡下给它找个舒适的家并不难。"

"啊,小姐,不要叫我抛弃它!"克罗斯比说。眼泪噎住了她的话。她脸上老泪纵流。尽管埃莉诺竭尽全力要忍住不哭,但她还是珠泪盈眶了。

"亲爱的克罗斯比,再见了。"她说。她弯下腰亲了亲她。她的皮肤干得古怪,她注意到。但她自己也涕泪涟涟了。然后克罗斯比用链子牵着"流浪汉",开始侧着身子下滑溜的台阶。埃莉诺开着门,目送着她。这是惨痛的一瞬;凄凄惨惨,昏昏沉沉;谬误百出。克罗斯比伤心难过;她却高高兴兴。但当她扶住开着的门时,不禁潸然泪下。她们大家都一直在那里生活;她曾站在那里挥手送莫里斯上学;那里有一个小花园,她们常在那里栽番红花。这会儿克罗斯比的黑帽子上落满了雪花,怀里抱着"流浪汉",爬进了四轮儿。埃莉诺关上门,进了屋。

雪下着,出租马车在街上慢慢地跑着。人行道上有一些长长的黄槽,因为购物人已经把雪踩成了雪泥。雪泥开始融化;一块一块的雪从屋顶上滑下来,掉到人行道上。男娃娃正在玩雪球;有一个扔过来一个雪球,正好砸在路过的那辆出租马车上。但当它拐进里士满绿地时,广阔的空地白茫茫一片。似乎没有人从那片雪地上走过;万物皆白。草是白的,树是白的;栏杆是白的;放眼四顾,仅有的斑点就是那群秃鼻乌鸦,它们黑压压地缩成一团栖在树梢上。马车款款地跑着。

等那辆出租马车在绿地附近的那幢小房子前面停下时,来往的大车,已经把雪搅拌成黄唧唧的雪泥块儿了。克罗斯比怀里抱着"流浪汉",走上台阶,以免它的爪子在楼梯上踩上印子,站在那里欢迎她的有路易莎·伯特;还有毕晓普先生,他住在顶楼,曾经当过男管家。他搭了一手,提上行李,克罗斯比跟在后面,去了她的小房间。

她的房间在楼顶上,在背面,俯视着花园。房间很小,但她把东西打开以后,还是挺舒适的。它具有阿伯康那幢房子的模样。其实,多少年来,她一直积攒一些零七碎八的东西,为退休做准备。印度象,银花瓶,以及那只海象,那是一天早上,万炮齐鸣为老女王送葬时,她从废纸篓里发现的——现在统统在那里。她把它们歪摆在壁炉台上,她把全家人的肖像一一挂起来——有穿结婚礼服的,有戴假发、穿长袍的,穿制服的马丁先生在正中央,因为他是她的心肝宝贝——这时候这间屋子俨然像个家。

但不知是因为搬到了里士满,还是由于下雪天着了凉,"流浪汉"立即生病了。它拒绝进食。它鼻子发烫,它的湿疹又出来了。第二天一早,她要带它去买东西,它爪子伸到空中打着滚,仿佛求她让它留在家。毕晓普先生只好告诉克罗斯比太太——因为她在里士满享有这一尊称——依他看,这可怜的老伙计(这时他拍了拍狗的脑袋)最好还是处理掉算了。

"跟我来,阿姨,"伯特太太说,一只胳膊搂着克罗斯比的肩膀,"让毕晓普去办吧。"

"它不会受罪的,我向你担保。"毕晓普先生说,本来跪在地上,现在站了起来。在此之前他已经有好几十次让太太小姐们的狗长眠了。"它只不过吸口气而已,"——毕晓普先生手里拿着手绢——"一会儿它就走了。"

"这对它有好处,阿姨。"伯特太太补充说,想办法把她拉开。

确实,那可怜的老狗看上去非常难过。但克罗斯比摇了摇头。它一直摇着尾巴;它的眼睛睁着。它还活着。它脸上还有一丝闪光,她长期以来以为那是一种微笑。它信赖她,她觉得。她不想把它交给生人。她在它身边守了三天三夜;她用茶匙给它喂炼乳;但最后它连嘴都不肯张了;它的身子越来越僵硬;一只苍蝇爬过它的鼻子,鼻子动都没动一下。那是一个大清早,麻雀在外面的树上叽叽喳喳叫得正欢。

"幸好她还有事儿分心。"葬礼过后的那天,克罗斯比披着她最漂亮的披风,戴着她最漂亮的帽子从厨房窗户旁经过时,伯特太太说;因为那天是星期四,是她从伊伯里街取回帕吉特先生袜子的日子。"可它早该给收拾掉了。"她补充说,转向了洗涤池。它出的气早都臭了。

克罗斯比乘区间火车到了斯隆广场,然后下车步行。她走得很慢,两手叉着腰,双肘突出来,仿佛要保护自己免受街上偶然事件的伤害。她仍然愁云满面;但从里士满来到伊伯里街,环境的变化于她有益。她觉得在伊伯里街要比在里士满情绪正常。寻常百姓都住在里士满,她总有这种感觉。而这里的淑女绅士都有同一种作风。她一路走过,以赞许的目光向商店里张望。过去常来探望老爷的阿巴思诺特将军就住在伊伯里街,她暗自思忖,拐进了那条阴沉的大道。他已经死了;路易莎让她看过报上的讣告。但他活着的时候,他就住在这里。她已经到了马丁先生住的公寓。她在台阶上停住脚步,整一整帽子。每当她来取他的袜子的时候,她总要跟马丁拉拉家常;这是她的一件赏心乐事;她喜欢跟他的房东布里格斯太太说说闲话。今天她将有幸把"流浪汉"死的消息告诉她了。她紧张小心地走下铺满了雨雪、滑得不行的庭院台阶,站到后门口按起了门铃。

马丁坐在屋子里看报。巴尔干的战事结束了;但又在酝酿新的麻烦——什么麻烦,他倒没有把握。他翻过页子。外面雨雪霏霏,房间里异常昏暗。他等人的时候,压根儿就读不进去。克罗斯比来了;他能听见门厅里七嘴八舌的声音。她们闲话真不少!她们嘴巴真唠叨!他不耐烦地想。他把报纸扔掉等着。现在她总算来了;她的手按到门上了。但他该向她说什么呢?他心里纳闷,这时他看见门把手转动了。他把报纸放下,她进来时,他还是用了那句套话:"哎,克罗斯比,最近情况怎么样?"

她想起了"流浪汉",泪水开始涌上双眼。

马丁听她讲狗的故事;他动了恻隐之心,皱着眉头。随后他站起来,走进卧室,回来时手里拿着一件睡衣。

"你看这是怎么搞的,克罗斯比?"他说。他指着领子下面的一个洞,边上发黄。克罗斯比把她的金边眼镜戴正。

"烧下的,先生。"她确信不疑地说。

"崭新的睡衣裤,才穿了两次。"马丁说,把睡衣拉展。克罗斯比摸了摸。是上等丝绸做的,她看得出来。

"啧—啧—啧!"她说着连连摇头。

"请你把这件睡衣交给那个叫不上名字的太太。"他接着说,把衣服展在胸前。他想打个比喻;但跟克罗斯比说话,他想起来了,你必须直说,用最简单的语言。

"叫她另找一个洗衣女工,"他做出了决断,"叫原来的那个滚蛋。"

克罗斯比把损伤过的睡衣轻轻地收拢到自己胸前;马丁先生绝对受不了贴身穿毛织品,她记得。你必须跟克罗斯比度过这一天,但"流浪汉"的死严重地局限了他们的谈话。

"风湿病好了吗?"他问,她笔直地站在房间门口,胳膊上搭着那套睡衣裤。她明显地矮了一截,他想。她摇了摇头。跟阿伯康街的房子一比,里士满就很低很低了。她说。她的脸耷拉下来。她在想"流浪汉",他估计。他得把她的想法引开;他见不得眼泪。

"看过埃莉诺小姐的新套房了吗?"他问。克罗斯比看过了。但她看不上套房。依她看,埃莉诺小姐毁了自己。

"有些人就不般配,少爷。"她说,指的是兹温格勒、帕拉维奇尼、科布几家,他们从前常跑到后门上要旧衣服。

马丁摇了摇头。他想不出下面该说什么。他讨厌跟仆人交谈;那总使他有种口是心非的感觉。不是傻笑,就是心实,他在想。哪一种情况都是谎。

"你自己情况挺好吧,马丁少爷?"克罗斯比问他,用的是爱称。这是她长期当仆人取得的特权。

"还没结婚,克罗斯比。"马丁说。

克罗斯比把屋子扫视了一圈,这是一套单身房间,摆着几把皮椅子;一摞书上扔着棋子儿,一只托盘上放着汽水瓶。她大胆说她相信有许多漂亮年轻的小姐乐意伴他终身。

"啊,可是我喜欢早晨在床上躺着。"马丁说。

"你总是这样,少爷。"她笑着说。然后马丁有可能掏出表来,快步走到窗前惊叫一声,仿佛突然想起了一次约会似的。

"天哪,克罗斯比,我得走了!"于是门对克罗斯比关上了。

那是一句谎话。他根本没有约会。一个人总是对仆人说谎,他想,向着窗外眺望。伊伯里街上房屋的丑陋的轮廓在雨雪霏霏中显露出来。人人都说谎,他想。他父亲说过谎——他死后,他们发现有一个名叫米拉的女人写来的信扎成一捆放在抽屉里。他曾经见过米拉——一个胖胖的体面女人,需要帮手修修她的屋顶。他父亲干吗要撒谎呢?养个情妇有什么不好?他自己也撒过谎;说的就是富勒姆路附近的那间房子,他跟道奇和埃里奇过去常在那儿抽廉价雪茄,讲下流故事。这是一种可恶的体系,他想;家庭生活,阿伯康街的房子。难怪那房子租不出去。它有一间浴室,一个地下室;形形色色的人住在一起,关在一起,说谎。

然后,他站在窗前,看着那些小小的身影儿在湿的人行道上悄悄行走时,他看见克罗斯比走上了庭院台阶,腋下夹着一个包。她站了片刻,像个受了惊吓的小动物,先环顾了一下四周,然后才壮起胆子面对街上的危险。最后,她迈着碎步走了。他看见雪落在她的黑帽子上,再就看不见了。他转过身来。

一九一四年

那是一个明媚的春天;白天阳光灿烂。轻风触动树梢,似乎发出一种喉音;它颤动着,它浮漾着。树叶尖利、翠绿。在乡下,教堂的老钟用粗粝刺耳的声音报着时辰。那沙哑的声音滚过了花草烂漫的田野,乌鸦飞了起来,仿佛是被钟声抛起来似的。它们盘旋了一会儿,然后又落到树梢上。

在伦敦,一切都咄咄逼人;旺季正在开始;喇叭嘟嘟;车辆隆隆;旗帜漫卷,紧张得像小河里的鲑鱼。从伦敦各个教堂的各个尖塔——梅费尔入时的圣徒们,肯辛顿邋遢的圣徒们,城区苍老的圣徒们——鸣钟报时。伦敦上面的空气似乎成了一片声浪滚滚、汹涌澎湃的音响的海洋。但那些时钟并不整齐划一,仿佛圣徒们本身也分崩离析似的。有停顿,有沉寂……然后时钟又敲响了。

在伊伯里街,远处有个声音微弱的钟正在敲。十一点。马丁站在窗前,俯视着窄窄的街道。阳光明媚,他精神焕发;他要去城里见他的股票经纪人。他目前万事亨通。有一度,他在想,他父亲赚了大钱;后来亏光了;后来又赚了回来;但最终他还是发了。

他在窗口伫立了片刻,欣赏一位头戴一顶迷人的帽子的时髦女郎,她正在端详对面古玩店里的一个瓷罐。那是一只蓝色的瓷罐,陈列在一个中国式的架子上,后面衬着绿色的织锦。那坡度匀称的罐体,那深蓝的颜色,那釉面上的小小的裂纹,都令他赏心悦目。而那位端详着瓷罐的女郎也令人心醉神迷。

他戴上帽子,拿起手杖,上了街。进城去,他要步行一段路。"西班牙国王的女儿,"他哼着拐进了斯隆街,"前来探望我,纯粹为的是……"他边走边向商店橱窗张望。里面全是夏装;迷人的绿纱女装,小竿子上一层一层挂着帽子。"……纯粹为的是,"他边走边哼,"我那银色的肉豆蔻树。"但什么是银色的肉豆蔻树,他心犯嘀咕。一架手摇风琴奏着悠扬欢快的小吉格舞曲,在街那头越走越远。风琴转来转去,忽而这边,忽而那边,仿佛演奏的老头儿在随着曲子轻轻跳舞。一个漂亮的丫头跑上庭院台阶给了他一枚小钱。他忽地摘下帽子冲着她鞠躬时,他那灵活的意大利人的脸庞皱成了一团。丫头笑了笑,溜回厨房去了。

"……纯粹为的是我那银色的肉豆蔻树。"马丁哼着,透过采光井栏杆往她们坐的厨房里瞅。她们一副怡然自得的样子,厨房桌上摆着茶壶、黄油面包。他的手杖像一条快乐的狗的尾巴摇来晃去。人人都好像轻松愉快,无忧无虑,从家里冲出来,沿街招摇,或给拉风琴的几个小钱,或给乞讨的几个硬币。个个似乎都有钱花。他也驻足留连,望着一只玩具船;望着装有一排排银瓶、闪着黄光的梳妆盒。但那支歌是谁写的,他心里纳闷,信步往前走着,那支关于西班牙国王的女儿的歌,那支皮佩一边用一块黏糊糊的法兰绒布给他擦耳朵,一边给他唱的歌。她常常把他放在她的一只膝盖上,粗声粗气、呼哧呼哧地唱着,"西班牙国王的女儿前来看望我,纯粹为的是……"后来,她的膝盖突然往下一塌,把他摔到了地板上。

现在他到了海德公园角。一派生机勃勃的景象。运货车、小汽车、公共汽车在坡道上川流不息。公园里的树木已经长出了小小的绿叶。载着身穿浅色衣裙的快乐女郎的汽车已经开进公园大门。人人都为自己的事奔波。有人却在阿普斯利宫的大门上用粉红色的粉笔写下了,他注意到,"神就是爱"几个大字。要在阿普斯利宫的大门上写"神就是爱",那可需要勇气,他想,因为警察随时都可能把你逮住。但这时候,他要乘的公共汽车来了;他爬上了车顶。

"去圣保罗。"他说,把铜板递给了票员。

公共汽车川流不息,环绕着圣保罗大教堂的台阶。安女王的雕像似乎主持着这片混乱局面,给它提供了一个中心,如同轮毂一样。仿佛那位白夫人用她的权杖统管着交通;指挥着那些头戴常礼帽、身穿紧身齐腰上衣的一个个小个子男人的行动;指挥着那些拿着公文包的女人的行动;指挥着那些货车、卡车、公共汽车的行动。时不时有个别人脱离了人群,走上台阶,进了教堂。大教堂的门不停地开了又关上。不时有一阵隐隐约约的风琴声飘向空中。鸽子蹒跚着;麻雀乱跳着。正午刚过,一个矮小的老头儿拿着个纸袋,在台阶半中腰站好位置,开始喂鸟,他伸出一片面包来。他的嘴唇翕动着。他似乎在哄逗着它们。不久,就有一圈拍动的翅膀像光环一样围绕着他。麻雀落到他的头上、手上。鸽子走到他的脚旁,一小群人聚在一起看他喂麻雀。他在自己周围撒了一圈面包。然后空中起了一阵波动。那只巨钟,全市所有的钟,似乎在齐心合力;它们似乎预先嗡地发

203

出一声警告。然后正式打点。訇然报了"一点"。麻雀统统飞上了天空;就连鸽子也吓了一跳;有的还绕着安女王的脑袋飞了一圈。

余音逐渐消失时,马丁出来站在大教堂前面的空地上。

他走过去,背靠着一家商店橱窗站着,仰望着那巨大的圆顶。他全身的重量似乎在移动。他有一种奇特的感觉:他体内的什么与那座建筑在同步运动;它恢复了常态:它完全停下来。真令人兴奋——这种比例的变化。他希望自己是个建筑师。他背靠着商店站着,想把整个教堂尽收眼底。但有这么多的人来来往往,这事儿难办。他们有的撞他,有的在他前面擦身而过。当然,这是高峰期,市里的人赶着去吃午饭。他们越过台阶走捷径。鸽子旋飞起来,然后又落下来。他走上台阶时,门不停地开了又关上。鸽子真讨人嫌,他想,把台阶搞得又脏又乱。他慢慢地爬着台阶。

"那是谁呀?"他想,瞅着一个背靠门柱站着的人,"我不认识她吗?"

她的嘴唇在翕动。她在自言自语。

"原来是萨莉!"他想。他犹豫不决;他该不该跟她搭话?不过她总是个伴儿,他可是对自己烦透了。

"你呆呆地想什么呐,萨尔!"他说,在她肩上拍了一把。

她转过身来;她的表情立马变了。"我刚才还在想你呢,马丁!"她惊呼道。

"撒谎!"他边握手边说。

"我一想到谁,总能见到谁。"她说。她显出她那副毛手毛脚的怪样儿,仿佛她是一只鸟,一只羽毛零乱的鸡,因为她的披风已经过时了。他们在台阶上站了片刻,看着下面熙熙攘攘的街道。门开门关之际,一阵风琴声从他们身后的大教堂里传出来。教堂里细微的乐声,虽然模糊,却令人敬畏,从门里可以望见大教堂里黑糊糊一片。

"你刚才在想什么……?"他开始说。但他又突然打住了。"吃午饭去,"他说,"我带你上城里的一家餐馆。"于是他领她走下台阶,走进一条窄巷,它被大车堵死了,因为正从仓库往车上扔货包。他们推开弹簧门,走进餐馆。

"今天可是满满当当,阿尔弗雷德。"马丁亲切地说,侍者连忙接过他的大衣帽子挂到衣帽架上。他认识这名侍者;他常在那里吃午饭;侍者也认识他。

"满满当当,上尉。"他说。

"哎,"他说着坐了下来,"我们吃什么呢?"

一辆小车推着焦黄的大肉块向每张桌子分发。

"那个。"萨拉说,冲着它挥了一下手。

"喝的呢?"马丁说。他拿起酒单看着。

"喝的——"萨拉说,"喝的,我随你。"她脱下手套,把它放到一本红棕封皮的小书上,显然是本祈祷书。

"喝的你随我。"马丁说。为什么祈祷书的书页镀成红金色,他心里纳闷。他点了酒。

"你在圣保罗干什么呢?"他说着,打发走了侍者。

"听礼拜乐曲。"她说。她环视了一圈。屋子又热又挤。棕色的墙上贴满了金叶。人们不停地从他们旁边经过,进进出出。侍者把酒送来了。马丁替她斟了一杯。

"我还不知道你去做礼拜。"他望着她的祈祷书说。

她没有回答。她一个劲儿地向周围看,注视着人们进进出

205

出。她呷着酒。渐渐地脸开始发红。她拿起刀叉开始吃那令人惊叹的羊肉。他们默默地吃了许久。

他想逗她说话。

"萨尔,"他指点着那本小书说,"你拿这个干什么?"

她随便把祈祷书翻开,读了起来:

"不可理解的圣父;不可理解的圣子——"她用平常的声音说。

"嘘!"他让她停住,"有人在听。"

为了尊重他,她摆出一副跟绅士在城里餐馆里用午餐的小姐派头。

"那你在圣保罗干什么呢?"她问。

"希望我是一名建筑师,"他说,"可他们却送我参了军,这恰恰是我讨厌干的。"他用着重的语气说。

"嘘,"她悄声说,"有人在听呢。"

他赶快扫视了一圈;然后他放声笑了。侍者正把他们的馅饼摆到面前。他们默不作声地吃着。他又替她把杯子满上。她双颊飞红;两眼发亮。他羡慕她那种心旷神怡、喜气洋洋的感受,那是他一杯酒下肚后常有的感受。酒是好东西——它能消除隔阂,他想逗她说话。

"我还不知道你参加礼拜,"他望着她的祈祷书说,"你对它有何想法?"她也看了看祈祷书。然后她用叉子敲了敲。

"他们对它有何想法,马丁?"她问,"祷告的女人和留着长长的白胡子的男人?"

"很像克罗斯比来看我时的想法。"他说。他想起了那个老太太,站在他房间的门口,胳膊上搭着睡衣,脸上一副虔敬的神情。

"我是克罗斯比的上帝。"他说,一边帮她盛汤菜。

"克罗斯比的上帝!万能的马丁先生!"她放声笑了。

她把酒杯举到他眼前。她是不是在嘲笑他?他心犯嘀咕。他希望她认为他并不是很老。"你还记得克罗斯比,对吧?"他说,"她退休了,她的狗也死了。"

"退休了,狗也死了?"她重复了一遍。她又扭头一看。在餐馆里谈话是不可能的;总被搞得支离破碎。身穿笔挺的条子西服,头戴常礼帽的城里人不停地从他们旁边擦身而过。

"是个漂亮的教堂。"她说着,转过身来。她已经蹦回圣保罗了,他寻思。

"富丽堂皇,"他答道,"你是不是在看那些纪念碑?"

有人进来了,他认出来那是股票经纪人埃里奇。他举起一根手指示意。马丁就起来,走过去跟他说话。他回来时,她又给自己满了一杯。她坐在那里看人,仿佛她是一个他带来看哑剧的小孩。

"你今天下午干什么?"他问。

"四点到圆形池。"她说。她用手指敲着桌子。"四点到圆形池。"现在她进入了,他猜,酒足饭饱之后的昏昏欲睡的慈善心境。

"会见什么人?"他问。

"对,玛吉。"她说。

他们默默地吃着。别人支离破碎的谈话传到他们的耳朵里。后来马丁说过话的那个人往出走时碰了碰他的肩膀。

"星期三八点。"他说。

"行。"马丁说。他在记事本上记了下来。

"你今天下午干什么?"她问。

"应当去看我那坐牢的妹妹。"他说,点起了一支香烟。

"坐牢?"她问。

"萝丝。因为扔了一块砖头。"他说。

"红萝丝,茶萝丝,"她开始说,又伸出手来拿酒,"野萝丝,刺萝丝——"

"行啦,"他说,把手按到瓶口上,"你喝多了。"她有点儿激动。他必须给她的激动情绪泼点冷水。有人在听。

"一件扫兴的事情,"他说,"坐牢了。"

她把杯子收回来,坐着瞅着它,仿佛大脑的引擎突然停止了运转。她很像她母亲——只有她笑的时候除外。

他倒喜欢跟她谈谈她母亲,可就是没办法谈。听的人太多,他们又一个劲儿地抽烟。烟气加上肉味,搞得空气十分滞重。他正在想过去,这时她大声说:

"坐在一张三腿凳上把肉塞进了嗓子眼!"

他回过神儿来。她在想萝丝,是吧?

"啪的一声,飞来一块砖头!"她挥舞着叉子哈哈大笑。

"'把欧洲地图卷起来,'那人对下人说,'我不相信武力!'"她把叉子放下。一粒李子核跳起来。马丁向周围看了看。人们在听。他站了起来。

"我们走好吗?"他说,"——如果你吃饱喝足了的话?"

她站起来找她的披风。

"好啦,我吃得很满意,"她说着拿起了披风,"多谢了,马丁,让我美美蹭了一顿。"

他向侍者打了个手势,侍者敏捷地过来结账。马丁把一块金币放到盘子上。萨拉开始把胳膊往披风袖子里塞。

"我可以跟你去吗?"他说,一边帮她穿披风,"四点到圆形池？"

"可以啊！"她边说边用脚跟打着旋儿，"四点到圆形池！"

她走了，步履有点儿不稳，他注意到，从还在吃着的城里人身旁经过。

侍者拿着找头来了，马丁开始把它往口袋里滑。他留下一枚硬币当小费。但正当他要给的时候，他突然觉得阿尔弗雷德的表情不对劲儿。他把账单从边上揭起；下面放着一枚两先令的硬币。这是老把戏了。他顿时无名火起。

"这是什么？"他愤怒地说。

"不知道它在那儿，先生。"侍者结结巴巴地说。

马丁觉得血涌向了耳朵。他觉得他发怒的样子活像他父亲；仿佛太阳穴上出现了白斑。他把本来要给侍者的那枚硬币装进了口袋；然后把他的手往边上一拨，扬长而去。那人咕哝了一声溜了回去。

"咱们走，"他说着就把萨拉推过那熙熙攘攘的房间，"咱们离开这里。"

他把她推到街上。城里餐馆那种污浊的空气，那种热烘烘的肉味，突然变得臭不可闻了。

"我最恨上当受骗！"他说着就把帽子戴上。

"对不起，萨拉，"他道歉说，"我不该把你带到这里来。这是一个兽窟。"

他吸了一口新鲜空气。从那个雾气蒸腾的房间出来后，就是街上的喧嚣，万事万物漠然处之、郑重其事的样子也让人感到清爽提神。沿街停了一溜儿马车等着；一包包的货物从仓库甩上了车。他们又一次来到圣保罗大教堂前。他抬头仰望。那个老头儿还在喂麻雀。大教堂矗立在那里。他希望他能再次体会一下体内重量变化、然后停止感觉;然而,他自己的身体与那石头建筑物之间有某种契合的奇怪的快感不会再来了。他感觉到的只是愤怒。萨拉又让他分心旁骛。她正要横过那条车水马龙的马路。他伸出手来把她拦住。"小心。"他说,然后他们过去了。

"我们走着去好不好?"他问。她点了点头。他们开始沿着舰队街步行。谈话是不可能的。人行道太窄,要跟她并排前进,他必须上面走一脚下面走一脚。他仍然感到窝火,但火气却慢慢平息了。我该怎么办呢?他想,看见自己把侍者拨开,没有给他小费。不该那样;他想,对,不该那样。人们把他一挤,他走下了人行道。不管怎么说,那穷鬼也得谋生度命呀。他喜欢豁达大度:他喜欢让人有一副笑脸;两先令在他算不了什么。但是何苦呢,他想,事情已经做了?他开始哼起他的小曲来——然后又停下,想起了他跟什么人在一起。

"你瞧那个,萨尔,"他说,一把抓住她的胳膊,"你瞧那个!"

他指着圣殿门上的那个张扬的雕像;它看上去是那么可笑——有点像蛇,有点像鸟。

"你瞧那个!"他重复了一遍,扑哧一声大笑起来。他们停了片刻,望着那两个扁平的小雕像很不舒服地顶着圣殿门的山花;维多利亚女王,爱德华国王。然后他们再向前走。交谈是不可能的,因为人太拥挤。戴假发穿长袍的男子匆匆横过街道:有的拿着红包,有的拿着蓝包。

"法院,"他说,指着那一堆精心装饰过的冷冰冰的石头,它看上去阴森森的,"……那就是莫里斯打发日子的地方。"他大声说。

他仍然对刚才发火感到憋气。但这种感觉正在消失。他心里只留下一点忿忿不平的余波。

"你认为我应该不应该当……"他开始说,他的意思是律师;不过还有我应不应当那样做——跟侍者发火。

"应该当——应该做?"她向他倾过身子问道。车辆轰鸣,她没听清他的意思。谈话是不可能的,但不管怎么说,他发过脾气的那种感觉逐渐淡化。那种小小的刺痛正在被有效地抚平。随后它又回来了,因为他看见一个乞丐在买紫罗兰。那穷鬼,他想,只好拿不到小费了,因为他骗了我……他定睛望着邮筒。然后他又注视着一辆汽车。奇怪,人们怎么这么快就习惯了不用马拉的汽车,他想。它们从前看上去十分可笑。他们从卖紫罗兰的那个女人身旁走过。她把帽子扣到脸上。他往她的盘子里扔了一枚六便士的硬币,权当给侍者的补偿。他摇了摇头。不要紫罗兰,他示意,其实花儿已经谢了。但他看见了她的脸。她没有鼻子;一脸的白斑;有两个红圈儿就算鼻孔了。她没有鼻子——她把帽子拉下来就是为了掩盖这一事实。

"咱们过去。"他冷不丁地说。他抓住萨拉的胳膊,拉着她从公共汽车的间隙里穿过去。那种情景她肯定屡见不鲜;他也司空见惯;但不是一起见的——那就不一样了。他拉着她急匆匆地走上了前面的人行道。

"我们坐车去,"他说,"快来。"

他把她的手肘抓住,催她加快步伐。但这不可能;有一辆大车挡住了去路;人来人往。他们就到查林十字了。它像一座桥的桥墩;吸进去的是男男女女,而不是水。他们不得不停住脚步。报童把海报紧贴在腿上。人们在买报:有的吊儿郎当;有的风风火火,抓起就走。马丁买了一份,拿在手里。

"我们就在这里等着,"他说,"车就来了。"一顶绕了一条紫丝带的旧草帽,他想,打开了报纸。那种景象坚持不去。他抬头一望。"火车站的钟总是快。"他向一个急匆匆跑去赶车的人担保。总是快,他对自己说,同时把报纸打开。但是没有钟。他回头看爱尔兰的消息。公共汽车一辆接一辆停了下来,然后又飞驰而去。很难专心致志地看爱尔兰的消息;他抬起头来。

"这就是我们的车。"他说,他们要乘的车开了过来。他们爬上车顶,并排坐着,俯视着司机。

"海德公园角两张。"他说,拿出了一把银角子,然后把晚报的每一页扫了一遍;但它仅仅是一份早版晚报。

"上面什么也没有,"他说着,把报纸塞到座位下面,"现在——"他开始说,一边给烟斗装着烟丝,他们平稳地驶下皮卡迪利的斜坡,"——我父亲过去常坐的地方,"他突然停住,对俱乐部窗户挥了一下烟斗,"……现在,"——他划亮了一根火柴,"——现在,萨莉,你想说什么就尽管说吧。再没有人听了。说点什么吧,"他补充说,把火柴往外一扔,"非常深刻的东西。"

他向她转过身去。他想叫她说话。他们扎下去;他们又冲上来。他想叫她说话;要么他自己必须说话。可他能说什么呢?他已经把那种感受埋没了。但某种情绪犹在。他想叫她讲出来:但她就是不吱声。不行,他想,嘴里咬着烟斗柄。我不能说。要是我一说,她就会认为我……

他看了看她。太阳正照耀着圣乔治医院的窗户。她正入迷地望着医院。但干吗要那么入迷呢?他心里纳闷,这时车停下,他下了车。

上午过后,景致有了些微变化。远处的钟正敲三点。小汽车更多;身穿浅色夏装的妇女更多,身穿燕尾服、头戴灰色高顶大礼帽的男人更多。人流开始涌进公园的大门。人人都是一副节日的打扮。就连抱着硬纸盒的女装裁缝店的小学徒看上去也仿佛在参加什么仪式。绿椅子都拉到马道边上。椅子上坐满了人。左顾右盼着,仿佛他们在就座看戏似的。骑手们骑着马慢跑到马道尽头;把马勒住,转过身,又慢跑回去。风从西边来,把染上金纹的白云吹过天空。公园巷的窗户闪耀着或蓝或金的反光。

马丁步履轻快地走着。

"快来,"他说;"来——来!"他往前走着。我年轻,他想,我风华正茂。空气里有股强烈的泥土气息;即便公园里也有某种淡淡的春的气息,乡村的气息。

"我是多么喜欢——"他大声说。他向周围看了看。他原来在对空气说话。萨拉已经落在后面了;她在那里系鞋带呢。但他有种感觉,就仿佛他下楼时踩空了一个台阶。

"一个人大声跟自己说话时,他感到自己多傻呀。"她走上前来时他说。她指了一下。

"可是你瞧,"她说,"他们都干这种事情。"

一个中年女人正朝着他们走过来。她正在自言自语。她的嘴唇在动;她在手舞足蹈。

"春天来了。"她从他们身旁走过时他说。

"不,冬天我到这里来过一回,"她说,"还有一个黑人,在雪地里放声大笑。"

"在雪地里,"马丁说,"一个黑人。"草地上阳光灿烂;他们走过一个花坛,里面五彩缤纷的风信子卷着,油亮油亮的。

"咱们别想雪,"他说,"咱们想——"一名少妇正推着一辆婴儿车;他脑海里突然闪出一个念头。"玛吉,"他说,"告诉我。

213

打她生孩子以后我就再没有见过她。我从来没有见过那个法国人——他叫什么来着？——勒内？"

"勒尼。"她说。她酒意未消；神情恍惚，人来人往，都在影响她的情绪。他也有同样一种分心走神的感觉；但他想结束这种心态。

"对，他的长相如何，这个名叫勒内的人，勒尼？"

他先按法语念这个名字，然后又像她那样用英语念。他想让她回过神儿来。他抓住了她的胳膊。

"勒尼！"萨拉重复了一遍。她把头一仰，哈哈大笑起来。"让我想想，"她说，"他系一条白点子红领带。长着一双黑眼睛。他拿起一颗橘子——假设我们在吃饭，他盯着你说，'这颗橘子，萨拉——'"她把"子"念成"枝"。她打住了。

"又有一个人在自言自语。"她突然打住。一个年轻人从他们身边走过去，穿的外套扣得严严实实，仿佛没有穿衬衣似的。他一边走，嘴里一边咕咕哝哝。他从他们身边走过时，横眉冷对着他们。

"可是勒尼呢？"

"我们刚才在谈勒尼，"他提醒她说，"他拿起一颗橘子——"

"……又给自己斟了一杯酒，"她接着说，"'科学是未来的宗教！'"她大声说，同时把手一挥，仿佛她端着一杯酒似的。

"酒？"马丁说。他心不在焉地听着，心目中闪现出一位认真的法国教授——现在他必须在这幅小小的画面上不伦不类地再加一杯酒。

"对，酒，"她重复了一遍，"他父亲是个商人，"她继续说，"留着黑胡子；一个波尔多的商人。有一天，"她继续说，"当时他还是个小孩子在花园里玩耍,有人敲了一下窗子。'不要大吵大闹。到一边玩去,'一个戴白帽子的女人说。他母亲死了……他又不敢给父亲说马太太,骑不成……后来他们把他送到英国来了……"

她把责骂都跳了过去。

"后来呢?"马丁说,跟她交谈起来,"他们就订婚了?"

她不吱声了。他等她进行解释——为什么他们结了婚——玛吉和勒尼。他等着,但她再也不说了。好啊,她嫁给了他,他们幸福美满,他想。他一时有些嫉妒。公园里到处都有成双成对的男女一起走着。一切好像都新鲜,甜蜜。微风扑面,满载着喁喁的情语;瑟瑟的树籁,隆隆的车声,汪汪的狗吠,偶尔还有一只画眉时断时续的歌声。

这时一位女士自言自语着从他们身旁走过。他们看着她时,她转过身,吹了一声口哨,仿佛是对着她的狗吹的。但她吹口哨呼唤的狗却是另一个人的。它朝相反的方向跳了过去。那个女人噘起嘴唇,匆匆向前走去。

"人们自言自语的时候,"萨拉说,"不喜欢叫人盯着看。"马丁回过神儿来了。

"你瞧,"他说,"我们走错路了。"七嘴八舌的声音朝他们飘了过来。

他们走错了方向。他们快走到那块踩光了的空地上,演说的人都聚集在那里。会正开得红火。各个演说者周围都聚了一群人。演说者登上讲台,有时只是站在箱子上,滔滔不绝地讲着。他们走近时,声音越来越大,越来越大。

"咱们听听吧。"马丁说。一个瘦子身子前倾,手里拿着一块石板。他们听见他说,"女士们,先生们……"他们在他面前停下来。"眼睛盯着我。"他说。他们便眼睛盯着他。"别怕。"他弯着一根手指说。他有一种讨人喜爱的风度。他把石板翻过来。"我的样子是不是像个犹太人?"他问。然后他把石板翻过来,看着另一面。他们信步向前走去,听见他说他母亲出生于伯蒙德西。他父亲出生在一个海岛上,它的名字叫——声音慢慢听不见了。

"这家伙怎么样?"马丁说。这是一个大汉,砸着讲台的栏杆。

"同胞们!"他喊道。他们停了下来。那群游手好闲之徒、跑腿的童仆和保姆们望着他,嘴巴大张,眼睛发呆,他的手做出一种不屑一顾的手势,往那条过往的车流里一把。他的衬衣从马甲下面露了出来。

"正义和自由。"马丁重复着他的话,他正好用拳头砸了一下栏杆。他们等着。然后,这一切又来了一遍。

"不过他是个呱呱叫的演说家。"马丁说着转过身来。声音逐渐消失了。"去听听,那老太太在说什么?"他们继续往前走。

老太太的听众极少。她的声音又几乎听不见。她手里拿着一本小书,她嘴里讲的却是关于麻雀的事情。但她的声音越来越小,最后变得尖细微弱,宛若游丝。一群小男孩齐声调嘴学舌。

他们听了片刻。后来马丁又转过身来,"走吧,萨尔。"他说,把手搭在她的肩上。

讲演的声音变得越来越轻,越来越轻。很快就完全停止了。他们信步往前走,翻过那片光滑的坡地,它像一块宽阔的绿布一样在他们面前起伏,笔直的棕色小道构成了布面上的条纹。几只大白狗在撒欢儿;透过树木,蛇形池的池水闪闪发光,零零落落地散布着几只小船。公园的优雅,池水的闪光,景致的广度、弯度、布局,仿佛是有人精心设计出来的,使马丁感触颇深。

"正义和自由。"他半对自己、半对他人说,这时他们来到水边,伫立片刻,注视着鸥鹭用翅膀把天空割切成一个个清晰的白色图案。

"你同意他的看法吗?"他问,把萨拉的胳膊一抓,好让她回过神来;因为她的嘴唇在翕动;她在自言自语。"那个胖汉,"他解释说,"就是那个甩胳膊的人。"她吓了一跳。

"对,对,对!"她惊呼道,学着他的伦敦腔。

是啊,马丁想,他们继续往前走。对,对,对,对,对,对。总是这样。如果那个胖汉得逞了,对他这样的人就不会有多少正义,自由——或者美了。

"而那个没人听的可怜的老太太呢?"他说,"就是讲麻雀的事情的那个……"

在他的心目中,他仍然能够看见那个瘦子弯着手指,善于蛊惑;那个胖子双臂一扬,把裤子的背带都露了出来;还有那个矮小的老太太,她扯起嗓门要让自己的声音压过嘘声、口哨。这一幕真是悲喜交集。

不过他们已经到了肯辛顿公园的大门口。一长排汽车、马车停在路边。每张小圆桌上面撑着一把花条伞,人们已经围桌而坐,等着上茶。女服务员端着托盘急匆匆地进进出出;旺季已经开始。一派欢乐景象。

一位女士坐在那里细品着一客冰淇淋。她打扮入时,帽子的一边有根紫色的羽毛耷拉下来。阳光把桌面照得花花搭搭的,给她一副奇异的透明模样,仿佛她陷进一个光网里了;仿佛她是由飘忽的菱形色块组成的。马丁恍惚认为他认识她;他含含糊糊地抬了抬帽子。但她坐在那里直视前方;细细地品着冰淇淋。不对,他想:他不认识她,他停了片刻把烟斗点上。如果这个世界上没有"我",他对自己说——他还在想那个挥舞着胳膊的胖汉——那世界会成什么样子?他划着了火柴。他注视着在阳光下几乎看不见的火苗。他伫立了秒把钟抽着烟斗。萨拉前面走了。她也被网在叶隙间的浮光之中。这种场景似乎罩上了一种古朴。鸟儿在枝头发出阵阵甜美的啁啾;伦敦的喧嚣用一个遥远但完整的声环把这块空地圈住。清风徐来,树枝摇曳,粉白的栗花上下飘飞。太阳把树叶照得斑斑驳驳,给样样东西一种奇异虚幻的神态,仿佛它被打破,成了七零八碎的光点。他自己也似乎四零五散了。一时间他的头脑一片空白。然后他回过神儿来,把火柴一扔,追上了萨莉。

"快走!"他说,"快走……四点到圆形池!"

他们臂挽着臂默默前行,沿着那长长的林阴大道走去,尽头是大主教宅邸和鬼影似的教堂。人的个头似乎缩了。现在占大多数的不是成人,而是儿童。形形色色的狗比比皆是。狗吠、尖叫不绝于耳。成群结伙的保姆推着婴儿车在小道上走。宝宝们在车里酣睡着,宛如轻涂淡抹的蜡像;他们光洁平滑的眼皮严丝合缝地护住了眼睛,仿佛完完全全地封住了。他低头看着;他喜欢孩子。他第一次看见萨莉时,她就是那副模样,当时她在布朗街门厅里的婴儿车上熟睡着。

他突然停下来。他们已经到了池边。

"玛吉在哪儿呀?"他说,"那儿——那是不是她?"他指着一个少妇,她正在一棵树下把婴儿从婴儿车里抱出来。

"哪儿呀?"萨拉说。她朝另一个方向看着。

他指了指。

"那里,那棵树下面。"

"对,"她说,"那就是玛吉。"

他们朝那个方向走去。

"但到底是不是?"马丁说。他突然起了疑心;因为她具有那种没有觉察有人在看她的人的浑然不觉。这就使她显得生疏。她一只手抱着孩子;一只手摆放婴儿车的枕头。她也被菱形的浮光照得花花搭搭。

"就是,"他说,注意到了她姿势的某种特征,"那就是玛吉。"

她转过身来,看见了他们。

她把手一举,仿佛警告他们悄悄地过来。她把一根指头按在嘴唇上。他们悄悄地过去了。他们走到她身边时,一只钟响了,远处的钟声在微风中荡漾。一,二,三,四,响了四下……然后钟声停了。

"我们在圣保罗碰上了。"马丁悄声说。他拉过来两把椅子坐下了。他们一时默默无语。孩子并没有睡着。于是玛吉弯下身子,看着孩子。

"你们用不着说悄悄话了,"她大声说,"他睡着了。"

"我们在圣保罗碰上了,"马丁用平素说话的声音说,"我去见过了我的股票经纪人。"他把帽子一摘,放到草地上。"当我出来的时候,"他接上说,"萨莉在那儿……"他打量着她。她从来没有给他讲她心里想的是什么,他记得,尽管当时她站在圣保罗大教堂的台阶上,嘴唇在翕动。

现在她打起了呵欠。尽管他替她拉过来了一把小小的硬绿椅,但她并没有坐,而是扑倒在草地上。她背对着树,像只蚂蚱一样,把身子褶起来。那本有红金书页的祈祷书扔在地上,被颤动的草叶像帐篷一样罩住了。她打了个呵欠;她伸了个懒腰。她已经快睡着了。

他把自己的椅子往玛吉身边一拉;观赏面前的景色。

景色的构图令人叫绝。一条绿色的河岸映衬着维多利亚女王的白色雕像;再后面是红砖建筑的大主教旧宅;鬼影般的教堂竖起它的尖塔,圆形池盛着一池碧蓝。赛艇正在奋勇争先。小艇侧身向前,风帆碰到了水面。微风习习,令人心旷神怡。

"你们说了些什么?"玛吉说。

马丁记不得了。"她喝多了,"他指着萨拉说,"这会儿她就要睡着了。"他自己也觉得困乏。太阳当头照,他才头一回几乎有点炎热的感觉。

然后他回答她的问题。

"满世界的事无所不谈,"他说,"政治;宗教;道德。"他打了个呵欠。鸥鹭尖叫着在给它们喂食的一位女士身边飞起来,落下去。玛吉注视着它们。他却盯着她看。

"你生下宝宝以后,"他说,"我再也没有见过你。"生了个孩子,把她改变了,他想。把她变得更好了,他想。但她在看鸥鹭;那位女士扔了一把鱼。鸥鹭在他的头顶上旋过来,旋过去。

"你喜欢不喜欢要个孩子?"他说。

"喜欢,"她说,回过神儿回答他的问题,"不过也是个拖累。"

"可有拖累也是件好事,对吧?"他探问道。他喜欢孩子。他看着那睡熟的宝宝,眼睛封得紧紧的,大拇指含在嘴里。

"你想要孩子吗?"她问道。

"正是刚才我问我自己的问题,"他说,"在——"

这时候萨拉喉咙背部咯的一声;他们把声音降为耳语。"我在圣保罗碰见她之前。"他说。他们不吱声了。宝宝睡着了;萨拉睡着了;两个睡觉的人似乎把他们围在一个清静的圈子里。两只赛艇就要靠到一起了,仿佛它们必然要相撞了;但是一只刚好从另一只前面擦过。马丁注视着它们。生活又恢复了它的常规。一切都各就各位。船在滑行,人在走动;男娃娃在池中戏水摸鱼;池水泛起碧粼粼的涟漪。一切都充满了春天的蠢动,潜力,繁兴。

突然间,他大声说:

"占有欲真邪门儿。"

玛吉盯着他,他指的是她自己——她自己和宝宝?不像,他的声音里有一种语气告诉她,他想的并不是她。

"你在想什么呀?"她问。

"在想我爱上的那个女人,"他说,"爱情应当在双方同时终止,难道你不这样想?"他说话时,对任何字都不强调,以免把睡觉的人吵醒。"但它并不是那样——真邪门儿。"他补充说,调门仍然很低。

"烦了,是吧?"她喃喃地说。

"要命,"他说,"烦得要命。"他弯下腰,在草地里发现了一粒石子儿。

"吃醋了?"她喃喃地说。他的声音很低,很柔。

"凶着呢。"他悄声说。既然她提起了,那倒是真的。这时候宝宝快要醒了,伸出一只手来。玛吉摇了摇婴儿车。萨拉动了动。他们的清静垂危了。随时都会被毁掉,他感觉到;而他却想交谈。

他把两个睡觉的瞟了一眼。宝宝的眼睛闭着,萨拉也是。

他们似乎仍然被圈在一个清静的环里。他低声说话,不带任何重音,给她讲他的故事;那位小姐的故事;她是多么想占有他,他又是多么想获得自由。那是一个平常的故事,但又是一个令人痛苦的故事——二者兼而有之。然而,他讲的时候,刺被拔了出来。他们默默地坐着,望着前方。

又一场比赛开始了;人们蹲在池边,每个人都把自己的手杖搭到一只微型船上。那是一派迷人的景象,快乐,天真,还有点儿可笑。信号一给;小船竞发。他会不会,马丁想,望着熟睡的宝宝,也经历同样的事情?他想到了自己——想到了他的嫉妒。

"我父亲,"他突然而轻柔地说,"有过一个女士……她管他叫'老鬼'。"于是他给她讲那位在普特尼街上经营一座寄宿公寓的女士的故事——是个非常体面的女士、长胖了,她屋里要个帮手。玛吉笑了,但声音很轻,以免把睡觉的人吵醒。两个人还在酣睡着。

"他是不是,"马丁问她,"爱上了你母亲?"

她在看鸥鹭,它们在蓝色的远天上用翅膀剪着花样。他的问题似乎从她看见的景物中沉没了;后来突然又传到她的耳朵里。

"我们不是兄妹吗?"她问;然后哈哈大笑起来。孩子睁开了眼睛,展开了手指。

"我们把他吵醒了。"马丁说。孩子哭了起来。玛吉只好过去哄他。他们的清静完了。孩子哭着,时钟敲了起来。钟声随风向他们轻轻飘来。一,二,三,四,五……

"该走了。"玛吉说,最后一响余音袅袅。她把宝宝放回到枕头上,转过身去。萨拉还在睡。她背对着树蜷起身子躺着。马丁弯下腰,朝她扔去一根细枝。她把眼睛一睁,又闭上了。

"别,别。"她把双臂伸到头上,抗议起来。

"到时候了。"玛吉说。萨拉挣扎着起来。"到时候了?"她叹了口气。"真奇怪……!"她喃喃地说。她坐起来,揉着眼睛。

"马丁!"她惊叫起来。她望着他,他就站在她身边,身上穿着蓝西服,手里拿着手杖。她望着他,仿佛她正把他带回到视野中来。

"马丁!"她又说了一声。

"就是马丁!"他答道,"你听没有听见我们说的话?"他问她。

"声音,"她打着呵欠,摇了摇头,"只听到了声音。"

他停了片刻,低头望着她。"好啦,我走了,"他说着拿起了帽子,"去格罗夫纳广场跟一个亲戚吃饭去。"他补充说。他转过身走了。

他走了一段距离又回头望着她们。她们仍然坐在树下的婴儿车旁边。他向前走去,然后他又回头望了望。地成了一个下坡,树被挡住了。一个很胖的女士由一只拴在链子上的小狗拽着沿小道走着,他再也看不见她们了。

一两个小时之后,他坐车穿过公园,正是夕阳西下之时。他在想他忘了什么事了;但到底忘了什么,他不得而知。景物一个接一个,一晃而过;一个把一个抹掉。现在他正在过蛇形池的桥。池水在夕阳中闪光;弯曲的灯光的光柱平躺在水面上,到了白桥的尽头,这一景致才算构成。出租车驶进了树阴,汇入流向大理石拱门的长河里。穿夜礼服的人前去看戏,参加晚会。光越来越黄。路被照得银光闪闪。处处一派节日景象。

可是我要迟到了,他想,因为在大理石拱门边出租车被堵在车流中了。他看了看表——正好八点半。但八点半就意味着八点三刻,他想,车移动起来。其实,车拐进广场的时候,门口停着一辆小轿车,一名男子正从车上下来。看来我按时到了,他想,便给司机付了钱。

他正要按铃,门就开了,仿佛他踩上了一个弹簧。门开了,他刚走进铺着黑白地砖的门厅,就有两个男仆迎上前来接过他的东西。他跟着另一个男子上了堂皇、盘旋的白色大理石楼梯。墙上挂着一连串颜色昏暗的巨幅画像,顶楼的门外挂着一幅黄蓝相间的画,画的是威尼斯宫殿和浅绿的运河。

"卡纳莱托①,还是什么流派?"他想,停下来把另一个人让到前面。然后他向仆人报了姓名。

"帕吉特上尉。"仆人瓮声瓮气地喊道;吉蒂正好站在门口。她显得正式,入时;嘴唇上有一条红道子。她向他伸出手去;但他却向前走去,因为别的客人正在到来。"一个大客厅?"他对自己说,因为这间屋子挂着枝形吊灯,镶着黄色嵌板,到处是沙发,椅子,有种豪华的候见室的派头。那里已经有七八个人。这一回解决不了问题,他跟主人闲聊时对自己说。这位主人一直参与赛马。他的脸闪闪发亮,仿佛此时此刻刚从阳光下出来。人们简直等着,马丁站着谈话时心想,要看见一副望远镜在他的肩头甩来甩去,就像看见他额头上帽子留下的一道红印子一样。不行,这次解决不了问题。他们议论马时,马丁想。他听见下面街上有个报童吆喝,还有嘟嘟的喇叭声。他有明辨事物及其差异的能力。当一场晚会搅和事情的时候,所有的声音就合而为

---

① 卡纳莱托(1697—1768),意大利风景画家,以画威尼斯、英国风景著称。

一。他望着一位老夫人长着一张石头色的楔形脸,安安稳稳地坐在沙发上。他扫了一眼一位入时的肖像画家给吉蒂画的肖像,一边站着聊天,先把重心放到这只脚上,过会儿又放到那只脚上,听他说话的是一位花白头发的男子,长着一双警犬眼,举止温文尔雅,跟吉蒂结婚的就是他,而不是爱德华。然后她走上前来,把他介绍给一位一袭白衣的姑娘,她正一只手扶着椅背,独自站在那里。

"安·希利尔小姐,"她说,"我的表弟,帕吉特上尉。"

她在他们身边站了片刻,仿佛要促进他们的介绍。但她总有点儿拘谨;她无所事事,只是轻轻地扇着扇子。

"看赛马去了,吉蒂?"马丁说,因为他知道她讨厌赛马,而他总是想逗一下她。

"我?哪能呢;我从不去看赛马。"她十分简慢地回答。她转身走了,因为又有人进来了——一位男子佩戴着金绶带,上面有颗星。

我还不如回去,马丁想,看我的书去。

"去看赛马了吗?"他对那位他要带下去进餐的姑娘大声说。她摇了摇头。她长着一双雪白的臂膀;穿着一件雪白的连衣裙;戴着一条珍珠项链。贞洁玉女,他对自己说;一小时前我还一丝不挂躺在伊伯里街的沐盆里呢,他想。

"我一直看马球。"她说。他低头看他的鞋,注意到每只鞋上都横着一条褶痕,鞋旧了;他本来要买一双新鞋,但给忘了。这正是他忘记了的事情,他想,又看见他自己坐在出租车里驶过蛇形池上的桥。

但他们要下去进餐。他向她伸出了手臂。他们下楼去,他注视着他们前面女士们的长裙拖下一级又一下级的台阶,他想,我到底要给她说些什么？然后他们穿过黑白方砖铺的地，进了餐厅。餐厅包装得和谐雅致；画下面装着带罩的灯棒，显得熠熠生辉；餐桌亮堂堂的；但没有一丝光直接照射到他们的脸上。如果这回解决不了问题，他想，望着一位身披大红披风、胸前挂着一枚璀璨的星章的贵族的画像，我就再也不干了。然后他鼓起勇气跟坐在他身旁的那位贞洁玉女攀谈。但他必须摈弃一切私心杂念——她太年轻。

"我想到三个可谈的话题。"他单刀直入地说，没有想这个句子该怎么收束。"赛马；俄国芭蕾；还有，"——他迟疑了片刻——"爱尔兰。你对哪个感兴趣？"他展开了餐巾。

"请您，"她说，身子微微向他一倾，"再说一遍。"

他大声笑了。她把头一歪，身子向他一倾的样子非常迷人。

"咱们哪个也别谈。"他说，"咱们谈点有意思的事情。你喜欢晚会吗？"他问她，她正把汤匙放进汤里。她拿起汤匙时抬头望了他一眼，那双眼睛宛如一层水面下晶莹的宝石，它们像水下的两粒玻璃珠子，他想，她极其漂亮。

"可我一生才参加过三次晚会！"她说。她发出轻轻一声迷人的笑声。

"不会吧！"他惊叫道，"那么这是第三次，还是第四次？"

他听着街上的声响。他只能听见汽车嘟嘟的喇叭声；但车已经走远了；它们发出一种连续奔驰的隆隆声。开始解决问题了。他伸出他的杯子。他的杯子满上的时候，他想，我倒希望今晚她睡觉时说，"我旁边坐的是一位多么迷人的男子！"

"这是我参加的第三次真正的晚会。"她说，特别强调了"真正的"三个字，那种口气让他觉得有点儿哀伤。她三个月前肯定还在上托儿所呢，他想，一边吃着黄油面包。

"我一边剃须一边寻思,"他说,"我再也不会去参加晚会了。"此话不假;他当时看见书橱上有个洞。谁断送了我的雷恩①式的前程?他当时想,手里举着剃刀;而且想一个人呆着看书。可是现在,他能把广博的经历取下哪一小片交给她呢,他心里纳闷。

"你住在伦敦吗?"她问。

"伊伯里街。"他告诉她。她知道伊伯里街,因为它在去维多利亚的路上;她常去维多利亚,因为他们在苏塞克斯有座住宅。

"现在告诉我。"他说,觉得他们已经打破了僵局——这时候她却扭过头去回答另外一边那个男子的话。他生气了。他一直建筑的整个结构彻底垮了,就像那细小的骨杆儿首尾互相挂钩的挑杆儿游戏,动一杆,毁全盘。安谈话的那副样子,就像她遇见了故人一样。他的头发看上去仿佛用耙子耙过似的;他非常年轻。马丁坐着默默无言。他望着对面那幅巨像。一个仆人站在下面;地板上的一排酒瓶遮暗了披风上的褶子。那是三世伯爵,还是四世?他问自己。他了解他的十八世纪;大操大办婚事的是四世伯爵。但毕竟,他想,望着餐桌上首的吉蒂,里格比家比他们家更有名望。他不禁莞尔;但又收敛住了笑容。在这种地方进餐的时候我只是想到"更有名望的家族",他想。他又望着另一幅画;一位身穿海绿色衣裙的女士;庚斯博罗的名作。但这时候,坐在他左侧的那个女人玛格丽特夫人向他转过身来。

"我相信你会赞同我的观点,"她说,"帕吉特上尉,"——他注意到她先扫了一眼他卡片上的姓名,才叫他的名字的,尽管他

---

① 雷恩(1632—1723),英国建筑师、天文学家、数学家。

们以前经常见面——"做这种事真不像话?"

她说话像搞突然袭击,她直握着的叉子好像一件她准备用来捆绑他的武器。他非常投入地进行谈话。当然谈的是政治,谈的是爱尔兰。"给我讲讲——你有何高见?"她问,叉子稳稳地握在手里。一时间他产生了这样一种幻觉:他也身处幕后。大幕落下;灯光高照;他也站在幕后。当然那是一种幻觉,他们从食品贮藏室只给他扔一些残羹冷饭;但在这种感觉持续期间,它倒令人感到惬意。他听着。现在她正向餐桌顶头的那位出众的老头滔滔不绝地讲着。他注视着那位老头。她在夸夸其谈,老头的脸上拉下来一副明智绝顶的容忍面具。他正在自己的盘子旁边摆放着三片面包皮,仿佛在玩一种意味深长的神秘的小游戏。"哦。"他似乎在说,"哦。"仿佛他手指上捻的不是面包皮,而是人类命运的断片。那副面具可以把什么都遮掩住——还是什么都遮掩不住?不管怎么着,那是一副非凡的面具。但这时候,玛格丽特夫人用叉子也把他挑落马下;他竖起眉头把一片面包皮向一侧稍稍挪动了一下,然后开始讲话。马丁身子倾向前去听着。

"我在爱尔兰的时候,"他开始说,"在1880年……"他讲得非常简单;他在向他们提供一种记忆;他把故事讲得无懈可击;它义正词严,滴水不漏。他扮演过一个了不起的角色。马丁聚精会神地听着。是啊,它扣人心弦。我们就这样,他想,前仆后继,永不停息……他把身子探到前面想听个一字不漏。但他意识到有人打扰;安已经转向他这边。

"告诉我,"——她在央求他——"他是谁?"她把头歪到右边。她有这么一种印象:他无人不知,这是明摆着的。他心里美滋滋的。他顺着餐桌望过去,他是谁?他见过的哪位;哪位,他猜，不十分自在的人。

"我认识他。"他说，"我认识他——"他有一张挺白的胖脸；他的话滔滔不绝，一泻千里。他与之交谈的那位少妇连声说，"我明白；我明白。"并频频点头，但她的脸上有一点紧张的神情。你用不着那样自讨苦吃，我的好心人哪，马丁觉得忍不住想对他说。你说的她连一个字也听不明白。

"我叫不出他的名字，"他大声说，"但我也见过他——让我想想——在什么地方来着？牛津还是剑桥？"

安的眼睛里闪出一丝饶有兴味的神情。她已经觉察其中的差异了。她把二者联为一体。它们不是她的世界——不是。

"你见没见过俄国舞蹈演员？"她在说。似乎她跟她那位小伙子到过那里。什么是你的世界，马丁想，她一口气倒出了她那贫乏的形容词库——"绝妙"，"惊人"，"奇异"，等等。难道这就是那个世界？他寻思。他朝着餐桌望过去。不管怎么着，别的世界不可能跟它抗衡，他想。况且它也是一个美好的世界，他又一想；广阔，大度，好客。而且非常好看。他把每张面孔逐一扫视了一遍。宴会临近结束。大家看上去宛如一颗颗宝石，仿佛一直在经受油鞣革的擦拭；但光彩似乎深嵌在里面；它穿透了宝石。宝石晶莹剔透；没有瑕疵，没有模糊。这时候，一名仆人戴白手套的手撤盘子时打翻了一杯酒。泼出来的红酒滴到那位女士的裙装上。但她纹丝不动；她继续谈话。然后她把拿给她的那块干净的餐巾铺开，若无其事地盖到酒痕上。

我喜欢这种作风，马丁想。他佩服这种做法。要是她愿意，她会像一个买苹果的女人那样，用手指捏着擤鼻子的，他想。但安正在说话。

"而且当他那么一跳的时候！"她惊呼道——她把手举到空

中,姿势娇媚——"然后又落下来!"她让手落到腿上。

"奇妙无比!"马丁随声附和。他已经学会了那种腔调,他想;他是从那个头发看上去仿佛用耙子耙过似的年轻人那里学来的。

"对,尼任斯基①就是奇妙无比,"他附和说,"奇妙无比。"他重复了一遍。

"我姑姑要我在晚会上见见他。"安说。

"你姑姑?"他大声说。

她提起了一个尽人皆知的名字。

"啊,她是你姑姑,是吗?"他说。他弄清了她的身份地位。原来那就是她的世界。他想问她——因为他发现她年轻、单纯,所以格外迷人——但为时已晚。安站了起来。

"我希望——"她开始说。她朝他低下头来,仿佛渴望留下来,听他最后一句话,他最不重要的话;但又办不到,因为拉斯韦德夫人已经站起来了;她该走了。

拉斯韦德夫人已经站起来了;人人都站起来了。所有粉红的、灰的、海蓝的衣裙都伸长了,一时间,那位高大的女人站在餐桌旁,看上去酷似挂在墙上的那幅庚斯博罗名画。他们离开时,餐桌上餐巾、酒杯一片狼藉,显出一副惨遭遗弃的样子。一时间女士们簇拥在门口;那位身着黑衣的矮小的老太太步履蹒跚,却气宇轩昂地从他们身边经过;最后一个到来的吉蒂一条胳膊搂着安的肩膀把她领了出去。门随后关上了。

吉蒂一时没有说话。

---

① 尼任斯基(1890—1950),俄国芭蕾舞演员。

"我希望你喜欢我的表弟?"一起上楼时,她对安说。她们从一面镜子前走过时,她把手放到衣裙上,把什么东西往直拉了一下。

"我认为他挺迷人!"安大声说。"多么可爱的树!"她说马丁和树的语气完全一样。她们逗留片刻,看着那棵栽在摆放在门口的瓷盆里的粉红花烂漫的树。有些花盛开了,有些花仍含苞未放。她们看着的当儿,一片花瓣落了下来。

"把它放在这里太残忍了,"吉蒂说,"空气这么炎热。"

她们走了进去。就在他们进餐的当儿,仆人们已经把折门打开了,前面一间屋子的灯也亮起来,这样,她们仿佛走进了一间刚刚为她们准备好的房间。两个壮观的薪架之间,一大堆火在熊熊燃烧;但这火与其说热,还不如说态度亲切,样子好看。两三位女士站在火前烤火,把指头一会儿伸开,一会儿合拢;但她们转了一下身,为女主人腾出一块地方。

"我是多么喜欢你这幅画像呀!"艾斯拉比太太说,眼睛望着拉斯韦德夫人少妇时代的画像。那时候她的头发非常红;她在赏玩一篮玫瑰花。从如云的细白布衣裙里露出的脸面,看上去火热,但又很温柔。

吉蒂把画像瞟了一眼,然后转过身去。

"谁都不喜欢自己的画像。"她说。

"但那是你自己的形象呀!"另一名女士说。

"不是现在的。"吉蒂说,对那种恭维一笑置之,神情尴尬。酒宴过后,女士们总要就她们的衣着和形容相互恭维一番,她想。她不喜欢在酒宴过后独自跟女人呆在一起;这使她觉得怪胆怯的。她身材笔直,伫立在她们中间,仆人们端着一盘盘咖啡走来走去。

"对了,我希望酒——"她停了一下喝了一口咖啡,"酒没有弄脏你的衣裙,辛西娅?"她向那位对这起灾祸漠然置之的少妇说。

"而且是那么漂亮的一件衣裙。"玛格丽特夫人说,一边用食指和拇指摸弄着金色缎子的衣褶。

"你喜欢它吗?"那位少妇说。

"漂亮极了!我一个晚上都没看够!"特雷耶太太说,她有一副东方人的模样,脑袋后面飘动着一根羽毛,跟她那犹太鼻子十分协调。

吉蒂看着她们赞赏着那件漂亮的衣裙。埃莉诺会发现自己格格不入的,她想。她请她参加宴会,她拒绝了。这让她感到恼火。

"请你告诉我,"辛西娅夫人插进去说,"我旁边坐的那个男人是谁?在你家里,人总能见到那么有意思的人。"她补充说。

"你旁边坐的那个男人?"吉蒂说。她考虑了片刻。"托尼·阿什顿。"她说。

"是不是一直在莫蒂默学院讲法国诗歌的那个人?"艾斯拉比太太突然插嘴说,"我很想去听听课。我听说他的课讲得有趣极了。"

"米尔德里德去听了。"特雷耶太太说。

"我们干吗都站着呢?"吉蒂说。她双手朝座位做了一个动作。她做那样的事总是那么突如其来,所以人们在她背后管她叫"掷弹兵"。大家朝四面八方走去,而她本人呢,看到他们双双坐定后,便在老沃伯顿姑姑旁边坐下,她被供在那把大椅子上。

"给我讲讲我那可爱的教子的情况。"老夫人开始说。她指的是吉蒂的次子,他在海军服役,驻守马尔他。

"他在马尔他——"她开始说。她在一把矮椅上坐下,开始回答她的问题。但火对沃伯顿姑姑来说太热了。她举起一只疙里疙瘩的老手。

"普里斯特利想把我们大家都活活烤熟。"吉蒂说。她站起来,向窗子走过去。她大踏步走到屋子对面,把长窗顶猛推起来时,女士们都笑了。就在窗帘分开的一刹那,她望了望外面的广场。人行道上是斑斑驳驳的叶影和灯光;照例还是那名警察,巡逻时保持着身体的平衡;照例是从这个高度望去缩短了的矮小男女,顺着栏杆急匆匆地走过。早上刷牙的时候,她看见他们也是这么匆匆地赶路,不过方向相反。随后她回来,坐在老沃伯顿姑姑旁边的一条矮凳上。这位世故的老太太虽然自行其是,但为人诚实。

"我疼爱的那个赤发小鬼呢?"她问。他是她的心肝宝贝;上伊顿公学的小男孩。

"他遇到了麻烦,"吉蒂说,"他挨鞭笞了。"她笑了笑。他也是她的心肝宝贝。

老太太咧着嘴笑了。她喜欢调皮捣蛋的男孩。她长着一张楔形黄脸,下巴上偶尔还有一根刚毛;她年过八旬;但她那副坐姿仿佛骑着一匹猎马,吉蒂想,把她的双手瞟了一眼。那是一双粗手,指关节很大;手一动戒指就闪出红光白光。

"你呢,我亲爱的,"老太太说,浓眉下的眼睛精明地望着她,"还是忙得不可开交?"

"对。还是很忙。"吉蒂说,躲着她那双精明的老眼;因为她偷偷地做些她们——那边的女士们——不以为然的事。

她们在一起聊得正欢。听起来聊得挺起劲,但吉蒂一听,那

233

种谈话缺乏内容。那是一种你一句我一句、一唱一和的闲聊,一直聊到门开了,男士们进来为止。那时候,它才会停下来。他们议论起补缺选举。她能听见玛格丽特夫人在讲什么故事,估计相当粗俗,用的是十八世纪的手法,因为她把声音压得很低。

"——把她倒提起来,扇了她几个嘴巴。"她可以听见她说。一阵咯咯的笑声。

"我很高兴他不顾她们参加了进来。"特雷耶太太说。她们把声音压得很低。

"我是个讨人嫌的老太婆,"沃伯顿姑姑说,把一只疙里疙瘩的手举到肩头,"不过我要叫你把那个窗户关上。"风吹着她那患风湿病的关节了。

吉蒂迈开大步向窗户走过去。"这些女人真该死!"她对自己说。窗户上立着一根长杆子,顶头有个鹰钩嘴,她抓起来捅了一下;但窗户卡住了。她恨不得剥掉她们的衣服,扯下她们的珠宝,戳穿她们的阴谋诡计,搅掉她们的闲言碎语。窗户猛地一下上去。安站在那里没人跟她说话。

"过来跟我们聊聊,安。"她一边说,一边向她招手。安顺手拉过来一个脚凳在沃伯顿姑姑的脚边坐下。出现了一阵冷场。老沃伯顿姑姑不喜欢年轻姑娘;但她们都是亲戚。

"蒂米上哪儿去了,安?"她问。

"哈罗。"安说。

"啊,你们总是上哈罗。"沃伯顿姑姑说。然后这位老夫人以那种至少模仿慈善的出色的教养,把那姑娘奉承了一番,说她长得像她祖母,一个大美人。

"我多么想认认她啊!"安惊呼道,"给我讲讲——她长的什么模样?"

老夫人从她的回忆录中筛选;那只是一个选集;一个特种版;因为那是一个很难讲给一个穿白缎子衣裙的姑娘听的故事。吉蒂走神儿了。如果查尔斯在楼下呆久了,她想,瞟了一眼时钟,她就会误了火车。能不能托普里斯利咬着他的耳朵递个话儿?她再给他们十分钟;她又转向沃伯顿姑姑。

"她肯定神奇无比!"安正在说。她坐着,双手抱膝,抬眼望着那位毛烘烘的老夫人的脸。吉蒂一时恻隐爱怜之心油然而生。她的脸将会像她们的脸一样,吉蒂想,望着屋子那边的一小撮女人。她们满面愁云;她们的手不停地动着。但她们勇敢,她想;而且大度。她们把获得的全都做了贡献。埃莉诺到底有没有权利鄙视她们?她一辈子做的是不是比玛格丽特·马拉博尔多?而我呢?她想。而我呢?……谁对?她想。谁错?老天开眼,这会儿门开了。

男士们进来了。他们进来时心里不大情愿,动作十分缓慢,仿佛他们刚刚停止交谈,只好在客厅里找个方位。他们脸上有点发红,笑声依然未了,仿佛他们是话正说到半中间停住的。他们鱼贯而入;那位出众的老头走过房间,显出一副轮船进港的神气,女士们都动了动,但未起立。娱乐就此结束;那种你一句我一句,一唱一和的闲聊也拉倒了。他们活像落在鱼身上的鸥鹭,吉蒂想。有飞起来的,有盘旋的。那位伟人慢悠悠地在他的故交沃伯顿夫人身边的一把椅子上落座。他把指头尖儿撮到一起开始说话,"嗯……?"仿佛他在继续前一天夜里没说完的一段谈话。是啊,她想,这一对老搭档的谈话,他们五十年一贯制的谈话,里面是有点情况——是人情?是礼貌?她找不到她理想的字眼儿……他们大家都在交谈。大家都安下心来给那刚刚结束、或讲了半截、或正要开始的故事加上一言半语。

但托尼·阿什顿却一个人站在那里,给故事不加一言。所以她朝他走了过去。

"你最近见没有见爱德华?"他又用那句老话问她。

"见了,今天就见了,"她说,"我跟他一起吃午饭来着。我们还在公园散过步……"她打住了。他们是在公园散过步。一只画眉在歌唱;他们驻足来听。"这是只聪明的画眉,它把每只歌都唱两遍……"他说。"是吗?"她天真地问道。原来那是一句引用语。

她感到自己太傻;牛津总使她感到傻气。她讨厌牛津;但她尊敬爱德华,也尊敬托尼,她想,同时望着他。表面上是个势利小人;骨子里是位学者……他们有个标准……但她又回过神来。

他想跟某个漂亮女人说话——艾斯拉比太太,或者玛格丽特·马拉博尔。但她们俩都忙着呢——两个都绘声绘色地增补了几句。出现了一阵停顿。她不是个能干的女主人,她寻思;她的晚会上总出现这种故障。安就在那里;安就要被一个她认识的青年抓走了。但吉蒂招呼了一下。安立即服服帖帖地过来了。

"来和阿什顿先生认识认识,"她说,"他在莫蒂默学院任教,"她解释说,"讲——"她犹疑了一下。

"马拉梅。"他说,尖声怪气的如同鼠叫,仿佛他的嗓子被掐掉了似的。

吉蒂转身走开。马丁迎上前来。

"好精彩的一场晚会,拉斯韦德夫人。"他说,还是那种讨人嫌的嘲讽语气。

"这回?哪儿的话。"她唐突地说。这回就算不上一场晚会。她的晚会就从来没有精彩过。马丁照例想逗她玩玩。她一低头看见了他那双破旧的鞋。

"过来跟我说说话儿。"她说,觉得那股往日的亲情又涌回心头。她注意到他的脸有点儿红,有点儿,就像保姆们常说的,"自命不凡"。觉得怪好笑的。需要多少次"晚会",她心里纳闷,才能让她这位说话带刺、毫不妥协的表弟回归社会,做一个顺民?

"咱们坐下谈点正经的。"她说,顺势塌进一个小沙发里。他在她身边坐了下来。

"给我说说,内尔在干什么?"她问。

"她向你问好呢,"马丁说,"她给我说她是多么想见你。"

"那今晚她干吗不肯来呢?"吉蒂说。她感到委屈。她没有办法。

"她的发卡不对头。"他说着,大笑了一声,低下头看自己的鞋。吉蒂也低下头看它。

"我的鞋、你看,没有问题,"他说,"不过,我是个男人。"

"胡说八道……"吉蒂开始说,"它有什么问题……"

但他在四处张望,看了看一群群穿着漂亮的女人;然后又看着那幅画。

"壁炉上面你那幅烂画像真是一塌糊涂,"他说,望着那个红发姑娘,"谁弄的?"

"我忘了……咱们别看它好不好。"她说。

"咱们谈谈……"她又打住了。

他把屋子扫视了一圈。它显得拥挤;有很多小儿,上面摆着照片;有很多装饰华丽的橱柜,摆着一瓶瓶的鲜花;墙上镶着黄色织锦包着的嵌板。她觉得他在批评这间屋子,也在批评她

237

自己。

"我总想拿一把刀把它刮掉。"她说。但那又何苦呢?她想,如果她挪走一幅画,她丈夫就会说,"骑老矮马的比尔叔叔哪儿去了?"只好又恢复原状。

"像家旅馆,是吧?"她接着说。

"一个大客厅。"他说。他不知道为什么他要伤她的心;但他就是伤了她的心;这是事实。

"我刚才在问自己,"他压低声音说,"为什么要这么一幅画。"——他冲着那幅画像把头一点——"既然他们有一幅庚斯博罗……"

"但为什么,"她压低声音说,学着他半讥讽、半诙谐的腔调,"当你瞧不起他们的时候,还要来吃他们的饭呢?"

"我没有!一点也没有!"他大声说。"我过得极其愉快。我喜欢见你,吉蒂。"他补充说。这倒是实话——他总是喜欢她。"你没有抛弃你的穷亲戚。你心眼儿特好。"

"倒是亲戚们抛弃了我。"她说。

"噢,埃莉诺,"他说,"她是个老怪物。"

"一切都是这样……"吉蒂开始说。但她的晚会情况有点不对头;她一句话说了半截就打住了。"你来和特雷耶太太聊聊,"她说着就站了起来。

为什么要做这种事呢?他跟在她后面,心犯嘀咕。他本想跟吉蒂聊聊;他跟着那个后脑勺上飘根野鸡毛、一副东方长相的女怪没有什么好说的。但,你要喝这位高贵的伯爵夫人的好酒,他说,随之躬了躬身,你就不得不给她的一些不大可取的朋友助助兴。他让她走了。

吉蒂回到壁炉前。她捅了一下煤,火星便连连往烟囱里蹿上去。她坐立不安。时光如流;如果他们再呆下去,她就误了火车。她偷偷地注意到时钟的两根针贴近了十一点。晚会很快就要散了;这只不过是另一场晚会的序曲。但大家还在谈啊谈的,仿佛永远不会走似的。她把三五成群的人扫了一眼,他们一副岿然不动的样子。然后时钟发出一连串急躁、微弱的响声,最后一响刚一敲,门开了,普里斯特利走上前来。他用他那种神秘莫测的男管家的眼睛和弯曲的手指召唤安·希利尔。

"妈妈来接我了。"安说着从房间走过去,情绪有点儿紧张。

"她来接你了?"吉蒂说。一时间她把她的手握住。为什么?她问自己,一边望着那可爱的面庞,它没有用意,没有个性,宛如一张白纸,上面除了青春,再什么也没有写。她把她的手握了一会儿。

"你非走不可?"她说。

"恐怕非走不可。"安说,把手抽了回来。

人们纷纷起立,走动起来,就像白翅膀的鸥鹭振翼飞动一样。

"跟我们一道走吧?"马丁听见安对头发似乎用耙子耙过的那个青年说。他们转过身一起离去了。安从马丁身旁走过,马丁站着把手伸出来,安向他极轻微地颔了颔首,仿佛他的形象已经从她的心里清扫出去了。他嗒然若失;他纯粹是自作多情。他感到一种强烈的欲望,要跟他们一起走,不管去什么地方。但人家没有叫他;却叫阿什顿了;他尾随着他们。

"好一个马屁精!"他心想,带着一种苦涩,使他感到惊异。奇怪,他怎么一时醋劲大发。大家似乎都纷纷"起身"。他四处盘桓,一副不尴不尬的样子。只剩下几个老鬼了——不,就连那位伟人似乎也起身了。只剩下那位老夫人了。她倚在拉斯韦德的胳膊上从屋子里蹒跚过去。她想确认她一直说的关于一帧小像的话。拉斯韦德把它从墙上拿下来；他把它拿到一盏灯下，好让她能提出她的定论。骑矮马的是爷爷呢，还是威廉叔叔？

"坐下，马丁，咱们聊聊。"吉蒂说。他坐下了：但他的感觉是她想让他走。他看见她把钟瞟了一眼。他们聊了一会儿。现在老夫人回来了；她一肚子举世无双的逸闻趣事，所以她确信无疑地证实，骑矮马的准是威廉叔叔；不是爷爷。她走了。但她不慌不忙。马丁等着她倚着侄儿的胳膊一直走到门口。他迟疑不决；现在只剩下他们俩了；他该留还是该走？但吉蒂站起来了。她伸出手来。

"过几天再一个人来看我。"她说。她已经下逐客令了，他觉得。

这是人们常说的套话，他对自己说，同时跟在沃伯顿夫人后面慢慢地走下楼梯。再来；可不知道我会不会来……沃伯顿夫人下楼活像一只螃蟹，一只手扶着栏杆，一只手抓着拉斯韦德的胳膊。他在她身后磨蹭着。他再一次看了看那幅卡纳莱托。一幅好画：但是幅摹本，他对自己说。他从栏杆上望下去，看到下面门厅里黑白格的地砖。

还是解决了一点问题，他对自己说，下了一个又一个台阶，进了门厅。若即若离；时作时辍。但这值吗？他问自己，让仆人帮他穿上衣服。双扇门对着街敞开着。有一两个人经过；他们满怀好奇，往里张望，瞅着那些仆人，瞅着灯火辉煌的大厅；瞅着在方格地砖上驻足片刻的老夫人。她在穿长袍。现在她正在披她那有一道紫色嵌缝的披风；现在她在围她的皮毛围脖。一只手包吊在手腕上。她身上到处都挂着链子；指头上疙里疙瘩缀满了戒指。她那张棱角分明的石头色脸庞，线条纵横，布成了迷魂阵,皱纹深得打成了褶子,从它那毛皮和饰带的软巢里探出来。那双眼睛仍然明亮。

十九世纪要上床就寝了,马丁对自己说,一边望着她靠在仆人的胳膊上蹒跚着走下台阶。她被扶上马车。然后他与主人握了握手。这位主人可是个好人,他喝酒不多不少,恰到好处,随后他走开,穿过了格罗夫纳广场。

顶楼的卧室里,吉蒂的女仆巴克斯特正向窗外张望,注视着客人离去。哟——老夫人要走了。她巴不得他们快些走掉;要是晚会再开长一些,她那短程游览就要泡汤了。明天她要跟她的男朋友到河上去玩。她转过身,向四下里一望。她把一切都准备停当了——夫人的外套,裙子,手包,票也装进去了。十一点早过了,她站在梳妆台前等候。三重镜里照出了银瓶,粉扑,梳子,刷子。巴克斯特弯下腰去,对着镜子里的自己傻呵呵地笑着——她到河上去时,就是这副模样——然后她挺直身子;她听见走廊里响起了脚步声。夫人来了。这不是吗。

拉斯韦德夫人走进来,把戒指从指头上摘下来。"对不起,太晚了,巴克斯特,"她说,"现在我得赶快点。"

巴克斯特二话没说,连忙解开她的裙钩;熟练地把它滑到脚上,然后把它拿开。吉蒂在梳妆台前坐下,把鞋踢掉。缎子鞋总是太紧。她瞅了一眼梳妆台上的钟。她还来得及。

巴克斯特递过她的外套,现在她又把手包递过去。

"票在里面呢,夫人。"她说,碰了碰手包。

"我的帽子。"吉蒂说。她弯下身子在镜子前面把它戴稳当。那顶小巧的花呢旅行帽端端地戴在她的头发顶上,使她看上去判若两人;她喜欢当现在的这个人。她穿着旅行装站着,寻思是不是忘了什么。一时间她脑海里一片空白。我在哪里？她心里纳闷。我在干什么？我要去哪里？她眼睛盯着梳妆台；她依稀记起了另外某个房间，另外一个时候，她还是个姑娘的时候。是不是在牛津？

"票呢，巴克斯特？"她敷衍塞责地说。

"在您的包里，夫人。"巴克斯特提醒她，她正把包拿在手里。

"这么说一切都有了。"吉蒂说，扫视了一圈。

她一时感到有点于心不安。

"谢谢，巴克斯特，"她说，"希望你会高高兴兴地……"——她游移不定。她不知道巴克斯特休假的这天干什么——"……玩一玩。"她信口乱说了一句。巴克斯特露出一种诡秘的、强忍住了的微笑。吉蒂对女仆们故作正经的礼貌，对她们神秘莫测、皱起来的面孔感到头疼。但她们很有用。

"晚安！"她对站在卧室门口的巴克斯特说；因为巴克斯特在那里转身回去了。仿佛她对女主人的职责已经尽完了。下楼另有人管。

吉蒂往客厅里一望，说不定她丈夫在那里。但屋子里空无一人。火仍在熊熊燃烧；椅子摆成一圈，似乎仍然用它们空着的扶手支撑着晚会的骨架。但车在门口等着她。

"时间宽裕吗？"她对司机说，同时把毯子盖在膝盖上。他们出发了。

那是一个晴朗宁静的夜晚，广场上的每一棵树都历历可见；有的黑糊糊的；有的点染着奇异的绿色人造光斑。弧光灯上面射起黑暗的乱箭。虽然临近午夜，但不大像是夜晚；倒像某种空灵、虚幻的白天,因为街灯密密麻麻,汽车络绎不绝;男人们围着白围巾,风衣敞着,走在干净干燥的人行道上,许多住宅仍然灯火辉煌,因为人人都举办晚会。他们轻快地驶过梅费尔以后,城市的面貌变了。酒馆在打烊;拐角上的灯柱周围聚了一群人。一个醉汉放声高歌;一个微醉的姑娘眼前晃动着一根羽毛,跟跟跄跄地过去抱住灯柱……但吉蒂的眼睛仅仅把她看见的景象记录下来。经过一场谈话,一番努力,许多匆忙之后,她对她看见的景象无法再做补充。他们飞驰向前。现在他们已经拐过了弯,车全速滑进一条明亮的长街,两边全是关了门的大商店。街上几乎空无一人。车站上的黄钟显示,他们还有五分钟的时间。

刚好赶上,她对自己说。当她走在月台上时,那种常有的兴奋涌上心头。漫射光从极高处倾泻下来。人们大呼小叫,转轨车厢连续的哐啷声在广漠的空际回响着。列车在等;旅客准备出发。有的一只脚踩在车厢台阶上用厚杯子喝着饮品,仿佛害怕远离自己的座位。她顺着列车一直望到头,看到机车还从一个软管里吸水。好像整个身体,整个肌肉,甚至脖子都被吞进那光滑的圆桶状的主体里。这才算火车呢;相比之下别的火车只不过是玩具而已。她吸了一口含硫的空气,它在她的喉背上留下一股淡淡的酸意,仿佛它已经有了一股北方的气息。

列车长已经看见了她,手里拿着哨子正朝她走来。

"晚上好,夫人。"他说。

"晚上好,珀维斯。刚赶上点。"她说,他正给她开车厢门。

"是啊,夫人。刚刚赶上。"他答道。

他把门锁上。吉蒂转过身,把这个她要过夜的明亮的小房间环视了一遍。一切都准备好了;床铺好了;被单揭开了;她的包就在座位上。列车长从窗户旁边经过,手里拿着旗子。一名

243

刚刚赶上车的男子,张开双臂跑进月台。一扇门砰的一声关上了。

"刚刚赶上。"吉蒂站在那里对自己说。随后火车轻轻地一拉。她简直不能相信这么一个庞大的怪物竟能这么轻轻地启动,做如此漫长的旅行。然后,她看见茶壶一晃而过。

"我们走了。"她对自己说,颓然跌坐到座位上,"我们走了!"

她全身的紧张荡然无存了。她孤身一人;车在开动。月台上的最后一盏灯滑过去了。月台上的最后一个人影儿消失了。

"真逗!"她对自己说,仿佛她是一个从保姆身边逃跑了的小姑娘似的,"我们走了!"

她在那灯光通明的卧车包厢里静静地坐了一会儿;然后她拉了一下窗帘,窗帘猛地一下跳了上去。拉长了的灯光一闪而过;工厂和货栈里的灯光;僻背的街道上的灯光。然后是柏油小道;公园里更多的灯光;然后是灌木林和田野里的一道树篱。他们正在把伦敦抛在后面;抛开了那片灯光,当火车冲进黑暗时,那片灯火似乎浓缩成一个火环。火车隆隆地穿过隧道。它似乎在做一项截肢手术;现在她与那个光环割断了。

她环顾了一下把自己隔离开来的这间狭小的车厢。一切都在轻轻地晃荡。有一种没完没了的轻微的震颤。她似乎正从一个世界进入另一个世界;这是过渡时刻。她静静地坐了片刻;然后脱下衣服,手扶着窗帘停下来。现在列车已达到正常速度;它正全速驰过乡野。远处闪烁着零星的灯火。黑糊糊的树丛伫立在夏天灰蒙蒙的田野上;夏草满山遍野。车头上的灯光照亮了一群安静的母牛;和一道山楂树篱。现在他们在旷野上前进。

她把窗帘拉下来,爬上床去。她展开身子躺在那硬邦邦的架子上,背对着车厢墙壁。所以她觉得一种微微的震动正对着她的脑袋。既然火车达到了正常行速,她便躺着听它发出的隆隆的喧声。她被平顺有力地拉过英格兰,驶向北方。我什么都不用干,她想,不用干,不用干,只是让火车拉着前进。她转过身来,把那蓝色灯罩拉到灯上。黑暗中,火车的响声更大了;它的呼啸声,它的震动声,似乎形成一种很规则的音律,耙过她的心田,碾平了她的思绪。

啊,但不是所有的思绪,她想,在她的卧铺上辗转反侧。有些仍然突现出来。一个人,她想,盯着蓝灯罩下面的灯光,不再是孩子了。岁月改变事物;毁灭事物;堆积事物——忧愁烦恼;它们又来了;支离破碎的谈话不断返回她的心里;形形色色的景象涌现在她的眼前。她看见自己猛地一下推起窗户;还看见沃伯顿姑姑下巴上的刚毛。她看见女人们站起身来,男人们鱼贯而入。她在卧铺上翻了个身,发出一声叹息。他们的衣服,一模一样,她想;他们的生活,一模一样。而哪个对?她想,在卧铺上辗转反侧。哪个错?她又翻了个身。

火车载着她向前飞驰。声音深沉了;它变成一种持续不断的隆隆声。她怎么能睡着呢?她怎么能不让自己想事呢?她背过光去。现在我们身在何方,她对自己说。此刻火车位于何处?现在,她喃喃自语,闭上了眼睛,我们正在经过山上的白屋;现在我们在穿越隧道;现在我们跨河过桥……一片空白插了进来;她的思想变得昏昏沉沉;它们变得糊里糊涂。过去与现在混杂在一起。她看见玛格丽特·马拉博尔用指头掐住裙子,但她却牵着一头带鼻环的公牛……这就是睡眠,她对自己说,半睁开眼睛;谢天谢地,她对自己说,又把眼睛闭上,这就是睡眠。而她随火车去摆布自己,它的轰隆声变得沉闷而遥远。

有人敲了一下门。她躺了片刻,心里纳闷:为什么房间晃得这么凶;然后景象澄清了;她在火车上,她在乡下;她快到站了。她起了床。

她赶紧穿好衣服,站在走廊里。天还早。她望着田野疾驰而过。这里是北方光秃秃的田野,怪石嶙峋的田野。这里春天姗姗来迟;树木还没有枝繁叶茂。烟缭绕而下,把一棵树裹在白色的烟云里。烟升起时,她想一定光辉灿烂;清澈明晰,白处白,灰处灰,这里的土地没有南方土地的那种柔和,那种翠绿。但枢纽站到了,储气罐到了;人们正往车站里跑。火车慢了下来,月台上所有的灯杆渐渐地静止不动了。

她下了车,深深地吸了一口湿冷的空气。汽车正在等她;一看到那辆车,她就想起来了——就是那辆新车;她丈夫送给她的生日礼物。她还从来没有坐过这辆车呢。科尔碰了一下帽子。

"咱们让它敞着,科尔。"她说,他便打开了那紧紧的新车盖,她上车坐在他身边。他们启动得很慢,因为发动机的跳动好像时断时续,启动了,停止了,又启动了。他们驶过该镇;所有的商店还关着门;女人们跪着擦洗门前的台阶;卧室和起居室的窗帘仍然拉着;到处车少人稀。只有奶车隆隆地滚过。狗在街心漫游,干着自个儿的差事。科尔不得不一遍又一遍地按喇叭。

"它们到时候就知道了,夫人。"他说,这时一只棕色花纹癞皮狗悄悄地溜走,把路让开了。在城里,他开车格外小心;但一出城他就加快了车速。吉蒂看着速度表上的指针直往前跳。

"这车是不是开起来挺顺?"她问,听着发动机柔和的呼呼声。

科尔抬起一只脚演示踩加速器是多么轻便。然后他又踩了一下。车速就上去了。他们开得太快,吉蒂想;但这条路——她定睛注视着——仍然空寂无人。只有两三辆笨重的农用货车从他们身旁经过。他们开过去时车夫走到了马头旁边,把马勒住。路在他们眼前延伸,泛着珍珠似的白光;树篱上点缀着早春小小的尖叶。

"这里的春天姗姗来迟,"吉蒂说,"想必是寒风作祟?"

科尔点了点头。他没有伦敦奴才的那种谄颜媚骨;和他在一起她感到轻松自在;她可以默不作声。空气似乎冷热程度不一;时而芳香扑鼻,时而——他们正经过一家农场院落——臭气熏人,粪肥酸臭难闻。他们冲上一座小山,她身子后仰,把帽子按在头上。"你是不能让车全速爬上这座山的,科尔。"她说。车速慢了一点;他们正在爬克雷布斯山,可以说是轻车熟路,山路上有卡车司机刹过车的黄色的条痕。从前,她坐马车时,他们到这里就下车步行。科尔没有吱声。他是要炫耀一下他的发动机,她认为。车飞驰而上,情况极好。但山路很长;有一段平路;然后路又成了上坡。车子东摇西晃,科尔哄着它往前走。吉蒂看见他把身子轻轻地前仰后合,仿佛他在给马鼓劲似的。她感觉到他肌肉的紧张。他们慢慢地走着——他几乎不动了。不,现在他们到了山梁上。她成功登顶了!

"干得漂亮!"她惊呼道。他没有吱声;但他非常自豪,她知道。

"我们坐那辆旧车是办不到的。"她说。

"啊,那也不能怪那辆车。"科尔说。

他是个非常厚道的人;这种人她喜欢,她寻思——沉默寡言。他们又向前飞驰。现在他们正驶过一座灰色石屋,里面只有一个疯女人居住,陪伴她的是几只孔雀和大警犬。他们已经驶过去了。现在他们的右边是一片树林,微风歌唱着从林中吹来。这像海洋,吉蒂想,从旁经过时,望着一条点缀着黄色阳光的墨绿色车道。他们再往前走。现在有一堆堆棕红的树叶堆在路边,染红了路上的水坑。

"刚下过雨?"她说。他点了点头。他们开到高高的山梁上,下面是树林,在一块林中空地上,耸立着城堡的灰色塔楼。她一直在寻找它,现在向它致意,仿佛她举起手来向一个朋友致意似的。现在他们到了自己的土地上。门柱上刻着他们姓氏的首字母,客栈的门口上面晃动着他们的家徽。各个村舍的门上有他们家纹章的顶饰。科尔看了看时钟。指针又跳了一下。

太快了,太快了!吉蒂对自己说。但她喜欢和风扑面。现在他们到了门房门口;普里迪太太开着门,怀里抱着一个白头发小孩。他们穿过猎苑。鹿儿抬头一看,从蕨草丛中轻轻地跳走了。

"差两分一刻钟,夫人。"科尔说,他们画了个圆圈,在门口停下。吉蒂站着把车打量了片刻。她把手搭在发动机盖上,热呼呼的。她轻轻地拍了一下。"跑得漂亮,科尔,"她说,"我要给老爷说说。"科尔笑了,他很高兴。

她走了进去。到处没有人;他们来的比预期的早。她穿过石板铺地的宽大的门厅,那里挂着铠甲,立着胸像,然后走进摆早餐的晨屋。

她走进去时,绿光耀眼。仿佛她站在绿宝石坑里。外面一片翠绿。露台上竖立着灰色的法国女人雕像,她们挎着篮子;但篮子是空的。到了夏天,那里就会鲜花怒放。一条宽阔的草地在修剪过的紫杉树中间跌落下去,浸到河边;然后又上升到顶上树林密布的小山上。现在树林上空薄雾缭绕——清晨的薄雾。就在她凝目注视的当儿,一只蜜蜂在她的耳边嗡嗡;她想她听见石头上河水潺潺;树梢上鸽子咕咕。这是晨之声,夏之声。但门开了。早饭摆好了。

她吃了早饭;她歪在椅子上时,感到暖和,充实,舒适。她无事可干——什么事也没有。一整天都是她的。天气又晴朗。屋子里突然阳光明亮起来,在地板上投下一条宽阔的光带。太阳照在外面的花儿上。一只蛱蝶从窗户上招摇而过;她看见它落到一片叶子上,蹲在那里把翅膀一开一合,一开一合,仿佛在尽情享受着阳光。她盯着它。它翅膀上的绒毛是柔和的铁锈红。它又飞走了。然后,那只中国狗,得到了一只无形的手的允许,悄悄地溜进来;径直向她走来,闻了闻她的裙子,在一片灿烂的阳光下突然卧倒。

没有心肝的畜牲!她想,但它的冷淡倒使她感到高兴。它对她也一无所求。她伸出手去拿一支香烟。对此马丁会有何评论,她心里纳闷,一边拿过那只由绿变蓝的搪瓷盒子,把它打开。丑恶?庸俗?可能吧——但人言真的可畏吗?批评似乎轻如晨烟。既然她拥有整整一天——既然她独自一人,他说什么,大家说什么,谁说什么,又有什么关系?舞会过后,晚会散后,他们还在自己的家里睡觉,她想,站在窗前,望着灰绿色的草地……这种想法令她高兴。她把香烟扔掉,上楼去换衣服。

她再下来时,阳光强烈多了。花园已经失去了它纯洁的样子;林中已烟消雾散。她迈出落地窗时,能听见刈草机嘎嘎的响声。那匹钉了橡皮掌的马驹在草坪上踱来踱去,在身后的草地上留下淡淡的痕迹。小鸟在零零落落地歌唱。胸羽亮闪闪的椋鸟在草地上觅食。露珠在颤悠悠的草尖儿上闪出红光、紫光、金光。这是一个完美的五月清晨。

她在露台上悠闲地漫步。她路过时往藏书室的长窗里瞟了一眼。一切都被帷帘封闭住了。但这间长屋显得比平素更加雄伟,比例更为适当;那一长排一长排发黄的图书似乎无声无息地存在着,自尊、自主、自足。她离开露台,沿着那条长长的草径信步。花园仍然空寂无人;只有一个穿着衬衣的男子在拾掇一棵树;但她无需跟任何人说话。那只中国狗偷偷地尾随着她;它也不声不响。她继续往前走,经过花坛,走到河边。到桥上她总要停下来,桥栏上隔一段就有一个炮弹似的柱头。流水总是让她着迷。这条湍急的北方河流来自荒原;它从来不像南方的河流那么平滑、碧绿,那么深沉、平静。它汹涌;它奔流。它在河床的卵石上铺展开来,呈现出红、黄、棕各种颜色。她双肘支在栏杆上,注视着水围着桥拱打旋;她注视着水在石头上制造出钻石或尖利的箭杆。她听着。她知道它冬夏两季发出的不同的声响;现在它奔流着,它汹涌着。

但那只中国狗烦了;它向前跑去。她跟在它后面。她走上了那条通往山顶上息烛器形的石碑的绿色的马道。林中的条条小道都有自己的名字。有"看守人小道",有"恋人便道",有"女士陌",这里还有"伯爵马道"。但走进树林之前,她先停下来把住宅回顾了一番。她曾无数次地在这里驻足;城堡看上去灰暗,堂皇;今晨它仍在沉睡,窗帘拉着,旗杆上没有挂旗。它显得崇高、古老、永久。然后她进了树林。

她在树林下行走的当儿,似乎起风了。风在树顶歌唱,但在树下却无声无息。枯叶在脚下沙沙;叶间冒出淡淡的春花,一年里最可爱的——蓝花和白花,在软垫似的青苔上颤栗。满眼春色令人愁,她想;它能勾起回忆。物换星移,白云苍狗,她想,沿着林阴小径往上爬。这都不是她的;她儿子会继承的;他的妻子将会在这里步她的后尘。她折下一根细枝;她摘下一朵鲜花,贴到唇边。但她正当盛年;她精力充沛。她迈着大步向前走去。地面突然陡立起来;她的厚底鞋踩在地上,她感到肌肉强健灵活。她把花扔掉。她越爬越高,树木变稀了。突然她看见夹在两棵条纹树干中间的天特别的蓝。她出来站在山丘顶上。风停了;周围是一望无际的乡野。她的身体似乎缩了;她的眼界似乎大了。她扑到地面上,远眺那波涛般起伏的大地,延伸开去,直到远方连接大海。从这个高度望去,无人耕作,无人居住,自给自足地存在着,没有城镇,没有房屋。楔形的黑影,宽阔的光带,并存着。她注视着,光明在移动;黑暗也在移动;光与影掠过了千山万壑。她耳边响起喃喃的歌声——大地自己在向自己唱歌,独一无二的合唱。她躺着听。她心花怒放。时间静止了。

一九一七年

严冬月份的一个黑夜,万籁俱寂,连空气似乎也冻结了,凝固成玻璃般的平静,覆盖着英国大地。池沼沟渠冰封了;水坑在路上形成了油光光的眼睛,冰霜在人行道上突起了滑溜溜的疙瘩。黑暗压迫着窗户;城镇消融在旷野里。没有亮光,间或有一个探照灯扫过天空,在有的地方停下,仿佛要打量某个羊毛补丁。

"如果那是河,"埃莉诺说,在车站外面黑暗的街道上停下,"威斯敏斯特肯定就在那里了。"她来时坐的那辆公共汽车,拉着一车沉默的乘客,在蓝光下显得面容惨白,早已不见了。她转过身来。

她要去和勒尼、玛吉吃饭,他们住在大教堂附近的一条僻背的小街上。她向前走。街的那一头几乎看不清。灯裹着蓝衣。她把手电照在一个街头的街名上。她又用手电照着。它在这里照亮了一堵砖墙;在那里照亮了一簇深绿的常春藤。终于三十号门牌闪现出来,这是她寻找的门牌。她又敲门,又按铃,因为黑暗不仅罩住了景象,也捂住了声音。她站在那里等着,静默沉重地压在她身上。然后门开了,一个男人的声音说,"进来!"

他赶紧把门关上,仿佛要把光线关在外面。刚从街道上来,一切显得十分陌生——门厅里的婴儿车;架子上的伞;地毯,图画;似乎统统变强烈了。

"进来!"勒尼又说了一遍,把她领进灯火辉煌的起居室。室内还站着一个男人,她感到惊讶,因为她本以为只会见到他们俩。但这个男人她却不认识。

他们一时面面相觑;然后勒尼说,"你知道尼古拉斯……"但他没有把姓说清楚,加之姓又长,她也没听明白。一个外国姓,她想。一个外国人。他显然不是英国人。他像外国人那样,又是握手又是鞠躬,而且他接着往下谈,仿佛他把一个想说完的句子只说了半截……"我们正在说拿破仑……"他转向她说。

"我明白了。"她说。但她不晓得他在说什么。他们正在争论什么,她估计。但她一个字还没弄明白,争论就结束了,她只知道它与拿破仑有关。她脱下大衣,把它放下。他们不说了。

"我要去告诉玛吉。"勒尼说。他突然扔下他们走了。

"你们在谈拿破仑?"埃莉诺说。她望着她没有听清姓氏的那个男子。他的肤色很黑;他长着圆圆的脑袋,黑黑的眼睛。她喜欢不喜欢他呢?她不得而知。

我打断了他们的谈话,她觉得,而我却无话可说。她觉得又晕又冷。她伸开双手烤着火。这是一炉真正的火;木块燃得很旺;火苗顺着亮晶晶的柏油条纹往上直蹿。而她家里只剩下一小股微弱的煤气。

"拿破仑。"她说,一边在烤火。她说这话没有什么深意。

"我们在探讨伟人的心理,"他说,"依照现代科学。"他补充说,干笑了一声。她希望这场争论更能符合她的理解能力。

"那挺有意思。"她怯生生地说。

"是啊——如果我们对它有所了解的话。"他说。

"如果我们对它有所了解的话……"她重复了一遍。出现了一阵停顿,她觉得浑身麻木——不仅手,还有大脑。

"伟人的心理——"她说,因为她不想让他认为她是个傻瓜,"……这就是你们探讨的东西?"

"我们在说——"他打住了。她估计他发现很难概括他们的争论——从四处乱扔的报纸和桌上的烟头判断,他们显然议论了好一阵子了。

"我刚才在说,"他接着说,"我刚才在说,我们,这些小小老百姓,并不了解自己,要是我们不了解自己,我们怎么会创造宗教,法律,来——"他用手来表达,就像发现语言别扭的人所做的那样,"来——"

"来适应——来适应。"她说,给他提供一个,她肯定,要比外国人老用的字典上的字眼简单的词。

"来适应——来适应。"他说,接受了这个词,并且重复了一遍,仿佛感激她的帮助似的。

"……来适应。"她重复着。她不知道他们到底在谈什么。然后,突然间,当她躬身在火上烤手时,词在她的脑海里浮到一起,组成了一个明白易懂的句子。她觉得他的原话就是,"我们无法创造宗教法律来适应,因为我们不了解自己。"

"你说那种话好奇怪啊!"她说,冲着他微微一笑,"因为我自己也经常这么想!"

"那有什么好奇怪的?"他说,"我们大家想的都是同样的事情;只是我们不说而已。"

"今晚坐公共汽车来时,"她开始说,"我一直在想这场战争——我没有这种感觉,但别人有……"她停住了。他一副莫名其妙的样子;很可能她误解了他的话;她把自己的意思没有表达明白。

"我的意思是,"她又开始说,"我在汽车上一直在想——"但这时勒尼进来了。

他端着一托盘瓶酒和杯子。

"当个商人的儿子不简单。"尼古拉斯说。

这话听上去像是从法语语法中引用来的。

酒商的儿子,埃莉诺对自己重复了一遍,眼睛盯着他的红脸蛋、黑眼睛、大鼻子。那个人必定是俄国人,她想,俄国人,波兰人,犹太人?——她不知道他是什么人,他是谁?

她喝酒。酒似乎按摩着她脊柱上的一个疙瘩。这时玛吉进来了。

"晚上好。"她说,对外国人的鞠躬不予答理,仿佛他们太熟,不必向他打招呼似的。

"报纸,"她抗议道,望着满地乱糟糟的样子,"报纸,报纸。"扔了一地的报纸。

"我们在地下室里吃饭,"她转向埃莉诺接着说,"因为我们没有仆人。"她在前面领路,走下又陡又小的楼梯。

"可是,玛格达莱娜,"尼古拉斯说,这时他们站在那间天花板很低的小屋子里,饭菜已经摆好了,"萨拉说'明晚在玛吉家见……'她却没有来。"

他站着;别人已经坐下了。

"到时候她会来的。"玛吉说。

"我给她打个电话。"尼古拉斯说。他离开了房间。

"不用仆人,"埃莉诺说着端起了盘子,"岂不是更好……"

"我们有个女人干些洗洗涮涮的活儿。"玛吉说。

255

"我们可是脏得够呛。"勒尼说。

他拿起一把叉子,仔细察看各个叉头。

"嘿,这把叉子刚好是干净的。"他说,又把它放下。

尼古拉斯回到屋里来了。他看上去焦急不安。"她不在家,"他对玛吉说,"我给她打电话,但没人接。"

"说不定她正在路上呢,"玛吉说,"要不她兴许忘记了……"

她把汤递给他。但他一动不动地瞅着盘子。他脑门上出现了皱纹;他不想掩饰他的焦急。他没有不好意思的感觉,"来啦!"他突然惊呼起来,打断了他们的谈话。"她来啦!"他补充说。他放下汤匙等着。有人从陡楼梯上慢慢走下来。

门开了,萨拉走了进来。她看上去冻得够呛。她的脸白一块、红一块的,她眨巴着眼睛,仿佛她从裹着蓝色尸衣的街道上一路走来,仍然感到晕晕乎乎。她把手伸给尼古拉斯,他把它吻了一下。但她没有戴订婚戒指,埃莉诺注意到。

"是啊,我们很脏。"玛吉望着她说;她仍然穿着她白天穿的衣服。"穿着又破烂。"她补充说,因为在她盛汤的当儿,一圈金线从袖子上吊了下来。

"我在想,多么美丽的……"埃莉诺说,因为她的眼睛一直盯着那件金线绣的银装,"你从哪儿弄来的?"

"在君士坦丁堡,从一个土耳其人手里。"玛吉说。

"一个缠头的古怪的土耳其人。"萨拉喃喃地说,端盘子时,把袖子抹了一下。她似乎仍然晕晕乎乎的。

"还有这些盘子,"埃莉诺说,一边望着她盘子上的紫鸟,"难道我不记得了?"她问。

"放在家里客厅的橱柜里,"玛吉说,"不过好像有些傻——

把它们保存在橱柜里。"

"我一个星期砸一只。"勒尼说。

"到战争结束还砸不完。"玛吉说。

她说到"战争"时,埃莉诺注意到一种奇异的面具似的表情浮现在勒尼的脸上。跟所有的法国人一样,她想,他热烈地爱着祖国。但又很矛盾,她觉得,一边注视着他。他默不作声。他的沉默使她感到压抑,他的沉默中有种可怕的东西。

"你干吗来得这么晚?"尼古拉斯转向萨拉说。他说话语气温柔,但有责怪的成份,仿佛她是一个孩子。他替她斟了一杯酒。

当心,埃莉诺想对她说;这酒会上头。她已经好几个月没有喝过酒了。她已经感到稀里糊涂;有点儿头重脚轻。那是走了黑路后遇到了强光;沉默久了后开始说话的结果;战争,兴许会消除隔阂。

但萨拉还是喝着酒。过了一会儿她突然冒出一句:

"是因为那个该死的傻瓜。"

"该死的傻瓜?"玛吉说,"哪一个?"

"埃莉诺的侄儿。"萨拉说。"诺思。埃莉诺的侄儿,诺思。"她把杯子伸向埃莉诺,仿佛她在对她讲话。"诺思……"然后她笑了。"我在那里,一个人坐着。铃响了。'是送洗过的衣服来的。'我说,传来上楼的脚步声。原来诺思来了——诺思,"她把手举到头上仿佛在敬礼,"这样出风头……'到底要干什么?'我问。'我今晚上前线。'他说,咔嚓一声,来了个立正动作。'我是某部中尉。'不管是什么部。——是皇家捕鼠团还是别的什么……他把帽子挂在我们祖父的胸像上。而我在倒茶。'一名皇家捕鼠团的中尉需要多少块糖?'我问。'一,二,三,四……'"

257

她把一粒一粒的面包掉到桌子上。每掉一粒,似乎强调一下她的苦楚。她看上去老了,更显憔悴;尽管她笑着,但心里很苦。

"诺思是谁?"尼古拉斯问道。他说"诺思"的口气,仿佛那是指南针上的一个点似的①。

"我侄儿。我弟弟莫里斯的儿子。"埃莉诺解释说。

"他坐在那里,"萨拉接着说,"穿着他那套土黄色的制服,两腿夹着鞭子,他那张粉不叽叽的傻脸两边各乍出一只耳朵,不管我说什么他总说,'好','好','好',最后我拿起火棍和火钳,"她拿起她的刀叉,"敲打着'主佐吾王,幸福荣光,安邦无疆——'"她举着刀叉。仿佛它们就是武器。

可惜他走了,埃莉诺想。她眼前浮现出一幅画面——一个漂亮的爱打板球的男孩在平台上抽雪茄的画面。可惜……接着又浮现出一幅画面。她坐在同一个平台上;但这次是夕阳西下的时候,一个女仆出来说,"士兵们上好刺刀保卫阵地!"她就是这样听到了战争的消息——三年前。当时她想,一边把咖啡杯放到一张小桌上,要是我有办法,绝不许这样!感到一种要保护那些小山的荒唐而强烈的渴望,不能自持;她隔着草地望着那些山岗……现在她望着对面的那个外国人。

"你太不公平了,"尼古拉斯正在对萨拉说,"心存偏见;狭隘;不公。"他重复着。一根手指敲着她的手。

他说的正是埃莉诺自己的感受。

"是啊。那不是有悖常理吗……"她开始说。"你能允许德国鬼子侵略英国而撒手不管?"她转向勒尼说。她说完又后悔

---

① 英文 North 的意思是"北"。

了；用那些词也不是她的初衷。他脸上有种痛苦的表情，要么就是愤怒？

"我？"他说，"我帮助他们制造弹壳来着。"

玛吉站在他身后。她已经把肉端来了。"切开。"她说。他盯着她放在他面前的那块肉。他拿起刀，开始机械地切起来。

"哎，还有保姆呢。"她提醒他。他又切了一份。

"对。"玛吉把盘子拿走时，埃莉诺不尴不尬地说。她不知道该说什么。她总是不假思索，脱口而出。"咱们尽快把它收拾掉，然后……"她看了看他。他默不作声。他转过身去。他本来就转过去听别人说话，仿佛要逃避自己说话。

"扯淡，扯淡……别那样瞎扯淡了——其实这就是你说的话。"尼古拉斯说。他的手又大又干净，指甲剪得短短的，埃莉诺注意到。他也许是个医生，她想。

"什么叫'扯淡'？"她转向勒尼问道。因为她不懂这个说法。

"美国话，"勒尼说，"他是美国人。"他说，朝尼古拉斯把头一点。

"不对，"尼古拉斯转过身来说，"我是波兰人。"

"他妈是个公主。"玛吉说，仿佛她在取笑他。这就把他表链上的图章说明白了，埃莉诺想。他戴的表链上有一枚很大的旧图章。

"她是，"他一本正经地说，"波兰最高贵的家族之一。但我父亲是一介草民——平民百姓……你应当多加自制。"他转向萨拉说。

"我是应当，"她叹息一声，"但他随后把缰绳一抖，说，'永别了，永别了！'"她伸出手，又给自己斟了一杯酒。

"你不能再喝了,"尼古拉斯说着把瓶子拿开,"她看见自己,"他转向埃莉诺解释说,"站在塔顶上,向一名穿铠甲的骑士挥动一块白手帕。"

"而月亮升到黑沉沉的荒原上。"萨拉喃声说,碰了碰胡椒瓶。

胡椒瓶是黑沉沉的荒原,埃莉诺想,眼睛盯着它。物体的边缘变得有点儿模糊。那是酒;那是战争。物体似乎掉了皮;脱开了某种表面的坚硬;就连那把她正在看着的有镀金爪子的椅子,似乎也到处是窟窿眼睛;她看着的时候,它似乎放射出某种温暖,某种魅力。

"我记得那把椅子,"她对玛吉说,"还有你母亲……"她补充说。但她总看见欧仁妮不是坐着,而是动着。

"……在跳舞。"她补充说。

"在跳舞……"萨拉重复了一遍。她开始用叉子敲起桌子来。

"我年轻时,常跳舞。"她哼起来。

"我年轻时,所有的男人都爱我……我年轻时,我年轻时,玫瑰、丁香满身披。你记得不记得,玛吉?"她望着姐姐,仿佛她们俩记的都是同样的事情。

玛吉点了点头。"在卧室里。跳华尔兹。"她说。

"跳华尔兹……"埃莉诺说。萨拉在桌子上敲着华尔兹的节奏。埃莉诺跟着哼了起来:"砰嚓嚓,砰嚓嚓,砰嚓嚓……"

发出一阵悠长、空洞的悲鸣。

"不对,不对!"她抗议道,仿佛有人给她吹错了音。但那悲鸣声又响了起来。

"雾号?"她说,"在河上?"

但说这话时,她知道那是什么声音。

警报器又悲鸣起来。

"德国鬼子!"勒尼说,"又是这些德国鬼子!"他把刀叉放下,厌烦的动作过于夸张。

"又来空袭了。"玛吉说着站起身来。她离开了屋子。勒尼跟在后面。

"德国鬼子……"关上门时埃莉诺说。她觉得仿佛某种乏味无聊打断了一场有趣的谈话。颜色开始褪了。她一直望着那把红椅子。她望着望着,它黯然失色了,仿佛一盏灯灭了一样。

他们听见车轮在街上飞驰。一切似乎都在急速经过。人行道上有橐橐的脚步声。埃莉诺站起来,把窗帘拉开一个缝儿。地下室低陷在人行道下面,所以她只能看见人们的腿和裙子从采光井栏杆旁边经过。两个男人大步流星走了过去;然后有一个老太太,裙子摆来摆去,走了过去。

"我们该不该把人们叫进来?"她转了一下身说。但等她回头去看时,老太太已经不见了。那两个男人也消失了。现在街上空荡荡的。对面的房屋,窗帘遮得严严的。她把自己的窗帘仔仔细细地拉上。她转过身来时,由于有个鲜艳的瓷座台灯那张桌子似乎圈在一个明亮的光环里。

她又坐了下来。"你害怕空袭吗?"尼古拉斯问,带着探询的神情望着她,"百人百性嘛。"

"不怕。"她说。她本想揉碎一块面包,向他显示她心神坦然;但既然她不怕,她觉得何必多此一举呢。

"一个人被炸着的可能性很小,"她说,"我们刚才在说什么呢?"她补充说。

261

她似乎觉得他们一直在说一些极其有趣的事情;但她记不得是什么了。他们默默地坐了片刻。然后他们听见楼梯上有拖沓的脚步声。

"孩子们……"萨拉说。他们听见远处响起隆隆的炮声。

这时勒尼走了进来。

"把你们的盘子端上。"他说。

"到这里来。"他把他们领进了地窖。这是一个很大的地窖,由于具有教堂地下室的天花板和石墙,它带有一种潮湿的教堂似的外观。它一部分用来放煤,一部分用来藏酒。中间的灯照在闪亮的煤堆上;一瓶瓶的酒用稻草裹着,平摆在石架上。有一股酒、稻草和潮气的霉味。从餐厅来到这里,冷森森的。萨拉进来时,抱着被子和晨衣,那是她专门从楼上拿来的。埃莉诺很高兴身上能裹上一件蓝色晨衣;她把晨衣往身上一裹,坐在那里,把盘子搁在膝上。这里很冷。

"现在怎么办?"萨拉说,把汤匙直直地举着。

他们看上去仿佛在等待什么事情发生,玛吉端着葡萄干布丁走了进来。

"我们不妨把饭吃完。"她说。但她说得太实际了;她是放心不下孩子,埃莉诺猜。孩子们都在厨房里。她走过时看见他们了。

"他们睡了吗?"她问。

"睡了。但要是炮声……"她开始说,一边在分布丁,大炮又轰隆一响。这一回声音清楚响亮。

"他们突破了防御工事。"尼古拉斯说。

他们开始吃布丁。

大炮又响了。这回在轰鸣中有一种清脆的响声。

"汉普斯特德。"尼古拉斯说。他把表掏出来。一片深沉的寂静。没有事儿。埃莉诺望着他们头顶上砌成拱形的石条。她注意到屋角上有个蜘蛛网。炮声又响了一下。空气忽地向上一冲。这一回正好在他们头顶上。

"大堤。"尼古拉斯说。玛吉把盘子放下,进了厨房。

一片深沉的寂静。没有事儿。尼古拉斯看着表,仿佛在测定炮响所间隔的时间。他这人有点怪,埃莉诺想;是医务人员,还是神职人员?他的表链下吊着一枚图章。对面盒子上的数字是"1397"。她一切都看在眼里。德国鬼子现在肯定就在头顶上。她感到脑壳顶上沉甸甸的,好生奇怪。一,二,三,四,她数着,抬头望着那灰中带绿的石头。然后喀嚓一声巨响,有如长空电闪雷劈。蜘蛛网震动起来。

"就在我们头上。"尼古拉斯说,抬头望着。他们都抬头仰望起来。炸弹随时都会掉下来。一片死寂。寂静中他们听见厨房里玛吉的声音。

"没有什么。转过去睡着。"她的话音非常平静,很有抚慰作用。

一,二,三,四,埃莉诺数着。蜘蛛网在摆动。那块石头会掉下来,她想,眼睛死死盯着一块石头。然后又是一声大炮轰鸣。这次轻了一些——远多了。

"没事儿了。"尼古拉斯说。他咯噔一声把表合上。他们都转过身来在硬椅上挪了挪窝,仿佛一直被夹住了似的。

玛吉走了进来。

"总算没事儿了。"她说。("他醒了一会儿,但又睡着了,"她低声对勒尼说,"但宝宝一直睡到现在。")她坐下接过勒尼替她端的盘子。

"现在咱们把布丁吃完。"她说,用的是正常声音。

"现在我们要喝点酒了。"勒尼说。他察看着一瓶酒;然后又看了一瓶;最后拿起第三瓶,用他的晨衣下摆把它仔细擦了擦。他把这一瓶放在一个木箱上,大家围成一圈坐下。

"没有什么大不了的,对吧?"萨拉说。她伸出杯子时把椅子往后一仰。

"啊,可把我们吓得够呛,"尼古拉斯说,"瞧——我们的脸都白了。"

他们相互打量了一番。由于裹着被子和晨衣,又靠着灰绿色的墙,所以大家看上去都白绿白绿的。

"与光线有一定关系,"玛吉说,"埃莉诺,"她望着她说,"看上去像个女修道院院长。"

那件深蓝色的晨衣遮住了她衣裙上的那些傻里傻气的小装饰,天鹅绒小垂片儿和花边儿,反而美化了她的形容。她那张已到中年的脸皱得像一只旧手套,由于手的各种动作,摺出了无数的细纹。

"乱得很,是吧?"她说,把手向头发伸去。

"不乱,别碰。"玛吉说。

"空袭前我们说什么来着?"埃莉诺问。她又一次觉得他们正说着什么有趣的事情,半道里被打断了。但这次中断非常彻底;谁也想不起他们原先在说什么。

"总算过去了,"萨拉说,"所以咱们干一杯——为新世界干杯!"她大声说。她手一晃举起了酒杯。大家突然觉得想说想笑。

"为新世界干杯!"大家喊着举起杯来,碰到一起。

五只斟满了黄色酒浆的杯子聚在一起。

"为新世界干杯!"他们连喊带喝。黄色的酒浆在杯子里上下晃荡。

"喂,尼古拉斯,"萨拉说,当的一声把酒杯放到箱子上,"讲几句话!讲几句话!"

"女士们,先生们!"他开始说,像个演说家似的把手一扬,"女士们,先生们……"

"我们不要演说。"勒尼打断了他。

埃莉诺失望了。她倒喜欢听一席演讲。但他似乎高高兴兴地接受了这种打断;他坐在那里点了点头,笑了笑。

"咱们上楼去。"勒尼说着把箱子往旁边一推。

"离开这个地窖,"萨拉说着双臂一伸,"这个满是粪土的洞穴……"

"听!"玛吉插嘴说。她举起了一只手。"我想我又听见了打炮声……"

大家都听起来。仍然在打炮,但在很远很远的地方。远处有种声音像惊涛拍岸。

"他们只不过在杀别人。"勒尼恶声恶气地说。他把木箱踢了一脚。

"但你得让我们想些别的事情。"埃莉诺抗议起来,面具又浮现在她的脸上。

"一派胡言,勒尼满嘴胡言,"尼古拉斯转向她专门对她说,"不过是孩子们在后花园放烟火而已。"他嘴里咕哝着,帮她脱掉晨衣。他们上楼去了。

埃莉诺走进了客厅。它看上去比她记忆中的要大,非常宽

265

敞,非常舒适。地板上乱扔着报纸,炉火熊熊燃烧;火暖融融的;火乐呵呵的。她感到很累。她颓然跌进一把扶手椅里。萨拉和尼古拉斯落在后面。别的人正帮保姆把孩子抱到床上去,她估计。她歪在椅子里。一切似乎又变安静、变正常了。一种强烈的平静感左右着她的身心。仿佛又给了她一段时间,但又被某种个人的东西的毁灭剥夺走了,她觉得——她踌躇着想找一个适合的说法——"消灾免难的?"这是不是她的本意?消灾免难的,她说,望着一幅画,却视而不见。消灾免难的,她重复着。那是一幅山村画,也许是法国南方的景物;也许是意大利的。有橄榄树;有鳞次栉比的白屋顶,以山坡为背景。消灾免难的,她重复着,仍望着那幅画。

她能听见头顶地板上砰砰的轻响;玛吉和勒尼又在安顿孩子们上床睡觉呢,她估计。又有轻轻的嘎吱声,宛如一只瞌睡的小鸟在巢里啁啾。大炮轰鸣过后,显得非常清静,和平。但这时别人进来了。

"他们害怕了吗?"她说着坐直了身子,"——孩子们?"

"没有,"玛吉说,"他们一直熟睡着。"

"可他们也可能做梦。"萨拉说着拉过来一把椅子。大家都默不作声。一时非常安静。平时轰鸣报时的威斯敏斯特大钟也保持沉默。

玛吉拿起火棍,捣着那些木块。火花冒着金星,往烟囱里连连飞蹿。

"那怎么使我……"埃莉诺开始说。

她打住了。

"怎么啦?"尼古拉斯说。

"想起了我的童年。"她补充说。

她想起了莫里斯和她自己,还有老皮佩;但要是她给他们讲了,谁也不会明白她的用意何在。大家都默默无语。突然下面街道冒出一声长笛似的清脆的声音。

"什么声音?"玛吉说。她吃了一惊;她望着窗户;她欠起身子。

"军号声。"勒尼说,伸出手来把她按住。

军号又在窗户下面吹起来;随后他们听见号声响到街那头去了;然后号声远在另一条街上响着。几乎紧接着又响起了汽车嘟嘟的喇叭声,车轮的奔驰声,仿佛车辆又放行了,伦敦平素的夜生活又开始了。

"过去了。"玛吉说。她靠回到椅背上;一时她看上去非常疲惫。随后她把一只篮子拉到身旁,开始补起袜子来。

"很高兴我还活着,"埃莉诺说,"错了吗,勒尼?"她问。她想让他说话。她觉得,他有一肚子的情绪,就是没法表达。他没有回答,他胳膊肘儿支着身子,抽着雪茄,望着炉火。

"我在煤窖里坐了半夜,而别人却在头上厮杀。"他突然说。随后他伸手拿起了一张报纸。

"勒尼、勒尼、勒尼。"尼古拉斯说,仿佛他在劝诫一个调皮的孩子。勒尼继续看报。车轮的奔驰声和汽车的喇叭声已经连成一气。

勒尼看报纸,玛吉补袜子,屋子里鸦雀无声。埃莉诺看着火顺着柏油的脉络直蹿,旺一阵,暗一阵的。

"你在想什么呐,埃莉诺?"尼古拉斯打断了她。他叫我埃莉诺,她想;这就对了。

"想新世界呢……"她大声说,"你认为我们会不会改进?"她问。

"会的,会的。"他点着头说。

他说得很轻,仿佛不想惊动看报纸的勒尼,补袜子的玛吉,和歪在椅子上半睡半醒的萨拉。他们似乎在一起说着体己话。

"可是我们怎么……"她开始说,"……我们怎么才能改进自己……生活得更加……"她压低了声音,仿佛怕把睡着的人吵醒,"……生活得更自然……更美满……我们怎么才能办到?"

"这只不过是一个,"他说——他又打住了,他把身子往她身边挪近一点,"学习的问题。灵魂……"他又打住了。

"对——灵魂?"她在激励他。

"灵魂——整个身心。"他解释说。他把双手往起一蜷,仿佛要合成一个圈。"它希望扩展;冒险;形成——种种新的组合?"

"对,对。"她说,仿佛要向他保证他说得对。

"而现在,"——他把身子缩成一团;双足并拢;看上去活像一个害怕耗子的老太太——"这就是我们生活的样子,拧成一个又硬又紧的小——疙瘩?"

"疙瘩,疙瘩——对,说得对。"她点了点头。

"各人就是各人的蜗居;各人有各人的十字架或《圣经》;各人有各人的炉火,各人的老婆……"

"补袜子。"玛吉打断了他的话。

埃莉诺一惊。她刚才似乎在展望未来。但他们的话却被别人听到了。他们的体己话就此结束。

勒尼把报纸一扔。"统统是废话!"他说。他指的是报纸,还是他们的谈话,埃莉诺不得而知。但说体己话不可能了。

"那你干吗要买它?"她指着报纸说。

"用来点火呀。"勒尼说。

玛吉大笑起来,把正补的袜子扔下。"好啦!"她欢呼道,"补好啦……"

大家又望着火默默地坐着。埃莉诺希望他会接着说下去——就是她叫尼古拉斯的那个人。什么时候,她想问他,什么时候这个新世界才会来到?什么时候我们才会自由?什么时候我们才会过上富有进取心的完完整整的生活,而不像洞穴里的跛足动物?他似乎把她身上的什么东西释放出来了;她感觉到的不仅是一段新时间,而且是一股新力量,她身上的一种未知的东西。她看着他的香烟上下移动。随后玛吉拿起火棍捣了一下木头,一股红火星又连连蹿上烟囱。我们会自由的,我们会自由的,埃莉诺想。

"这一阵子你在想什么?"尼古拉斯说着把手搭到萨拉的膝盖上。她吃了一惊。"还是你睡着了?"他补充说。

"我听见你们说什么了。"她说。

"我们说什么了?"他问。

"灵魂像蹿上烟囱的火星一样飞升。"她说。火星正向烟囱飞去。

"叫你给蒙住了。"尼古拉斯说。

"因为人们总说些一样的话。"她大声笑了。她打起精神坐起来。"那儿是玛吉——她一言不发。那儿是勒尼——他说'统统是废话!'埃莉诺说,'我正是这么想的。'……还有尼古拉斯,尼古拉斯,"——她拍了拍他的膝盖——"他应当坐牢才对,他说,'啊,亲爱的朋友们,咱们改善灵魂吧!'"

"应当坐牢才对?"埃莉诺说,眼睛盯着他。

"因为他爱。"萨拉解释说。她停了一下。"——异性,异性,你知道。"她轻轻地说,把手一挥,那副样子绝像她母亲。

一瞬间,埃莉诺感到深恶痛绝,身上直起鸡皮疙瘩,仿佛刀割一样。随后她意识到这其实无关痛痒。那种强烈的感觉过去了。下面是——什么呢?她看了看尼古拉斯。他正盯着她呢。

"难道,"他说,又踌躇了一下,"这使你讨厌我了,埃莉诺?"

"绝对没有!绝对没有!"她脱口而出,高声说道。整个晚上,她一直在若即若离地揣摸着他;一举一动,一言一语;但现在,各种感觉汇集到一起合成一个感觉,一个整体——喜欢。"绝对没有。"她又说了一遍。他向她微微鞠了一躬。她也照样回敬了一躬。但壁炉台上的钟敲了起来。勒尼在打呵欠。天晚了,她站起来,她走到窗前,把窗帘分开,向外张望。所有的房屋还是拉着窗帘。严寒的冬夜几乎漆黑一片。那就像朝一块深蓝色的石头的坑里张望。有的地方一颗星星刺破了那种蓝色。她有一种浩瀚宁静的感觉——仿佛什么东西已经被吞没了……

"我给你叫辆出租吧?"勒尼打断了。

"不,我步行,"她转过来说,"我喜欢在伦敦走一走。"

"我们跟你一起走,"尼古拉斯说,"走,萨拉。"他说。她正歪在椅子里上下晃动着一只脚。

"可我不想走,"她说,挥手叫他走开,"我想呆着;我想说话;我想唱歌——唱一首赞歌——一支感恩歌……"

"给,你的帽子;给,你的包。"尼古拉斯边说边给她。

"走,"他说着,就抓住她的肩膀把她推出了屋子,"走。"

埃莉诺走上前去向玛吉告别。

"我也想呆会儿,"她说,"有那么多事情我想谈谈——"

"但我想睡觉——我想睡觉。"勒尼抗议说。他站在那里,双手举过脑袋直打呵欠。

玛吉站起来。"你睡去好了。"她冲着他大笑起来。

"别麻烦,不要下楼了。"他为她们把门打开时,埃莉诺阻拦说。但他硬要下去。他很粗鲁,但又很讲礼貌,她想,一边跟着他走下楼梯。一个同时有诸多不同感受的男人,而且样样都感受强烈,她想……但他们已经到了门厅。尼古拉斯和萨拉就在那里站着。

"就饶我一回,别笑我了,萨拉。"尼古拉斯边说边穿大衣。

"别教训我了。"她说着把前门打开。

他们在婴儿车边站了片刻,勒尼冲着埃莉诺笑了。

"在自我教育呢!"他说。

"晚安。"她握手时笑着说。那正是我喜欢与之结婚的男人,她对自己说,她出来进入凛冽的寒气中时,突然冒出了这么一种信念。她认出了一种她从来没有体会到的感情。但他比我年轻二十岁,她想,而且和我的堂妹结了婚。一时间,她怨恨起时光的流逝和人生的无常,因为它们把她扫地出门了——从这种种机遇中清除了,她对自己说。她眼前浮现出一幕景象;玛吉和勒尼坐在炉火旁。美满姻缘,她想,我一直就有这种感觉。美满姻缘。她跟在别人后面走在一条昏暗的小街上,突然抬头一望。一大片扇形光,活像一架风车的翼板,慢慢地掠过天空。它似乎吸收了她的感受,把它表达得简单明了,仿佛另外一种声音在用另外一种语言说话,随后那光停下来,审视一片羊毛补疤似的天空,一个疑点。

空袭!她对自己说。我把空袭给忘了!

别人已经到了十字路口;他们在那里站着。

"我把空袭给忘了!"她赶上他们时,大声说道。她感到惊讶,但情况属实。

271

他们在维多利亚街。街道向前弯过去,看上去比平素更宽更暗。人行道上小小的身影行色匆匆;他们在灯下出现了片刻,然后又消失在黑暗之中。街上空空荡荡。

"公共汽车会不会照跑不误?"他们站在那里时,埃莉诺问。

他们向四下里一望。眼下街上什么也没有。

"我就在这儿等。"埃莉诺说。

"那我就走啦,"萨拉冷不丁地说,"晚安!"

她挥了一下手走了。埃莉诺理所当然地认为尼古拉斯会跟她一起走。

"我就在这儿等。"她重复了一遍。

但他没有动。萨拉已经不见踪影了。埃莉诺望了望他。他是不是生气了?他是不是不高兴?她不得而知。但这时一个大家伙从黑暗中隐现出来;它的灯刷上了蓝漆。坐在里面的人身子蜷着,默不作声。在蓝光中,他们看上去惨白虚幻。"晚安,"她说,跟尼古拉斯握了握手。她一回头,看见他依然站在人行道上。他依然手里拿着帽子。一个人站在那里,他看上去高大威严,孤独,而探照灯在天空转来转去。

公共汽车向前行驶。她发现自己盯着角落里的一个老头,他正吃着纸袋里的什么东西。他一抬头,发现她正盯着他。

"想看看我晚饭吃什么吗,小姐?"他说,一道眉毛在那双充满黏液、闪烁不定的老眼上竖起来。他伸出一厚片夹着一片凉肉或者香肠的面包让她看。

一九一八年

一层薄雾宛如面纱,遮住了十一月的天空;一块多褶的面纱,网眼太细,所以成了密密实实的一片。没有下雨,但到处有薄雾在物体的表面浓缩成湿气;打湿了乡间的道路,使人行道变得湿滑。各处的草叶上,或者树篱的叶片上,挂着一滴露珠,一动不动。没有风,很平静。从那层纱雾中传出的声音——羊儿的咩咩,乌鸦的呱呱——减弱了。车辆的喧嚣融成了一片隆隆声。时而喧嚣轰然一声,随即又减弱了,仿佛一扇门开了又关上,或者那层纱分开又合上。

"脏猪。"克罗斯比咕哝着,一瘸一拐地走在横穿里士满绿地的柏油小道上。她的腿一直发疼。其实没有下雨,但那块开阔的空地上雾蒙蒙一片;附近没有人,所以她就能大声说话。

"脏猪。"她又咕哝了一声。她已经养成了大声说话的习惯。眼前一个人影儿也没有;小路的尽头消失在薄雾里。非常安静。只有乌鸦聚集在树梢上,不时古怪轻微地向下呱一声,一片有黑斑的树叶落到地面上。她走路时,脸上抽搐着,仿佛她的肌肉已经养成了习惯,不知不觉地对那些折磨她的恶意和障碍发出抗议。在过去四年里,她老多了。她看上去那么矮小,佝偻,以致使人怀疑她是否能够穿过那片白雾笼罩的开阔地。但她必须到高街去买东西。

"脏猪,"她又咕哝了一声。那天早晨,她和伯特太太就伯爵的浴盆吵了几句。他在盆帮上吐了一口痰。可伯特太太叫她去擦洗。

"其实伯爵——他跟你一样并不是什么伯爵。"她接着说。现在她是跟伯特太太说话。"我非常乐意为你效劳。"她继续说。即使在外面,在雾里,在她可以随便说话的地方,她用的还是息事宁人的口气,因为她知道人家要甩开她。她告诉路易莎她乐意效劳时,一边用没有拿包的那只手打着手势。她一瘸一拐继续走着。"再说,就是走,我也无所谓。"她补充说,语含苦涩,但还只是说给她自己听的。对她来说,住在这幢房子里再没有快乐可言;但再没有可去的地方呀;这一点伯特两口子心知肚明。

"我非常乐意为你效劳。"她大声补充说,就像她向路易莎本人说的一样。但实际上,她再也不能像过去那样干活了。她的腿疼。给自己买点东西也要使尽全身的力气,再别说擦洗浴盆了。但现在事情全成了想干就干,不想就算。换上从前,她叫她卷起铺盖走人。

"娼妇……贱货。"她咕哝着。现在她冲着一个红头发打工妹说话,她昨天招呼也不打,说走就走了。她再找个活倒不难。对她来说无关痛痒。可这下成了克罗斯比的洗浴盆了。

"脏猪,脏猪。"她重复着;她那双浅蓝色的眼睛怒目而视了,但并不凶险。她再一次看见伯爵吐在浴盆帮上的那团痰——那个自称伯爵的比利时人。"我从前是替上等人干活的,不是给你这样的脏老外干活的。"她给他说,还是一瘸一拐往前走。

当她走近那一排幢幢鬼影似的树木时,车辆的喧声更响了。她现在可以看见树木那边的房屋了。朝栏杆走去时,她那双浅蓝色的眼睛简直要望穿那层薄雾了。光她的眼睛似乎就表现出一种不屈不挠的决心;她绝不屈服;她一心想活下去。那层轻雾慢慢地散去了。柏油小道上的落叶湿唧唧的,紫微微的。乌鸦在树梢上鼓噪着,扑腾着。这时一排黑糊糊的栏杆在薄雾中隐现出来。高街车辆的喧声越来越响。克罗斯比停下来,把包放在栏杆上歇口气儿。然后再跟高街购物的人群拼争。她只好推推搡搡,被人挤来挤去;她的脚腿又疼。你买到没有买到,他们才不管呢,她想;某个不要脸的娼妇把她挤开,那是常有的事儿。她站在那里,包挂在栏杆上,轻轻地喘着气,不禁又想起了那个红头发姑娘。她的腿疼。突然间,警报器悠长的声音飘出它凄厉的悲鸣;然后是一声沉闷的爆炸声。

"他们又打炮了。"克罗斯比咕哝着,气哼哼地抬头望着灰扑扑的天空。乌鸦受到炮火的惊吓,飞起来,绕着树梢盘旋。然后又是一声沉闷的轰隆声。一个男人站在梯子上正在油漆一幢房子的窗户,这时停了下来,手里拿着刷子,四处张望。一个女人正在路上走着,拿着一块面包,半截从纸包里露了出来,这时也站住了。他们俩仿佛等着会发生什么事情。烟囱里飘过来一股烟,无奈地落了下来。大炮又轰鸣起来。梯子上的男人向人行道上的女人说了点什么。她点了点头。然后他把刷子往桶里一蘸,接着往下漆。那女人继续往前走。克罗斯比鼓足劲儿跟跟跄跄地横过马路,走进高街。大炮继续轰隆,警报还在悲鸣。战争结束了——当她站在一家食品杂货店的柜台边时,有人告诉她。大炮继续轰隆,警报器继续悲鸣。

现　　在

　　一个夏日的黄昏;夕阳正在西下;天空依然蓝莹莹的,但微微染上了一抹金黄,仿佛上面挂着一层薄薄的面纱,金蓝色的长空里间或悬浮着一朵孤岛似的云彩。田野上,树木傲然屹立,叶子纷披,如同披挂着金甲。绵羊和母牛,前者是一水儿的珍珠白,后者杂色斑斓,有的卧着,有的边吃边走,穿过晶莹的青草地。什么周围都绕着一圈光边。大路上扬起一股金红色的土雾。就连公路旁的那些小小的红砖别墅也被霞光照得玲珑剔透,农舍花园里的花儿,有的雪青,有的粉红,宛如一件件棉布衣裙,脉络闪亮,仿佛从里面照亮了似的。有人站在农舍门前,有人走在人行道上,只要面对着缓缓西沉的落日,脸上都闪出一样的红光。

　　埃莉诺从套房里出来,把门关上。她的脸被伦敦落日的霞光照得通亮,一时间,她被照得眼晕目眩,便放眼远眺下面的屋顶和尖塔。她的房间里有人在聊天,她想跟侄儿单独说句话儿。她弟弟莫里斯的儿子诺思刚从非洲回来,她很难单独见到他。所以那天晚上一下子来了很多人——米莉安·帕里什;拉尔夫·皮克斯吉尔;安东尼·韦德;她的侄女佩吉,除了这些人,还有那个口若悬河的男人,她的朋友尼古拉斯·波姆雅诺夫斯基,大家简称他布朗。她几乎没有单独和诺思说过一句话。阳光照在走廊的石头地板上,他们在那一方灿烂的阳光里站了一会儿。里面七嘴八舌还在聊着。她把手搭在他的肩上。

"很高兴见到你,"她说,"你没有变……"她打量着他。她在这名彪形大汉身上仍能看出那个棕色眼睛、爱打板球的小男孩的踪迹,尽管他现在晒得黑黝黝的,鬓角上已有点灰白了。"我们不会让你回去,"她接着说,开始同他一起往楼下走,"回到那个怕人的农场去的。"

他笑了。"你也没有变。"他说。

她一副神采奕奕的样子。她去了一趟印度。脸被太阳晒黑了。尽管她白发苍苍,面孔棕黑,很难看出她的年纪来,但她肯定七十好几了,他在想。他们臂挽着臂走下楼去。要下六级石头台阶,但她硬是要一路走下去,把他送出门。

"诺思,"他们走到门厅里时,她说,"你可要小心……"她站在门阶上。"在伦敦开车,"她说,"跟在非洲开车可不是一回事。"

他的小跑车停在门外;一个人从门旁走过,顶着夕照喊道,"修旧椅子旧篮子啰。"

他摇了摇头;他的声音被那吆喝的男人的声音淹没了。他瞥了一眼挂在门厅里的名牌。谁在家,谁在外,都仔仔细细地标明了,在非洲呆过以后,他不禁觉得这有点好笑。那个男子的吆喝声,"修旧椅子旧篮子啰。"慢慢消失了。

"好啦,再见了,埃莉诺,"他转过来说,"我们以后还会见面的。"他上了车。

"哎,可是,诺思——"她喊道,突然想起了想要跟他说的什么事。但他已经启动了发动机；他没有听见她的声音。他向她挥了挥手——她站在台阶顶上，头发在随风飘扬。车猛地一下开走了。他拐弯的时候，她又朝他挥了挥手。

埃莉诺还是老样子，我想：也许更古怪了。坐了一屋子的人——她的小房间挤得满满的——她一定要让他看看她的新淋浴器。"你只要按一下按钮，"她说，"你看——"水就像万箭一样齐射下来。他大声笑了。他们俩一起坐在浴盆边上。

但他后面的汽车不停地鸣着喇叭；它们嘟嘟地叫个没完。叫什么呀？他问。突然间他意识到它们是冲着他叫的。信号灯已经变了；现在是绿灯，原来他一直在挡着路呢。他猛地一冲开走了。他还没有掌握在伦敦开车的技术。

他仍然觉得伦敦的喧嚣声震耳欲聋，人们开车的速度叫人毛骨悚然；但在非洲呆过之后，这倒是挺刺激的。就连商店，他想，一边风驰电掣般地驶过一排排玻璃橱窗，也妙不可言。沿着道牙，摆着一溜儿推车，满载着水果、鲜花。到处物品丰富；很多……又亮起了红灯；他停了下来。

他朝四下里一望。他是在牛津街的什么地方；人行道上人满为患；你推我搡；麇集在仍然灯火辉煌的玻璃橱窗周围。喜气洋洋，五彩缤纷，千姿百态，在非洲呆过之后，这一切都令人惊奇不已。这些年来，他心想，眼睛望着一面透亮的绸旗在飘扬，他已经习惯了原料，生皮，羊毛；这里却是加工好了的货物。一只装着有一些银瓶的黄皮梳妆盒吸引住了他的目光。但灯又变绿了。他猛地往前开去。

他才回来十天，他的脑海里就装了一大堆鸡零狗碎的东西。他觉得他是说不完的话；握不完的手；问不完的好。走到哪里都会冒出人来；他父亲；他姐姐；老人们从扶手椅上站起来说，你不记得我了？他离开时还上幼儿园的小孩，现在已长成大人，上了大学；原来还扎着小辫子的小姑娘，现在已经成了有夫之妇。他仍然被这一切搞得糊里糊涂；他们话说得那么快；他们一定认为他很迟缓，他想。他只好缩进窗户说，"什么，什么，他们说这话是什么意思？"

譬如说吧，今晚在埃莉诺家里，有一个操外国口音的男子，他把柠檬汁挤进茶里。他会是谁呢，他心里纳闷？"内尔的一名牙医。"她妹妹佩吉噘起一片嘴唇说。因为他们都有明确的思路；现成的语句。但那是沙发上坐的默不作声的男子。他指的是另外一个——把柠檬汁挤进茶里的。"我们管他叫布朗。"她叽叽喳喳地说。如果他是个外国人，干吗叫布朗呢？他心里纳闷。反正他们把孤独、野蛮涂上了浪漫色彩——"我希望你做的我也做了。"一个名叫皮克斯吉尔的矮个子男人说——只有布朗这个人是个例外，他说了一些让他很感兴趣的话。"如果我们不了解自己，我们怎么能了解别人？"他说。他们一直在议论独裁人物；拿破仑；伟人的心理。但绿灯亮了——"走。"他又向前疾驰而去。然后那个戴耳环的女士滔滔不绝地议论大自然的美。他瞟了一眼左面的街名。他要去跟萨拉一起吃饭，但他不大清楚去的路线。他只是在电话里听她说，"过来跟我一起吃饭——弥尔顿街，五十二号，门上有我的名字。"在监狱塔附近。但布朗这个人——一下子很难说清楚他是怎么一个人。他把手指展开，用最终会令人讨厌的那种男人的伶牙俐齿谈着。埃莉诺四处盘桓，端着一杯茶，逢人便讲她的淋浴器。他希望人们不要跑题。他对谈话感兴趣。严肃的谈话，抽象的主题。"独处是不是好；交往是不是坏？"这很有趣；但他们总是从一件事跳到另一件事。那个彪形大汉说，"单独监禁是我们施加的最大的酷刑,"那个头发稀薄的瘦老太立即把手捂在心口上,尖声附和,"应当废除!"好像她探访过监狱似的。

"我现在到底走到哪儿了?"他盯着街道拐角上的街名问道。有人用粉笔在墙上画了一个圈,里面有一条锯齿形的线。他朝长长的街景望过去。门接门,窗连窗,重复着同一种式样。这一切的上方有一片红黄色的光辉,因为太阳正从伦敦的尘雾中沉落。万物都染上了一层暖融融的黄霭。装满水果、鲜花的手推车停放在路边上。太阳给水果镀上一层金;鲜花却闪现出一种朦胧的光辉;有玫瑰,有康乃馨,还有百合花。他有心停下车来,买上一束,送给萨莉。但是车在他身后一个劲儿地鸣号。他继续往前开。手拿一束花,他想,将会缓和见面时的尴尬和非说不可的套话。"见到你真是太好了——你发福了。"等等。他只不过在电话上听见了她的声音,经过这么多年,人都变了。这条街是不是对,他吃不准;他慢慢地绕过拐角。然后停下来;接着又往前开。这就是弥尔顿街,一条昏暗的街道,两边都是老房子,现在租出去当公寓;但它们也曾经历过美好的时光。

"那边是单号;这边是双号。"他说。街道上塞满了货车。他按了一下喇叭。他把车停下。他又按喇叭。一个人走到马头跟前,因为那是一辆运煤车,马儿慢慢地向前走去。五十二号正好在大道上。他慢腾腾地靠到门前。他把车停下。

街对面响起嘹亮的声音,一个女人吊嗓子的声音。

"住的街道多么肮脏,"他说,在车上静静地坐了片刻——这会儿一个女人腋下夹着一个罐子走过街道——"破烂,"他补充说,"下贱呀。"他关掉引擎;下了车,仔细查看门上的姓名。名字一个摞一个;有的印在名片上,有的刻在铜牌上——福斯特;亚伯拉罕森;罗伯茨;萨·帕吉特几乎在最顶端,冲压在一条铝片上。他按了许多门铃中的一个。没有人来。那个女人继续吊嗓子,音慢慢往高拔。情绪来了,情绪走了,他想。他过去还写诗呢;现在他站在那里等待时,情绪又来了。他把门铃使劲地按了两三下。但没人回应。于是他把门一推;门开着。门厅里有股怪味儿;烧菜的味儿;油乎乎的棕色包装纸搞得门厅黑洞洞的。这里曾经是一位绅士的住所,他爬上楼梯。栏杆是雕花的;但已经被黄颜色的廉价清漆涂过了。他慢慢地爬上去,站在歇脚台上,拿不准该敲哪一个门。现在,他总是发现自己站在陌生房屋的门外面。他有这样一种感觉:那就是他是个无足轻重的,尤其是个默默无闻的人。从马路对面传来那位歌手处心积虑拔嗓子的声音,仿佛音就是楼梯;这时候她突然懒洋洋地停下来,甩出来的声音只不过是单纯的声响。于是他听见有人在里面哈哈大笑。

那就是她的声音,他说。但有人和她在一起。他感到气恼,他本来希望见到她一个人。那声音在说话,他敲门时没有回答。他小心翼翼地推开门,走了进去。

"对,对,对。"萨拉在说。她跪在电话机前说话;但那里再没有任何人。看见他时,她抬起手来,冲着他微微一笑;但她把手一直举着,仿佛嘈杂声使她听不见她竭力要听到的话。

"什么?"她对着电话说。"什么?"他默默地站着,望着壁炉台上他祖父母的剪影。没有花,他注意到。他要是给她买上几朵就好了。他听着她的讲话;他试图把它拼凑到一起。

"对,现在我能听见了……对,你说得对。来人了……谁?诺思。我的堂侄,从非洲来……"

说的是我,诺思想。"我的堂侄,从非洲来。"这就是我的标签。

"你已经见过他了?"她在说。出现了一阵停顿。"你是这么想的?"她说。她转过身望着他。他们一定在议论他呢,他想。他觉得挺不自在。

"再见。"她说,然后把电话放下。

"他说他今晚见过你了,"她说着走上前来握住他的手,"而且喜欢你。"她笑着补充说。

"谁呀?"她问,觉得挺尴尬;但他没有花送给她。

"你在埃莉诺家见到的一个男子。"她说。

"一个外国人?"他问。

"对。叫布朗。"她说,替他推出一把椅子。

他在她推过来的那把椅子上坐下,而她在对面蜷着身子,把一只脚压在下面。他想起了这种姿势;她一段一段地回来了;先是声音;后是姿势;但还有地方不为人知。

"你没有变。"他说——他指的是脸。一张平常脸难得有什么变化;而漂亮的脸蛋容易憔悴。她看上去既不年轻,也不见老;但显得寒伧;而房间,由于屋角上有一盆蒲苇,显得很零乱。一间匆匆收拾了一下的公寓房子,他猜。

"可你——"她望着他说。仿佛她在设法把他的两个不同的样子拼在一起;也许一个是电话里的,一个是椅子上的。要么还有另外一个? 这一半在认人,这一半被人认,这种眼睛盯在肉上的感觉,活像一只苍蝇在爬——多不舒服,他想;但经过这些年后,又不可避免。桌子上一片狼藉;他踌躇不决,手里拿着帽子。当他坐在那里,摇摆不定地拿着帽子时,她冲着他笑了。

"画里的那个拿着高顶大礼帽的法国小伙子是谁?"她说。

"什么画?"他问。

"就是那个手里拿着帽子、一脸迷惘、坐着的人。"她说。他把帽子放在桌子上,但显得笨手笨脚。一本书掉到地上了。

"对不起。"他说。当她把他比作画上的那个满脸迷惘的男子时,她的意思也许是说他很笨拙;他一直就是这样。

"这不是我上回来过的那间屋子吧?"他问。

他认出了一把椅子——一把有镀金爪子的椅子;那架平常的钢琴还在那里。

"不是——"她说,"你告别时来过的那间屋子在河那边。"

他想起来了。他出国打仗前的那天晚上来看她,他把帽子挂在他们祖父的半身像上——那像已经不见了。她还取笑过他呢。

"一名皇家捕鼠团的中尉需要多少块糖呢?"她当时嘲弄说。现在他还能看见她给他的茶里一块一块地放糖。他们吵了架。然后他离开了她。那是个空袭的夜晚;他记得。他还记得那个漆黑的夜晚;探照灯慢慢地扫过天空;在有的地方停下来估量一片羊毛补丁;小小的子弹落下来;人们在空荡荡的、罩着蓝光的街上飞跑。他正去肯辛顿与全家人吃饭;他向母亲道了别;他再也没有见过她。

歌手的声音打断了他的思绪。"啊——啊——啊,噢——噢——噢,啊——啊——啊,噢——噢——噢。"她在街对面唱着,懒洋洋地拔高又降低。

"她是不是每天夜里都是这样?"他问。萨拉点了点头。一个个音穿过嗡嗡的夜空,听起来徐缓悦耳。这名歌手似乎永远都闲着;她可以在每一个楼梯上歇着。

没有吃饭的迹象,他注意到;只有一盘水果摆在廉价的公寓桌子上,桌布粘上了肉汁,已经变黄了。

"你干吗总选贫民窟——"他正开始说话,因为下面的街道

283

上孩子们正在尖叫着,这时候门开了,一个姑娘拿着一大把刀叉走了进来。标准的公寓打杂女工,诺思想;一双红手,一顶漂亮的白帽子,每逢房客举办晚会,公寓女仆的头发顶上就扣上这么一顶。他们只好当着她的面交谈。"我见过埃莉诺,"他说,"我就是在那里见到你的朋友布朗的……"

那姑娘把捏在手里的一把刀叉摆到桌子上,发出丁丁当当的响声。

"啊,埃莉诺,"萨拉说,"埃莉诺——"但她瞅着那姑娘笨嗤嗤地围着桌子转;她摆桌子时喘着粗气。

"她刚从印度回来。"他说。他也瞅着那姑娘摆桌子。这时她把一瓶酒放到廉价的公寓陶器中间。

"周游世界。"萨拉喃喃地说。

"还请了一帮古怪透顶的老顽固。"他补充说。他想起了那个长着一双凶狠的蓝眼睛的小个子男人,他还希望自己到过非洲呢;还有那个头发薄如游丝、戴着珠子的女人,她似乎探访过监狱。

"……还有那个男人,你那个朋友——"他开始说。这时候那姑娘走出了屋子,但她让门开着,表明她马上就回来。

"尼古拉斯,"萨拉说,替他把话说完,"那个你们叫布朗的人。"

出现了一阵停顿。"你们说什么来着?"她问。

他在努力回忆。

"拿破仑;伟人的心理;要是我们不了解自己,怎么能够了解别人……"他停下来。哪怕是一个钟头前说的话,也很难准确地回忆起来。

"然后呢,"她说,伸出一只手,碰了一根手指头,完全是布朗的做法,"……我们连自己都不解,怎么能制定合适的,合适的法律、宗教呢?"

"对!对!"他惊呼起来。她完全掌握了他的做派;轻微的外国口音,对"合适"这个字眼儿的重复,仿佛他对英语中的小词把握不太大。

"还有埃莉诺,"萨拉接着说,"说……'我们能不能改善——我们能不能改善自己?'坐在沙发边上吧?"

"浴盆边上。"他大声笑了,纠正她的话。

"这话你们以前就谈过。"他说。这正好就是他当时的感觉。他们以前谈过。"然后,"他接着说,"我们议论了……"

但这会儿那姑娘又冲了进来。这一回她一只手端着一摞盘子;蓝边儿的盘子,廉价的公寓盘子:"——交往,独处;孰优孰劣。"他把话说完。

萨拉目不转睛地盯着桌子,"孰优孰劣。"她问,那种心不在焉的样子,正是表面感官在关注着事态的发展,但同时心里却想着别的事情那种人所具有的"——你说孰优孰劣?这些年来你一直是一个人。"她说。那姑娘又离开了房间——"——和你的羊相处,诺思。"她突然打住了;因为这时候一名长号手在下面的街道上吹起号来,当那个女人吊嗓子的声音接着响起的时候,他们听上去就像两个人极力同时在笼统地表达截然不同的世界观。嗓子在拔高;号在哭嚎。他们大笑起来。

"……坐在游廊上,"她接上说,"望着星星。"

他抬头一望:她是不是在引章摘句?他想起他刚刚出国以后,曾给她写过信。"是呀,望着星星。"他说。

"默默地坐在游廊上。"她补充说。一辆货车从窗前经过。一时间所有的声音都被抹掉了。

"然后……"货车隆隆地走远以后,她说——她又打住,仿佛她在引用他写过的另一件事。

"——然后你备好一匹马,"她说,"骑上跑了!"

她跳了起来,他算是第一次明明白白地看清了她的脸。鼻子的一侧有一个麻点子。

"你知道不知道,"他望着她说,"你脸上有个麻点子?"

她把另半边脸摸了一下。

"不是那边——是这边。"他说。

她并没有去照镜子,就离开了房间。我们由此推断,他对自己说,仿佛他在写一部小说,萨拉·帕吉特小姐从来没有招引过男人的爱情。还是她招引过?他不得而知。人们的这些简略的印象还有许多不足之处,一个人留下的这些表象,就像一只苍蝇爬在脸上,感觉到这里是鼻子,这里是眉毛。

他信步走到窗前。太阳一定正在西沉,因为拐角上的砖房泛出一种黄粉色。一两扇高处的窗户被擦上了金光。那姑娘在屋子里,她分散了他的注意力;还有伦敦的喧嚣依然令他心烦。车辆嘈杂,车轮转动,刹车嘎吱,在这些闷声闷气的背景音乐里,附近又响起一个女人突然为孩子惊恐而发出的呼叫;一个卖菜的男人单调的吆喝声;远处一架手摇风琴在演奏。它停下来;它又开始了。我过去常常给她写信来着,他想,都是在深夜,我感到孤独的时候,那时候我还年轻。他望着镜子里的自己。他看见他那张黝黑的脸膛,高高的颧骨,棕色的小眼睛。

那姑娘被吸引到楼下去了。门仍然开着。好像什么也没有发生。他等着。他有种局外人的感觉。经过了这么多年,他想,人人都成了家;安了居;为自己的事情忙活。你发现他们有的打电话,有的回想往日的谈话;他们离开了这间屋子;他们把一个人撇下。他拿起一本书,读了一句。

"一个影子宛如一名长着亮发的天使……"

随后她进来了。但在程序上似乎出现了什么故障。门开着;桌子摆好了,但没有任何情况。他们背对着壁炉一起站着等待。

"经过这么多年以后,"她接着说,"又回来了,这一定好生奇怪——仿佛你坐着飞机从云端掉下来似的。"她指了指桌子,仿佛那就是他着陆的现场。

"掉到一块未知的土地上。"诺思说。他把身子探向前去,碰了碰桌子上的刀子。

"——而且发现人们在议论。"她补充说。

"——议论、议论,"他说,"谈论金钱和政治。"他补充说,还用脚后跟恶意地轻轻踢了一下他身后的壁炉围栏。

这时候那姑娘进来了。她摆出一副居功自傲的神气,那显然是由她端来的菜引发出来的,因为菜盘上扣着一个大铁盖子。她挥了一下手,把盖子揭起来。下面摆着一条羊腿。"咱们吃饭吧。"萨拉说。

"我饿了。"他补充说。

他们坐下来,她拿起切肉刀,切了一条长长的口子。一股红色的细流流了出来;肉没有烧透。她瞅着它。

"羊肉不该是这个样子的,"她说,"牛肉可以——可羊肉不行。"

他们瞅着红色的汁液流进盘槽里。

"我们把它送回去,"她说,"还是就这样吃?"

287

"吃吧,"他说,"我吃过的带骨肉比这糟糕得多呢。"他补充说。

"非洲……"她说着就把两盘素菜的盖子揭起来。一只盘子里盛着一大块白菜,还往外渗着绿水;另一只盘子里盛着黄颜色的土豆,看上去硬邦邦的。

"……在非洲,在非洲的蛮荒地区,"她接上说,一边帮着他盛白菜,"在你呆的那家农场,一连几个月都不见一个人来,你坐在游廊上听——"

"听羊群叫唤。"他说。他正在把自己那份羊肉切成条儿。肉很硬。

"没有什么东西可以打破沉寂,"她继续说,开始吃起土豆来,"除非有一棵树倒下,或者一块石头从远处的山坡上崩塌下来——"她望着他,仿佛要核实她引用的他的信里的语句。

"对,"他说,"那里非常寂静。"

"天气又热,"她补充说,"中午艳阳似火:一个老流浪汉叩起了你的门……?"

他点了点头。他又看见了他自己,一个年轻人,非常的寂寞。

"然后——"她开始说。但一辆卡车隆隆地在街道上驶了过来。桌子上什么东西嘎嘎地响起来。墙壁和地板似乎颤动起来。她把挨在一起丁当作响的两只玻璃杯分开。卡车过去了;他们听到它隆隆地驶往远方。

"还有鸟儿,"她继续说,"夜莺,在月光下歌唱?"

对于她所唤起的那种情景,他感到很不舒服。"我准是给你写了许多胡话!"他惊呼道,"我希望你把它们撕掉——撕掉那些信!"

288

"不！那是一些精彩的信！神奇的信！"她举起杯子,大声说。一丁点儿酒下肚总会叫她醉意蒙眬,他记得。她两眼放光;她双颊飞红。

"后来你给自己放了一天假,"她接着说,"坐着一辆没有弹簧的车,顺着一条崎岖不平的白色大道,颠簸到邻近的一个城镇去——"

"六十英里以外的地方。"他说。

"进了一家酒吧,碰到了一个男子,来自临近的——牧场?"她迟疑了一下,仿佛说错了字似的。

"牧场,对,牧场。"他确认了她的说法,"我进城去,在酒吧里喝了一顿——"

"然后呢?"她说。他大笑起来。还有些事情他并没有告诉她。他默不作声。

"后来你就再不写信了。"她说。她把酒杯放下。

"因为我忘了你的模样。"他盯着她说。

"你也不再写信了。"他说。

"对,我也不写了。"她说。

长号已经挪了窝,就在窗子下面哀鸣。那悲怆的声音,仿佛是一只狗在仰头吠月,飘上来钻进他们的耳朵。她随着号声挥动着叉子。

"我们心里流泪,我们嘴上说笑,我们把楼梯上,"——她拖长歌词,以配合长号的悲泣——"我们把楼——梯——上,"但这时候,长号把节拍改换成吉格舞曲,"他悲伤,我欢畅,"她合着吉格舞曲唱道,"他欢畅,我悲伤,我们把楼——梯——上。"

她把杯子放下。

"再切一块肉?"她问道。

"不了,谢谢。"他说,眼睛盯着那块筋筋串串、令人不快的东西,还在往盘槽里流血。那只绘着杨柳图案的盘子里横陈着一条一条的血道子。她伸手去按铃。她按了一下,她又按了一下。没有人来。

"你们的铃不响。"他说。

"对,"她笑了,"铃不响,水龙头没水。"她在地板上跺了一脚。他们等待着。没有人来。长号在外面哀鸣。

"还有一封你写给我的信,"他们等待时他接着说,"一封气愤的信;一封残酷的信。"

他盯着她。她曾经把一片嘴唇抬了起来,像一匹准备咬东西的马儿。这种情况,他也记得。

"是吗?"她说。

"就是你从滨河大道来的那天夜里。"他提醒她说。

这时候那姑娘端着布丁进来了。那是精心装饰的布丁,半透明,粉红色,装饰着奶油点子。

"我记起来了,"萨拉说着,把匙子戳进那颤动着的糊糊里,"一个宁静的秋夜;灯火通明;人们走在人行道上手里拿着花圈?"

"对,"他点了点头,"正是那天晚上。"

"我对自己说,"她停了停,"这就是地狱。我们被打入了地狱?"他点了点头。

她给他把布丁盛上。

"而我,"他说着把盘子接过来,"就是那些下地狱的人中的一员。"他把匙子戳进她递给他的那团颤悠悠的东西中间。

"胆小鬼;伪君子,手里拿着鞭子;头上戴着帽子——"他似乎在引用她写给他的一封信里的话。他停下来。她冲着他笑了笑。

"可那是个什么字眼——我用的是什么词儿?"她问,仿佛在努力回想。

"扯淡!"他提醒她。她点了点头。

"后来我走到桥上,"她接着说,把往嘴里送的匙子举在半道里,"停在一个小凹台,小侧台上,你们管它叫什么?——就是突出到水上的那一部分,然后低头俯视——"她低下头望着她的盘子。

"那时候你们住在河那边。"他向她提示说。

"站在桥上,低头俯视,"她说,眼睛望着举在前面的酒杯,"心里想:'汹涌的河水,奔流的河水,浮漾着灯光的河水;月光;星光——'"她喝了一口,就默不作声了。

"然后车来了。"他提示她说。

"对;罗尔斯—罗伊斯轿车。它停在灯光下,他们坐在那里——"

"两个人。"他提醒她。

"两个人。对,"她说,"他抽着一支雪茄。一个上流社会的英国男人,长着大鼻子,穿着燕尾服。而她呢,坐在他身旁,穿一件皮毛镶边的披风,趁在灯光下暂停的工夫,举起手来,"——她把手举起来——"把那张锹,也就是嘴巴擦亮。"

她吞下一口布丁。

"那结论呢?"他提示她说。

她摇了摇头。

他们不吱声了。诺思已经吃完了布丁。他把烟盒掏了出来。除了一盘沾有蝇屎的水果:苹果和香蕉外,显然再没有可吃的了。

"年轻时我们都很傻,萨尔,"他一边点烟一边说,"满篇汗漫之言……"

"在麻雀啁啾的黎明。"她说着把那盘水果往身边一拉。她开始剥香蕉,仿佛在抹下一只软手套一样。他拿起一个苹果削起来。苹果皮圈儿放在他的盘子上,像蛇皮一样盘起来,他想;而香蕉皮却像一只扯破的手套的指头。

现在街道上十分安静。那个女人不唱了。长号手也走了。高峰期已经过去,街上没有行人车辆。他瞅着她一点一点地咬着香蕉。

六月四号她醒过来时,他记得,她是把裙子前后穿反着的。那些日子她还弯腰曲背的;他们还笑话过她——他和佩吉。她一直都没结婚;他寻思这到底为什么。他把断了的苹果皮圈儿都扫到他的盘子上。

"他在干什么,"他突然说,"——那个双手往前甩的男人?"

"就这样?"她说。她把双手往前一甩。

"对。"他点了点头。那人正是这个样子——凡事总有一套理论的、口若悬河的外国人之一。但他已经喜欢上了他——他散发出一种情趣;一种虎虎的生气;他那张善变的脸抽动得令人开心;他天庭饱满;眼睛好看;已经歇顶了。

"他在干什么?"他重复了一遍。

"谈话呀,"她答道,"谈灵魂。"她莞尔而笑。他又有一种局外人的感觉;他们之间肯定有过多少次的交谈;那样的亲密无间。

"谈灵魂。"她接着说,拿起一支香烟。"演讲。"她补充说,一边在点烟。"前排座位十个半先令。"她吸了一口烟。"站票半个克郎;可是后来,"她喷了口烟,"你却听不大清楚。你只能得到那位导师,那位大师的一半教诲。"她大笑起来。

现在她是在嘲弄他;她传达给人的印象是他是一个冒牌货。但佩吉说他们关系十分密切——她和这个外国人。对于埃莉诺家的那个男人的看法有所改变,就像一个被吹到一旁的气球。

"我以为他是你的朋友呢。"他大声说。

"尼古拉斯吗?"她高声说,"我爱他!"

她的眼睛自然熠熠生辉。它死死地盯着盐瓶,带着一种痴迷的神情,使诺思再次感到困惑。

"你爱他……"他开始说。但这会儿电话响了。

"他的电话!"她大声说,"肯定是他!是尼古拉斯!"

她的话说得气急败坏。

电话又响了一声。"我不在!"她说。电话又响了一声。"不在!不在!不在!"她跟着铃声重复着。她压根儿就不想去接。他再也忍受不了她那刺耳的声音和铃声了。他走到电话旁边。他手里拿上听筒站着时,有过一阵子停顿。

"告诉他我不在!"她说。

"喂。"他接上电话说。但又有一阵停顿。他望着她坐在椅子边上,一只脚上下晃动着。然后一个声音讲话了。

"我是诺思,"他接上电话回答说,"我在跟萨拉吃饭……好,我告诉她……"他又看了看她。"她在椅子边儿上坐着。"他说,"脸上有个麻点子,一只脚上下晃动着。"

埃莉诺抓着电话站着。她笑了,她把听筒放下以后还在那里站了一会儿,依然笑着,然后才转向跟她一起吃饭的侄女佩吉。

"诺思在跟萨拉吃饭呢。"她说,脑子里出现了两个人在伦

293

敦另一头接电话的小小画面,不禁哑然失笑。两人中有一个坐在椅子边上,脸上还有个麻点子。

"他在跟萨拉吃饭。"她又说了一遍。但她的侄女并没有笑,因为她没有看见那幅画面,她有点儿恼火,因为她们的话正说到半中间,埃莉诺突然站起来说,"我要提醒提醒萨拉。"

"噢,是吗?"她漫不经心地说。

埃莉诺过来坐了下来。

"我们刚才在说——"她开始说。

"你把它弄干净了。"佩吉同时说。埃莉诺打电话的时候,她一直看写字台上方她祖母的画像。

"对。"埃莉诺扭过头瞟了一眼,"对。你看见没有看见一朵花掉在草地上了?"她说。她转过身,注视着画像。脸,衣裙,那篮鲜花,全都交融在一起,闪着柔光,仿佛颜料是一层光滑的瓷釉似的。有一朵花——一枝蓝色的小花——扔在草里。

"我小的时候它就让尘土盖住了,"埃莉诺说,"不过我还记着。这就提醒我,如果你要找个行家清洗图画——"

"但那画是不是像她?"佩吉打断她说。

有人告诉她,她长得像她祖母;但她却不想长得和她一样。她想有黑黑的皮肤,鹰鼻鹞眼;可实际上她却是蓝眼睛,圆盘脸——很像她祖母。

"我把地址放在哪儿了。"埃莉诺继续说。

"别麻烦了——别麻烦了。"佩吉说,对于她姑姑添加多余细节的习惯感到恼火。那是老了的缘故,她想:人一老,螺丝就松了,头脑里的整个装置就乱套了,嘎嘎作响起来。

"那画是不是像她?"她又问了一遍。

"不像我记忆中的她,"埃莉诺说,把画又瞟了一眼,"也许我小的时候——不,我认为即便小时候也觉得不像。很有意思的是,"她接着说,"他们认为丑的东西——譬如说,红头发——我们却认为很美;所以我常常问自己,"她打住了,抽了一口方头雪茄,"'什么是美?'"

"对,"佩吉说,"这正是我们刚才说的。"

因为当埃莉诺突然心血来潮,觉得必须提醒一下萨拉关于晚会的事情时,她们正在谈埃莉诺的童年——时过境迁,今非昔比,一代人自有一代人的时尚。她喜欢让埃莉诺谈谈她的过去;她觉得过去是那么和平、安定。

"你认为有没有什么标准?"她说,想把她带回她们正说的事情上。

"难说。"埃莉诺心不在焉地说。她在想别的事情。

"多气人啊!"她突然大声说,"我的话都到舌尖儿上了——我想问你一件事。随后我想起了迪莉娅的晚会:接着诺思惹我发笑——萨莉坐在椅子边儿上,鼻子上有个麻点子;这就让我把话忘了。"她摇了摇头。

"你知道不知道一个人正要说什么,却被打断了的感觉;知道不知道它怎么偏偏卡在这里,"她拍了拍脑门,"于是把别的一切都堵住了?并不是因为它是什么大不了的事儿,"她补充说,她在屋子里转悠了片刻,"不行了,拉倒吧;拉倒吧。"她摇着头说。

"我这就去准备,请你叫辆出租车。"

她进了卧室。很快就响起了流水声。

佩吉又点起一支香烟。假如埃莉诺要梳洗,从卧室传来的声音判断,似乎有可能,那就不用急着叫车了。她扫了一眼壁炉台上的信件。有一封上面的地址非常醒目——"温布尔登雷波斯先生。"埃莉诺的牙医之一,佩吉心想。也许就是她跟着去温布尔登公地研究采集植物的那个男人。一个可爱的男人。埃莉诺曾经描述过他。"他说各个牙齿都不大一样。他对各种植物都了如指掌……"很难让她不离童年。

她走过去站在电话旁边;她报了号码。一阵停顿。她边等边看着她那双抓着电话机的手。能干,形如贝壳,光洁,但没有染;是一种折中,她想,眼睛望着自己的手指甲,介乎科学和……但这时一个声音说,"请讲号码。"她便报了号码。

她又等着。坐在埃莉诺坐过的地方时,她看见了埃莉诺见到的那幅打电话的画面——萨莉坐在椅子边上,脸上有一块麻点子。多傻呀,她心含苦涩地想,一种激动顺着大腿往下蹿。她干吗要心含苦涩呢?因为她以诚实自豪——她是个医生——而那种激动她知道意味着苦涩。她是因为她幸福而心生妒意,还是那是一种祖先的过分拘礼的聒噪——难道她不赞成与不爱女人的男人建立友谊?她望着祖母的画像,仿佛要征求她的意见。但她具有一件艺术品的超脱;她坐在那里,冲着自己的玫瑰花微笑,似乎对我的是是非非不闻不问。

"喂。"一个粗野的声音说,它使人联想到锯末和木棚,她给了地址放下电话,埃莉诺正好走了进来——她穿着一件红金色的阿拉伯披风,头发上蒙着一面银纱。

"你认为有一天你能看见电话那一端的东西?"佩吉说着站了起来。埃莉诺的头发就是她全部的美,她想;还有她那双涂了银的黑眼睛——一个漂亮的老女先知,一只古怪的老鸟,既可敬,又可笑。她旅行时晒黑了,所以头发看上去比以往更白。

"你说什么?"埃莉诺说,因为她没有听清她那句有关电话的话。佩吉没有重复。她们站在窗前等出租。她们站在那里向外望去,肩并着肩,默默无言,因为有一阵停顿需要填补。窗户高高在上,俯瞰着鳞次栉比的屋顶,俯瞰着一座座后花园的方场和角落,从窗户到远远的青山之间的景致,就像另一个说话的声音,可以用来填补那段停顿。落日西沉;一朵云卷曲着,宛如蓝天上的一片红色的羽毛。她向下张望。奇怪,看见一辆辆出租绕过街头,从这条街驶向那条街,但就是听不见她们发出的声音。那就像一张伦敦地图;她们下面的一片地段。一个夏日就要消逝了;灯光亮起来,淡黄色的灯光,仍然零零散散,因为落日的余晖仍滞留在天空。埃莉诺指着天空。

"那就是我第一次看见飞机的地方——那些烟囱之间的地方。"她说。远方高高的烟囱,工厂的烟囱林立。还有一座高大的建筑物——那是威斯敏斯特大教堂吧?——雄踞在一片屋顶之上。

"当时我站在这里,放眼望去,"埃莉诺接着说,"那一定是一个夏日,我刚刚搬进这套屋子之后,我看见天上有个黑点,我对什么人说——米莉安·帕里什,我想,对,因为就是她来帮我搬进这套房子的——对了,我希望迪莉娅记住问问她——"人老了,佩吉注意到,所以就容易东拉西扯。

"你对米莉安说——"她提示她说。

"我对米莉安说,'那是一只鸟吗?不,我认为它不可能是鸟。它太大了。可它在动。'突然我明白过来了,那是一架飞机!它确实是飞机!你知道它们在不久以前飞越了海峡。当时你我正在多塞特:我记得我念了报纸上的报导,有人——是你父亲,我想——说:'世界再也不会是老样子了!'"

"啊,行啦——"佩吉大笑起来。她正要说飞机还没有起那么大的作用,因为她的专业就是矫正长辈对科学的信仰,部分原因是他们的轻信让她觉得好笑,部分原因是,医生们的无知每天都给我留下深刻的印象——这时候埃莉诺叹息了一声。

"哟。"她喃喃地说。

她转身离开了窗口。

又是老了的缘故,佩吉想。什么风把一扇门吹开了:埃莉诺七十多个春秋,心里有千千万万个门户,这只是其中的一个;溜出来了一个令人痛苦的思想;她立即把它隐藏了起来——她已经走到写字台前,乱翻起信件来——显出老年人的那种谦和大度,那种令人痛苦的谦卑。

"怎么了,内尔——?"佩吉开始说。

"没有什么,没有什么。"埃莉诺说。她刚才看见了天空;满天都挂着图画——天空她屡见不鲜;但每看一次,总会有一幅图画率先出现。现在,因为她跟诺思谈过话,它勾起了战争的回忆;一天夜里她是怎样伫立在那里,注视探照灯扫过天空。空袭过后,她回到家里;她在威斯敏斯特与勒尼和玛吉吃饭。他们坐在一个地窖里;而尼古拉斯——那是她第一次见到他——说什么这场战争无关大局。"我们是在后花园里玩烟火的孩子"……她想起了他的原话;他们是怎样围着一只包装木箱坐着,为新世界干杯。"新世界——新世界!"萨拉一边喊,一边用匙子在包装箱上敲打。她转向写字台,把一封信撕掉,随手一扔。

"是啊。"她说,乱翻着桌上的信件,在寻找着什么。"是啊——我不了解飞机的情况,我从来没有坐过飞机;但汽车——没有汽车我也能过。我还差点儿让一辆汽车撞倒,我不是告诉过你?在布朗普顿路。全怪我——我没有看……还有收音机——烦死人了——楼下的人一吃过早饭就把它开大;但另外一面——热水;电灯;这些新——"她打住了。"啊,找着啦!"她惊呼着。她一把抓起她一直在寻找的那封信件。"要是爱德华今晚在那里,务必提醒我——我要在手帕上打个结……"

她把手袋打开,抽出一条丝绸手绢,便开始郑重其事地把它打成一个结……"要问问他朗康的孩子的情况。"

铃响了。

"出租车。"她说。

她扫视了一圈,以确保没有忘掉任何东西。她突然停下来。她的目光被一张扔在地板上的晚报吸引住了,报上印了一道很宽的线和一张模糊的照片。她把它捡了起来。

"好一张漂亮的面孔!"把报纸放到桌子上抹平。

就佩吉所见,不过她是个近视眼,那只不过是那种常见的晚报上的模糊照片,上面是一个指手画脚的胖子。

"该死的——"埃莉诺突然破口大骂起来,"恶霸!"她手一挥把报纸撕成两半,往地上一扔。佩吉大为震惊。报纸撕开时,她浑身轻轻地打了个冷颤。"该死的"这句话从她姑姑嘴里说出来,让她震惊不已。

随后她又觉得好笑;但她仍然惊魂未定。因为语言谨慎的埃莉诺说出"该死的"然后又是"恶霸"时,那就比她和她的朋友用这些词时严重得多了。瞧她那副撕报纸的姿势……他们真是一帮怪物,她想,一边跟着埃莉诺下楼去。她的红金色披风在台阶上拖着。她看见她父亲把《泰晤士报》揉成一团,坐在那里气得发抖,就因为有人在报纸上说了什么。多古怪呀!

瞧她撕报纸的样子!她想,不禁哑然失笑,她学着埃莉诺的样子也把手一甩。在义愤填膺的时候,埃莉诺的腰杆儿仍挺得笔直。那副样子,她想,倒也简单,倒令人满意,她想,跟着她一级一级地走下石头台阶。她披风上的那个小疙瘩敲打着楼梯。她们下楼时走得很慢。

"就拿我的姑姑来说,"她对自己说,开始把这一场面安排成她与医院的一个男人一直进行的一场辩论,"就拿我的姑姑来说,一个人住在一种工人才住的套房里,要爬六级台阶……"埃莉诺站住了。

"我不至于,"她说,"把那封信忘在楼上了吧——我要拿给爱德华看的朗康的那封关于孩子的信?"她把手袋打开。"没有忘:在这儿。"信就在手袋里。她们继续往楼下走。

埃莉诺把地址给司机一说,就一屁股坐到角落里。佩吉用眼角瞟了她一眼。

使她念念不忘的是她加给那几个字的气势,而不是那几个字本身。仿佛她仍然满怀激情地相信——她,老埃莉诺——人们已经毁掉了的东西。不可思议的一代人,她想,车开走了。有信仰的人……

"你看,"埃莉诺打断了她的思绪,仿佛她想解释一下她的话,"那就意味着我们所敬重的一切的终结。"

"自由?"佩吉敷衍了事地说。

"是的,"埃莉诺说,"自由与正义。"

出租车驶过那些平缓、体面的小街道,沿街的每座房屋都有凸肚窗,有一溜花园,有私人姓名。她们继续往前开,驶进了那条主要的大街时,套房里的那一幕在佩吉的脑海里浮现出来,她后来把这种情况给医院里的那个男子讲了。"突然她发起了脾气,"她说,"拿起报纸,一撕两半——我的姑姑,她已经七十多岁了。"她瞟了埃莉诺一眼,想证实这些细节。她姑姑打断了她。

"那是我们过去住的地方。"她说。她把手朝左边一条灯如繁星的长街一挥。佩吉探头张望,只能看见那条雄伟完整的大道,以及一连串的灰色门柱和台阶。反反复复的圆柱,井然有序的建筑,即便整条街道翻来覆去都是拉毛粉饰的圆柱,也有一种灰色、堂皇的美。

"阿伯康街,"埃莉诺说,"……邮筒。"她们驶过时她轻轻地念叨着。干吗提邮筒呢?佩吉问自己。又一扇门打开了。老年肯定就是没有尽头的大道,一直向前延伸,延伸,进入黑暗,她估计,时而这扇门打开,时而那扇门打开。

"难道人们不——"埃莉诺开口说。随即又打住了。像往常一样,她在不该说话的地方说话了。

"什么?"佩吉说。她让这种有头无尾的话惹恼了。

"我本来要说——邮筒使我想起了。"埃莉诺开始说;随即她放声大笑起来。她不想解释她的思想涌现的顺序。无疑,是有顺序的;但要找出来,太费时间,而这种漫无头绪,她知道,惹恼了佩吉,因为年轻人的头脑活动非常敏捷。

"那是我们过去经常吃饭的地方,"她突然住口了,向一座广场角上的一幢大房子点了一下头,"你父亲和我。那个他常常一起读书的人。他叫什么来着?他后来当了法官……我们常在那里吃饭,我们三个。莫里斯,我父亲和我……那些日子他们举行盛大的晚会;总是法律界人士。他还收集古橡木家具。大多数是假货。"她补充说,发出一声轻笑。

"你们过去经常吃饭……"佩吉开始说。她希望她回顾过去。过去是那么有趣;那么安全;那么虚幻——八十年代的过去;对她来说,它的虚幻美妙无比。

"给我说说你的青年时代……"她开始说。

"但你们的生活比我们有趣得多。"埃莉诺说。佩吉默不作声。

她们沿着一条明亮、拥挤的街道行驶；这里被电影院的灯光染红；那里被陈列着艳丽夺目的夏装的商店橱窗的灯光照黄，因为那些商店虽已关门，但仍然灯火辉煌，人们仍然端详着那些服装，端详着小竿上一台台的帽子，端详着珠宝首饰。

每当我的迪莉娅姑姑进城来的时候，佩吉继续讲她要给医院里她的朋友讲的埃莉诺的故事，她说，我们必须举办一场晚会。于是他们都聚到一起。他们喜爱聚会。至于她本人，她讨厌聚会。她倒是喜欢在家里呆着，或者去看看电影。那是一种家族意识，她补充说，瞟了埃莉诺一眼，仿佛要再搜集一点关于她的情况，好让她给一位维多利亚时代的老处女的画像再添上一笔。埃莉诺正望着窗外。随后她转过身来。

"还有对天竺鼠的实验——结果如何？"她问。佩吉觉得莫名其妙。

后来她想了起来，告诉了她。

"我明白了。这么说它没有证明任何东西。看来你们得从头开始了。那倒挺有意思。现在我希望你给我解释解释……"又有一个令她困惑的问题。

她希望得到解释的事情，佩吉对她医院的那位朋友说，要么简单得像二加二等于四，要么难得世界上没有人知道答案。要是你对她说，"八乘八等于几？"——她冲着映衬在窗户上的姑姑的侧影笑了笑——她就拍拍脑门说……但埃莉诺又打断了她。

"你来真是太好了，"她说，在她的膝盖上轻轻一拍，"但我是不是向她表示，"佩吉想，"我讨厌来了？"

"这是见人的一种办法,"埃莉诺接着说,"既然我们都上了年纪——不是你,是我们——谁都不想把机会错过。"

她们继续前进。这话人怎么理解才算正确呢?佩吉想,竭力要给绘画像再加上一笔。是"伤感"?还是,恰恰相反,有这种感觉挺好……挺自然……挺正确?她摇了摇头。我不善于描绘人,她对她那位医院的朋友说。太难了……她不是那副模样——根本不是,她说,手稍稍一扬,仿佛要把一幅她画错了的草图擦掉似的。就在她这么做的当儿,她那位医院里的朋友消失了。

只有她和埃莉诺坐在出租车里。她们从一幢幢房屋前经过。她从何处开始,我在哪里结束?她想……她们继续前进。她们是两个活人,驱车驶过伦敦;两点生命的火花裹在两个分开的躯体里;而裹在两个分开的躯体里的两点生命的火花,此时此刻,她想,正从一家电影院门前经过。但此时此刻是什么?我们又是什么?这个谜太难,她猜不透。她叹息了一声。

"你太年轻,不会有那种感觉。"埃莉诺说。

"什么感觉?"佩吉问,微微一惊。

"与人见面的感觉。不要错过见他们的机会的感觉。"

"年轻?"佩吉说,"我永远不会像你那么年轻!"她也把她姑姑的膝盖轻轻拍了一下。"到印度周游了一趟……"她大笑起来。

"啊,印度。现在印度算不了什么,"埃莉诺说,"旅行太容易了。你只消买张票;只消登上船就行了……不过在我死之前我想看的,"她接着说,"是一些别具一格的东西……"她朝窗外挥了挥手。她们正经过一些公共建筑;某种办公楼"……另外一种文明。譬如说,西藏。我现在正在读一本书,作者叫——他

303

叫什么来着?"

她打住了,注意力被街上的景色分散了。"如今人们不是穿着漂亮吗?"她说,指着一个金发少女和一个穿着夜礼服的青年男子。

"是啊。"佩吉敷衍着说,望着那张粉脸和那条鲜艳的披巾;望着那雪白的马甲和油光的背头。任何东西都会分埃莉诺的心,样样东西都使她感兴趣,她想。

"是不是因为你年轻的时候管束很严?"她大声说,依稀回想起孩提时的一点记忆;她的祖父没有手指头,只有油光光的残梗;一间又长又暗的客厅。埃莉诺转过来。她感到惊讶。

"管束很严?"她重复了一遍。现在她很少想自己的事,所以才感到惊讶。

"噢,我明白你的意思了。"过了一会她补充说。一幅画面——又一幅画面——已经浮到表面。迪莉娅站在屋子中央;天哪!天哪!她在说;一辆双轮双座出租马车停在隔壁房子的门前;她自己注视着莫里斯——那是不是莫里斯——走到街上去寄信……她默不作声。我不想回到过去,她在想。我要现在。

"他要把我们拉到哪儿去?"她说,眼睛望着窗外。她们已经到了伦敦的政府所在地;灯火辉煌的地区。灯光照耀着宽阔的人行道;照耀着白色的灯火通明的办公大楼;照耀着惨白、苍老的教堂。广告冒出来,又不见了。这里有一瓶啤酒;它往出倒;然后又停止了;然后又往出倒。她们到了剧院区。照旧是艳丽的色彩,混乱的局面。穿着夜礼服的男男女女走在马路中央。出租车走走停停。她们自己的出租车给堵住了。它死钉钉地停在一尊雕像下面:灯光照亮了它的惨白。

"总使我想起一则卫生巾广告。"佩吉说,瞟了一眼一个身穿护士服、伸出手来的女人的身姿。

埃莉诺一时感到震惊。好像有一把刀划破了她的皮,留下一股不快的感觉;但它并未触动她体内坚实的东西,过了片刻她才意识到。她说这话是因为她弟弟查尔斯,她想,在她的语气中感到了一丝苦涩——那是一个惨遭杀害的迟钝可爱的男孩。

"战争中说过的惟一的好话。"她大声说,读着刻在底座上的话。

"没有多大的意义。"佩吉一针见血地说。

出租车仍然堵得死死的。

这阵停顿似乎把她们滞留在她俩都希望抛开的某种思想的光照里。

"如今人们不是都穿漂亮衣服吗?"埃莉诺说,用手指着另一个穿鲜亮的长披风的金发女郎和另一个穿夜礼服的年轻男子。

"是啊。"佩吉简慢地说。

但你干吗不多享受享受呢?埃莉诺对自己说。她弟弟死得好惨,但她一直发现诺思是两个人中有趣得多的一个。出租车从车流中挤着穿过去,进了一条背街。他现在被红灯挡住了。"真好,诺思又回来了。"埃莉诺说。

"是啊,"佩吉说,"他说我们不谈别的,只谈金钱和政治。"她补充说。她尽找他的茬子,因为打死的不是他;但这样做不对,埃莉诺想。

"是吗?"她说,"不过那……"一张印着大号黑体字的号外,似乎替她把话说完。她们就到迪莉娅住的广场了。她开始摸起钱包来。她看了一眼计程表,指数攀升得很高。司机可是兜了一个大圈子。

"他会及时赶到的。"她说。她们正绕着广场慢慢地滑行。她手里捏着钱包,耐心等待着。她看见屋顶上方的一线黑暗的天空。太阳已经落了。一时间天空呈现出乡间田野和森林上空的天幕那样的平静景象。

"他只消拐个弯就行了,"她说,"我并不失望,"出租车转弯时她补充说,"旅行,你知道:一上船,或者在你非逗留不可的小地方——僻静的地方——你不得不与各色人种混杂在一起——"出租车试探性地滑过一座又一座房子——"你应当到那里跑一趟,佩吉,"她突然住口了;"你应当旅行旅行:当地居民非常美,你要知道;半裸着身子:沐浴着月光,走进河里;——就是那边的那幢房子——"她敲了敲窗户——出租车慢了下来。"我刚才说什么来着?我并不失望,不,因为人们那么亲切、心眼儿又是那么好……所以如果寻常百姓,我们这样的寻常百姓……"

出租车在亮着窗户的那幢房子前停下来。佩吉把身子向前一探,把车门打开。她跳下车,付了车费。埃莉诺跟着她急忙挤出来。"不,不,不,佩吉。"她开始说。

"这是我叫的车。这是我叫的车。"佩吉抗辩说。

"但我必须付我的一份。"埃莉诺说着把钱包打开。

"埃莉诺的电话。"诺思说。他放下电话,转向萨拉。她还是上下晃动着一只脚。

"她要我告诉你参加迪莉娅的晚会。"他说。

"去参加迪莉娅的晚会?干吗去参加迪莉娅的晚会呢?"她问。

"因为她们老了,要你去嘛。"他站在她身旁说。

"老埃莉诺;到处周游的埃莉诺;长着一双桀骜不驯的眼睛的埃莉诺……"她沉吟了一下。"我去还是不去,我去还是不去?"她哼着说,抬起头来望着他。"不去,"她说着把双脚踩到地上,"我不去。"

"你一定要去。"他说。因为她的态度惹恼了他——埃莉诺的声音仍在耳边回响。

"我一定、我一定要去?"她说,一边在冲咖啡。

"那好,"她说着就把他的一杯递给他,同时把那本书捡起来,"先看书,看到我们必须走的时候再说。"

她又把身子蜷起来,手里端着自己的一杯。

天还早,这是事实。但为什么,他想,再次打开书,翻着页子,她不肯去呢?她是不是害怕?他心里纳闷。他望着她在椅子上蜷着。她的衣裙显得破旧。他又看了看书,但他几乎看不见字,没法读书。她还没有把灯打开。

"没有灯我看不见字,读不成书。"他说。这条街天黑得快;房屋如此密集。这时一辆小车经过,一道亮光掠过了天花板。

"我要不要把灯打开?"她问。

"不用,"他说,"我想办法回忆点什么。"他开始高声背诵他会背的惟一的一首诗。他把那些词语送进半明半暗之中,听上去极其美妙动人,他想,也许是他们相互看不见的缘故吧。

他背完一节后便停顿下来。

"接着背。"她说。

他又开始背起来。从嘴里吐进房间的一个个字就好像一个个实实在在的物体,坚硬,独立;但当她倾听着的时候,由于跟她产生了接触,那些字就变了样。但他背到第二节的末尾——

  对于这种惬意的孤独——

交往几近全然的粗鲁……

这时他听到一个声音。这是诗里面的声音还是诗外面的声音?他心里纳闷,是里面的,他想,正要接着往下背时,她举起了手。他停了下来。他听见门外响起了沉重的脚步声。是不是有人进来了?她眼睛盯着门。

"是那个犹太人?"他说。他们听着。现在他听得一清二楚。有人在开水龙头;有人在对面的房间里洗澡呢。

"那个犹太人在洗澡。"她说。

"那个犹太人在洗澡?"他重复了一遍。

"明天浴盆里面会有一圈油印子。"她说。

"这个犹太人真该死!"他大声说,想到一个生人的身体在对门的浴盆里留下一圈油印,他顿时恶心起来。

"接着背——"萨拉说,"对于这种惬意的孤独,"她重复着最后两行,"交往几近全然的粗鲁。"

"不背了。"他说。

他们听着水在哗哗地流。那人一边擦身,一边咳嗽,清着嗓子。

"这个犹太人是谁?"他问。

"阿伯拉罕森,油脂商人。"她说。

他们听着。

"跟一家裁缝店的一个漂亮姑娘订了婚。"她补充说。

薄墙那边的声音他们听得清清楚楚。

他擦身时,鼻子呼哧呼哧喘着粗气。

"但他总把毛发留在浴盆里。"她断言。

诺思打了个寒噤。食物里的毛发,脸盆里的毛发,别人的毛发,都使他感到恶心。

"你跟他共用一个浴盆?"他问。

她点了点头。

他发出一声类似"呎!"的声音。

"'呎。'我就是这么说的,"她大笑起来,"'呎!'——当我在一个寒冬的清晨走进浴室的时候——'呎!'"——她把手一扬——"'呎!'"她打住了。

"然后呢——?"他问。

"然后,"她呷了一口咖啡说,"我就回到起居室里来。早饭摆好了。煎蛋和一点烤面包。迪莉娅的工作服撕破了,头发披下来。失业的人在窗下唱圣歌。我对自己说——"她把手一扬,"'污秽的城市,没有信仰的城市,死鱼和破锅的城市'——想起了退潮以后的河岸。"她解释说。

"说下去。"他点了点头。

"我一气之下就戴上帽子,穿上外衣,冲了出去,"她继续说,"然后站在桥上,说,'我岂不是一根野草,随潮逐流,一日两个来回,没有一点意义?'"

"是吗?"他提示她说。

"人们来来往往;有高视阔步的;有蹑手蹑脚的;有脸如面团的;有眼似白鼠的;有头戴常礼帽的、当牛做马的工人大军。我说,'难道我必须与你们狼狈为奸?难道我必须把手,把清清白白的手玷污,'"——她在那半明半暗的起居室里挥手时,他可以看见那手在放光,"'——签约,服侍主人;全是因为我的浴盆里的一个犹太人,全是因为一个犹太人?'"

在变成一种蹦蹦跳跳的节奏的她自己的声音的激发下,她坐起来,大声笑了。

"往下说,往下说。"他说。

"但我有一个护身法宝,一块闪光的宝石,一块玲珑剔透的绿宝石。"——她把桌子上放的一个信封拿起来——"一封介绍信。我对那名穿桃红色裤子的下人说,'领我进去,伙计,'于是他领我走过一条条镶满紫木的走廊,最后来到一扇门,一扇红木门前,敲了敲门;便有一个声音说,'进来。'我发现什么啦?"她停顿了一下。"一个红脸蛋胖汉。他的桌子上有个花瓶,里面插着三支兰花。那是你妻子分手的时候,我想,在汽车嘎吱嘎吱碾过砾石路时塞进你手里的。壁炉上方,是那幅常见的画——"

"停下!"诺思打断了她。"你已经进了一个办公室。"他敲了敲桌子。"你正在呈上一封介绍信——但呈给谁呢?"

"啊,呈给谁呢?"她大笑起来。"呈给一个穿防水袋似的裤子的男人。'我在牛津时就认识你父亲。'他说,手里玩弄着吸墨纸,它的一角上装饰着一个大车轮。但你发现有什么解决不了的呢,我问他,望着那个红木色的汉子,那个脸刮得净光、面色红润、羊肉喂肥了的汉子——"

"那个在报馆干事的人,"诺思把她的话制止住了,"他认识你父亲。然后呢?"

"只听见嗡嗡嗡、嘎嘎嘎的响声。巨大的机器转动着;突然蹦进来几个小男孩,抢着大号纸张;黑色纸张;污迹斑斑;墨迹未干。'对不起,请稍候,'他说,在边页上记了一笔。但那个犹太人在我的浴盆里,我说——那个犹太人……那个犹太人……"她突然停下来,把杯里的咖啡一饮而尽。

是啊,他想,声音听得出;姿态看得见;别人脸上的反映一目了然;但也许在静默中——存在着某种真情。但这里并不静默。他们能听见那犹太人在浴室里发出砰砰的声音;他在往干擦身子的时候,似乎深一脚浅一脚地跟跄。现在他打开了门,他们便听见他上楼去了。水管开始发出空洞的汩汩声。

"那里面有多少是真的?"他问她。但她已经陷入了沉默。他估计那些实在的词——那些实在的词汇集到一起,在他的心里连成了一个句子——意思就是她穷;她必须谋生,但刚才讲话的那种兴奋劲儿,也许是酒力所致吧,造就了另外一个人;另外一副模样,人们必须把它凝结成一个整体。

房子现在安静了,只有洗澡水流动的声音。天花板上波动着水一样的图案。街灯在外面上下晃动,把对面的房屋染成了一种奇异的淡红色。白天的喧嚣已经散去了;再没有大车咯咯噔噔地滚过街道。菜贩子,风琴手,吊嗓子的女人,吹长号的男人,分别推走了手推车,拉下了开合器,合上了钢琴盖。四周静悄悄的,一时间诺思以为他在非洲,坐在游廊里,沐浴在月光下;但他回过神儿来了。"这次晚会怎么办?"他说。他站起来把香烟扔掉。他伸了个懒腰,看了看表。"该走了,"他说,"去准备一下。"他督促她。因为要是一个人去参加晚会,他想,在别人快要离开的时候到,那才荒唐呢。晚会肯定已经开始了。

"你说什么来着——你说什么来着,内尔?"她们站在门阶上时,佩吉说,目的是要分散埃莉诺的注意力,从而忘记付她那份车费。"寻常百姓——寻常百姓应当干什么?"她问。

埃莉诺仍在摸索她的钱包,所以没有回答。

"不,这样不行,"她说,"给,拿着——"

但佩吉把她的手往旁边一拨,硬币便滚到台阶上去了。她们俩同时弯下腰去,脑袋撞到了一起。

"别麻烦了,"埃莉诺在一枚硬币滚开时说,"全怪我。"女仆

311

扶住门,让它一直开着。

"我们把披风脱在什么地方?"她说,"这里吗?"

她们走进一楼的一间屋子,它尽管是间办公室,但已做了安排,所以可以当衣帽间使用。桌子上有一面镜子;镜子前面有一盘盘的发卡、梳子、刷子。她走到镜子前面,把自己瞧了一眼。

"我看上去多像个吉卜赛人!"她说,用一把梳子梳了梳头。"晒成了黑鬼的颜色!"然后她给佩吉让开地方,等着。

"我寻思这是不是那间屋子……"她说。

"什么屋子?"佩吉心不在焉地说;她一心关照着自己的脸。

"……我们从前经常开会的屋子。"埃莉诺说。她把四周打量了一番。显然它仍然被当做一间办公室使用;但现在墙上贴满了房产代理的海报。

"我寻思今晚吉蒂会不会来。"她沉吟着说。

佩吉两眼盯着镜子,没有回答。

"她现在不常进城。只有参加婚礼、洗礼之类的活动时才来。"埃莉诺接着说。

佩吉在用一管什么东西绕着嘴唇画着一条线。

"突然你遇见一个年轻人,身高六英尺二,你突然意识到这就是那个宝宝。"埃莉诺继续说。

佩吉仍然全神贯注在她的脸上。

"你是不是每次都要收拾得这么鲜亮?"埃莉诺说。

"如果不收拾,我看上去就成了丑八怪。"佩吉说。她觉得她嘴唇和眼睛周围那种紧张是一目了然的。她参加晚会时心情从来都没有轻松过。

"啊,你真够意思的……"埃莉诺突然打住了。女仆把一枚六便士的硬币拿进来了。

"我说,佩吉,"她说,把那枚硬币递了过去,"让我付我的一份。"

"别犯傻了。"佩吉说,把她的手拨开了。

"可这是我叫的出租车。"埃莉诺坚持说。佩吉向前走着。"因为我讨厌,"埃莉诺接着说,同时跟在她后面,手还在递那枚硬币,"参加晚会时捡便宜。你难道记不得你爷爷了?他总是说,'不要捡了芝麻,丢了西瓜。'要是你跟他去买东西,"她继续说着,尽管她们开始上楼梯了,"他总是说,'把你们最好的东西拿出来。'"

"我记得他。"佩吉说。

"是吗?"埃莉诺说。她很高兴谁都记得她父亲。"他们把这些房间租出去了,我估计,"她们上楼时她补充说,门都开着,"那是一间律师的事务所。"她说,望着上面有白漆姓名的一些契据文书保险箱。

"对了,我明白你关于美容——梳妆打扮的意思了,"她继续说着把侄女瞟了一眼,"你看上去的确漂亮。你显得光彩照人。我喜欢年轻人这样。不是我自己。我会觉得俗气——俗丽?你们怎么说来着?我拿这些铜板怎么办呢,如果你执意不要的话?我应当把它装在我楼下的手袋里。"她们越爬越高。"我以为他们把这些房间统统打开了,"她继续说——这时她们已经走到一条红地毯上——"这样一来,如果迪莉娅的小屋人太挤了的话——不过,晚会还没有开始,我们来早了。大家都在楼上。我听见他们在说话。走,是不是我先进去?"

一扇门后人声鼎沸。一名女仆把她们截住了。

"帕吉特小姐。"埃莉诺说。

"帕吉特小姐。"女仆打开门大声通报。

"去准备一下。"诺思说。他走到房间那边摸着开关。

他摁了一下开关,屋子中央的电灯亮了。灯罩已经拿掉了。灯周围绕了一圈圆锥形的绿纸。

"去准备一下。"他重复了一遍。萨拉没有回答。她抽过一本书来,装做读书的样子。

"他把国王杀了,"她说,"那他下一步怎么办呢?"她把指头夹在书页中间,抬起头来望着他;一种计策,他知道,好拖延行动时间。他也不想去。但如果埃莉诺想叫他们去——他看了看表,踌躇不决。

"他下一步怎么办呢?"她重复了一遍。

"演喜剧呗,"他简短地说,"对比,"他说,想起了他读过的什么东西,"惟一的延续形式。"他随口加了一句。

"好啦,接着往下读。"她说,把书递给了他。

他把书随便往开一翻。

"场景是大海中间的一座乱石嶙峋的孤岛。"他说。他停了下来。

在读书之前他总要安排场景;让这个沉没,那个浮出。大海中间的一座乱石嶙峋的孤岛,他对自己说——遍布着绿色的池塘,银色的草丛,沙滩,远处有海浪拍岸的轻柔的叹息。他张开嘴读起来。这时身后响了一声;出现了什么——戏里的还是屋里的? 他抬头一望。

"玛吉!"萨拉惊呼道。她穿着夜礼服站在开着的门口。

"你们睡着了?"她说着便走进了屋子,"我们把铃按了一遍又一遍。"

她站着冲着他们笑,觉得怪好笑的,仿佛她把睡着的人吵醒了似的。

"既然铃老坏着,干吗不费点事儿再装一个呢?"站在她身后的男子说。

诺思站了起来。起先他差点儿记不起他们了。因为他见他们已经是许多年前的事了,尽管还记得他们,但乍一见到,外貌还挺陌生。

"铃不响,水龙头没水,"他说,显出一脸的尴尬,"要不就长流不止。"他补充说,因为洗澡水仍然在水管里汩汩地流。

"幸好门还开着。"玛吉说。她站在桌旁,望着削断了的苹果皮和那盘粘满蝇屎的水果。有的美人儿,诺思想,年老色衰;有的,他望着她,则越老越俏。她已经头发花白,想必儿女们都已长大成人了,他估计。但女人干吗照镜子时总要噘着个嘴呢?他心里纳闷。她正在照镜子。她就是噘着嘴。随后她走过来,在炉旁的一把椅子上坐下。

"勒尼干吗哭鼻子呢?"萨拉说。诺思看了看他。他的大鼻子两侧有湿印子。

"我们刚看了一出苦戏,"他说,"所以想喝点什么。"他补充说。

萨拉走到食橱跟前,把杯子弄得丁当作响。"你在读书?"勒尼说,眼睛望着掉在地上的那本书。

"我们在大海中间的一座乱石嶙峋的孤岛上。"萨拉说着把杯子放到桌子上。勒尼开始斟威士忌。

现在我把他回想起来了,诺思想。上次他们见面还是他参战以前的事。在威斯敏斯特的一座小房子里。他们坐在炉火前。一个小孩玩着一匹花斑马。他对他们的幸福生活十分羡慕。他们谈科学。勒尼说,"我帮他们造炮弹。"于是他的脸上挂下一副面具来。一个制造炮弹的人;一个热爱和平的人;一个从事科学的人;一个哭天抹泪的人……

"停下。"勒尼喊道。"停下!"萨拉把汽水喷了一桌子。

"你是什么时候回来的?"勒尼问他,一边端起酒杯,盯着他,眼睛依然泪汪汪的。

"大约一星期之前。"他说。

"你把农场卖了?"勒尼说。他手里端着杯子坐了下来。

"对,卖了,"诺思说,"该留,该回,"他说着便拿起酒杯举到嘴边,"我还不得而知呢。"

"你的农场在哪里?"勒尼说,身子向他探过去。于是他们就聊起非洲来。

玛吉望着他们边饮酒边聊天。电灯上的那卷圆锥形的纸圈斑斑点点,脏得好生奇怪。陆离的灯光把他们的脸照得绿莹莹的。勒尼鼻子两侧的两道槽仍然湿漉漉的。他满脸的峻峰幽谷;诺思却是圆盘脸,塌鼻子,嘴唇周围蓝幽幽的。她把自己的椅子轻轻一推,好让两个相关的脑袋凑到一起。他们俩真是大相径庭。他们谈非洲,谈着谈着,脸就变了,仿佛皮下细微的网络猛然叫人一扯,体重掉进形形色色的窝槽里去了。她心里咯噔一下,仿佛她自己的体重也改变了。但灯光也有点使她迷离的成分。她扫视了一圈。外面街道上准有一盏灯闪烁不定。那灯光上下摇曳,跟圆锥形的陆离的绿纸下的电灯交相辉映。情况就是这样……她突然一惊;耳朵里传进来一个声音。

"去非洲?"她眼睛盯着诺思说。

"去迪莉娅的晚会,"他说,"我问你去还是不去……"她就一直没有听。

"等一等……"勒尼打岔说。他像阻止车辆通行的警察那样把手一举。于是他们接着往下聊非洲。

玛吉往椅子上一歪。弧形的红木椅背在他们的脑袋后面高高突起。椅背的弧线后面则是一只红边皱口的玻璃杯;然后是一条直线,那是上面有黑白相间的小方块的壁炉台;再后面是三根竿子,尖儿上是柔软的黄色羽毛。她把各样东西一一过目。寓目过眼之中,林林总总地汇集成一个整体,就在她要完成那个画面的当儿,勒尼喊道。

"我们必须去——我们必须去!"

他站了起来。他已经把自己的那杯威士忌推到了一边。他站在那里,那副样子就像什么人在指挥一支大军,诺思想;他的嗓音掷地有声,他的姿态八面威风。但那只不过是过去参加一下一位老太太的晚会的问题。要么,是不是总有一些东西,他想,同时也站起来寻找帽子,像个不速之客一样从人的心海深处浮上表面,使平常的行动,一般的言词都有表达全部心声的能力,所以当他转身跟着勒尼去参加迪莉娅的晚会时,才有仿佛在策马飞越沙漠、解救一个遭受围困的要塞的感觉?

他手扶着门停了下来。萨拉已经从卧室里走出来。她变了一个人;她穿着夜礼服;她身上有点怪怪的东西——也许是夜礼服造成了使她显得陌生的印象?

"我准备好了。"她说,眼睛望着他们。

她弯下腰把诺思掉到地上的书捡了起来。

"我们必须去——"她转身对姐姐说。

她把书搁到桌子上;她把书合上时,难过地拍了一把。

"我们必须去——"她重复了一遍,然后跟上他们下楼去。

玛吉站起身来。她把这间廉价的公寓房子又打量了一番。瓦盆里栽着蒲苇草;绿花瓶有圈波纹边;还有红木椅子。餐桌上摆着那盘水果;一个个令人馋涎欲滴的大个儿苹果与黄颜色麻点子香蕉放在一起。这是一种奇怪的组合——一个圆头圆脑,一个大头小尾,一个红艳艳,一个黄灿灿。她把灯关上。屋子几乎全黑了,只有天花板上波动着水一样的图案。在这种迅速消逝的幽光里,只能看见物体的轮廓;鬼影似的苹果,幽魂般的香蕉,鬼蜮样的椅子。她的眼睛逐渐习惯了黑暗,颜色就慢慢恢复过来,实体也……她站在那里看了一会儿。然后一个声音喊道:

"玛吉!玛吉!"

"来啦!"她嚷道,然后跟他们下了楼。

"贵姓,小姐?"女仆对落在埃莉诺身后的佩吉说。

"玛格丽特·帕吉特小姐。"佩吉说。

"玛格丽特·帕吉特小姐!"女仆朝着屋子大声通报。

传来七嘴八舌的声音;她面前顿时灯光灿烂,迪莉娅迎上前来。"啊,佩吉!"她惊呼道,"你来真是太好了!"

她走了进去;但她有种穿上了冰冷的铁甲的感觉。他们来得太早了——屋子里几乎空空荡荡。只有寥寥几个人七零八落地站着交谈,声音太大,仿佛有意把房间填满似的。装出门面,佩吉心想,一边握着迪莉娅的手往前走,好像有什么赏心悦目的事就要出现。她把波斯地毯和雕花壁炉看得一目了然,但屋子中央有一块地方空着。

对于这种特殊情况有什么建议可提?她问自己,仿佛在给一个病人开处方。把情况记下,她补充说。把情况装进一个瓶子,盖上一个亮晶晶的绿盖子,她想。把情况记下,疼痛就会消失。把情况记下,痛苦就会消失,她一个人站在那里,心里又重复了一遍。迪莉娅急匆匆地从她身旁走过。她在交谈,但说的都是汗漫之言。

"对于你们住在伦敦的人来说好倒是好——"她在说。但记下人们的言谈,迪莉娅从身旁经过时,佩吉继续想,讨厌就讨厌他们谈的完全是废话……彻头彻尾的废话,她想,身子往后一退,靠在墙上。这时候她父亲进来了。他在门口停了停;把头扬起来;仿佛在找什么人,然后把手一伸走上前来。

这算什么?她问,因为看见她父亲穿着他那双挺旧的鞋子,一种率直的感情油然而生。这是心血来潮,热流奔涌不成?她问道,考查着这种感情。她注视着他走过房间。说来奇怪,他的鞋总是使她动情。半是性感;半是怜悯,她想。能不能将它称之为"爱"?但她强迫自己走动走动。既然我把自己搞到一种麻木不仁的境地,她对自己说,我一定要壮起胆子走过房间;我一定要走到帕特里克姑夫身边去,他现在正站在沙发旁边剔牙呢,我要对他说——我该说什么才好?

她走到屋子那边去,一句话莫名其妙地浮上心头:"那个用斧头砍掉脚趾头的人现在怎么样?"

"那个用斧头砍掉脚趾头的人现在怎么样?"她说,心里怎么想,嘴里就是怎么说的,一字不差。那位相貌堂堂的爱尔兰老人弯下腰来,因为他身材高大,用手掬住耳朵,因为他有点重听。

"福特?福特?"他重复了一遍。她笑了。假如思想要登上从一个大脑到另一个大脑的台阶,那这些台阶必须削得很浅很浅,她注意到。

"我在你那里呆的时候,用斧头砍掉了脚趾头的。"她说。她回想起她上次去爱尔兰呆在他们家里的时候,那个园丁用斧头砍掉一只脚趾头的情景。

"福特?福特?"他重复着。他看上去莫名其妙。后来才恍然大悟。

"噢,福特家!"他说,"亲爱的老彼得·福特——对。"好像高尔韦有福特一家人,这个错误她犯不着去解释,因为有百利而无一害,它一下子打开了他的话匣子,他们并排坐在沙发上时,他便给她讲起了福特家的故事。

一个成年妇女,她想,从伦敦那头跑到这头,想打听一下那个用斧头砍掉脚趾头的园丁的情况时,却跟一位聋老头谈起她从来没有听说过的福特家的事来。但这有什么大不了的?管它福特还是斧头?她听了一句笑话,开心地放声大笑起来,所以这好像很对脾胃。但人需要别人一起笑,她想。与人共乐,其乐无穷嘛。痛苦是不是也是这样?她寻思。我们大家对病痛如此津津乐道,是不是也是这个理儿——因为分摊就会减少?给痛苦、给欢乐一个外形,通过增大表面的办法来减小实质……但这种思想溜走了。他讲起了他的陈年旧事。宛如一个人在驱动一匹仍然可用、但已相当疲惫的驽马,他温情脉脉、有条不紊回忆起往昔的日子,往昔的人物,往昔的记忆,随着他情绪的热乎,这一切也慢慢地形成了一幅幅山庄生活的小小图像。她漫不经心地听着,心想她这是在观察一张褪了色的板球手快照;一张褪了色的打猎队站在某个乡间豪宅多层台阶上的快照。

有多少人,她心里纳闷,在听呢?看来,这种"分享"就有点滑稽戏的味道了。她迫使自己注意力集中。

"啊,这些美好的往昔的日子!"他在说,昏花的老眼里闪出了光芒。

她再次端详着那张快照:宽阔白色的台阶上面站着打着绑

腿的男人,长裙飘逸的女人,狗蜷在他们的脚旁。但他又中断了。

"你可曾听你父亲说起过一个名叫罗迪·詹金斯的男人,他就住在现在你常走的那条路右侧的那幢小白屋里?"他问。"不过你一定知道那个故事吧?"他补充说。

"不知道,"她说,眯起了双眼,仿佛在查阅记忆的档案,"给我讲讲。"

于是他把那个故事讲给她听。

我可真能搜集情况,她想。但什么造就了一个人呢——(她掬着一只手),周边环境——不,我没有这种能耐。那不是她的迪莉娅姑母吗?她瞅着她在屋子里迅速走动。我对她有什么了解呢?她现在穿一件有金点子的夜礼服;有一头波浪形的头发,过去是红的,现在成了白的;她仍然漂亮;受过大挫折;有一段过去。但什么过去呢?她嫁给了帕特里克……帕特里克正在给她讲的那个冗长的故事,像桨浸在水里那样,不断地划破她心灵的表皮。怎么都没法平静。故事里也讲到一个湖,因为那是一个打野鸭子的故事。

她嫁给了帕特里克,她想,望着他那张饱经风霜、斑痕累累的脸,上面乍着几根零星的毛发。迪莉娅干吗要嫁给帕特里克呢?她心里纳闷。他们是怎么过活的——爱情,生养?是那种耳鬓厮磨、然后腾入一片烟云;红色烟云里的人?他的脸使她想起了醋栗的红皮,七零八落的乍着几根小茸毛。但他的脸上没有一根线纹,她想,明晰得足以说明他们怎么走到一起,生下三个孩子的。这些都是打猎留下的条纹;操心操成的条纹;因为从前的日子已经过去,他说。他们只好样样省着点。

"是啊,这种情况我们都会有所发现。"她敷衍塞责地说。

321

她小心翼翼地转了转手腕,看了看手表。才过了十五分钟。但走进屋子里的人越来越多,她一个也不认识。有个裹着粉红头巾的印度人。

"啊,我用这些陈年旧事搅得你心烦。"她姑父摇了摇头说。他有些伤心,她觉得。

"不,不,不!"她说,觉得惴惴不安。他又中断了,但这次是出于礼貌,她觉得。在所有的社交中,肯定痛苦多、欢乐少,她想,前者二,后者一。要么我是惟一的例外,是个特别人物?她继续想,因为别人都显得喜气洋洋。是啊,她想,眼睛直视着前方,又一次感到嘴唇眼睛周围的皮绷得紧紧的,那是处理一个产妇时熬夜劳累的结果,我是惟一的一个例外;心肠硬,态度冷,已经规行矩步起来;只不过是一名医生。

在死亡的寒气袭来之前,她想,不守规矩可是件极不痛快的事儿,就像硬把冻硬的靴子弄弯一样……她耷拉着脑袋听着。赔笑,哈腰,你烦得要命,还要装出一副津津有味的样子,多痛苦啊,她想。各种手段,样样办法,都叫人苦不堪言,她想,眼睛盯着那个包着粉红缠头的印度人。

"那个汉子是谁?"帕特里克问,朝他那个方向点了点头。

"埃莉诺交往的一个印度人吧,我想。"她大声说,心里想,要是大慈大悲的黑暗之神能把外露的敏感的神经抹去,我可以站起来,那该多好,还有……一阵停顿。

"但我绝不能把你拴在这儿,听我的陈年旧事。"帕特里克姑夫说。他的断了膝盖、饱经风霜的驽马已经停下了。

"不过告诉我,老比迪是不是还在开他的小铺子,"她问,"就是从前我们常去买糖的那个地方?"

"可怜的老躯体——"他开始说。他又中断了。她的病人全都这么说,她想。休息——休息——让我休息。怎么变得像死人一样;怎么停止感觉;那是产妇的呼声;休息,停止生存,在中世纪,她想,那就是隐修室;修道院;现在就是实验室;一心搞专业;不想活;不想感受;想赚钱,永远赚钱,临了,我老了,不中用了,活像一匹马,不,一头牛……因为老帕特里克的一部分故事已经令她刻骨铭心了:"因为这些畜牲根本没人要,"他在说,"根本没人要。啊,朱莉娅·克罗马蒂来了——"他惊呼道,于是对一位迷人的同胞挥起了手,他那只松了骨节的大手。

她一个人被晾在那里,坐在沙发上。因为她姑夫站了起来,伸出双手去招呼那个鸟儿似的老太太了,她已经嘴里叽咕着过来了。

她一个人被晾在那里。她高兴一个人呆着。她就不想聊天。但不一会儿便有人站到她旁边了。原来是马丁。他坐到她身旁。她的态度完全变了。

"你好,马丁!"她亲切地向他致意。

"给老魔尽责了,佩吉?"他说。他指的是老帕特里克老给他们讲的那些故事。

"我是不是看上去闷闷不乐?"她问。

"嗯,"他说,把她瞟了一眼,"不是十分的乐不可支。"

"现在一个人总知道他那些故事的结局。"她替自己开脱,扫了一眼马丁。他喜欢像名侍者一样把头发梳得高高的。他从来没有正眼望过她的脸。他跟她在一起,心里总是不十分自在。她是他的医生;她知道他惧怕癌症。她必须想办法让他分心,不要去想。她是不是看到了什么症状?

"我刚才还在纳闷他们是怎么搞到一起的,"她说,"他们是不是彼此相爱?"她信口开河,替他分心。

"他当然爱。"他说。他望着迪莉娅。她正站在壁炉旁跟那个印度人说话呢。她仍然是一个非常漂亮的女子,仪态万方。

"我们都爱过。"他说,乜斜了佩吉一眼。年轻的一代如此郑重其事。

"啊,当然。"她说,不禁莞尔。她喜欢他一个又一个地永远求爱——他勇敢地抓住飞逝的尾巴,滑溜溜的青春的尾巴——即便是他,即便是现在。

"可你们,"他说着把两只脚伸了出去,把裤子往起拉了拉,"我是说你们这一代人——你们失去的太多……你们失去的太多。"他重复了一遍。她等着。

"只爱你们的同性。"他补充说。

他喜欢用这种办法维护自己的青春,她想;喜欢说这些他认为新潮的东西。

"我不是那一代人。"她说。

"好,好,好。"他小声笑了,耸了耸肩,乜斜了她一眼。他对她的私生活知之甚少。但她看上去挺严肃;她显得很累。她的工作太苦啦,他想。

"我老了,"佩吉说,"循规蹈矩,不能自拔了。埃莉诺今晚还给我这么说呢。"

要么,话又说回来,是她告诉埃莉诺她受的"管束太严"?非此即彼。

"埃莉诺是个老乐天派,"他说,"瞧!"他指了一下。

可不是她,穿着红披风正在跟那个印度人说话呢。

"刚从印度回来,"他补充说,"从孟加拉带来的礼物,嗯?"他说,指的是那件披风。

"明年还要去中国。"佩吉说。

"可迪莉娅——"她问;迪莉娅正从他们身旁走过。"她恋爱过吗?"(你所谓的你们这一代人的"恋爱"。她对自己补充说。)

他又是摆头,又是噘嘴。他总是喜欢这种小小的玩笑,她记得。

"我不知道——我不知道迪莉娅的情况,"他说,"有过事业,你要知道——那些年月她所谓的'事业'。"他把嘴一歪,"爱尔兰,你知道。巴涅尔。听没听说过一个叫巴涅尔的人?"他问。

"听说过。"佩吉说。

"是爱德华吗?"她补充说。他已经进来了;他看上去也是与众不同,在处心积虑地追求简朴。

"爱德华——对了,"马丁说,"爱德华恋爱过。你肯定知道从前的那个故事——爱德华和吉蒂吧?"

"就是嫁给——男的叫什么来着?——拉斯韦德——的那个?"佩吉叨咕着,爱德华从他们身边走了过去。

"对,她另嫁了一个主儿——拉斯韦德。但他恋爱过——深深地坠入了爱河,"马丁喃声说,"可你——"他快眼瞟了她一下。她身上有种叫他不寒而栗的东西。"当然,你有你的事业。"他补充说。他眼睛望着地面。他在想癌症的可怕,她估计。他担心她已经发现什么症状了。

"啊,医生个个都是大骗子。"她信口雌黄起来。

"为什么?人们不是都比过去长寿了吗?"他说,"就是死起来也不是那么痛苦。"他补充说。

"我们是学了一点的雕虫小技。"她承认。他凝视着前方,那种神情打动了她的恻隐之心。

"你会活到八十岁的——如果你想活到八十的话。"她说。他瞅着她。

"当然,我完全赞成活到八十岁!"他惊呼道,"我想去美国。我想看看他们的建筑。我是赞成那么做的,你明白。我喜欢享受生活的乐趣。"他的确如此。

他肯定六十过了,她估计。但他打扮得非常神气;在肯辛顿跟他那位白脸女郎生活在一起,跟四十岁的人一样年轻,潇洒。

"我不知道。"她大声说。

"得啦,佩吉,得啦,"他说,"你不至于不爱享受——萝丝来了。"

萝丝走上前来。她已经大大地发福了。

"你不想活到八十岁吗?"他对她说。他必须把一句话说两遍。她耳朵聋。

"我想。我当然想!"听明白了以后,她说,她面对着他们。她脑袋后仰,构成了一种奇怪的角度,佩吉想,仿佛她是一名军人。

"当然我想。"她说着,突然坐到沙发上,挨到他们身边。

"啊,可那样一来——"佩吉开始说。她又打住了。萝丝耳朵聋,她想起来了。她只好喊着说。"你们那个时代人们并不是这样愚弄自己的。"她喊道。但她怀疑萝丝是不是听见了。

"我想看看将来是什么样子,"萝丝说,"我们在一个非常有趣的世界上生活。"她补充说。

"瞎说。"马丁揶揄她说。"你想活,"他对着她的耳朵吼道,"是因为你爱活。"

"我并不因此感到难为情,"她说,"我喜欢我这种人——总的来说。"

"你喜欢的是跟他们斗。"他喊道。

"你是不是认为这个时候你就能把我惹火?"她说着,拍了拍他的臂膀。

现在他们要谈孩提时代的事了;在后花园里上树,佩吉想,还有他们如何撵谁家的猫。每个人心里都有一本账,她想,上面记的都是一样的老生常谈。人心一定也像手心一样线条纵横交错,她想,看了看她的手心。

"她总是个霹雳火。"马丁转向佩吉说。

"他们总是怪罪我,"萝丝说,"他有学习室。我往哪儿坐?'哟,滚开,到儿童室里玩去!'"她把手一挥。

"于是她就进了浴室,用刀子割起了腕子。"马丁取笑她说。

"不,那是埃里奇;那是显微镜引起的。"她纠正他说。

就像小猫抓尾巴,佩吉想;他们总玩连环套。但他们就喜欢这一套,她想。他们来参加晚会,为的就是这个。马丁继续逗萝丝。

"你那截红丝带上哪儿去啦?"他在问。

那是颁发给她的什么奖章,佩吉想起来了,为了表彰她在战争中的贡献。

"难道我们不配看一看涂了战争油彩的你吗?"他取笑她说。

"这家伙眼红了,"她又转向佩吉说,"他一辈子从不干一点正经事儿。"

"我干了——我干了,"马丁坚持说,"我一天到晚坐办公室——"

"干什么呀?"萝丝说。

他们突然哑口无言了。这一轮节目结束了——老兄老妹逗

327

乐子的节目。现在他们只有回去,再重复同样的事情了。

"喂,"马丁说,"我们必须去尽尽力。"他站了起来。大家散开了。

"干什么呀,"佩吉重复了一声,朝屋子那边走过去,"干什么呀?"她重复着。她觉得顾不了那么多了;她做的事没有一件惊天动地的。她走到窗子跟前把窗帘往开一拉。星星扎在蓝黑蓝黑的天幕上的小洞里,一排烟囱管帽顶着长空。而那些星星——神秘莫测,万古长存,麻木不仁——这些字个个贴切;准确无误。但我却没有这种感觉,她说,眼睛望着星星。干吗要强装呢?其实它们很像,她想,眯着眼睛望着星星,结了霜的碎铁。而月亮——它就挂在那儿——却是一只擦得锃亮的盘盖儿。但她仍无感觉,即便在她把月亮星星如此贬抑的时候。于是她转过身来,无意中发现她和一位青年男子脸对着脸,此人她想她认识,但就是叫不出名儿来。他眉目清秀,但下巴缩了回去,他苍白、黏糊。

"您好?"她说。他的名字叫里科克还是雷科克?

"上次我们见过面,"她说,"在赛马会上。"她把他跟一片康沃尔的田野、石墙、农民以及腾跃的烈马联系到一起,真有些风马牛不相及。

"不对,那是保罗,"他说,"我弟弟保罗。"他可是一针见血。那么,他干了些什么自以为高保罗一头呢?

"你住在伦敦?"她说。

他点了点头。

"你搞写作?"她贸然发问。但回答"就是"时,你干吗要扬头呢?就因为他是个作家——她现在记起来了,她在报上见过他的名字。她更喜欢保罗；他显得健康；这一位却形容古怪；眉头紧锁；神经紧张；表情呆滞。

"写诗？"她说。

"对。"但干吗把那个字咬掉呢,仿佛它是枝头的一颗樱桃？她想。由于没人过来,他们只好肩并肩坐在墙跟前的两把椅子上。

"要是你坐在办公室里,你怎么办？"她说。显然指他空闲的时候。

"我叔叔,"他开始说,"……你见过他？"

是啊,一个挺可爱的平常人；有次她办护照,对她非常客气。当然,这小子,尽管她带听不听的,却对他语含讥诮。那干吗去他的办公室呢？她问自己。我的人,他在说……打猎。她的注意力游离开了。这些事我老早都听过了。我,我,我——他接着说。那就像一只鹰嘴在啄,或者像一台吸尘器在吸,或者像一个电话铃在响。我,我,我。但他就是忍不住,尽管长着那张神经紧张的自负之徒的脸,也不行,她想,瞟了他一眼。他脱不开身,走不了神。他被铁箍紧紧箍在车轮子上了。他不得不暴露,不得不展示。但干吗由着他的性儿呢？她想,他还在口若悬河。因为我管他的什么"我,我,我"？管他的什么诗歌？让我把他甩掉算了,她对自己说,觉得像个被吸干了血的人,神经中枢一片惨白。她停下了。他注意到她缺乏同情。他认为她很蠢,她估计。

"我累了,"她表示歉意,"我一整夜都没睡觉,"她解释道,"我是个医生——"

她说起"我"时,他脸上的火熄灭了。这就算完了——现在他要走了,她想。他不可能是"你"——他一定是"我"。她笑了。因为他站起来走了。

她转过身,伫立在窗前。小可怜儿,她想;枯木朽株;冷如铁;硬似钢;光秃得像黑色金属。我也是,她想,眼睛望着天空。星星似乎偶然扎在天幕上,除了那里,烟囱管帽的右上方,悬着那鬼影似的独轮车——他们管它叫什么来着?她好歹想不起那个名堂。我一定要数一数,她想,回头看了看笔记本,但已经开始数了,一,二,三,四……这时候身后有个声音喊道:"佩吉!难道你的耳朵就不烧?"她转过身来。当然是迪莉娅,态度亲切,一口仿爱尔兰奉承话:"——因为你耳朵就应当烧,"迪莉娅说,把手搭在她的肩头,"考虑到他一直在说的话,"——她指着一个花白头发的男子——"他一直对你高唱的赞歌。"

佩吉朝她指的地方望过去。原来她的老师,她的老板就在那里。是啊,她知道他认为她很聪明。她是聪明,她估计。人人都这么说。非常聪明。

"他一个劲儿地给我说——"迪莉娅开始说。但她又突然打住了。

"帮我把这扇窗户打开,"她说,"热起来了。"

"让我来。"佩吉说。她把窗户猛地一推,但它卡住了,因为窗户旧了,窗框不对头。

"喂,佩吉。"有人说着来到她的身后。原来是她父亲。他把手搭在窗户上,他那只带疤的手。他推了一下;窗户上去了。

"谢谢,莫里斯,这就好了。"迪莉娅说。"我刚才还给佩吉说,她的耳朵应当发烧,"她又开始说,"'我的最有才气的学生!'那是他说的,"迪莉娅接着说,"我向你保证,我觉得非常自豪。'但她是我的侄女呀。'我说。他还不知道呢——"

好啊,佩吉说,那令人欣喜。这种赞扬话传到她父亲耳朵里时,她脊柱上的神经似乎热乎起来了。不同的情绪触动不同的神经。嘲弄刺激大腿;欣喜兴奋脊柱;还影响视力。星光淡了下来;星星在打颤儿。她父亲把手放下来时顺手抹了一把她的肩膀;但两人都没有说话。

"要不要把下面的半扇也打开?"他说。

"不用了,这就行了,"迪莉娅说,"屋子热起来了。"她说。"人陆续续来了。他们要使用楼下的屋子,"她说,"外面那边是谁呀?"她指着。房子对面,有一伙穿夜礼服的人靠在广场的栏杆上。

"我想我认出了其中的一位,"莫里斯向外望着说,"那是诺思,对吧?"

"没错,是诺思。"佩吉向外一望,说道。

"干吗人都不进来呢?"迪莉娅说,轻敲着窗户。

"可你们必须去亲眼看一看。"诺思在说。他们要他把非洲描绘一番。他说那里有高山,有平原;寂静无声,他说,只听见鸟儿歌唱。他停下来;要向没有见过一个地方的人描绘它非常困难。对面屋子里的窗帘拉开了,窗口上露出了三个脑袋。他们望着映在对面窗户上的脑袋。他们背对着广场的栏杆站着。树木把一簇簇黑沉沉的叶子悬在他们的头顶上。树木似乎成了天空的一部分。微风吹过时,它们似乎时不时地轻轻地移动着。一颗星星在树叶中间闪光。这里也寂静无声;隐隐的车辆声汇集成一片遥远的嗡嗡。一只猫悄悄地溜过去;一瞬间他们看见了猫眼的绿光;然后就泯灭了。猫穿过灯光照亮的空地、消失了。有人又叩着窗户喊着,"进来!"

"走!"勒尼说,然后把雪茄扔进后面的灌木丛里,"走。我们非走不可了。"

他们上楼去,经过了一间间办公室的门,经过一扇扇朝房后的花园开的长窗。枝繁叶茂的树木把一层层的枝杈伸过去;树叶,有的在人造光下绿莹莹的,有的在阴影里黑沉沉的,在微风中上下摇曳。随后他们来到这幢房子私人占的那一部分,那里铺着红地毯;一扇门后面人声鼎沸,仿佛那里圈了一群羊。然后乐声响起,是一支舞曲。

"到了。"玛吉说,在门外停了片刻。她向仆人报了大家的姓名。

"您贵姓,先生?"女仆对诺思说,因为他落在了后面。
"帕吉特上尉。"诺思说着,整了整领带。
"帕吉特上尉!"女仆大声通报。

迪莉娅立即去迎接他们。"帕吉特上尉!"她惊呼着,急忙走到屋子这边来。"你来真是太好了!"她大声说。她左右手一齐伸出去,抓住左手握右手,抓住右手握左手。

"我想着就是你嘛,"她大声说,"站在广场上。我想我能认出勒尼——但对诺思却吃不准。帕吉特上尉!"她紧紧握住他的手,"你可是个生客——是个非常受欢迎的生客!看看谁你认识?谁你不认识?"

她扫视了一圈,神经兮兮地扯了一下披巾。

"让我看看,你们的叔伯姑婶;你们的堂兄表妹;你们的儿女们全在这里——对了,玛吉,不久前我还看见你那对可爱的孩子呢。他们在哪里来着……只是我们家辈份太乱了,堂姐表妹,姑姑婶婶,叔伯,兄弟——不过兴许还是一件好事儿呢。"

她突然把话打住,仿佛她已经兴味索然了。她扯了一下披巾。

"他们想跳舞。"她指着一个年轻人说,因为他正在给留声机换唱片呢。"它放舞曲很好,"她补充说,指的是留声机,"放音乐不行。"她一时变单纯了。"我受不了留声机上放出的音乐。但舞曲——又当别论。再说年轻人——难道你们没有发现?——必须跳舞。他们跳舞是对的。跳还是不跳——悉听尊便。"她挥了挥手。

"对,悉听尊便。"她丈夫随声附和着。他站在她身边,双手吊在前面,那副样子活像旅馆里挂衣服的熊模。

"悉听尊便。"他重复了一遍,摆了摆爪子。

"帮我挪挪桌子,诺思,"迪莉娅说,"要是他们想跳舞,他们就要把所有的东西腾开——地毯也要卷起来。"她把一张桌子推开。然后她又跑到屋子那边把一把椅子挪到墙根里。

这时一只花瓶给打翻了,一股水流过了地毯。

"别管它,别管它——没事儿!"迪莉娅大声说,摆出一副大大咧咧的爱尔兰女主人的派头。但诺思弯下身去把水擦干了。

"你那块手绢怎么办呢?"埃莉诺问他;她已经穿着她那件飘逸的红披风,入了大家的伙了。

"把它搭到椅子背上晾干呗。"诺思说着,便走开了。

"你呢,萨莉?"埃莉诺说,既然他们要跳舞,便退到了墙根儿上。"要跳舞?"她问,顺势坐了下来。

"我?"萨拉打着呵欠说。"我想睡觉。"她跌坐到埃莉诺旁边的一块垫子上。

"可你参加晚会,"埃莉诺大笑起来,低头望着她,"不是来

333

睡觉的吧?"她又一次看到了电话那头的那幅小小的画面。但她看不见她的脸;只能看见她的头顶。

"他跟你一起吃的饭?"诺思拿着手绢从她们身旁走过时,她说。

"你们说了些什么呀?"她问。她看见她坐在椅子边上,一只脚上下晃动着,鼻子上有个麻点子。

"说了些什么?"萨拉说,"说你了,埃莉诺。"一直都有人从她们身旁经过;他们擦着她们的膝盖;他们开始跳舞了。这给人一种晕晕乎乎的感觉,埃莉诺想,紧靠到椅子背上。

"谈我?"她说,"谈我的什么了?"

"你的生活。"萨拉说。

"我的生活?"埃莉诺重复了一遍。舞伴成双成对开始慢慢地扭摆着、旋转着从她们身旁经过。他们跳的是狐步舞,她估计。

我的生活,她自忖道。奇怪,今天晚上有人议论她的生活,这已经是第二次了。可我还没有一种生活呢。她想。一种生活该不是某种你能拿得起,放得下的东西吧?——一种七十多年的生活。但我只有眼前的时刻,她想。这会儿她活着,听着狐步舞曲。随后她环视了一圈。那里是莫里斯,萝丝;爱德华。爱德华仰着头,跟一个她不认识的男人交谈。我是这里惟一的一个,她想,还记得那天夜里他怎样坐在我的床边上痛哭流涕的人——吉蒂宣布订婚的那个夜晚。是啊,往事一一回到心头。她身后还有一段漫长的生活。爱德华在痛哭,利维太太在说话;雪在悄悄地下;一朵葵花上面有一道缝儿;黄色的公共马车在湾水路上慢跑。我心想,我是这辆马车上最年轻的;如今我成了最年老的⋯⋯万千往事涌回心头。原子分裂,聚合。但它们怎么构成人们所谓的生活呢?她攥紧双手,觉得她捏在手里的几枚小钱硬硬的。说不定它中间就有"我",她想;一个疙瘩;一个中心;她又看见自己坐在桌前,在吸墨纸上画着,挖着小小的窟窿,从那里散射出一根根辐条。这些都彻彻底底地过去了;一件事情接着一件事情;一幕场景抹去一幕场景。于是他们说,她想,"我们一直在说你呢!"

"我的生活……"她大声说,但一半是说给自己的。

"什么?"萨拉抬起头说。

埃莉诺停住了。她把她忘在了脑后。但有人在听。那么她必须把她的思想理出个头绪来;那么她必须找到合适的字眼。但不行,她想,我找不到合适的字眼;我不能告诉任何人。

"那不是尼古拉斯吗?"她说,眼睛望着一个站在门口的大汉。

"在哪儿呀?"萨拉说。但她看错了方向。他已经不见了。也许她看错人了。我的生活一直就是别人的生活,埃莉诺想——我父亲的生活,莫里斯的生活;朋友们的生活;尼古拉斯的生活……跟他谈话的一鳞半爪又浮现在心头。不是跟他吃午饭,就是跟他吃晚饭,她想。是在一家餐馆里。柜台上有一只笼子,里面有一只鹦鹉,长着一片粉红羽毛。他们坐在那里说话——那是大战以后的事了——谈未来;谈教育。他不肯让我掏酒钱,她突然想起来,尽管酒是我点的……

这时候有人在她面前停下。她抬头一望。

"我刚刚还想到你呢!"她惊呼道。

原来是尼古拉斯。

"晚上好,小姐!"他躬身望着她说,还是他那副外国派头。

"我刚才还想着你呢!"她重复了一遍。确实,浮到面上来的就好像是她的一部分,她沉落下的一部分。"过来坐到我身边。"她说,然后拉过来一把椅子。

"你认识不认识坐在我姑姑旁边的那个伙计?"诺思对跟他跳舞的那个姑娘说。她扫视了一圈;但没看清楚。
"我不认识你的姑姑,"她说,"这里的人我都不认识。"
舞跳完了,大家开始朝门走去。
"我连女主人都不认识,"她说,"我希望你给我指一下。"
"那边——那边。"他说。他指着迪莉娅,她穿着黑色夜礼服,上面缀着金片儿。
"噢,那位,"她望着她说,"那位就是女主人,真的?"他没有听清那姑娘的名字,她也不认识他们哪一个。他反而感到高兴。这让他感到有些异样——使他感到刺激。他领着她朝门走去。他想躲开他的亲属。他尤其想避开他姐姐佩吉;但她偏偏就在那里,一个人在门口站着。他眼朝别的方向望去;他把舞伴送出门去。哪里肯定有座花园或者有个屋子,他想,他们可以在那里单独坐坐。她特别漂亮年轻。
"走,"他说,"下楼去。"

"那你是怎么看我的呢?"尼古拉斯说着,就坐在埃莉诺的身边。
她笑了笑。他穿的是怪模怪样的礼服,戴着刻有他那位公主母亲的家徽的图章,他那张黝黑多皱的脸总使她想到某种皮松毛厚的动物,对别人粗野,但对她亲切。但她是怎么看他的呢?她把他看成一个整块;她零敲碎打不下来。那家餐馆烟雾腾腾,她还记得。

"有次我们在索霍一起吃饭的情景,"她说,"……你记得不记得?"

"跟你在一起的每个晚上我都记得,埃莉诺。"他说。但他的目光有点迷蒙。他的神心不够专注。他望着一位刚刚进来的女士;一位衣着漂亮的女士,她背对着那个准备应急的书橱站着。假如我描绘不了自己的生活,埃莉诺想,我怎么能描绘他呢?因为他是干什么的,她都不得而知;她只知道他一进来,她就高兴;使她觉得用不着再想事了;使她怦然心动。他望着那位女士。她似乎被他们的目光抬了起来;在他们的目光下发颤。突然间,埃莉诺觉得这一切先前统统出现过。那天夜里,一个姑娘也是这么来到那家餐馆;站在门口发颤。他要说什么,她心知肚明。在那家餐馆里,他早就说过。他要说,她像个鱼贩子的喷水池上面的球。她是这么想的,他也是这么说的。那么万事再来一遍时,是不是有所不同?她想。要是这样,是不是像音乐那样有一种格调,一种主题,反复;半是回忆,半是预见?……一个洪大的格调,一时能觉察出来吗?这种想法使她乐不可支:有一种格调。但谁造的?谁想的?她神思恍惚起来。她无法完成她的思考。

"尼古拉斯……"她说。她想让他把它完成;接过她的思考,完完整整地拿到户外;把它造成一个完美的整体。

"告诉我,尼古拉斯……"她开始说;但她不知道她怎么把这句话说完,或者不知道她想问他的是什么。他正在和萨拉说话。她听着。他在笑话她。她指着她的脚。

"……跑来参加晚会,"他在说,"穿的袜子一只是白的,一只是蓝的。"

"英国女王请我去喝茶,"萨拉合着音乐哼着,"她说我到底应当穿个啥;金黄的,还是鲜红的;因为我的袜子窟窿多如麻。"这就是他们的求爱,埃莉诺想,恍恍惚惚地听着他们说笑,听着他们拌嘴。又是一点格调,她想,仍然用她不成体系的思想给眼前的情景打上印记。要是这样求爱有别于从前,它仍然具有自己的魅力;也许,它是有别于从前的爱情的"爱情",但是不是差一些?无论如何,她想,他们心里都有对方;他们生活在对方心里;爱还会是什么呢,她问,依然听着他们说笑。

"……你永远都不能自己办事吗?"他在说,"你永远都不会自己挑选袜子吗?"

"永远不会!永远不会!"萨拉放声笑着。

"……因为你没有自己的生活,"他说,"她生活在梦里,"他转向埃莉诺补充说,"独自一人。"

"教授在念他小小的道德经了。"萨拉嘲弄说,把手搭到他的膝盖上。

"萨拉在唱她的小调儿了。"尼古拉斯大笑着,捏住了她的手。

但他们非常快乐,埃莉诺想。他们彼此取笑着。

"告诉我,尼古拉斯……"她又开始说了。但又一轮舞要开始了。舞伴成双成对涌向房间。跳舞的个个舞步徐缓,神情专注,面孔严肃,仿佛他们在参加什么使他们免受其他感情干扰的神秘的仪式,他们开始旋转着从他们身边经过,擦过他们的膝盖,差点儿踩着了他们的脚趾头。后来有人在他们面前停住。

"哟,诺思来了。"埃莉诺抬起头来说。

"诺思!"尼古拉斯惊呼道。"诺思!我们今晚见过面,"他把手向诺思伸了出去,"——在埃莉诺家。"

"对。"诺思热情地说。尼古拉斯把他的手指捏在一起;手一松,他感到手指又分开了。这未免过于热情了点;但他喜欢。他感到自己也热情洋溢。他两眼熠熠闪亮。他那迷惘的神色完全不见了。事实证明他的历险结局很好。那姑娘已经在他的记事本上留下了姓名。"明天六点来看我。"她已经说了。

"再次祝你晚上好,埃莉诺,"他说,躬身吻了一下她的手,"你显得非常年轻。你显得特别漂亮。我喜欢你穿这身衣服。"他瞅着她的印度披风说。

"你也一样,诺思。"她说。她抬起头来望着他。她想她从来没有看见他如此英姿勃发。

"你不想跳舞了?"她问。音乐正奏得酣畅淋漓。

"不了,除非萨莉愿意给我赏光。"他说着就向她鞠了一躬,礼貌得有些夸张。他这是怎么啦?埃莉诺想。他显得如此帅气,如此快乐。萨莉站了起来。她把手递给了尼古拉斯。

"我想和你跳。"她说。他们站着等了片刻;然后他们就旋转走了。

"形容多么古怪的一对儿!"诺思大声说。他盯着他们,把嘴一歪,不由得露齿而笑了。"他们竟然不会跳舞!"她补充说。他顺势在尼古拉斯腾开的空椅子上坐下。

"他们干吗不结婚呢?"他问。

"他们干吗要结婚呢?"她说。

"啊,人人都应当结婚呀,"他说,"我喜欢他,尽管他有点儿——我们可不可以说'粗俗'呢?"他提出,眼睛盯着他们笨嗤嗤地转进转出。

"'粗俗'?"埃莉诺回应了一声。

"噢,你是指他的表链装饰。"她补充说,一边望着尼古拉斯跳舞时甩上甩下的金图章。

"不,不粗俗,"她大声说,"他是——"

但诺思并没有听。他在注视屋子更远的一头的一对儿。他们在炉旁站着。两个都很年轻;两个都默默无语;他们似乎被某种强烈的激情镇在那个位置上了。他看着看着,某种关于他自己,关于他自己的生活的情绪袭上心头,于是他给他们,或者给自己设置了另外一幅背景——不是壁炉和书橱,而是飞瀑喧豗,乱云疾驰,他们站在一条激流上面的悬崖上……

"并不是人人都要结婚的。"埃莉诺打断了他的遐想。

他一惊。"对。当然不是。"他表示赞同。他望着她。她就一直没有结婚。干吗不呢?他心里纳闷。牺牲自己,奉献家庭,他估计——侍奉没有手指头的老爷爷。于是某种往事又返回心头,一片平台,一支雪茄和威廉·沃特尼。她爱过他,难道这不是她的悲剧?他满怀深情地望着她。他觉得此时此刻他喜爱每一个人。

"和你单独呆一会儿多幸运啊,内尔!"他说着把手搭到她的膝上。

她深受感动;他手搭在她膝上的那种感觉使她欣喜。

"亲爱的诺思!"她惊叹道。她觉得他的激动之情透过了她的衣裙;他把手搭到她的膝上时,她觉得他就像一只拴在皮带上的狗;他的神经统统竖起来,使劲往前拽。

"可别娶错了人!"她说。

"我?"他问道,"你怎么会说这种话?"难道说他把那姑娘领下楼时,他心里纳闷,她看见了?

"告诉我——"她开始说。既然身边再没有旁人,她倒想冷静、理智地问问他,他到底有些什么打算;但她刚一说话,她发现他就变脸了;一种惊恐万状的表情浮现在他的脸上。

"米莉!"他喃声说,"该死!"

埃莉诺连忙扭头瞟了一眼。她妹妹米莉,体态臃肿,一身只有她这个性别与阶级的人才穿的百褶衣,正向他们走过来。她已经长得体胖腰圆。为了掩丑,缀着珠子的面纱都吊到胳膊上了。两条胳膊圆骨碌嘟的,诺思不由得想起了芦笋;颜色灰暗、根大头尖的芦笋。

"哟,埃莉诺!"她欢叫道。因为她依然残留着一个当妹妹的狗一样的依恋。

"哟,米莉!"埃莉诺说,但口气没有那么亲切。

"见到你真高兴,埃莉诺!"米莉说,带着她那种老太太特有的窃笑;但态度还是有所尊重的。"还有你,诺思!"

她把她那胖乎乎的小手递给他。他注意到一个个戒指都陷进她的指头里,仿佛肉把戒指包住了。肉包住了钻戒,他感到恶心。

"太好了,你又回来了!"她说,款款地坐进椅子里。一切的一切,他觉得,都没劲儿了。她给他们身上撒了一张网;她让大家都有一家人的感觉;他不得不想到亲不亲,一家人;但那是一种不真实的感觉。

"对,我们呆在康妮那里。"她说;他们跑来为的是看一场板球赛。

他耷拉着脑袋。他盯着自己的鞋。

"我压根儿就没听说过你旅行的事,内尔。"她接着说。他听着他姑姑那些琐碎的问题湿唧唧地、哗啦哗啦地落下来,它们落呀落,掩盖了一切,他接着想。但他情绪如此高涨,所以仍然

341

能使她的话变得铿锵有力。毒蜘蛛咬不咬人？她在问他，星星是不是放光？明晚我到哪儿去混？他又想，因为他马甲口袋里的那张名片自行闪现出来，全然不顾那抹去此刻的相关的场景。他们呆在康妮那里，她接着说，康妮正盼着吉米，吉米已从乌干达回到家里……他的思想开小差了，漏听了几个字，因为他正在看一座花园，一间屋子，他听见的下一个字是"增殖腺"——这是一个好字眼，他对自己说，把它从上下文隔离开来；细细的腰肢，中间扎住；有个坚硬闪亮、铁一样的肚皮，都是用来描绘昆虫的形状的——但这会儿一个庞然大物过来了；主体是一件白马甲，黑边子；接着休·吉布斯站到了他们身边。诺思跳起身来，把自己的椅子让给他。

"乖孩子，你该不是指望我坐在那上边吧？"休说，对诺思让给他的那个细长条儿座位一笑置之。

"你必须给我找个——"他向周围望了望，双手插在马甲的两边，"结实一点的东西。"

诺思给他拉过来一把有垫的椅子。他小心翼翼地落了座。

"嚯，嚯，嚯。"他边坐边说。

米莉则说，"啧—啧—啧。"诺思只是冷眼旁观。

这就是三十年夫妻的结果——啧—啧—啧—嚯—嚯—嚯。听起来就像马厩里牲口含糊不清的咀嚼声。啧—啧—啧，嚯—嚯—嚯——像牲口在马厩里踩踏柔软湿热的稻草；像它们在原始泥淖里跌打滚爬，闹嚷嚷，乱哄哄，半似有意，半似无心，他想；一边朦朦胧胧地听着那快乐的呱嗒，突然把他拴住了。

"你有多重，诺思？"他姑父问道，把他估量了一番。他从上到下端详着他，仿佛他是一匹马。

"等孩子们回家以后，"米莉补充说，"我们一定要你定个日子。"

他们在邀请他九月份跟他们呆在塔林猎狐崽。男人们射猎，女人们——他望着他姑姑，仿佛她甚至在那里，在椅子上，可以当下返老还童似的——女人们化作无数的婴孩。婴孩再生别的婴孩；别的婴孩生——增殖腺。这个词儿又来了；但它现在不能给人任何联想。他要沉没了；他在他们的重压下坠落；就连他口袋里的名字也要消逝了。难道说对它一筹莫展了？他问自己。除了革命，毫无办法，他想。经历了战争之后，炸药的想法突然袭上心头，把沉重的大地的藏污纳垢之地统统炸掉，把大地轰上天，化成一朵树状的云。但这统统是扯淡，他想；战争是扯淡，扯淡。萨拉的说法"扯淡"又回来了。那还剩什么呢？佩吉吸引住了他的目光，她站在那里跟一个不认识的男人说话。你们这些医生，他想，你们这些科学家，你们干吗不往一个玻璃杯里滴一滴水晶，某种闪亮、锐利的东西，让他们吞下去呢？常识；理性；闪亮、锐利。但他们肯不肯吞它呢？他瞅了瞅休。他说啧—啧—啧和嚯—嚯—嚯时，自有一套把腮帮子鼓出来、吸进去的办法。你肯不肯吞咽它？他无声地对休说。

休又向他转过来。

"我希望你现在会在英国呆下去。诺思，"他说，"尽管我敢说海外的生活很好？"

于是他们转向非洲的情况和工作的匮乏。他的兴奋慢慢化解了。名片再也闪现不出图画。湿漉漉的叶子纷纷落下。它们落呀落呀，掩盖了一切，他对自己叨咕着，同时望着他的姑姑，面无血色，只是脑门上有一块棕疤；她的头发也灰白无色，只是上面有一块蛋黄似的斑点。他疑心她全身上下一定像一只开始腐烂的梨那样软绵绵的，改变了颜色。而休本人呢——他的一只大手放在膝盖上——是用生牛排喂圆的。他碰到了埃莉诺的目光。里面有一种紧张的神情。

"是啊,他们把它糟蹋苦啦。"她在说。

但她的声音已经丧失了清脆。

"崭新的别墅比比皆是。"她在说。她显然到过多塞特郡。

"沿路都是红色的小别墅。"她接着说。

"是啊,这正是让我感慨万端的东西,"他说,回过神儿来帮她一把,"我不在时你们可把英国糟蹋苦啦。"

"但你在我们那里是不会发现多大变化的;诺思。"休说。他说话的口气十分自豪。

"对。但话又说回来,我们很幸运,"米莉说,"我们有好几处大庄园。我们十分幸运。"她重复了一遍。"只有菲普斯先生除外。"她补充说。她发出一种酸溜溜的笑声。

诺思恍然大悟。这倒是她的真意。他想。她说话尖酸刻薄,倒使她变真切了。不仅她变实在了,而且村庄,大宅,小屋,教堂,以及那一圈古树,也在他面前显得实在真切。他愿意在他们那里呆些日子。

"那是我们的教区牧师,"休解释说,"自有一套,但人很好;但孤高——非常孤高。蜡烛——就是那类东西。"

"而他的太太……"米莉开始说。

这时候埃莉诺叹息了一声。诺思望了她一眼。她不知不觉地睡着了。一种呆滞的神态,一种入定的表情,浮现在她的脸上。一时间她看上去绝像米莉;睡眠揭示了一家人的相似之处。随后她又睁大了眼睛;她是硬努着眼眶的。但显然她什么都没有看见。

"你一定要来看看我们能为你做些什么,"休说,"九月初怎么样,嗯?"他晃来晃去,仿佛他的慈善心肠在体内翻滚着。他像一头可能会跪下的老象。果真要是跪下,他怎么会重新站起?诺思不禁自问。要是埃莉诺沉沉入睡,鼾声大作,我将如何是好。难道就晾在这儿,在大象的两膝间坐着不成?

他东张西望,想找个借口溜掉。

这时候玛吉走了过来,却没有看她在往哪儿走。大伙儿看见了她。他觉得很想大喊一声"当心!当心!"因为她到了危险地带。多变的身体让长长的白色触须随意飘游,以便捕食,她会被吸食掉的。是啊,那些触须看见她了、她完了。

"玛吉来了!"米莉抬头一望,惊呼起来。

"八辈子没见到你了!"休说,极力要硬撑起来。

她只好拦住;把她的手放进那只没有形状的爪子里。诺思用从他马甲口袋里的地址上得到的最后一点余力,站了起来。他想把她带走。他想让她免受家庭生活的污染。

但她没有理会他。她站在那里,回答他们的问候,一副泰然自若的样子,仿佛在使用一套应急的设备似的。天哪,诺思对自己说,她跟他们是一丘之貉。她神情呆滞;口是心非。现在他们正在议论她的孩子。

"对,那就是宝宝。"她在说,用手指着一个正跟一个姑娘跳舞的小伙。

"你的女儿呢,玛吉?"米莉问,一边左顾右盼。

诺思如坐针毡。这是阴谋,他对自己说;这是蒸汽压路机,能把一切碾平,消除;转得千篇一律;滚成一个球。他听着。吉米在乌干达;莉莉在莱斯特郡;我的小子——我的丫头……他们正在说。但他们对别人的孩子并无兴趣,他注意到。感兴趣的

345

只是他们自己的孩子；自己的财产；自己的血肉，他们要用原始泥沼裸露的爪子加以保护，他想，眼睛盯着米莉胖乎乎的小爪子，就连玛吉，就连她，也不例外。因为她也在说我的小子，我的丫头。那我们怎么能变文明呢？他问自己。

埃莉诺鼾声大作。她在打盹儿，没羞没臊，无可奈何。不知不觉的状况有一种淫态，他想。她的嘴巴张着；脑袋歪到一边。

但现在轮到他了。沉默张大了嘴。人们得煽动煽动它，他想；总有人得说点什么，要不人类社会就不复存在了。休就不复存在了；米莉就不复存在了；他正要找点东西说，找点东西来填满那个原始肚皮的巨大的空虚，这时候迪莉娅，不是出于一个女主人总想打扰人的古怪愿望，就是受到人间仁爱之心的神差鬼使——到底出于哪种，他说不上来——过来招呼起来。

"路德比一家！"她惊呼道，"路德比一家！"

"哟，在哪儿呀？亲爱的路德比一家！"米莉说。于是他们撑持起来，走了过去，因为路德比一家看样子很少离开过诺森伯兰。

"嗯，玛吉？"诺思转向她说——但这时候埃莉诺喉背上咯的一声。她的脑袋向前扎着。睡眠，既然她睡得很香，已经赋予了她威严。她神情安详，远离了人群，沉醉在那种有时让熟睡的人显出死人的神态的宁静之中。他们默默无语地坐了片刻，没有旁人，非常清静。

"哎——哎——哎——"他终于说话了，同时做了个手势，仿佛在地毯上拔一把草似的。

"哎？"玛吉问，"哎什么呀？"

"吉布斯一家。"他喃声说。他冲着他们扬了一下脑袋,他们正站在壁炉边说话呢。又粗又胖,没有形状,他觉得他们的样子活像一篇戏拟文字,一段拙劣的摹仿,一个枝蔓过里面的形状、里面的激情的赘疣。

"怎么啦?"他问。她也看了一眼。但她没有吱声。舞伴成双成对,慢条斯理地从他们身边舞过去。一个女孩停下了,她不经意地举起手来,那副姿势具有年轻人向往美好生活的那种严肃,使他颇受触动。

"干吗——"他朝年轻人那边翘起大拇指,"在他们如此可爱的时候——"

她也望着那个女孩,她在别紧胸前一朵松开了的花。她笑了,她没有说话,然后她恍恍惚惚地回应了他的问题,但在回应中毫无意义,"干吗?"

他一时感到当头挨了一棒。他觉得她不肯帮忙。而他却希望她帮他一把。她干吗不该卸下她肩上的重负,给他所向往的东西——信心,肯定呢?因为她也像他们大家一样变了形?他低头望了望她的双手。那是一双结实的手;秀丽的手;但如果那是一个有关"我的"孩子、有关"我的"财产的问题,他想,眼睛瞅着手指头微微地蜷曲着,那将是肚皮下面的一道口子;或者嗓子软膜上的毛齿。我们谁也帮不了谁,因为我们全变了形。然而尽管把她从他供上去的神坛上拉下来着实令人不快,但兴许她是对的,他想,而我们由于把别人树为偶像,把领导我们的权力赋予这个男人,那个女人,所以我们只是增加那种形变,只能使我们摧眉折腰。

"我要在他们那里呆些日子。"他大声说。

"塔林?"她问。

"对,"他说,"九月份去猎狐崽。"

她没有听。她的眼睛瞅着他。她在把他同别的什么联系起来,他觉得。这使他惴惴不安。她看他的那副样子,仿佛他不是他本人,而是别的什么人。他又一次感到不舒服,萨拉在电话上描述他时他已经有过这种感觉。

"我知道,"他说,把脸上的肌肉绷直,"我像画上的一个手里拿着帽子的法国人。"

"拿着帽子?"她问。

"而且开始发福了。"他补充说。

"……拿着帽子……谁拿着帽子?"埃莉诺说着,睁开了眼睛。

她迷惘地扫视了一圈。她能记起的最后一件事,而且似乎只是秒把钟之前发生的,就是米莉谈起教堂的蜡烛,打那以后,肯定发生过什么事。米莉和休本来在那儿;但现在已经走了。出现过一段间隔——一段充满了懒懒的立着的蜡烛的金光和某种她难以名状的感觉的间隔。

她完全清醒了。

"你们在胡说些什么呀?"她说,"诺思并没有拿帽子!况且他也不胖,"她补充说,"一点也不胖,一点也不胖。"她重复着,满怀深情地拍了拍他的膝盖。

她觉得特别快乐。大多数睡眠在人的脑海里留下一个梦——人醒来以后似乎残留着某个场景或人物。但这次睡眠,这次短暂的迷糊;蜡烛在其中懒懒地立着,变长,却除了一种感觉外,给她没有留下任何东西;只留下一种感觉,而不是一个梦。

"他没有拿帽子。"她重复着。

他们俩都笑话她了。

"你在做梦,埃莉诺。"玛吉说。

"是吗?"她说。谈话已经断开了一道深沟,确实如此。她记不得他们刚才在说什么。玛吉在;但米莉和休已经走了。

"只打了一秒钟的盹儿,"她说,"但你准备怎么办呢,诺思?有什么打算?"她说,话说得很快。

"我们千万不能让他走,玛吉,"她说,"不能回那个鬼农场。"

她希望表现得极为实际,部分是要证明她并没有睡着,部分是要保护仍然留在她心里的那种特别快乐的感觉。掩盖起来,不让人看到它,也许会长存下去,她觉得。

"你的钱也攒够了,对吧?"她大声说。

"攒够了?"他说。为什么,他心里纳闷,睡着后醒来的人总要证明他们极其清醒呢?"四五千吧。"他随口乱说。

"呵,那就够了,"她坚持说,"五厘;六厘——"她努力心算出一个总数来。她求玛吉帮帮忙。"四五千——那算下来是多少,玛吉?过日子够了,对吧?"

"四五千。"玛吉重复了一遍。

"五六厘的利息……"埃莉诺插嘴说。即使情况最好的时候,她也搞不了心算;但不知什么缘故,她觉得实事求是非常重要。她把包打开,找出一封信,掏出一截短铅笔。

"给——在这上面算一下。"她说。玛吉把纸接过来,用铅笔画了几下,仿佛要试试铅笔行不行。诺思从她的肩头瞟了一眼。她是在面前算题——她是在考虑他的生活,他的需要?不,显然她在画一幅漫画——他看着——画的是对面那个穿白马甲的彪形大汉。这是一出滑稽戏。它使他感到有点可笑。

"别犯傻了。"他说。

"那是我哥,"她说,冲着那位穿白马甲的男子点了一下头,"他从前常常带我们去骑大象……"她给马甲添了一笔。

"我们要非常实际。"埃莉诺抗议说。

"要是你想在英国生活,诺思——要是你想——"

他岔开了她的话。

"我不知道我想干什么。"他说。

"啊,我明白了!"她说。她大笑起来。她的快乐感又回来了,她那种无缘无故的得意。她觉得他们年轻,都有前途。什么都没有定论;什么都说不上来;他们前面的生活真是海阔天空。

"难道这不希奇?"她大声说,"难道这不古怪?难道那不足以说明为什么生活是一个永恒的——我该怎么称呼呢——奇迹?……我的意思是,"她试图解释,因为她看上去十分困惑,"他们说老年就像这样;其实不是这么回事。它不一样;大不一样;所以当我还是个孩子的时候;所以当我是个少女的时候;我的生活就是一种永恒的发现。一个奇迹。"她停下了。她又往下乱扯起来。做过梦以后,她觉得脑子里轻飘飘的。

"佩吉在那儿!"她惊呼道,很高兴把自己附着在什么坚实的东西上,"瞧她!在读书呢!"

跳舞一开始,佩吉就被扔到书橱旁边,她尽量靠近书橱站着。为了掩饰她的孤独,她便拿下一本书来。是本绿皮精装书;而且,拿在手里翻时,她注意到上面装饰着小金星。这很有好处,她边翻边想,因为这样一来,仿佛我在赞赏装帧……但我不能站在这儿欣赏装帧呀,她想。她把书打开。它会说出我的想法,她想着,把书打开。乱翻开的书总有这种情况。

"La médiocrité de l'univers m'étonne et me révolte."她读道。对。完全对。她接着读,"…la petitesse de toutes choses m'emplit de dégoût…"她抬眼一望。他们踩着了她的脚趾头。"……la pauvreté des être humains m'anéantit."①她把书合上,放回书架。

完全对,她说。

她转了一下手腕上的表,偷眼一看,时光流逝。一小时等于六十分,她对自己说;两小时就等于一百二十分。我还得在这里呆多久?她能不能走?她看见埃莉诺在招手。她把书放回书架。她朝他们走了过去。

"过来,佩吉,过来跟我们聊聊。"埃莉诺又喊叫,又招手。

"你知道现在几点了,埃莉诺?"佩吉说着,走上前来。她指了指她的表。"你不认为现在该走了吗?"她说。

"我把时间忘了。"埃莉诺说。

"但明天你会累得要命。"佩吉抗辩说,站到了她身边。

"好一个医生!"诺思揶揄她说。"健康,健康,健康!"他大声说。"但健康本身不是目的。"他说,抬头望着她。

她没有理他。

"你是不是想结束以后才走?"她对埃莉诺说,"这可要闹个通宵的。"她望着一对对腰肢扭动的舞伴合着留声机上的乐曲在旋转,仿佛什么动物正在一种缓慢但剧烈的痛苦中奄奄待毙。

"但我们玩得很开心,"埃莉诺说,"你也来开开心吧。"

---

① 法语:世界的平庸让我震撼、反感。
　　世事的卑微让我满怀厌倦。
　　世人的贫乏又让我颓丧不堪。

351

她指着身边的地板。佩吉顺势坐到她身边的地板上。埃莉诺的意思是别愁闷想事了,别分析研究了,她知道。能欢乐时且欢乐——但人能办到吗?她问,拉了拉脚边的裙摆坐了下来。埃莉诺躬下身来拍了拍她的肩膀。

"我要告诉你,"她说,引着她进入话局,因为她一副愁眉苦脸的样子,"你是医生——你知道这些事情——梦是怎么回事?"

佩吉大笑起来。又是一个埃莉诺式的问题。二加二是不是等于四——宇宙的性质是什么?

"我指的并不完全是梦,"埃莉诺接着说,"感觉——一个人睡着了以后出现的感觉?"

"我的好内尔,"佩吉说,瞟了她一眼,"我跟你说过多少回了?医生对身体也只是知道点皮毛;对心灵是绝对的一窍不通。"她又往下面望去。

"我不是一直说嘛,他们都是骗子!"诺思大声说。

"多可惜呀!"埃莉诺说,"我本来希望你能给我解释解释——"她俯下身来。她的面颊上泛起一抹红潮,佩吉注意到;她激动了;但有什么好激动的呢?

"解释——解释什么?"她问。

"啊,没有什么。"埃莉诺说。这下我可是慢待她了,佩吉想。

她又看了看她。她眼睛明亮;面颊飞红,要么,这只不过是她在印度之旅中晒下的黄褐色?她脑门上有一根小小的血管非常突出。但有什么好激动的呀?她往墙上一靠。由于坐在地板上,她就看到了一片脚攒动的奇异景象;脚忽而指向这边,脚忽而指向那边;漆皮轻软舞鞋;缎子便鞋,丝袜有长有短。伴着狐步舞曲,他们跳着,节奏流畅,动作急切。鸡尾酒和茶怎么样,他对我讲,他对我讲——这样的曲调似乎三番五次地重复着。她的头上人声不断。一阵阵零七碎八的谈话声传到她耳朵里来……去了诺福克,我姐夫在那里有一条小船,……啊,一败涂地,对,我同意……人们在晚会上尽说些废话。就在她的身边,玛吉在说;诺思在说;埃莉诺在说。突然间埃莉诺把手一挥。

"勒尼来了!"她在说。"勒尼,我从来没有见过他。勒尼,我爱他……过来跟我们聊聊,勒尼。"一双轻软舞鞋越过佩吉的视野,在她面前停下来。他在埃莉诺身边坐下。她只能看见他的侧影轮廓;大鼻子;瘦脸颊。鸡尾酒和茶怎么样,他对我讲,他对我讲,音乐单调无力地奏着;一对对舞伴跳了过去。但上面椅子上的那一小撮人在说;在笑。

"我知道你会赞同我的……"埃莉诺在说。透过眯缝着的眼睛,佩吉可以看见勒尼朝她转过身来。她看见了他的瘦面颊;他的大鼻子;他的指甲,她注意到,剪得很短。

"那就看你说什么了……"他说。

"我们说什么来着?"埃莉诺沉思着。她已经忘了,佩吉估计。

"……说情况已经有了好转。"她听到了埃莉诺的声音。

"从你是个少女的时候算起?"那是玛吉的声音,她想。

然后一个声音从底边缀有一个粉红蝴蝶结的裙子上打岔。"……我不知道情况如何,但我觉得不像从前那么热了……"她抬头一望。裙子上有十五个粉红色蝴蝶结,都缝得一板一眼,顶上的不就是米莉安·帕里什圣徒似的、绵羊般的小脑袋吗?

"我的意思是,我们自己也变了,"埃莉诺在说,"我们快乐了一些——我们自由了一些……"

353

她所谓的"快乐""自由"指的是什么,佩吉问自己,又靠到了墙上。

"就拿勒尼和玛吉来说吧。"她听见埃莉诺说,随后又停了下来。过会儿又接着往下说:

"勒尼,你记得不记得空袭的那个夜晚?我第一次遇见尼古拉斯……我们坐在地窖里的那个夜晚?……下楼时我对自己说,这是一桩美满姻缘……"又是一阵停顿。"我对自己说,"她继续讲,佩吉看见她的手搭在勒尼膝上,"如果我年轻时就认识勒尼……"她停住了。难道她的意思是她会爱上他不成?佩吉心里纳闷。音乐再次打扰了……他给我讲,他给我讲……

"没有,从来没有……"她听见埃莉诺说,"没有,从来没有……"她是不是说从来没有恋爱过,从来不想去结婚?佩吉心里纳闷。他们哈哈大笑。

"哎,你看上去像个十八岁的姑娘!"她听见诺思说。

"我也觉得像!"埃莉诺惊呼道。但你明儿一早就成了枯木朽株了,佩吉想,眼睛望着她。她脸色飞红,脑门上青筋暴起。

"我觉得……"她停了下来。她用手捂住脑袋:"仿佛我在另一个世界!快乐无比!"她大声说。

"瞎说,埃莉诺,瞎说。"勒尼说。

我想他会这么说的,佩吉对自己说,感到一种莫名的满足。他坐在她姑姑膝盖的另一边,她可以看见他的侧影。法国人逻辑清楚;他们讲求实际,她想。可是,她又一想,要是埃莉诺喜欢,干吗不让她飘飘然呢?

"瞎说?你说的'瞎说'是什么意思?"埃莉诺在问。她身子前倾;她举着一只手,仿佛要他表态。

"总说另外一个世界,"他说,"干吗不说这个世界呢?"

"但我指的是这个世界!"她说,"我的本意是,在这个世界上很快乐——与活人在一起很快乐。"她把手一挥,仿佛要拥抱各色人种,年轻的,年老的,跳舞的,说话的;缀着粉红蝴蝶结的米莉安,缠着头巾的印度人。佩吉又倒到墙上去。在这个世界上很快乐,她想,跟活人在一起很快乐!

音乐停了。一直给留声机放唱片的那个年轻人已经走了。一对对的舞伴散了,开始挤出门去。他们兴许是要吃点东西;他们要拥出去走进后花园,坐到被煤烟染黑的硬椅子上。在他们的心田里一直刻画着的槽痕的音乐已经停止了。出现了一阵间歇——一片寂静。她听到伦敦的夜声从远处传来;一个喇叭在嘟嘟地叫,一声汽笛在河上哀鸣。那些遥远的声音,它们引起的对这个世界漠然置之的其他世界的暗示,对深夜里在黑暗的中心劳苦的人们的暗示,使她把埃莉诺的话重复了一遍,在这个世界上很快乐,与活人在一起很快乐。但在一个充满苦难的世界上,她问自己,一个人怎么能"快乐"呢?每个街头的每一张海报上都是死亡,或者更有甚者——专制;残暴;折磨;文明的没落;自由的终结。我们在这里,她想,只不过靠一片叶子庇护,它也难逃毁灭的厄运。埃莉诺之所以说这个世界有了好转,是因为千千万万芸芸众生中有两个人是"快乐的"。她的眼睛盯着地板;它现在空空如也,只有从什么衣裙上撕下来的一缕布条。但我干吗要事事关心呢?她想。她挪换了一下位置。我干吗一定要思考呢?她不想思考。她倒希望有一些类似火车车厢里的那种帘子,拉下来遮住光线,罩住心灵。那种人们坐夜车旅行时拉下来的蓝窗帘,她想。思考就是折磨;干吗不放弃思考,飘流做梦去?但这个世界的苦难,她想,强迫我去思考。要么那是一种姿态?难道她不是用一个指着自己滴血的心的人的相称态度看待自己？对这个人来说，世界的苦难就是苦难，其实，她想，我并不爱我的同类。她再次看见了那条血迹斑斑的人行道，聚在电影院门口的众多面孔，麻木不仁的面孔；为廉价娱乐所麻醉的人们的面孔；那些人甚至没有勇气安分守己地做人，而一定要精心打扮，刻意模仿，装腔作势。而这里，在这间屋子里，她想，定睛注视着一对舞伴……但我不想思考，她重复了一遍；她要迫使她的头脑变成一片空白，仰靠休息，安静、宽容，来者不拒。

她听着。楼上传来争吵的声音。"……高门的套房有浴室，"他们在说，"……你母亲……迪格比……对，克罗斯比还活着……"那是家长里短，他们喜欢。但我怎么能喜欢起来呢？她对自己说。她太累了；眼圈儿觉得紧绷绷的。脑袋上紧紧地箍了一个环；她力图想着想着忘掉眼前，进入乡村的黑暗中去。但这是不可能的；他们在说笑。她睁开眼睛，被他们的笑声激怒了。

原来勒尼在笑。他手里拿着一张纸；他仰着头；大张着嘴。哈！哈！哈！的声音从里面冲出来。那就是笑声，她对自己说。那就是人们开心时发出的声音。

她盯着他。她肌肉开始不由自主地抽搐起来。她也忍俊不禁地笑起来。她把手伸出去，勒尼把那张纸递给她。纸是叠着的；他们在玩把戏呢。他们各自在一幅画上画了几笔。顶上是一个女人的脑袋，好像是亚历山德拉女王，一头茸茸的小发卷儿；接下来是个鸟脖子；老虎身子；下面是大象的粗腿，穿着童裤，画儿就此完了。

"这是我画的——这是我画的！"勒尼说，一边指着吊着一根长缎带尾巴的腿。她笑啊笑啊，笑啊；她忍俊不禁地大笑起来。

"这张脸让一千艘船下了水!"诺思说,指着那个怪物身子的另一个部位。他们又哄笑起来。她不笑了;她的嘴唇合拢了。但她的笑对她产生了某种奇怪的影响。它使她放松了,使她扩大了。她感觉到的,或者毋宁说是看见了的,不是一个部位,而是一种心态,在那里有真正的笑声,有真正的快乐,这个支离破碎的世界是完整的;完整的,广阔的,自由的。但她能怎么说呢?

"你看……"她开始说。她想表达一些她觉得非常重要的想法;关于一个人们在其中是完整的、人们在其中是自由的世界……但他们在笑;她是严肃的。"你看……"她又开始说。

埃莉诺不笑了。

"佩吉想说点什么。"她说。别人都不说话了,但他们住嘴的时间不对。一旦涉及正题时,她又无话可说了,但她不得不说。

"你们,"她又开始说,"你们都在这里——议论诺思——"他抬起头来望着她,感到十分惊奇。这并不是她想说的话,但既然已经说起来了,就必须说下去。他们都面对着她,一个个张口结舌,活像一群张大了嘴的鸟。"……他该怎样生活,他该在何处生活,"她接着说,"……但说这些有什么用,有什么意义?"

她望着弟弟。一股敌视情绪涌上心头。他依然笑眯眯的,但她看他的时候,他的笑容收敛了。

"有什么用?"她面对着他说,"你要结婚。你会生儿育女。然后你要干什么?赚钱。写几本小书赚钱……"

她误解了。她原想说点与个人无关的话,但她现在却是有意针对个人的。现在事已至此,她只有一不做二不休了。

"你会写一本小书,然后再写一本小书,"她恶毒地说,"而不是过日子……另过一种日子,另过一种。"

她停下来。幻象仍然存在,但她没有抓住。她只脱口说出了她要说的话的片言只语,她把弟弟激怒了。但她眼前仍然悬着那件她看见了的东西,那件她没有说的东西。但当她猛地一下回靠到墙上的时候,她感到某种压迫顿时解除了;她的心怦怦直跳;脑门上青筋暴了出来。她没有把它说出来,但她却试图把它说出来。现在她可以安心了;现在她可以想着事儿忘掉眼前,进入乡野去了,免不了要遭受他们的嘲弄,但那是没有力量伤害她的。她眯着眼睛;她觉得好像在黄昏时分的平台上,一只猫头鹰飞上去飞下来,飞上去飞下来;白翅膀在黑沉沉的树篱上显露出来;她听见乡民唱歌,大道上车轮隆隆。

随后模糊的东西逐渐清晰起来;她看见对面书橱的轮廓;地板上的一缕布条;还有两只大脚,穿着紧绷绷的鞋,连拇趾上的囊肿都能看见,在她面前停下了。

一时间没有人走动;没有人说话。佩吉纹丝不动地坐着。她不想动,也不想说。她想休息,想靠一靠,想做做梦。她觉得非常累。然后又有脚停下了,还有一条黑裙的底边。

"大家不想下去吃顿晚餐吗?"一个带笑的细小的声音说。她抬头一望。原来是米莉姑姑,身边还站着她的丈夫。

"晚饭就在楼下,"休说,"晚饭就在楼下。"说完他们就走过去了。

"他们长得多么丰硕!"诺思的声音说,是在笑话他们。

"啊,他们对人心肠可好啦……"埃莉诺抗辩说。又是亲不亲一家人,佩吉注意到。

随后她所倚靠的那个膝盖动了。

"我们得走了。"埃莉诺说。等等,等等,佩吉想求求她。既然没有人攻击她,没有人嘲笑她,有件事她想问问她;她想对自己刚才的发作做点补充。但没有用了;那双膝盖挺直了;那件红披风拉长了;埃莉诺已经站起来了。她在找她的手包,或者手绢;她在椅垫里搜寻着。一如往常,她又把什么东西丢了。

"对不起,我成了个老糊涂。"她道歉说。她把一个垫子抖了一下;几枚硬币滚到了地板上。一枚六便士的立着滚过地毯,碰到地板上的一双银鞋上,平躺下了。

"哎呀!"埃莉诺惊呼道,"哎呀!但那是吉蒂!是不是?"她大声说。

佩吉抬头一望。一位漂亮的年长的女人,白卷发,上面还有什么东西在闪亮,她站在门口左顾右盼,仿佛她刚刚进来,正在寻找女主人,但她恰好不在那里。那六个便士正好掉在她的脚旁。

"吉蒂!"埃莉诺重复了一遍。她伸着双手迎了过去。大家都站起来了。佩吉站了起来。是啊,完了;毁了;她觉得。有种东西刚凑到一起,就破了。她有一种凄惶的感觉。那你只好把碎片捡起来,重新做一个了,一个异样的东西,她想,然后走过去,走到那个外国人身边,她管那人叫布朗,他的真名是尼古拉斯·波姆雅诺夫斯基。

"那位夫人是谁?"尼古拉斯问她,"她一走进屋子好像整个世界都属于她。"

"那是吉蒂·拉斯韦德。"佩吉说。由于她站在门洞里,他们没法过去。

"恐怕我来得太晚了,"他们听见她说,语气清脆悦耳,威风八面,"不过我是看芭蕾舞去了。"

那是吉蒂,对吧?诺思对自己说,眼睛瞅着她。她是那种身材健美、富有阳刚之气、使他有点反感的老夫人之一。他想,他记得她是我们的一位总督的夫人;要么就是印度总督。她站在那里,他就能看见她在尽总督府主人之谊。"坐在这儿,坐在那儿。你,年轻人,我希望你多锻炼锻炼?"他了解这种人。她的鼻子又直又短,一双蓝眼睛离得很远。八十年代时,她肯定看上去闯劲十足,他想;身穿一件紧身骑装;头戴一顶小帽,上面还装饰着一根雄鸡毛;说不定还与一名侍从武官有过一段恋情;后来安稳了,变得独断专行,总讲她的过去的故事。他听着。

"啊,但他永远赶不上尼任斯基!"她在说。

还是她常说的那种话,他想。他察看着书橱里的书。他抽出来一本,把它倒过来拿着。一本小书,然后又是一本小书——佩吉的讥刺又回到心头。这些话深深刺痛了他,其程度远远超过了话的表面含义。她竟然如此猛烈地攻击他,仿佛她对他不屑一顾似的;她看上去仿佛要大哭一场。他把这本小书翻开。拉丁文,是吧?他摘下了一句话,让它浮在自己的心头。这几个词就在那里,美是美,但没有意义,但是用一种格调写的——nox est perpetua una dormienda.①他想起了他的老师说,把句尾的那个长字画下来。这几个词就浮现在那里;但正当它们要给出意思的时候,门口出现了动静。老帕特里克已经缓步走上前来,殷勤地挽住了总督遗孀的臂膀,于是两人摆出陈旧仪式上的一种奇异神态走下楼去。别的人开始跟上走下楼去。年轻的一代尾随在老一代后面,诺思对自己说,一边把书放回书架,也跟着下去。只不过,他注意到,他们并不是十分年轻;佩吉——佩

---

① 系古罗马诗人卡图卢斯的诗句,意思是"我们必须在一个永夜里长眠"。

吉头上已有了白发——她肯定三十七八了吧？

"玩得开心吗？佩格？"他们落到别人后面时，他说。他对她含有一种含糊的敌意。他觉得她心情苦涩，希望幻灭，对谁都吹毛求疵，对他尤其厉害。

"你先请，帕特里克，"他们听见拉斯韦德夫人用她亲切洪亮的嗓门瓮声瓮气地说，"这些楼梯不适合……"她打住了，这时她迈出的也许是一条患风湿病的腿，"那些一直跪在湿草上……"又是一阵停顿，这时她在下另一级台阶，"灭蛞蝓的老年人。"

诺思看了看佩吉，大声笑了。他没有料到这个句子这样结束，不过总督的遗孀，他想，总是有花园的，总是要灭蛞蝓的。佩吉也不禁莞尔。但跟她在一起，他感到惴惴不安。她攻击过他。可现在他俩肩并肩站在一起。

"你看见老威廉·沃特尼了吗？"她转身对他说。

"没有！"他大声说，"他还活着？那头一脸胡子的老白海象？"

"对——就是他。"她说。门口正站着一位穿白马甲的老头儿。

"那个老假甲鱼。"他说。他们不得不依赖孩提时的俚语，孩提时的记忆来掩盖他们的疏远，他们的敌意。

"你记不记得……"他开始说。

"吵架的那个夜晚？"她说，"我用一根绳子把自己从窗子上吊出去的那个夜晚。"

"我们在罗马营垒里吃野餐。"他说。

"要不是那个小坏蛋告发了我们，我们永远也不会被人发现。"她说着下了一层台阶。

"一个长着粉红眼睛的小畜牲。"诺思说。

他们被堵住了,肩并肩站着,等着别人往前走,这时他们想不起别的事情好说。他经常在苹果楼里给她念自己写的诗,他记得,还有他们在玫瑰丛边散步的时候。可现在,他们彼此无话可说了。

"佩里。"他说着又迈下一层台阶,突然想起了那个粉红眼睛的男孩的名字,就是那天早上看见他们,告发他们的那个男孩。

"阿尔弗雷德。"她补充说。

她仍然知道他的一些情况,他想;他们仍然有一些非常深沉的共同的东西。正因为如此,他想,她才当着别人的面,说他"写小书"来伤他的面子。那是他们的过去在谴责他的现在。他瞟了她一眼。

一些该死的女人,他想,她们都是铁石心肠;没有一点儿想象力。她们心眼儿小,又爱刨根问底,真该死。她们的"教育"有什么结果?它只会使她找刺儿,找碴儿。老埃莉诺,尽管啰啰嗦嗦,支支吾吾,但哪一天也顶得上一打的佩吉。她什么都不是,他想,瞟了她一眼;既不入时,也不背时。

她觉得他在看她,便把目光转开。他在找她的碴子,她知道。她的手?她的衣裙?不,就是因为她批评了他,她想。对,又下一层台阶时,她想,现在我要挨批了;因为我给他讲过他要写"小书",现在我要遭报复了。十到十五分钟,她想,就见分晓;然后就会节外生枝,但令人不快——非常不快,她想。人的虚荣会得寸进尺,难以估量。她等着。他又看她了。现在他是把我跟我看见他与之攀谈的那个姑娘相比,她想,旋即又看见了那张可爱、冷峻的脸。他会把自己跟一个红唇女郎拴在一起,当牛做马。他一定会的,我可没办法,她想。不,我总有一种愧疚感。我会为此付出代价的,我会为此付出代价的,即便在罗马营垒里,我也一直对自己说,她想。她是不会有孩子的,而他会生下一些小吉布斯,再生一些小吉布斯,她想,眼睛望着一个律师事务所的门,除非她到年底跟他分手,另找男人……律师姓阿尔里奇,她注意到。但我不想再记事了;我要好好玩一玩,她突然想。她把手搭在他的胳膊上。

"今晚遇见什么开心的人了?"她说。

他猜他和那姑娘在一起时她看见了。

"一个姑娘。"他简短地说。

"我看见了。"她说。

她把目光转移开。

"我想她挺可爱的。"她说,仔细观察着挂在楼梯上的一幅着色画,上面是一只长嘴鸟。

"要不要我把她带来见见你?"他问。

看来他是尊重我的意见了,对吧? 她的手仍然搭在他的胳膊上;她觉得袖子下面有个硬硬的、紧紧的东西,一碰到他的肉,就使她回想起人与人之间的亲近与疏远,所以就是一个人存心伤害另一个,可他们谁也离不开谁。这一碰搞得她心潮澎湃,简直忍不住要喊出来,诺思! 诺思! 诺思! 但我切不可再丢人现眼了。她对自己说。

"哪个晚上六点以后都行。"她大声说,小心翼翼地又下一层台阶,这样他们便到了楼梯脚下。

餐厅门后面人声鼎沸。她把手从他胳膊上收了回来。门突然开了。

363

"汤匙！汤匙！汤匙！"迪莉娅喊着,同时以浮夸的动作挥舞着双臂,仿佛还在对里面的某个人慷慨陈词。她看见了她的侄儿侄女。"做件好事,诺思,去拿一下汤匙!"她喊道,双手向他一甩。

"给总督的遗孀拿汤匙!"诺思嚷道,看到了她的姿态,模仿着她那演戏似的架势。

"在厨房里,在地下室里!"迪莉娅喊道,胳臂朝厨房楼梯一挥。"过来,佩吉,过来,"她说着两手抓住了佩吉的手,"我们都坐着吃晚饭呢。"佩吉闯进了他们正吃晚饭的屋子。屋子里非常拥挤。地板上,椅子上,办公座上都坐着人。长长的办公桌,小小的打字桌,都派上了用场。桌子用鲜花铺面,用鲜花镶边。康乃馨,玫瑰,雏菊,扔得乱七八糟。"坐到地板上,随便坐,"迪莉娅乱挥手,瞎指挥。

"汤匙来了。"她对拉斯韦德夫人说,而她却直接喝着缸子里的汤。

"我不用汤匙。"吉蒂说。她把缸子一斜,喝了起来。

"不行,你不想用,"迪莉娅说,"但别人要用。"

诺思拿来了一把汤匙,她便从他手里接了过去。

"谁想用汤匙,谁不想用?"她说着就把一把汤匙在面前一挥。有人要,有人不要,她想。

她这种人,她想,是不要汤匙的;别的人——英国人——就要。她一辈子都是这样区别人的。

"汤匙?汤匙?"她说,自鸣得意地扫视着拥挤的屋子。各种各样的人都在那里,她注意到。这一直是她的目的;让人交往;破除英国生活的陈规陋习。今晚她就是这么干的,她想。有贵族,有平民;有穿礼服的,有不穿礼服的;有直接从缸子里喝汤的,有宁肯把汤放凉也要等汤匙送来以后才喝的。

"给我一把汤匙。"她丈夫抬头望着她说。

她皱了皱鼻子。因为他已经使她的梦想破灭了成千次。本想嫁一个肆无忌惮的造反派,结果却与一个最崇敬国王、最赏识帝国的乡绅结了婚,部分是因为这一原因——因为即便是现在,他也是一个仪态万方的男子。"给你姑夫一把汤匙,"她冷冷地说,让诺思拿上那把汤匙走开了。于是她坐到吉蒂身旁,吉蒂则像参加儿童远足聚餐的孩子一样大口大口地喝着汤。她把一缸子汤喝了个精光,把缸子放到鲜花中间。

"可怜的花儿,"她说,拿起放在桌布上的一朵康乃馨,贴到唇边,"花儿要死了,迪莉娅——它们需要浇水。"

"玫瑰今天很便宜。"迪莉娅说,"牛津街手推车上两便士一束。"她说。她拿起一朵红玫瑰,把它举到灯光下,于是它光辉四射,脉纹清晰,呈现出半透明的状态。

"英国是一个多么富庶的国家呀!"她说着又把花儿放下来。她把缸子端了起来。

"我也总是给你们讲,"帕特里克抹了一把嘴说,"全世界惟一的一个文明国家。"他补充说。

"我以为我们正处在毁灭的边缘,"吉蒂说,"并不是说今晚的科文特花园就是这种面目。"她补充说。

"啊,不过这是真实情况,"他叹了口气,继续讲他的想法,"对不起,我要这么说——不过跟你一比,我们就是野人。"

"他不把都柏林城堡收回,他是不会快乐的。"迪莉娅揶揄他说。

"你不喜欢你们的自由?"吉蒂说,眼睛望着这个怪老头儿,

365

他的脸总让她想到一颗毛茸茸的醋栗。但他的身体却威风八面。

"我倒觉得我们新的自由远远比不上我们原来的奴隶地位。"帕特里克说,手在摸着牙签。

老生常谈,又是政治,金钱和政治,诺思想,拿着最后几把汤匙分发时,无意中听见了他们的话。

"你该不会给我讲一切斗争纯属徒劳吧,帕特里克?"吉蒂说。

"到爱尔兰亲眼看看吧,夫人。"他严厉地说。

"现在讲还为时过早——为时过早。"迪莉娅说。

她丈夫从她身上望了过去,眼神悲怆、纯真,活像一只再也不能打猎了的老猎狗。但那双眼睛不能长时间的定睛注视。"拿汤匙的这个小伙是谁?"他说,目光停到诺思身上,因为诺思正好站在他们背后等着。

"诺思,"迪莉娅说,"过来坐到我们旁边,诺思。"

"晚上好,先生。"帕特里克说。他们已经见过面,但他忘了。

"什么,莫里斯的儿子?"吉蒂突然转过身来说。她亲切地握着手。他坐下,喝了一大口汤。

"他刚从非洲回来。他在那里经营一个农场。"迪莉娅说。

"这个古老的国家给你印象如何?"帕特里克说,朝他亲切地探过身去。

"非常拥挤,"他说着扫视了一圈,"还有人人都谈,"他补充说,"金钱和政治。"这是他的口头禅。他已经说了几十遍了。

"你原先在非洲?"拉斯韦德夫人说,"你干吗把农场放弃了呢?"她问。她盯着他的眼睛,说话的口气是他意料之中的:太傲慢,他不喜欢。这与你何干,老夫人?他问自己。

"我对它已经够了。"他大声说。

"我愿意不惜一切当个农民!"她大声说。这话有点儿离谱,诺思想。她的眼睛也是如此;她应当戴一副夹鼻眼镜;但她却没戴。

"但我年轻的时候,"她说,口气挺凶——她双手粗短,皮肤粗糙,但她务园子,他记得——"那是不允许的。"

"对,"帕特里克说,"我的信仰是,"他用叉子敲着桌子接着说,"我们应该很高兴,很高兴回到事物的原始状态中去。战争为我们做了些什么呢,嗯?拿我来说,是毁了我。"他摇了摇头,流露出忧伤的宽容神情。

"听了这番话我很难过,"吉蒂说,"但就我自己而言,过去的日子是不幸的日子,邪恶的日子,残酷的日子……"她的眼睛都气蓝了。

那个侍从武官和那顶上面插着一根公鸡毛的帽子呢?诺思问自己。

"你不同意我的看法,迪莉娅?"吉蒂转向她说。

但迪莉娅隔着她,用她那颇为夸张的爱尔兰单调语气跟邻桌的某个人说话。难道说我不记得这间屋子,吉蒂想;一次会议;一场争论。但争的是什么呢?武力……

"我的好吉蒂。"帕特里克打岔说,用他的大爪子拍了拍她的手。"我给你说的还有另外一个例证。现在这些女士们都有了选举权,"他转向诺思说,"她们的情况是不是好转了?"

吉蒂一时间神情凶狠;后来她又笑了。

"我们不要争了,我的老朋友。"她说,轻轻拍了拍他的手。

"爱尔兰情况如出一辙。"他接着说。诺思看到,他就像一

367

匹患肺气肿的老马,一心要踩着自己熟悉的思路走。"他们会很高兴再次加入帝国的,我向你保证。我出身于这样一个家庭,"他对诺思说,"它已经为自己的国王和国家效忠了三百年——"

"英国移民。"迪莉娅唐突地说着,又回头去喝她的汤。那就是他们单独在一起时争论的话题,诺思想。

"我们到这个国家已有三百年了,"老帕特里克继续说,依然踩着他的老路走——他把一只手搭到诺思的胳膊上,"使我这样的老家伙,像我这样的老顽固感慨万端的是——"

"胡说,帕特里克,"迪莉娅插了进来,"我从来没见过你显得这么年轻。兴许五十岁吧,对吗,诺思?"

但帕特里克摇了摇头。

"已经七十出头了,"他坦率地说,"……不过使我这样的老家伙感慨万端的是,"他拍了拍诺思的胳膊接着说,"到处都有那么美好的感觉,"他含含糊糊地朝钉在墙上的一张海报点了点头——"还有美好的东西,"——他也许指的是花儿,但他说话时,脑袋却不由自主地颠着——"这些家伙互相攻击要干什么?我不加入任何社团;我不签署这一类的任何,"他指着海报——"你们管它们叫什么来着?宣言——我只是去找我的朋友迈克;或者那也许是帕特——他们都是我的好朋友,我们便——"

他弯下身子捏了捏脚。

"老天爷,这种鞋!"他发起了牢骚。

"夹脚,是吧?"吉蒂说,"一脚踢掉就是了。"

干吗把这位可怜的老顽童弄到这里,诺思心里纳闷,而且塞到这么紧的鞋里去?他显然是在跟他的一伙人说话。当他再次抬起眼睛,试图找到他一直在说的意思的时候,他的眼睛里有一种神情,绝像一个看见了鸟儿排成半圆从广阔的绿色沼地上飞起的猎手的神情。但鸟儿已经飞出了射程。他记不得他说到哪里去了。"……我们议论情况,"他说,"围着一张桌子。"他的眼睛变得疲软,空闲,仿佛引擎被截断了似的,于是他的心旌无声地向前滑动。

"英国人也议论。"诺思敷衍着说。帕特里克点了点头,茫然地望着一群年轻人。但别人说什么,他并不感兴趣。他的心灵再也走不出自己的范围。他的身体仍然比例谐调;老了的是他的心。他往往把一件事情多次重复,他说过之后,就剔剔牙,坐在那里凝视前方。现在他就坐在那里,用食指和拇指松松地捻着一朵花,并不去看它,仿佛他的心旌还在滑动……但迪莉娅打岔儿了。

"诺思得去跟他的朋友们聊聊。"她说。像很多做妻子的一样,她看得出自己的丈夫什么时候开始叫人心烦,诺思想,随即站起身来。

"别等着让人介绍啊,"迪莉娅说着挥了挥手,"喜欢干什么就干什么——只干喜欢干的事儿。"她丈夫随声附和着,一边用手里的花儿敲着桌子。

诺思乐得走掉;但现在他能去哪儿呀?他是个局外人,他扫视这间屋子时,再次出现了这种感觉。这些人都互相认识。他们称呼对方——他站在这伙青年男女的边缘——用的是教名,用的是绰号。每个人都已成了一个小团体的组成部分,他觉得,一边听着,继续在边缘上守着。他想听到他们到底说些什么;但自己并不想被牵扯进去。他听着。他们在争论。政治和金钱,他对自己说；金钱和政治。这个说法用处多多。但他弄不懂那场已经进行得十分热烈的辩论。我从来也没有感到如此孤独,他想。那句身居闹市心感寥落的老生常谈其实是句至理名言；因为山水树林接纳你；人却拒绝你。他转过身去,假装在读贝克斯山理想住宅的详情,不知什么缘故,帕特里克称之为"宣言"。"卧室均有自来水,"他读道。他无意中听见了一鳞半爪的谈话。那是牛津,那是哈罗,他继续听,认出了那些在中学、在大学听到的讲演窍门。他觉得他们仍在开一些私下的小小玩笑,讲的是小琼斯跳远获胜；还有老狐狸,管他校长叫什么名儿。听这些年轻人谈政治,就像听一所私立小学的小孩子乱弹琴。"我对啦……你错啦"。在他们这个年纪,他想,他已经在战壕里作战了；他亲眼看见士兵阵亡。但这算不算是一种良好的教育呢?他把重心从一只脚移到另一只脚上。在他们这个年纪。他想,他一个人呆在一座农场里,管理羊群,走六十英里才能见到一个白人。但那算不算是一种良好的教育呢?不管怎么说,他觉得,耳朵一星半点地听到他们的辩论,眼睛瞅着他们指手画脚,对他们的俚语心知肚明,他们都是一路货。公学和大学的产物,他扭过头估量着他们。但清扫工、下水道维修工、缝纫女工、装卸工又在哪儿呢?他想,把"工"字号的行业列了一个清单。尽管迪莉娅以她的"杂"而自豪,他想,把人们扫了一眼,但这里只有"大学学人"和"公爵夫人",还有什么"人"字号的名堂呢?他问自己,一边又在细看那张海报——"风骚女人"和"好吃懒做的男人"?

他转过身来。一个穿着日常衣服、长着酒渣鼻子、眉目清秀的漂亮小伙,正在看他。他稍一不留神,也就会被扯进去。再没有比加入一个社团、签署一个帕特里克所谓的"宣言"更容易的事了。但他就是不信加入社团、签署宣言有什么好处。他又回过身去看那座有四分之三英亩花园、卧室均有自来水的理想住宅。人们,他想,一边假装在看海报,在租来的门厅里聚会。其中有一个站在讲台上。有使劲握手的姿势;有拧湿衣服的姿势;然后,那声音,奇怪地脱离了那小小的身段儿,被扩音器放得极大极大,在大门厅里轰鸣、叫嚣起来:正义!自由!当然,促膝而坐,紧紧挤在中间,一时间一股细流,一股惬意的情绪的震颤漫过表皮;但第二天一早,他对自己说,再次把房产代理的海报瞟了一眼,连个能喂麻雀的思想、语句都没留下。他们的正义和自由有什么意义?他问,这些可爱的年轻人一年个个要花两三百英镑。不对头,他想;语言与现实相差十万八千里。如果他们想改造世界,他想,干吗不从原处,从中心,从自身做起?他脚跟猛地一转,正好跟一个穿白马甲的老头撞了个满怀。

"你好!"他说,把手伸了出来。

原来是爱德华叔叔。他有副身子已被吃掉、只剩下翅膀和外壳的甲虫的神情。

"看到你回来非常高兴。"爱德华说,热情地和他握手。

"非常高兴。"他重复了一遍。他很腼腆。他身子单薄,瘦削。他看上去仿佛脸被无数的精细工具刻画过似的;仿佛在一个寒夜里被扔在外面冻僵了似的。他把头一扬,活像一匹马在咬马嚼子;但他是一匹老马,一匹蓝眼睛的马,他的嚼子不再给他带来苦恼了。他的动作是习惯使然,并非由感情左右。他这些年在干什么呢?诺思心里纳闷,两个人站在那里打量着对方。编索福克勒斯?要是有朝一日索福克勒斯编成了,还会怎么样呢?他们还会干什么,这些吃成空壳的老人?

"你发福了,"爱德华说,从上到下打量着他,"你发福了。"他重复了一遍。

他的态度含着一种细微的敬意。学者爱德华对军人诺思致敬。是啊,但他们发现很难交谈。他有被盖上印记的神态,诺思想;他毕竟还有点远离尘嚣的成分。

"我们坐下不好吗?"爱德华说,仿佛他想认认真真地跟他谈一些有意思的事情。他们四处张望,想找个清静的去处。他没有在跟红毛老猎犬说话和举枪当中消磨时间,诺思想,扫视着周围,看看这间屋子里是不是偶然会有一块清静点的地方,他们可以坐下聊聊。但在那边的角落里只有两把办公凳子空摆在埃莉诺身旁。

她看见他们了,便喊了起来,"哟,爱德华来了!我知道有些事情我想问问……"她开始说。

这次与校长会见竟然叫这个心血来潮的蠢老太给搅了,倒使人松了一口气。她掏出了手绢。

"我打了个结。"她在说。对,没有错,她的手绢上就是有个结。

"我打个结干什么呀?"她说着把头一抬。

"打结是个好习惯。"爱德华以他那种礼貌、简捷的语气说,有点僵硬地坐到她旁边的那把椅子上。"但同时,最好还是……"他打住了。那正是我喜欢他的地方,诺思想,在另一把椅子上坐下:他只说半句,留下半句。

"这就要使我想起——"埃莉诺说,把手放到她那头浓密的白短发上。随后她停住了。什么东西使他看上去那么平静、那么精雕细刻过似的,诺思想,偷眼瞟了爱德华一下,他静如止水般地等着姐姐回想在手绢上打结的原因。他身上有种终极性的东西;他话说半句。他不操心政治与金钱,他想。他身上有种密封起来、确定了的东西。诗歌与过去,是吧?但当他定睛注视他时,爱德华冲着姐姐微微一笑。

"好了,内尔?"他说。

那是一抹平静的微笑,一抹宽容的微笑。

诺思插嘴了,因为埃莉诺仍在苦思冥想着她的结。"我在好望角碰到一个人,他对你崇拜得五体投地,爱德华叔叔。"他说。名字他回想起来了——"阿巴思诺特。"他说。

"R.K.?"爱德华说。于是他把手举到脑袋上,微微一笑。这种赞赏使他高兴。他虚荣;他敏感;他——诺思偷眼瞟了一下,又增加了一种印象——功成名遂。浑身上下涂了一层权威们都有的亮漆。因为他现在是——什么呀?诺思记不得了。教授?校长?一个有了固定态势的人,他再也不能从中脱身,放松放松。但,阿巴思诺特,也就是R.K.,动情地说过,他从爱德华那里学到的比从任何人身上学到的都多。

"他说他从你那里学到的比从任何人身上学到的都多。"他大声说。

爱德华对这句赞誉不置一词;但他听了还是心里高兴。他有种把手放到脑袋上的习惯,这一点诺思记得。埃莉诺管他叫"尼格斯"。她经常笑话他;她更喜欢像莫里斯这样一事无成的人。她坐在那里,手里拿着手绢,笑着,冷冷地,偷偷地,冲着什么往事,笑着。

"那你有什么打算?"爱德华说,"你应当休个假才对。"

他的态度有点讨好的意味,诺思想,就像一位校长在欢迎一名载誉返校的老学生。但他说话是认真的;他从不信口开河,诺思想,而这也令人恐慌。他们默默不语。

"迪莉娅今晚可请来了一大批人,是不?"爱德华转向埃莉诺说。他们坐着,向着不同的人伙儿观望。他那双清澈的蓝眼睛审视着这一场景,充满温情,但不无嘲讽。但他在想什么呢,诺思问自己。他那副面具后面总是有东西的,他想,有种使他在这种昏昏之中保持昭昭的东西。过去?诗歌?他想,眼睛望着爱德华清晰的侧影。比他记得的还要优美。

"我想重温一下我的古典文学,"他突然说,"并不是因为我有多少东西需要重温。"他补充说,样子很傻,心里害怕这位校长。

爱德华似乎没有听。他把眼镜扶起来又放下,望着那奇怪混乱的景象。他脑袋仰靠在椅背上,下巴扬了起来。这拥挤,这喧嚣,这种刀叉的丁当,使谈话显得没有必要。诺思又偷眼瞟了他一下。过去与诗歌,他对自己说,那是我想谈论的话题,他想。他想大声说出来。但爱德华太成熟,太有个性,头仰在椅背上太黑白分明,条理清楚,不好随便向他问问题。

现在他在谈非洲,而诺思却想谈过去与诗歌。这一切,他想,都锁在那个优雅的脑袋里,那脑袋就像个变白了的希腊男孩的脑袋;过去与诗歌。那干吗不把它撬开呢?干吗不分享里面的东西?他这是怎么啦,他想,一边回答这位平常的英国知识分子关于非洲和那个国家的状况的问题。为什么他不能流动?为什么他不能拉一下淋浴器的绳子?为什么把一切都锁起来,冷藏着?因为他是一名教士,一个神秘贩子,他想,感到了他的冷峻;这个绝妙好词的卫护者。

但爱德华在向他说话。

"我们必须定个日期,"他在说,"秋天。"他也有这个意思。

"行,"诺思大声说,"我喜欢……秋天……"于是他看见眼前有一座房子,有爬山虎遮阴的房间,有蹑手蹑脚的管家,玻璃酒瓶,有人递过一盒高级雪茄。

几个不认识的年轻人端着托盘走来走去,极力劝说他们享用各种各样的食品、饮料。

"谢谢!"埃莉诺说着拿起一杯。他自己也拿了一杯什么黄汤。可能是一种冰镇红酒混合饮料吧,他估计。小泡泡不断地冒到顶上,迸裂开来。他瞅着泡泡冒上来,迸裂开。

"那个漂亮女孩是谁,"爱德华说着颔了颔首,"就是站在那边墙角里,跟那个年轻人说话的那个。"

他又亲切,又文雅。

"他们不是挺可爱吗?"埃莉诺说,"果然不出我的预料……人人都显得非常年轻。那是玛吉的女儿……但跟吉蒂说话的那个是谁?"

"那是米德尔顿,"爱德华说,"怎么,你记不得他了?你过去一定见过他。"

他们聊着,环境暖融融的,心里乐悠悠的。晒太阳的织工和保姆,诺思想,一天的活儿干完后,尽情地休闲;埃莉诺和爱德华都自得其所,手下有果实,显得宽容、自信。

他瞅着黄汤里直冒泡泡。对他们来说,这没有问题,他想;他们已经辉煌过一时:但对他来说,对他这一代人来说,还麻烦着呢。对于他,是一种具有那猛烈的喷泉的喷射(他瞅着泡泡直冒)和奔涌的模式的生活;另一种生活;一种截然不同的生活。不是歌舞杂耍场,不是震天响的传声筒;不是成群结伙、穿戴整齐、跟在领导屁股后面亦步亦趋,循规蹈矩。不是;从内心做起,让外表形式见鬼去吧,他想,抬头望一个天庭饱满、下巴贫薄的青年。不是黑衬衫、绿衬衫、红衬衫——老在公众眼前招摇；那统统是胡扯淡。干吗不推倒障碍,返朴归真呢？但一个全是一团糊糊、一堆稀泥的世界,他想,也将是一个大米布丁的世界,一个白色床罩的世界。保持诺思·帕吉特的标牌——玛吉笑话的那个男人；那个手拿帽子的法国人；但同时铺展开来,在人类意识中泛起一层新的涟漪,成为气泡、溪水、溪水、气泡——我自己和全世界合为一体——他举起杯来。隐姓埋名,他说,眼睛望着那清澈的黄汤。但我到底是什么意思,他心里纳闷——我,一个觉得礼仪可疑、宗教死亡的人；一个格格不入,正如那人所言,无论走到哪里都格格不入的人？他停顿了一下。他手里握着杯子；心里想着句子。他还要再造一些句子。但我怎么能呢,他想——他望了望埃莉诺,她双手捧着一块丝帕坐着——除非我知道在我的生活中,在别人的生活中,什么是坚固的,什么是真实的？

"朗康的小子,"埃莉诺突然迸出这么一句话,"我那一层楼的门房的儿子。"她解释说。她已经把手绢上的结解开了。

"你那一层楼的门房的儿子。"爱德华重复了一遍。他的眼睛宛如一片冬天的阳光普照下的田野,诺思想,抬头一望——冬天的阳光,除了有种惨淡的美,并没有什么热量。

"他们管他叫门卫,我想。"她说。

"我恨透了这个字眼！"爱德华说,不禁微微打了个哆嗦。"门房不是挺好嘛？"

"我也是这么说的,"埃莉诺说,"我那一层楼的门房的儿子……呵,他想,他们想让他上大学。所以我说,要是我见了你,我要问问你——"

"当然,当然。"爱德华客气地说。

这没有问题,诺思对自己说。这么说也是人之常情。当然,当然,他重复了一遍。

"他想上大学,对吧?"爱德华接着说,"他通过了哪些考试,嗯?"

他通过了哪些考试,嗯?诺思重复了一遍。他也重复了一遍,但有种批评的口气,仿佛他是演员和批评家;他听着,但他却评论着。他审视着那稀薄的黄汤,里面的气泡冒得更慢了。一个又一个。埃莉诺不知道他通过了哪些考试。而我在想什么呢?诺思问自己。他觉得他在一片丛林深处;在黑暗的中心;披荆斩棘奔向光明;但只有一些支离破碎的句子,零零散散的词,用来打通人的躯体、人的意志、人的声音的荆棘,它们在压着他,缠着他,堵住他的视线……他听着。

"那好,叫他来见我吧。"爱德华轻快地说。

"但这未免要求太过分了,爱德华?"埃莉诺抗辩道。

"我就是干这个的。"爱德华说。

这话也说得中听,诺思想。不装腔作势——"装扮修饰"和"装腔作势"这两个词儿在他的脑海里相撞了,构成了一个不是词的新词。我的意思是,他补充说,喝了一口冰镇红酒混合饮料,下面有喷泉;有甜果仁。我们大家心里;爱德华心里;埃莉诺心里;都有果实;有喷泉;因此干吗我们上面要装扮修饰呢?他抬头一望。

一个大汉停在他们面前。他弯下腰,彬彬有礼地把手递给了埃莉诺。他必须弯腰,因为他的白马甲裹着那么硕大的一个圆球。"哎呀,"他在说,对于他这么大的块头来说,那声音甜得好生奇怪,"我再喜欢不过了;但我明儿早上十点钟有个会。"他们正在请他坐下聊聊。他一双小小的脚连蹦带跳地来到他们面前。

"扔掉它!"埃莉诺说,抬眼望着他笑了笑,依然是她少女时和她弟弟的朋友们在一起时的那副笑容,诺思想。那她干吗不嫁给他们哪一个呢,他心里纳闷。我们干吗把一切要紧的事情都隐瞒起来?他问自己。

"难道要把我的董事们晾在那里干等着不成?利用职高位显的优势!"那位老朋友在说,突然脚跟一转,灵活程度就像一头训练有素的大象。

"他演希腊戏似乎是很久以前的事了,对吧?"爱德华说。"……穿了一件长袍。"他补充说,露齿微微一笑,同时目送着那位铁路大亨的滚圆的身躯以某种圆滑——因为他绝对是个老于世故的人——穿过人群,向门走去。

"这是铁路大亨奇珀菲尔德,"他对诺思解释说,"一个非常杰出的人物,"他接着说,"一名铁路脚夫的儿子。"他说完一句,总要稍稍停顿一下。"完全是单枪匹马打的天下……一幢宜人的房子……修葺得天衣无缝……两三百英亩,我估计……有自己的打猎场……请我指导他读书……买古代大师的名画。"

"买古代大师的名画。"诺思重复了一遍。这些灵巧的短句子似乎建起了一座宝塔;简朴,但精确;流露出某种奇怪的嘲讽气息,难免染上了些许爱慕之情。

"该不是赝品吧?"埃莉诺大笑起来。

"哎,这个我们就不用管了。"爱德华咯咯地笑了。然后大家就不言语了。宝塔飘走了。奇珀菲尔德从门里出去不见了。

"这种酒挺过瘾。"埃莉诺在他的头顶上说。诺思可以看见她手拿酒杯搁在膝盖上,正好和他的脑袋平齐。酒上面浮着一根细细的绿叶。"我希望它不会醉人吧?"她说,把杯子举了起来。

诺思又把酒杯拿起来。我上回看着它时想什么来着?他问自己。他的脑门里产生了堵塞现象,仿佛两种思想相撞,堵住了其他思想,无法通过。他的脑海里一片空白。他把那黄汤摇来摇去。他处在一座黑暗森林的中央。

"这么说诺思……"他自己的名字把他惊醒了。原来是爱德华在说话。他把身子探向前去。"……你想重温一下古典文学,是吧?"爱德华接着说。"你说这话我爱听。那些老古董身上东西可多着呢。但年轻一代,"他停顿了一下,"……似乎不需要他们。"

"多傻呀!"埃莉诺说,"最近有一天我读了其中的一位……你翻译的那个。它叫什么来着?"她打住了。她从来都记不住名字。"写一个少女的那本……"

"《安提戈涅》?"爱德华提示说。

"对!《安提戈涅》!"她大声说,"我心想,你说得好,爱德华——多真——多美……"

她突然打住了,仿佛害怕再往下说似的。

爱德华点了点头。他停顿了一下。随后他突然把头往后一扬说了几个希腊字:

"ουτοι συνεχθειν, άλλὰ συμφιλετν εφυν."

诺思抬头一望。

"把它翻译出来。"他说。

爱德华摇了摇头。"就是那种语言。"他说。

于是他闭上了嘴。没有办法了,诺思想。他不能畅所欲言;

他害怕。他们大家都害怕;害怕让人笑话;害怕暴露自己。他也害怕,他想,眼睛望着那个天庭饱满、下巴贫薄的年轻人,他在指手画脚,未免太夸张了点。我们都彼此害怕,他想;害怕什么?害怕批评;害怕笑话;害怕有不同想法的人……他害怕我,因为我是个农民(他再次看见自己圆圆的脸盘;高高的颧骨和棕色的小眼睛)。我害怕他,因为他聪明。他望着那个大脑门,因为发际已经在后移。那就是把我们分开的东西;恐惧,他想。

他换了个姿势。他想站起来跟他攀谈。迪莉娅说过,"不要等着让人介绍。"但很难跟一个素昧平生的人去讲话,说"我脑门中间的这个是什么疙瘩,把它解开。"因为他已经一个人想事儿想够了。一个人想事儿在脑门中间结了一些疙瘩;一个人想事儿滋生出一幅幅画面,愚蠢的画面。那个人就要走了。他必须加把劲儿了。但他迟疑不决。他觉得被赶开了,又吸引过来,吸引过来,又被赶开。他开始往起来站;但还没有站起来,有人就用叉子敲起了桌子。

屋角的桌子旁坐着一个大汉,用手里的叉子乒乒乓乓地敲着桌子。他身子前倾,仿佛要引起人们的注意,仿佛他要发表一席演讲。原来就是佩吉称之为布朗的那个人;别人管他叫尼古拉斯;他的真实姓名他不得而知。也许他有点儿醉了。

"女士们,先生们!"他说,"女士们,先生们!"他提高嗓门重复了一遍。

"怎么,要做演说?"爱德华以揶揄的口气说。他转了转椅子;他把眼镜举了起来,眼镜是挂在一条黑丝带上的,仿佛它是一枚外国勋章。

人们端着杯盘走来走去,话声嗡嗡。他们在地板上放的坐垫上磕磕绊绊。一个姑娘一头栽到前面去了。

"伤着了吗?"一个小伙说,急忙伸出手去。

没有,她没有伤着。但这么一打岔,却把注意力从演说上引开了。响起一阵嗡嗡的说话声,就像苍蝇在糖上嗡嗡叫着一样。尼古拉斯又坐下了。他显然望着他戒指上的那颗红宝石出了神;要么就是望着那些乱撒开的花儿;白色的蜡一样的花,灰色的半透明的花,盛开得连金芯都绽露出来的红花,花瓣落了下来,躺在桌子上租来的刀叉和廉价的平底玻璃杯中间。随后他回过神儿来了。

"女士们,先生们!"他开始说。他又用手里的叉子乒乒乓乓敲着桌子。出现了一阵短暂的安静。萝丝迈着大步走了过去。

"打算发表一席演说,对吗?"她问道,"往下讲,我喜欢听演说。"她站在他身边,手掬着耳朵,样子活像一名军人。于是嗡嗡的说话声又爆发出来。

"安静!"她大声说。她拿起一把刀子敲了敲桌子。

"安静!安静!"她又敲了起来。

马丁走了过去。

"萝丝这样子闹闹嚷嚷干什么?"他问。

"我要大家安静!"她说,把手里的刀子在他脸前挥舞了一下,"这位先生要发表一席演说!"

但他已经坐下了,正在若无其事地注视着他的戒指。

"她不是长得活脱儿的,"马丁说着把手搭在萝丝的肩膀上,并转向埃莉诺,仿佛要确认他的话,"像帕吉特骑兵团的老帕吉特叔叔吗?"

"好啊,我为此感到自豪!"萝丝说,在他的面前挥舞着刀

381

子,"我为我的家庭自豪;为我的祖国自豪;为……"

"你的性别?"他打断了她的话。

"就是。"她郑重声明。"可你呢?"她接着说,拍了拍他的肩膀,"为自己而自豪,对吧?"

"别吵了,孩子们,别吵了!"埃莉诺喊道,把她的椅子稍稍往近挪了一下。"他们总是吵吵闹闹,"她说,"总是……总是……"

"她可是个可怕的小霹雳火,"马丁说着就蹲到地板上,抬头望着萝丝,"头发从脑门上往后一扎……"

"……穿一件粉红衣裙,"萝丝说。她突然坐下,刀子竖握在手里。"一件粉红衣裙;一件粉红衣裙,"她重复着,仿佛这几个字勾起了什么回忆。

"但接着做你的演说,尼古拉斯。"埃莉诺转向他说。他摇了摇头。

"咱们谈谈粉红衣裙吧。"他莞尔而笑。

"……在阿伯康街住宅的客厅里,当时我们还是小孩子。"萝丝说。"你记得不记得?"他望着马丁。他点了点头。

"阿伯康街住宅的客厅里……"迪莉娅说。她端着一大罐冰镇红酒混合饮料从一张桌子走到另一张桌子。她停在他们面前。"阿伯康街!"她大声说,斟了一杯。她把头一扬,一时间显得惊人地年轻,漂亮,傲气十足。

"那是地狱!"她大声说,"那是地狱!"她重复了一遍。

"啊,行啦,迪莉娅……"马丁抗议道,把杯子伸过来让她满上。

"那是地狱。"她说,放下了她的爱尔兰架子,一边倒饮料,一边简捷地说。

"你知道不知道,"她望着埃莉诺说,"当我去帕丁顿时,我总对那人说,'从另一条路上绕过去。'"

"行啦……"马丁止住她;他的杯子满了。"我也恨它……"他开始说。

但说到这里,吉蒂·拉斯韦德走上前来。她把杯子端到身前,仿佛它是一个漂亮的装饰品。

"马丁现在恨什么呢?"她面对他说。

一位彬彬有礼的绅士把一把镀金的小椅子往前一推,她便在上面坐下。

"他总恨这恨那的。"她说着把杯子伸出来让盛上。

"马丁,那天晚上,你跟我们一起吃饭时,你恨什么来着?"她问他,"我记得你惹得我火冒三丈……"

她冲着他笑了笑。他长得像个胖娃娃;红扑扑,胖乎乎的;像个侍者似的梳着个背头。

"恨?我从来都不恨人。"他抗辩说。

"我心里全是爱;我心里全是善。"他放声大笑,向她晃动着手里的杯子。

"胡说,"吉蒂说,"你年轻的时候,没有……你不恨的!"她把手一扬。"我的房子……我的朋友……"她突然打住,发出一种轻快的叹息。她又看见了他们——男人们鱼贯而入,女人们用拇指和食指捻着什么衣裙。她现在一个人生活在北方。

"……我敢说现在我这样子倒好,"她补充说,一半是说给自己听的,"只有一个伙计劈劈木头。"

出现了一阵停顿。

"现在让他继续演说吧。"埃莉诺说。

"对。继续你的演说!"萝丝说。她又用手里的刀子敲着桌子;他又欠起身来。

"他要发表演说,对吗?"吉蒂转向爱德华说,他已经把椅子拉过来坐在了她的身边。

"现在把演说当做一门艺术来实践的惟一的地方……"爱德华开始说。然后他停顿了一下,把椅子再往近里拉了拉,又扶了扶眼镜,"……就是教堂。"他补充说。

正因为如此,我才没有跟你结婚,吉蒂对自己说。那声音,那盛气凌人的声音,怎么又把往事带到目前!那棵树倒了一半;下着雨;大学生叫着;钟敲着;她和她母亲……

但尼古拉斯已经站起来了。他深深地吸了一口气,把衬衣的前胸都绷大了。他一只手摸弄着他的表链;另一只手甩向前去,摆出一副演说的姿势。

"女士们,先生们!"他又开始了,"以今晚在此尽情欢乐的全体的名义……"

"大声讲!大声讲!"站在窗口的几个年轻人喊道。

("他是不是个外国人?"吉蒂咬着埃莉诺的耳朵说。)

"以今晚在此尽情欢乐的全体的名义,"他提高嗓门重复了一遍,"我想对我们的男女主人表示谢意……"

"哟,可别谢我!"迪莉娅说,提着空罐子跟他们擦肩而过。

演说又一次泡汤了。他准是个外国人,吉蒂心里想,因为他不羞不臊。他站在那里,端着酒杯,笑容可掬。

"往下说,往下说,"她鼓励着他,"别管他们。"她倒是有心听一席演说。晚会上有场演说倒是好事一桩。它可以热烈晚会的气氛,它可以起到画龙点睛的效果。她用酒杯敲了敲桌子。

"你真好,"迪莉娅说,想从他身边挤过去,但他一把抓住了她的胳膊,"不过别谢我。"

"可是,迪莉娅,"他劝诫说,依然把她抓着不放,"这不是你要求的:这是我们要求的。再说这也合情合理,"他接着说,把手一挥,"在我们感激盈怀的时候……"

现在渐入佳境了,吉蒂想。我敢说他还是个演说家的料。大多数外国人都是。

"……在我们感激盈怀的时候。"他重复了一遍,把一根手指碰了碰。

"怎么样?"一个声音冷不丁地说。

尼古拉斯又停了下来。

("那个皮肤黝黑的男人是谁?"吉蒂咬着埃莉诺的耳朵说,"我一个晚上都心犯嘀咕。"

"勒尼,"埃莉诺悄声说,"勒尼。"她重复了一遍。)

"怎么?"尼古拉斯说,"这正是我要给你们讲的……"他停顿了一下,深深地吸了一口气,再一次绷大了他的马甲。他两眼放光;他似乎暗暗地充溢着自发的善心。但这时候一个脑袋从桌边儿上冒了出来;一只手抛起一把花瓣;一个声音喊道:

"红红的萝丝,多刺的萝丝,勇敢的萝丝,黄褐色的萝丝!"花瓣儿像一面扇子抛到正在椅子边上坐着的那位胖老太上空。她大吃一惊,抬头一望。花瓣已经落到她的身上。她把落到她身上突出部位的花瓣拂掉。"谢谢你!谢谢你!"她惊呼道。然后她拿起一朵花使劲敲打着桌边儿。"但我想听演说!"她望着尼古拉斯说。

"不,不,"他说,"这不是发表演说的时候。"说完又坐了下来。

"那咱们喝酒吧。"马丁说。他举起杯子。"帕吉特骑兵团的帕吉特!"他说,"我为她干杯!"他咚的一声把杯子放在桌

385

子上。

"啊,要是你们都为健康干杯,"吉蒂说,"我也干一杯。萝丝,祝你健康。萝丝是个挺好的人,"她说着举起了酒杯,"但萝丝过去错了,"她补充说,"武力总是错误的——你不赞成我的看法,爱德华?"她拍了拍他的膝盖。我已经把那场战争忘了,她喃喃地说,一半是给自己说的。"但是,"她大声说,"萝丝敢于按自己的信念做事。萝丝进过监狱。我为她干杯!"她干了。

"我也为你干杯,吉蒂。"萝丝说,向她鞠了一躬。

"她砸了他的窗户,"马丁揶揄她说,"然后她又帮他砸了别人的窗户。你的奖章在哪儿呢,萝丝?"

"在壁炉台上的一个硬纸盒里,"萝丝说,"这个时候你休想把我惹火,我的好伙计。"

"但我倒希望你们让尼古拉斯把他的演说做完。"埃莉诺说。

透过天花板,轻微而遥远,传来了另一支舞曲的前奏。年轻人赶快喝完杯子里剩下的酒,站起来,动身上楼。不久,上面的楼板上响起了橐橐的脚步声,沉重而富有节奏。

"又跳舞了?"埃莉诺说,那是华尔兹。"年轻的时候,"她望了望吉蒂说,"我们经常跳舞……"曲子似乎采用了她的词,并且重复着——年轻的时候,我经常跳舞——我经常跳舞……

"可我过去多讨厌跳舞啊!"吉蒂说,眼睛望着自己的手指,它们短短的,翘了起来。"不年轻了倒好!"她说,"不管别人怎么想,真好!现在一个人想怎么活就怎么活,"她补充说,"……现在人已到了七十。"

她打住了。她把眉头一扬,仿佛想起了什么。"可惜呀,人不能再活一回。"她说。但她突然住口了。

"我们不是要听演说吗,这位先生叫——?"她望着尼古拉斯说,她不知道他的名字。他坐着,满怀爱心,凝视着前方,在花瓣中间划动着双手。

"何苦呢?"他说。"谁也不想听。"他们听着楼上橐橐的脚步声,听着乐曲不断重复,在埃莉诺的耳朵里,似乎是:年轻的时候,我经常跳舞,年轻的时候,男人都爱我……

"但我想听演说!"吉蒂板起她那权威的态度说。确实,她想要点什么——什么可以热烈气氛,可以起到画龙点睛的效果的东西——她却不大知道是什么。但不是过去——不是回忆。现在;将来——那才是她想要的东西。

"那不是佩吉吗!"埃莉诺回头一看说道。她正坐在桌边儿上,吃火腿三明治呢。

"过来,佩吉!"她喊道,"过来跟我们聊聊!"

"为年轻的一代说几句,佩吉。"拉斯韦德夫人边说边握手。

"可我不是年轻的一代,"佩吉说,"再说我已经发表过我的演说了。"她说,"我在楼上出过丑了。"她说,跌坐到埃莉诺脚边的地上。

"那么,诺思……"埃莉诺说,低头望着诺思分头的发缝,他就坐在她旁边的地板上。

"对,诺思,"佩吉说,目光越过姑姑的膝盖望着他,"诺思说我们不说别的,只说金钱和政治,"她补充说,"给我们说说我们应该怎么办。"他吃了一惊。他一直在打盹儿,被乐声和人声搞懵了。我们应该怎么办?他对自己说,醒了过来。我们应该怎么办?

他猛一挺身,正襟危坐起来。他看见佩吉的脸朝他看。现

387

在她笑容满面;她脸上喜气洋洋;那张脸使他想起了那幅画上的他祖母的脸。但他现在看见的这张脸和他在楼上看见的一样——通红,皱缩——仿佛她要大哭一场似的。真实的是她的脸;不是她的话。但只有她的话回到他的耳际——另过一种日子——另过。他停顿了一下。这就是需要勇气的行为,他对自己说;讲真话。她在听。老人们已经扯起自己的事情了。

"……那是一幢漂亮的小房子,"吉蒂在说,"一个疯老婆子从前住在那里……你一定去跟我过些日子。内尔。春天……"

佩吉的目光从她吃的火腿三明治的边儿上瞄过去,瞅着他。

"你说的都是实话,"他脱口而出,"……大实话。"真实的是她的用意,他纠正自己;她的感觉,不是她的话。他现在感到了她的感觉;那与他无关;它跟别人有关;跟另一个世界,一个新世界有关……

老姑姑和老叔叔们在他的头上闲聊。

"我在牛津时喜欢得要命的那个男人叫什么名儿?"拉斯韦德夫人在说。他可以看见她那银装素裹的身子向爱德华倾过去。

"你在牛津喜欢的那个男人?"爱德华在重复,"我认为你在牛津从来没有喜欢过任何人……"他们放声大笑起来。

但佩吉在等着,她在盯着他。他又一次看见了气泡直冒的那只杯子;他又一次感觉到他脑门上扎个结的那种挤压的感觉。他希望会有一个人,无与伦比的聪明,善良,能替他思想,替他回答。但那个脑门上发际后移的年轻人已经不见踪影了。

"……另过一种日子……另过。"他重复着。这些是她的话;它们并不完全适合他的意思;但他必须使用它们。现在我也让自己出了丑,他想,一股不快的感觉穿过了他的脊背,仿佛刀割似的,于是他靠到墙上。

"对了,那是罗布森!"拉斯韦德夫人惊叫道。她那号角般的声音在他头上响起来。

"一个人多能忘事呀!"她继续说,"当然——罗布森。他就叫这个名儿。还有我当时喜欢的那个姑娘——内莉呢?就是要当医生的那个姑娘?"

"死了,我想。"爱德华说。

"死了,她真的——死了——"拉斯韦德夫人说。她停顿了片刻。"哎,我希望你会讲一讲。"她转过身来俯视着诺思说。

他身子往回一缩。我再没有什么好讲的了,他想。他仍然手里拿着杯子。里面还有半杯淡淡的黄汤。气泡已经不冒了。酒清纯,平静。平静,寂寞,他心里想;寂静,寂寞……那才是现在心灵自由的惟一的条件。

寂静,寂寞,他重复了一遍;寂静,寂寞。他的眼睛眯着。他累了;他懵了;人们聊着;人们聊着。他要超脱自己,推衍自己,想象有一片群山在天际环绕的蓝色的大平原,他躺在一大块空地上。他把脚伸出去。有羊儿吃草;慢慢地把草扯下来;先迈出一条僵直的腿,然后再迈出一条。唠叨——唠叨。他们在说什么,他摸不着头脑。透过眯缝的眼睛,他看见有手在拿鲜花——纤手,秀手;但不属于任何人的手。手拿的是花儿?还是群山?投下紫色阴影的青山?接着落瓣纷纷。粉的,黄的,白的,投下紫色阴影,落瓣纷纷。花瓣纷纷坠落,遮盖了一切,他喃喃自语。那是一只酒杯的杆儿;一只盘子的边儿;还有一碗水。手在继续采花,一朵又一朵;那是一朵白玫瑰;那是一朵黄玫瑰;那是一朵花瓣上有紫谷的玫瑰。花儿悬在那里,层层叠叠,五颜六色,萎垂在碗边儿上。落瓣纷纷。花瓣铺天盖地,紫的,黄的,像河上

389

的轻舟,小船。他在浮漾,在漂流,乘一叶扁舟,坐一片花瓣,顺流而去,进入寂静,进入寂寞……那是人类所施加的最凶的折磨,这句话又浮现在他的心头,仿佛是一个声音讲出来的……

"醒一醒,诺思……我们想听你讲!"一个声音打断了他。吉蒂红扑扑的靓脸垂到他头上。

"玛吉!"他惊呼一声,站起身来。原来是她坐在那里,把花扔进水里。"对,该玛吉讲了。"尼古拉斯说着把手搭在她的膝上。

"讲呀,讲呀!"勒尼督促她。

但她摇了摇头。她突然放声大笑,浑身打颤。她笑着,把头一扬,仿佛体外有个亲切的精灵缠住了她,让她笑得前仰后合,像一棵树那样,诺思想,被风吹得上扬下弯。没有神,没有神,没有神,她的笑声朗朗,仿佛树上挂着无数的铃铛,他也大笑起来。

他们的笑声停了。楼上响着橐橐的舞步。河上一声汽笛长鸣。一辆货车隆隆地滚过远处的街头。传来一阵颤动声;似乎有什么东西泄出来了;仿佛白天的生活就要开始了,这就是迎接伦敦黎明的合唱,呼唤,啁啾,骚动。

吉蒂转向尼古拉斯。

"那你刚才打算讲什么呢,先生……我恐怕说不上你的名字?"她说,"……那个被打断的演说?"

"我的演说?"他放声笑了。"它本来会成为一个奇迹!"他说。"一篇杰作!但要是一个人老被打断,他怎么能讲下去呢?我开始讲:我说,让我们表示感谢。于是迪莉娅说,别谢我。我又开始讲:让我们感谢某人,某人……可勒尼说,为什么?我又开始讲,瞧——埃莉诺呼呼大睡了。"(他指着她。)"所以何苦呢?"

"啊,总有点用处的——"吉蒂开始说。

她仍然想要点什么——某种画龙点睛之笔,某种热烈气氛的办法——究竟是什么,她不得而知。可天晚了。她得走了。

"给我私下讲讲你本来要讲什么,先生——?"她问他。

"我本来要讲什么?我本来要讲——"他停下,把手伸了出来;他一一扳着手指。

"首先,我想感谢我们的男女主人。然后,我想感谢这幢房子——"他向这间挂着房屋代理的海报的屋子挥了一下手,"——因为它为恋人、创造者、和善意的男女提供了一个场所。最后——"他把杯子拿到手里,"我要为人类干杯。人类,"他继续说,把杯子举到嘴边,"现在还是幼年的人类,愿它长大成熟!女士们,先生们!"他大声说,欠了欠身子,绷开了马甲,"我为它干杯!"

他咚的一声把杯子放到桌子上。杯子破了。

"这是今晚打破的第十三个杯子!"迪莉娅说着走上前来,站在他们面前,"不过别介意——别介意。它们不值钱——这些杯子。"

"什么不值钱?"埃莉诺念叨着。她半睁开眼睛。但她在哪里呢?在哪种房间?在这些不计其数的哪一个房间?总是有房间;总是有人。从开天辟地以来,总是……她把她拿的那几枚硬币用手攥得紧紧的,她再次充溢着一种快乐的感觉。是不是因为这个已经延存下来——这种痛切的感觉(她完全醒过来了),而另外一个东西,那实在的东西——她看见一个墨水剥蚀的海象——已经消失了的缘故?她把眼睛睁圆。她就在这里;活着;

在这间屋子里,跟活人在一起。她看见所有的脑袋围成一圈。起初它们模样雷同。后来她才辨别了出来。那是萝丝;那是马丁;那是莫里斯。他头顶上的头发几乎歇光了。他的脸上有种奇怪的惨白。

她扫视了一圈,所有的脸上都有种奇怪的惨白。电灯里的亮光消失了;桌布看上去更白了。诺思的脑袋——他坐在她脚旁的地板上——镶了一圈白边儿,他的衬衣的前胸有点儿发皱。

他在爱德华脚边的地板上坐着,双手抱膝,他轻轻颠了几下,抬头仰望着他,仿佛求他做什么事似的。

"爱德华叔叔,"她听见他说,"给我讲讲这个……"

他像一个孩子求人给他讲故事。

"给我讲讲这个,"他重复了一遍,又轻轻地一颠,"你是位学者。现在讲古典文学。埃斯库罗斯。索福克勒斯。品达。"

爱德华朝他俯下身去。

"还有合唱,"诺思又一颠。她朝他们探过身去,"合唱——"诺思重复了一遍。

"我的好孩子,"她听见爱德华低头冲着他慈祥地笑着说,"别问我。我从来都不是这一方面的大家。不,如果我照自己的想法做了,"——他停顿了一下,用手抹了一把脑门——"我应当是……"一阵狂笑淹没了他的话。她没有听清那句话的末尾部分。他说了些什么——他想当什么?她没有听见他的话。

肯定是有另外一种生活的,她想,跌靠到椅子里,有点愤愤然。不是在梦里;而在此时此地,在这间屋子里,与活人在一起。她觉得仿佛她站在悬崖边上,头发向后飘扬;她要抓住刚刚脱手的什么东西。肯定是有另外一种生活的,在此时此地,她重复着。这种生活太短暂,太破碎。我们一无所知,甚至对于我们自己。我们才刚刚开始,她想,理解,星星点点地。她把双手掬到腿上,就像萝丝把手掬到耳朵上一样。她把双手掬着;她觉得她想把此刻圈住;把它留住;用过去,现在,将来把它填满,使它越来越充实,直到它因为理解而放光,完全,明亮,深沉。

"爱德华。"她开始说,极力想引起他的注意。但他就是不听她的;他正在给诺思讲一个大学里的故事。没用,她想,便伸开了双手。它一定会掉。它一定会落。然后呢?她想。因为对她来说,也会有漫漫的长夜、漫漫的黑暗。她朝前望去,仿佛她看见前面打开了一个极其漫长黑暗的隧道。但一想到黑暗,就有什么东西使她一筹莫展;其实,天快亮了,窗帘都白了。

屋子里出现了一阵骚动。

爱德华向她转过去。

"他们是谁?"他指着门问她。

她望过去。两个孩子站在门口。迪莉娅把手搭在他们的肩上,仿佛要鼓励他们。她正要把他们领到桌子跟前,好给他们一点东西吃。他们看上去笨头笨脑的。

埃莉诺瞟了一眼他们的手,他们的衣服,他们耳朵的形状。"门房的孩子,我想。"她说。是啊,迪莉娅正在给他们切蛋糕呢,而蛋糕的片儿切得很大,她要是给朋友们的孩子切,肯定不会那么大的。两个孩子接过蛋糕片儿;用一种奇怪的眼神直愣愣地盯着,仿佛它们很凶似的。但也许是他们受到了惊吓,因为她把他们一路从地下室带进了客厅。

"吃吧!"迪莉娅说,把他们轻轻地拍了一把。

他们开始慢慢地咀嚼起来,眼睛严肃地向四处张望。

"喂,孩子们!"马丁喊道,一边向他们招手。他们神情严肃

393

地瞪视着他。

"你们没有名字?"他说。他们继续吃着,一言不发。他开始摸起口袋来。

"说话呀!"他说,"说话呀!"

"年轻的一代,"佩吉说,"不想说话。"

现在他们把目光转向了她;他们继续咀嚼着。"明天不上学?"她说。他们摇了摇头。

"好哇!"马丁说。他手里拿着几枚硬币;用拇指和食指捻着。"哎——唱支歌,给六便士!"他说。

"对。你们在学校里没学什么歌吗?"佩吉问。

他们瞪视着她,但仍然默不作声。他们已经不吃了。他们成了一小撮人的中心。他们把这伙成年人扫视了片刻,然后,互相用胳膊肘儿轻轻推了一下,突然唱起歌来:

Etho passo tanno hai,

Fai donk to tu do,

Mai to, kai to, lai to see

Toh dom to tuh do——

听起来好像是这么个音。但一个词儿都听不出来。那些扭曲了的声音抑扬顿挫,仿佛跟着一个调子。他们不唱了。

他们背着手站着。然后一时兴起,他们猛唱起下面一节:

Fanno to par, etto to mar,

Timin tudo, tido,

Foll to gar in, mitno to par,

Eido, tedo, meido——

他们把第二节唱得比第一节更猛。节奏似乎在摇滚,叫人莫名其妙的歌词奔涌在一起,几乎成了一片尖叫。大人们真是哭笑不得。他们的嗓音如此刺耳;口音如此难听。

他们又迸发出:

> Chree to gay ei,
>
> Geeray didax……

然后他们就不唱了。似乎正好在一节的半中央。他们站在那里,露齿而笑,默默无语,望着地板。谁也不知道该说点什么。在他们发出的噪音里有一种可怕的东西。它尖锐,刺耳,毫无意义。后来老帕特里克缓步走上前来。

"啊,很好,很好,谢谢你们,好孩子。"他用的是他那和蔼的语气,手里摆弄着牙签。两个孩子对他咧嘴一笑。随后他们突然跑开了。他们惴惴不安地从马丁身边经过时,他把几枚硬币塞进他们手里。然后,他们向门猛冲过去。

"可他们到底唱了些什么?"休·吉布斯说,"我连一个字也没听懂,我承认。"他双手插在他的大白马甲两边。

"伦敦土音吧,我估计,"帕特里克说,"他们在学校里给孩子们教的,你知道。"

"可那是……"埃莉诺开始说。她又停住了。是什么?他们站在那里的时候,看上去那么严肃;但发出的却是不堪入耳的噪音。他们的面容跟他们的声音的反差,着实让人吃惊;不可能找出一个词来概括全面。"美?"她转向玛吉说,用的是疑问语气。

"非同寻常。"玛吉说。

但埃莉诺无法肯定他们想的就是同一件事。

她把手套、手包、两三块铜板收到一起,站了起来。屋子里到处都是一种古怪惨淡的光。各种物品都好像要睡醒起床,要脱去伪装,要表现出白天生活的清醒状态。房间正在做好准备,行使房产代理办公室的功能。桌子就要变成办公桌了;它们的腿成了办公桌的腿,但桌子上仍然杯盘狼藉,撒满了玫瑰,百合,和康乃馨。

"该走了。"她说着就走到屋子那边。迪莉娅已经走到了窗前。她唰地一下拉开了窗帘。

"天亮了!"她惊呼道,语气极为夸张。

广场对面房屋的形状已显露出来了。窗帘都拉开了;它们似乎仍在清晨的白光中沉睡。

"天亮了!"尼古拉斯说着站起来,伸了个懒腰。他也向窗口走去。勒尼跟在他后面。

"现在该讲结束语了,"他说着,跟他一起站到窗前,"天亮了——新的一天——"

他指着树木,房顶,天空。

"不,"尼古拉斯说着把窗帘拉住,"你错了。不会有结束语的——不会有结束语的!"他大声说着把臂膀一挥,"因为本来就没做演说。"

"但曙光已经升起。"勒尼说着指了指天空。

确实。太阳升起来了。夹在烟囱中间的天空显得格外的蓝。

"我要去睡觉了。"停顿片刻之后,尼古拉斯说。他转身走了。

"萨拉在哪儿。"他说,眼睛在四处张望。她蜷在一个角落里,脑袋靠着一张桌子,显然睡着了。

"把你妹妹叫醒,玛格达莱娜。"他转向玛吉说。玛吉瞅了她一眼。然后她从桌子上捡起一朵花,朝她抛过去。她半睁开眼睛。"该走了,"玛吉说,碰了碰她的肩膀,"该走了吗?"她叹了口气。她打了个呵欠,伸了伸懒腰。她眼睛盯着尼古拉斯,仿佛要把他带回视野里来。然后她大笑起来。

"尼古拉斯!"她大声说。

"萨拉!"他答道。他们相互笑了笑。然后他把她扶起来,她摇摇晃晃靠在姐姐身上,揉了揉眼睛。

"多奇怪,"她咕咕哝哝地说,眼睛在四处张望,"……多奇怪……"

到处是脏盘子和空杯子;花瓣儿和面包屑。在混杂的光线下,这一切显得平淡而虚幻,惨白而明亮。靠着窗户,聚成一伙的是那群老兄弟姐妹们。

"瞧,玛吉,"她转向姐姐咬着耳朵说,"瞧!"

窗口的那一伙,男的穿着黑白分明的夜礼服,女的有的披红,有的挂金,有的戴银,一时间显露出一种雕像般的神态,仿佛他们是用石头刻成的。她们的衣裙垂下来,形成雕刻一样的僵硬的皱褶。他们在那里动来动去;他们变换着姿势;他们开始说话。

"我能不能顺车把你送回去,内尔?"吉蒂·拉斯韦德在说,"我有辆车等着呢。"

埃莉诺没有回答。她在观望广场对面拉着窗帘的房屋。一扇扇窗户闪着点点金光。一切的一切,都看上去清扫得干干净净,新鲜纯洁。鸽子在树顶上扑腾。

"我有辆车……"吉蒂重复了一遍。

"听……"埃莉诺说着把手一举。他们在楼上放《主佑吾王》的唱片呢;但她说的却是鸽子;它们咕咕咕叫得正欢。

"那是斑尾林鸽,对吗?"吉蒂说。她把脑袋侧向一边听着。咕两声,太妃,咕两声……咕……它们咕咕地叫着。

"斑尾林鸽?"爱德华说,把手靠到耳朵上。

"在树顶上呢。"吉蒂说。绿蓝色的鸟儿在枝杈上扑腾,啄着,对自己咕咕地叫着。

莫里斯拂掉马甲上的面包屑。

"对我们这些老顽固来说,这是起床的多好的时候啊!"他说,"我多年没有看见日出了,自从……自从……"

"啊,但我们年轻的时候,"老帕特里克说着,拍了拍他的肩膀,"就是把它变成黑夜也无所谓!我还记得去科文特花园给一位小姐买花的事……"

迪莉娅笑了,仿佛她回想起了某种罗曼司,不管是自己的还是别人的。

"可我……"埃莉诺开始说。她打住了。她看见了一只空奶罐,落叶飘零。那是秋天。现在是夏天。天空一片浅蓝;在蓝天的映衬下,房顶泛着紫光;烟囱是纯正的砖红色。万物笼罩在一种缥缈的宁静与单纯的气氛之中。

"地铁全停了,公共汽车也是,"她说着转过身来,"我们怎么回家呀?"

"可以走回去。"萝丝说,"走一走没有什么害处。"

"尤其在一个明媚的夏天的早晨。"马丁说。

一股微风吹过广场。树枝轻轻地起伏,在空中摇曳着一片波浪似的绿光,寂静中,他们听见树枝沙沙作响。

接着门冲开了。一对对舞伴拥进来,头发蓬乱,喜气洋洋,要寻找自己的披风、帽子,要道别。

"你们能来真是太好了!"迪莉娅大声说着,朝他们转过身去,把手伸出来。

"谢谢你们——谢谢你们光临!"她喊道。

"瞧瞧玛吉的这束花儿!"她说着,把玛吉递给她的一束五彩缤纷的花儿接过来。

"你配得真美!"她说。"瞧,埃莉诺!"她转向她的姐姐。

但埃莉诺背对着他们站着。她瞅着一辆绕着广场慢慢滑行的出租车。它停在两个门以外的一幢房子的前面。

"难道它们不漂亮吗?"迪莉娅说着把花伸过来。

埃莉诺吃了一惊。

"玫瑰?对⋯⋯"她说。但她还在瞅那辆出租。车上下来了一名年轻人;他给司机付了钱。然后跟着下来一个穿花呢旅行装的姑娘。他插上钥匙开门。"哎。"埃莉诺喃声自语,这时他打开了门,他们在门口伫立了片刻。"哎!"她重复了一声,门砰的一声轻轻地关上了。

然后她转身回到屋里。"现在呢?"她望着莫里斯说,他正喝着酒杯里的最后的几滴。"现在呢?"她补充说,双手向他伸了过去。

太阳已经升起,房屋上方的天空显得格外美丽、单纯、宁静。